사서함 110호의 우편물

이도우

# 私書箱一一〇号の郵便物

イ・ドウ

佐藤結 訳

ACHIEVEMENT PUBLISHING

사서함 110호의 우편물
(Letter Box 110)
by Lee Do Woo



First published in Korea in 2022 by SOOBAKSEOLTANG
Japanese translation copyright © 2023 by Achievement Publishing Co., Ltd.
Japanese translation rights arranged with SOOBAKSEOLTANG PUBLISHING Inc.
through Imprima Korea Agency and Tuttle Mori Agency, Inc.

# 私書箱一一〇号の郵便物

〔　〕内は訳注です。
原注は括弧内に「原注」と記しました。

主要登場人物（●は女性、◆は男性）

●コン・ジンソル……ラジオの構成作家、三十一歳
◆イ・ゴン……ラジオ局ディレクター、詩人、三十三歳
◆キム・ソヌ……ゴンの友人、茶房「雨が降る日は入口が開く」店主
●ユン・エリ……ソヌの恋人
●ハン・ガラム……ラジオのリポーター、ジンソルの友人
●アン・ヒヨン……ラジオの構成作家、エリの従妹
◆ホン・ホンピョ……ラジオ局のエンジニア
◆イ・ピルグァン……ゴンの祖父

# 1

薄く押し出された削り屑が真新しい鉛筆の先から白い裏紙の上に落ちた。頭を見せた芯をジンソルが軽い音をたてながらカッターで削ると、細かい黒鉛の粉が刃の先からこぼれた。

「つまり、イ・ゴンディレクターも『デホ組』だってこと？」

鉛筆の芯のとがりを確かめながらジンソルは何気なく聞いた。秋の改編が来週に迫り、新しい番組と担当ディレクターに関する情報が行き交う構成作家たちの仕事部屋は、朝から落ち着かなかった。

「はっきり『デホ組』だと線引きできないけれど、出身校を見ても、住んでるところを見ても、どちらにせよ、そちら側でしょう。主流派ってこと！」

隣でノートパソコンのキーボードを叩いていたキム作家が、先ほどからジンソルにイ・ゴンディレクターの情報を提供してくれているところだった。向かい側のパソコンの前で原稿を書いていた三十代後半で既婚のチェ作家が慎重に口を挟んだ。

「よく知らないことを適当に言うのはやめなさい。わたしが見たところ、あの人、デホオフィステル〔雑居ビルなどの一部に作られたマンション〕に住んではいるけど、デホ組ではなさそう。局でなにが起きても、一度も表に出てきたことないじゃない。ひとりで気軽に生きていくタイプよ。

仕事してみてそう感じた」

前のクールまで深夜の映画音楽番組をイ・ゴンと一緒にやっていたチェ先輩だけに、ひょっとしたら正しいことを言っているかもしれないとジンソルは考えた。突然、キム作家が脇腹をついたので、彼女が指し示すほうに目を移した。作家室の一角では、日頃からデホ組と親しいと噂されているソン作家がキーボードに指を置いて耳を傾け、なにくわぬ顔で座っていた。キム作家が気づかれないように舌をペロリと出したのを見て、ジンソルは声を出さずに笑った。

きれいに削れた鉛筆をペンケースにきちんとしまってから、新しいものを一本出して削り始める。仕事が手につかないときやわけもなく気持ちがそわそわして落ち着かないときには、何本かの鉛筆を削るのが昔からの習慣だった。刃の先で削られていく木のかけらを見つめるのも、真っ黒な黒鉛をサッサッと粉にしていく感触も好きだった。時が流れても、幼い頃に嗅いでいたのとまったく変わらない、ほんのりと漂う木の香りも気に入っていた。

大学四年のときに下っ端のスクリプターとしてジンソルがラジオ局に足を踏み入れてから九年になった。先輩たちの下で二年ほどアシスタントとして部分的に任された原稿を担当したあと、一人前に構成作家と呼ばれるようになり、自分の番組を持って構成台本を書いてきた。いくつかの局を経て、三年前から麻浦《マポ》にある今のＦＭラジオ局で仕事をしている。それほど活発でも、社交的な性格でもないので、同じ番組で仕事をした人たち以外とは、すれ違ったときに軽く目礼を交わす程度の対人関係を維持していた。

ふと、自分でも気づかないままため息をついた拍子に、紙に落ちていた削り屑が飛び散って広がった。彼女はこの一年半の間、懐かしの歌謡曲専門の音楽番組『歌を載せた花馬車』と、女性向けの番組である『幸せスタジオ』の二本を担当していた。歴史のある番組は同じディレクターが何年も担当する場合が多いので、三クールも続けることができていた。

けれども、今回の改編を行うにあたって上層部はほかの番組と同じように『花馬車』も水の入れ替えが必要な時期だと判断したようだ。三十三歳〔数え年。満年齢より一歳多い〕と比較的若い、入社五年目のイ・ゴンディレクターに交代することになったのだから。人見知りがひどいジンソルとしては、新しい指揮者と改めて最初から始めなければならず、気が重かった。

「コン・ジンソル、鉛筆削りにおいては、すっかり達人の域に達しましたな」

彼女がきれいに削った鉛筆の先を見て、キム作家が驚き半分でからかった。

「いかにも。悟りを開きました」

ジンソルは笑いながら調子を合わせた。突然、入口が勢いよく開き、明るい声が飛び込んでくると、一同の視線がそちらに集まった。

「こんにちは。お久しぶりですね!」

いつ見てもみずみずしく、生き生きとした顔つきに派手なファッション感覚を誇るアン・ヒヨン作家が姿を現した。キム作家が体を寄せてささやいた。

「何事だろう。奥まった作家室に光臨なさるなんて。ディレクターの隣にちょっと座るだけで、すぐにいなくなるような人が」

ヒヨンは部屋をまっすぐに横切ってジンソルが座っている窓際の席まで近づいてくると、机の上にふわりと腰かけた。

「コン作家、イ・ゴンディレクターと仕事することになったそうですね」

ヒヨンは艶やかでボリュームのある黒髪を五本に分けてざっくりと編み込み、紅葉を思わせる鮮やかな色のリボンで飾っていた。すぐ目の前に垂れた彼女の髪を見ながらジンソルは、こんな髪形にするには五本の束をどんな順序で編めばよいのだろうと、唐突に思った。

「うん。そうよ。でも、なぜ？」

「今、会議をしてきたところなんですよ。わたしたちの『ワールドミュージック』は次のクールも変わらずいくので、ゴンオッパ〔女性が親しい年上の男性を呼ぶ言葉〕が『花馬車』と合わせてふたつの番組を担当するって知ってますよね。コン作家はどんな人かと聞かれたから、いい人だって言っておきました」

いい人？　アン・ヒヨンはわたしのことをよく知っているとでも思っているのかな。なんとも疑わしくはあったものの、ジンソルは笑いかけた。

「そうなの、ありがとう」

「コン作家もオッパのこと気に入ると思いますよ。賢い人なんです」

ジンソルはわざとらしく口角を上げたまま黙って三本目の鉛筆を取り出し、うなずいた。ゴンオッパと呼んでいるわけだ。今までこの局で働く構成作家の中で、二十八歳のアン・ヒヨンの口から、○○オンニ〔女性が親しい年上の女性を呼ぶ言葉〕や○○先輩という呼称を聞いたことのある人はひとりもいなかった。三十一歳のジンソルは言うまでもなく、もっと年上の作家たちのことでさえも、ヒヨンは同等だという態度で「○○作家」と呼んでいた。

ジンソルがまったく手応えのない反応を見せると、ヒヨンは短い時間で彼女を上から下までさっと検証した。手の先を凝視し黙って鉛筆を削っている、ちっちゃな体のコン・ジンソル。しっかりした原稿を書くとディレクターたちの間で評判がいいそうだけど、ヒヨンから見れば社交性もいまいちだし、出世欲もなく、より広い世界に出ていこうとも考えない、ただの平凡な女だった。

「イ・ゴンディレクターが詩人なのは知ってますよね」

「えっ」

危うく指を切るところだった。ジンソルは鉛筆とカッターを持つ手をぴたりと止めたまま、まるで聞こえないはずの音を聞いたかのようにヒヨンを見上げた。驚きで唇がわずかに開いていた。ヒヨンはようやくにっこりとした笑顔を見せた。

「知らなかったんですね。何年か前には詩集も出したんですよ。すてきな詩を書きますよ」

ジンソルの顔に狼狽した表情が浮かび、小さなため息が漏れた。

「……まじか」

ヒヨンは満足げに笑いながら腰を上げた。

「汝矣島《ヨイド》に移動しないといけないのでお先に失礼します。そうだ、わたしが書いている番組、みなさん見ていらっしゃいますか。毎週、木曜日の夜十二時からです。ぜひ視聴率にご協力くださ い。では、また」

ヒヨンは明るく手を振りながら一同にあいさつし、その場を去っていった。入口の近くにいたソン作家があきれたとでもいうように鼻で笑っていた。ヒヨンはラジオの『ワールドミュージック』以外にも地上波のテレビ局でジャズコンサートの番組を担当していて、忘れられそうな頃になると作家室に立ち寄り、宣伝に励むのだった。

ジンソルは向かい側に座っているチェ作家を恨みがましく見やった。

「先輩、なんで言ってくれなかったんですか」

「ゴンディレクターが詩人だってこと？　それ、重要だった？」

チェ作家は鼻にかかったメガネを指で上げながらモニターから視線をはずし、ジンソルを見た。局には「イ」という苗字のディレクターが多いので、イ・ゴンはゴンディレクターと呼ばれることが多かった。

「わたしには大事なことです。前にあの歌謡評論家にどれだけ苦しめられたか知っているくせに」

「とりあえず一度やってみなさいって。正直なところ、イ・ゴンさんは原稿に対して厳しいほうではあるけれど、だからといっていちいち文句をつけてくるタイプじゃないから。あまりよけいなことは考えずに仕事しなさい」

「よけいなことを考えずって簡単に言うけど……」

ジンソルはため息をつくかのようにぶつぶつと独り言を言いながら、カッターと鉛筆をペンケースにしまい削り屑の載った裏紙を丸めた。このぶんだとしばらくは苦労しそうだな。ジンソルは詩でも小説でも批評でも、文章がうまいというディレクターは御免だと思っていた。いや、そう思っているのは彼女だけではない。すべての構成作家たちができれば避けたいのが、自分で文章の書けるディレクターだ。何年か前、歌謡評論家だというディレクターと一緒に仕事をして、どれだけ手を焼いたことか。ジンソルはそのときのことを考えるだけで、今でも身震いがする。曲に対するコメントはもちろん、原稿の表現一つひとつにまでどれだけしつこく食いついてきたか。たいして差が出なくても、少なくとも一日一カ所は絶対に自分好みに直さないと気が済まない人だった。ジンソルから見れば、それはただの習慣に過ぎなかった。

ジンソルは手の上にあごを載せて十六階のガラス窓の向こうに流れる漢江《ハンガン》をぼんやりと眺めた。いつのまにか夕方の日の光が川面をきらめかせている。十月間近の秋の気配が江辺《カンビョン》道路の脇に並ぶ銀杏並木を色づかせていた。

その夜、局の裏通りにある、混みあった「コプテギ屋」で、ジンソルはチャン・イルボンディレクターと銀色の丸テーブルを挟んで向かい合っていた。麻浦の裏通り特有の、昔ながらの古くさい雰囲気のある、飲み屋といってもいいような豚肉専門の焼肉店だった。テーブルの真ん中に開いた穴からは炎が燃え上がり、その上に載せた鉄板の上ではコプテギ〔豚の皮〕がジリジリと焼けていた。入口と窓が思いきり開けてあり、真っ黒な埃まみれの換気扇も勢いよく回っていたが、店中に広がった煙がすべて外に出るわけではなかった。

「だからその詩集を出したときだって『先輩、本を出しました』と言って、サイン入りのを一冊でも持ってきたら、なかなか感心な奴だなと思ったよ。一杯くらい奢ってやるだろうし、まあ、奴が奢るかおれが奢るかはわからないが……。なのに、噂で聞いただけだぞ。イ・ゴンの詩集。どんなものか拝んでもいない。たぶん、社内で配ってもいないだろう」

「配るのはどうかと思ったんじゃないですか。照れくさかったのかも」

「照れくさいって思春期の中学生か。そうじゃなくて個人主義だからさ。組織に対する愛情が足りないからだ」

チャン・イルボンディレクターは慣れた手つきでグラスを持って、喉の奥に向かって投げ込むように焼酎を飲んだ。太めでガッチリとした体格の持ち主らしく性格もタフな彼は、麻浦にある数多くの店の中でもここが一番だと、いつも言い張った。昔から食堂というのは、人がうじゃうじゃいて料理の量が多く、話し声が大きくなっても気にしなくてよいところが最高だと。ふたりは今、こう見えても『花馬車』の打ち上げをしているところだった。

「決定的に気に入らないのは、あいつが飲み会を断るタイプってとこだ」

チャンディレクターは赤らんだ額を軽くこすり、口に出したからには残らず言ってしまおうという表情を見せた。

「組織の雰囲気を考えると、絶対に飲まなきゃならない日ってのがあるだろう。この前のディレクター連合会授賞式のときや、教養制作部親睦会のようなときだよ。風邪ひいて扁桃腺が腫れたから飲まない、昨日の夜、あまり寝られなかったから飲まない……。そんなこんながあったとしても、特別な日にはスタッフ同士で最後まで飲んでぶっ倒れてもいいんじゃないか、男なら。もちろん、だからといってゴンディレクターの人間関係がうまくいってないわけじゃないが、他人との境界があまりにもはっきりしすぎていて、おれのタイプじゃないってことだ」

ジンソルはネギのあえものを箸でいじりながら、ただ軽く肩をすくめただけだった。チャン・イルボンは自分のことを、小さなことにはまったくこだわらない人物のように語るが、実際のところ彼がほんとうになんの気兼ねもなく付き合えるような人間かといえばそうでもない。たとえば、前日の夜にスタッフみんなで遅くまで酒を飲んで、翌日、朝イチの番組の原稿を構成作家が落としたとする。そんなときチャン・イルボンは「なに、酒を飲んで失敗することもあるだろう。なんとかしよう！」と言いながら、肩をポンと叩くスタイルではある。しかし、逆に言うと、普段、失敗もなく誠実に仕事をしていても、親睦を深める席にマメに顔を出さなければ、問題のない原稿にもケチをつけるような人間だった。つまり、うまく機嫌をとらなければならなかった。

今回の改編後も引き続き一緒に仕事をすることになる『幸せスタジオ』のイ・ソニョンディレクターはどうだろうか。三十代半ばで既婚者の彼女は、チャンディレクターとは正反対のタイプだ。原稿を確実に渡しさえすれば、一カ月の間まったく私的に会わなくても、さびしく思ったり、同僚としてのチームワークが不足していると考えたりはしない女性だった。その代わり構成作家がひどい風邪にかかっているとわかっていても、原稿の質が落ちるとすぐに電話をかけてくる厳しい面があった。「ジンソルさん。今日の原稿はいつもよりも力不足だったと自分でも感じていますよね。だから、普段から体調管理はしっかりしないと」、そんな見舞いの電話は実に効果的で、風邪さえびっくりしてどこかにいってしまうほどだった。

ジンソルは目の前の焼酎のグラスをぎゅっと目をつぶって飲み干した。そうだった。この九年間の経験を振り返ってみても、気楽なだけのディレクターなど、ただのひとりもいなかった。そんな人がいてもいけないし、いるはずもない、というのは永遠に変わらない真理だった。番組の完成度を高めようとディレクターが欲を出すのは当然だから、その点には特に不満もない。私欲のためでなければ、厳しい要求だっていくらでも受け入れられた。

イ・ゴン。はたして自分にとって何番目のディレクターになるのだろうか。いずれにせよ明日になれば、彼がどんな人間かは明らかになる。ジンソルは多少、戦闘的な気分になって、ガラス製のグラスをトンと音をたててテーブルの上に置いた。そしていつものように、焼酎は苦いだけでおいしくない、と思った。

十七階は、防音対策を施した長い廊下を挟み、生放送を行う主調整室と向かいのレコード室、そして、大小さまざまな十のスタジオに分かれていた。ロビーからスタジオのある廊下へ入るには、ずっしりと重い鉄のドアについた特殊ロックのパスワードを押さなければならなかった。

ゴンはロビーの窓際にある会議用テーブルにスケジュール帳をポンと投げ、換気用の小さな長方形の窓を外に向けて押した。頼りなく斜めに開いた窓に、あるところでカチャと留め金がかかった。隙間から吹いてくる川の風が気持ちよかった。彼は窓を正面にして座り、ジンソルのほうは見もせずに、横にあった椅子を雑に引き出した。ここに座れとでもいうように。

同じ局のロゴと周波数が書いてある黒いスケジュール帳をテーブルの上に置きながら、ジンソルは彼の横に並んで座った。向かい合って座るよりも、たしかに気づまりのない位置だ。はじめて会話を交わす人とは、互いに鼻を突き合わせるよりも、斜め下を流れる漢江を窓越しに見ながら話すほうが気楽ではある。なるほど。少しはわかってるな。なんにせよ、先手をとろう。

「わたしの紹介からしましょうか。あまりご存じないでしょう。わたしは……」

「知ってますよ」

ジンソルの言葉をゴンが軽くさえぎった。それからスケジュール帳のページをめくって、自分が書いたメモを何気なく読み始めた。しばし沈黙が流れ、ジンソルは横から彼の姿をすばやく盗み見た。はき心地のよさそうなブラウンのコットンパンツに黒の半袖ティーシャツという組み合わせで、髪は短く清潔にカットされていた。三年間、何度もすれ違って顔は見慣れていたものの、こんなに近くで見るのははじめてだった。もちろん今も、じっくり吟味するという状況ではないけれど。

ゴンはスケジュール帳のページの間から進行表を取り出して広げると、口を開いた。

「コン・ジンソル作家。住んでいるのはウソンアパート〔団地のように立ち並ぶマンション群〕。社内の交友関係は、イ某ディレクター、チャン某ディレクター、ハン某リポーター。その人たち以外と一緒に過ごしているのを見たことなし。行きつけの食堂は麻浦ナル。メニューはおから定食。普段の服装はジーンズにシャツスタイルを好む。このぐらいなら、だいたい知ってることになるんじゃないかな」

たいしたことでもなさそうに淡々と話した彼はちらっとジンソルを見上げた。ふたりの視線がぶつかった。

「……食堂で食べているメニューまでどうして知っているんですか」

「なぜかあそこに行くたびにおからを食べていたから。さあ、ぼくについては知ってますよね」

ジンソルは一瞬、ためらった。

「いいえ。よくは……」

「なんだよ、昨日、あちこちで聞き回ってたくせに」

すっかりばれてるよとでも言いたげに、彼がわずかに口を尖らせた。ジンソルはどきりとして黙った。ゴンが椅子から腰をあげようとした。

「知らん顔してるね。コーヒーでも飲みますか」

「わたしが買ってきます」

ジンソルは急に勢いよく立ち上がり、足早にその場から離れた。

ロビーの角を曲がると、トイレと自動販売機のあるエレベーター前の空間に出る。ジンソルはまずトイレに入り、深呼吸をしながら鏡の前に立った。ふー、こんなことになるなんて。まだ一ラウンドさえ始まっていないのに、早くも神経戦に追い込まれている気がした。あわてて彼のペースに巻き込まれないように、ずうずうしくいかなくちゃ。ああ、このひどい人見知りがなければいいのに。もう少し、なんでもないふりをして、有能なベテランらしくふるまわないと。

イ・ゴンは大学院にまで行ったそうだ。兵役を終えて二十九歳で入社し、今年で五年目。ジンソルのほうが二歳年下だが、社会に出たのは実に四年も早い。この業界の先輩は、なんといっても彼女のほうだった。

二杯のコーヒーを買って戻ると、彼はひとりでタバコを吸っていた。彼女から渡された熱い紙コップを受け取りながらゴンはどこか楽しそうな顔つきだった。

「ありがとう。さて、ぼくのほうはなにを差し上げればいいかな。タバコでも吸いますか」

彼の口調を無礼に感じ、ジンソルの表情は少し硬くなった。

「ずいぶん前にやめました」

「すごいですね。禁煙タバコを使って？」

「いいえ、意志の力だけで」

ゴンはジンソルの無愛想な顔を紙コップ越しに静かに見た。なるほど、負けるのはお気に召さないと。コーヒーを買ってくると言っていきなり立ち上がったところを見ると、よほど気まずかったようだ。内省的だという噂ばかり聞いてきたけれど、なんにせよ、これくらい長く仕事をしていれば、それなりに性格が変わってきてもいるだろう。今、彼女は、なんで早く会議を始めないのかという無言の抗議として、これ見よがしに鉛筆をもてあそびながら待っていた。肩の少し下まで届く長さのストレートヘアをゴムで結び、おなじみのジーンズと地味なシャツという服装だった。いつもはスッピンで過ごしているが、今日はそれでも口紅は塗っているようだ。ゴンは体を斜めにして背もたれに預け、静かに煙を吐き出した。

品定めがずいぶん長いな。ジンソルは心の中でひねくれた調子でつぶやいた。気管支が弱い彼女は、毎年、冬になると軽い喘息の発作が出てつらい思いをしてきた。そんな理由はともかく、女がタバコを吸うと顔をしかめる男も嫌いだが、すぐに「構成作家ならタバコくらいは吸うだろ」と決めつけるかのようにタバコを勧める男にも気分を害した。風が強く吹き込み、ジンソルのスケジュール帳のページがパラパラとめくれた。コーヒーのクリームが多すぎたのか、粉っぽさが舌に残った。

「今年の目標、『執着しないようにしよう』。なにに執着しないってことですか」

え？　ジンソルが驚いて見下ろすと、年間スケジュールと目標を書いた前半のページが、風のいたずらで開いていた。ゴンがのぞき込んで堂々と読んでいる。ジンソルはスケジュール帳を急いで引き寄せた。

「他人の書いたものを、なんでいきなり読むんですか」

「そこだけ字がすごく大きかったから、ぱっと目に飛び込んできたんです」

「ひどい」

ジンソルは顔をしかめた。今年の目標だけでなく、その下には一月から十二月まで、月ごとの目標もずらりと書いてあった。まさか、そこまでは見ていないはず。

「コン作家、今年はずいぶん忙しそうだね。もう十月だけど」

ジンソルはそんな彼を短くにらみつけた。全部、読まれたのか。

ゴンは笑いを抑えながら、不機嫌に唇を震わせているジンソルを見た。三十一歳だというのにまるで高校生みたいに、いまだに今年の目標を手帳に書き込んでいるなんて。普段、優等生らしく静かに、ひたすら影のように局内を行き来していた彼女に、好奇心が湧き始めた。

「いずれにせよ、これからがんばっていきましょう。『花馬車』を何日か聴いてみたけど、今までの方向性を生かしても問題なさそうですね。年齢層の高いリスナーが多い番組だから内容をあまり頻繁に変えるのはよくないし」

ゴンは予想に反して簡単に済ませそうな態度を見せたが、ジンソルは黙って次の言葉を待った。

まずはこうやって既存の内容を褒め称えてから新たな変更案を出してくるのだろう。しかし、ゴンはスケジュール帳を閉じて進行表をジンソルの前に押し出すと、空いた紙コップにタバコを入れて消し、早々に立ち上がりそうな気配だった。ジンソルはあわてた。

「会議は終わりですか」

「終わったよ」

「なにも話し合ってないじゃないですか」

「今、やったよね。顔を合わせてコーヒーを飲んだからもういいでしょう」

ジンソルは不審に思い、黙って彼を見つめていた。ゴンはにっこり笑った。

「本気なのか、試しているのか、疑ってますね。本気だからご安心を。うまくやっていきましょう。ぼくは気楽なディレクターだから」

「……どうでしょう。気楽かどうかは様子を見ないとわからないですね」

「どうしてですか。詩集を出したことのある物書きだから？　ぼくが詩人だから嫌だって言ったそうですね」

彼女がたじろいだ。

「誰が……そんなことを？」

「アン・ヒヨン作家です。『まじか』って言ったんだって？」

ジンソルはなにも言い返すことができず、魚のように虚しく口を動かした。どう言っても事実は事実だ。わざと咳払いをしながら遠回りに表現した。

「構成作家の立場から率直に言って、文章のうまいディレクターたちとはやりにくいって意識があるんです」

平然と腕組みをしていたゴンの唇が不満げに動いた。

「わかりやすく言うと、一緒にやるのは御免だという意味ですね。どうしてですか」

「文章が苦手なディレクターでも読むことはできます。そんな人たちにさえ、なんだかんだ嫌味を言われるのに、ちゃんと書けるディレクターの偉そうな態度といったら……」

「お互いに書くことの難しさを知ってるぶんましだ、とは考えない？」

「まったく。そういう言葉に騙されたことも一度や二度じゃないんで」

ゴンはにやりと笑うと、スケジュール帳を持って立ち上がった。

「それなら、もう一度だけ騙されたと思ってぼくの言葉を信じてみてください。録音があるので、お先に」

「……生放送ふたつのほかにまだあるんですか」

「なぜか『詩人の村』まで引き受けることになりました。一週間分まとめて録音するので、それほど負担もないから」

ゴンはどうでもいいという態度でスタジオに向かい、ドアロックのパスワードを順番に押した。ガチャンという音をたてて銀色のドアが開くと、彼は後ろも振り向かずに中に入り廊下のほうへ消えた。
『詩人の村』は文壇でキャリアの長い詩人をDJに招いて制作する十分間の帯番組だった。毎日、午前零時、音楽をバックに一篇の詩を朗読し、短く解説する教養番組だ。イ・ゴンディレクターは、一応、詩人であり、いまだ家庭を持たない独身でもあるため、先輩たちの代わりに細々とした仕事をさらに押し付けられたようだ。

ともかく最初の会議は比較的すんなりと終わったが、彼がいつまでおおらかな態度を続けるかはまだわからない。もしかしたら、しばらく見守ってから徐々に変えていく作戦かもしれない。

ジンソルはゆっくりと頭を振りながらゴンが置いていった進行表をのぞき込んだ。歌とコメントが入る位置、各コーナーの前にBGMを入れる部分が几帳面に書かれていた。チャン・イルボンディレクターは概要を口頭で伝えるだけだったから、書いてくれるだけでも感謝しないと。ジンソルはなかなか素直になれないまま、心の中で思った。ほどなく彼女もスケジュール帳を閉じて立ち上がった。レコード室から借りたCDを返さなければならなかった。

ジンソルはドアが半分ほど開いた第五スタジオの前を通り過ぎようとして、一瞬、足を止めた。ガラスのブースの向こうでヘッドホンをつけてマイクの前に座っているDJの姿が目に飛び込んできたからだ。ジンソルの目が丸くなった。詩人のコ・ジョンリョルだ！

自分でも気づかないうちにスタジオのドアに寄りかかり、顔を少しだけ突き出してちらりと中をのぞいた。録音に使うリールテープを機械にかけていたゴンが、そんな彼女を発見した。

「どうしたんですか。まだなにか？」

ジンソルが小さな声でささやいた。

「びっくりした。コ・ジョンリョル先生じゃないですか。ゴンディレクターが新しいＤＪに呼んだんですか」

「そうですが」

「大学時代、詩の創作の講義をするために一学期だけいらっしゃったんです。ほぼ十年ぶりにお顔が見えたので」

当時のコ先生は三十代後半だったから、今は五十近いはずだ。ジンソルは夢見るようなうっとりとした瞳で、ブースの中の詩人を見つめていた。ゴンの口から思わず笑いが漏れた。これこそまさに羨望のまなざしだな。

「トークバックできるようにしてあげるから、あいさつしたら」

ゴンが音響卓の赤いボタンに手を伸ばすと、ジンソルはやめてくれといわんばかりに急いで首を振った。

「だめです。今になってごあいさつなんて恥ずかしい。わたしのことを覚えているはずもないし……」

残念そうな彼女の声にため息が混じった。ゴンははじめてゆっくりとジンソルを振り返った。まるでアイドルスターに胸ときめかせるファンの少女のように、彼女はスタジオのドアの後ろに隠れてあの中年の詩人を盗み見ている。自分など眼中にも入れず。さっきまで無表情だったジンソルの口元は柔らかくほころび、かすかな笑みまで浮かんでいた。ゴンは目を細めた。なんなんだ、この人は。ちょっと前まで「詩人なんて御免」と顔に書いて座っていたのに。そのとき、彼女が決定的な言葉を口にした。

「ああ。先生の詩はほんとうにいいですね」

ゴンはわずかに眉をひそめた。どこか滑稽な気もしたが……なぜだか、妙に気分が悪かった。

土曜日の午後。光化門《クァンファムン》の教保《キョボ》文庫は、本を選ぶ人たちで混み合っていた。ジンソルは詩集のコーナーの前で、棚一杯に並んだ本を端からゆっくりと見ていた。出版社とタイトルはあらかじめ調べてあった。とある出版社から出ている、順に番号がつけられた詩選集シリーズの中についにイ・ゴンの詩集を発見し棚から取り出した。

『この静かなる金色の塵』

表題の下には荒削りなタッチで描かれた彼の顔のイラストがあった。レジで定価五千ウォン〈約五百円〉を支払いながら「詩集の値段はいつのまに上がったのだろう」とジンソルは思った。三千五百ウォンくらいの頃にはずいぶん熱心に詩を読んでいた。もっともほかの物価も上がり、詩人たちが骨身を削って書いていることを思えば、詩集一冊が五千ウォン……でもいいか、とジンソルはつぶやいた。

　教保文庫を出て仁寺洞《インサドン》方面へと行き先を定め、鍾路《チョンノ》の通りを歩き出した。銀杏並木が黄色く染まり始めていた。十年以上、なじんできた道。二十歳のときに故郷を離れてやってきたソウル。光化門から東大門《トンデムン》へと続くこの道をジンソルはどれだけ歩いたことだろう。なかなか愛着が持てなかったこの街に、情が湧いてくる日まで続けてやろうと、がむしゃらに歩いてきた道だった。

　暮らしていた部屋のあった東大門の近くから出発し、卸売薬局が並ぶ鍾路五街《オガ》、宗廟《チョンミョ》〈朝鮮王朝の王家の霊廟〉と世運《セウン》商店街が向かい合う四街《サガ》、団成社《タンソンサ》劇場が見える三街《サムガ》を経て、楽園《ナグオン》商店街と仁寺洞の前を過ぎ、毎年、最後の夜に除夜の鍾を響かせる鍾閣《チョンガク》まで。途中で休みもせずに、とぼとぼと歩いたものだった。そして、もう少し行けば、いつ見ても変わらずに長い刀を携えた李舜臣《イ・スンシン》将軍〈十六世紀末、豊臣秀吉の命により朝鮮に攻め込んだ日本軍と戦った名将〉の像が高くそびえ立つ光化門交差点……。

　二十一、二歳の頃。ジンソルはそんなふうに光化門まで歩いて教保文庫に入り、書架の間にしゃがんで座って二、三時間。痛くなった足をときどき休めながら本を読み、再び歩いて、あるいはバスに乗って、部屋まで戻ったものだった。ずいぶん昔のことだ。しかし、きらびやかな高層ビルがいくつも建ってはいるものの、古く色あせた鍾路の通りとそこに並ぶ看板は、当時も今も同じように感じられた。

仁寺洞の裏通りにちょうど入ろうとしたとき、携帯電話の着信音が鳴った。液晶画面に「ハン・ガラム」の名前が見えた。ジンソルと親しい同い年の友人で、『幸せスタジオ』の取材を担当している陽気で頼りになるリポーターだった。

「ごめん！　インタビューに思ったより時間がかかっちゃった。これから出るからたぶん四十分くらいで行けると思う」

「気にしないで。ゆっくり来て」

「ぼーっと立ってないで、どこかに入って待ってて。この前行ったとこ、あそこに行くね」

あるビルの二階にある「チデ房《バン》」という伝統茶の店。ジンソルは窓際にある木のテーブルの前に座り、イ・ゴンの詩集を読み始めた。一ページ、一ページと読み進めながら、時間が過ぎたことにも気づかないほど、彼女は詩集に没頭した。

ほとんど終わりのページに差し掛かった頃、ジンソルは読むのをやめて一息つきながら、窓の外に視線を移した。行間をたどりながら彼の詩を読んでいるうちに、感情が激しく沸き上がり始めていた。こんなふうに心が波立つのは久しぶりだが、そのことがうれしくはなかった。穏やかだった心のひだを、乱暴に刺激してくるこの感じは……。どこが〝静かなる〟金色の塵なんだろう。まったく逆のタイトルをつけるなんて！

ぼんやり窓の外を見下ろすと、向かいの狭い裏道から歩いてくるひとりの女が目に入った。白いブラウスに薄いブルーのフレアスカートを合わせた、長いストレートヘアの女。仁寺洞で二、三回ほどすれ違ったことがあり、その姿や印象がなぜか記憶に残る人だった。この前もこの席に座っていたときに見たような気がするけれど、あの道の奥に住んでいるのだろうか。

女は小走りで少し離れたところにある薬局の中に入っていった。

「ぼんやり、なに見てるの」

いつ来たのか、ガラムがレコーダーを入れたカバンをテーブルの上に置き、向かい側の椅子にどかりと座った。ジンソルは薬局の入口を見守り、女がガラス戸を開けて出てくるやいなや、そちらを指差した。

「あの女の人、すごくきれいじゃない？」

ガラムは窓の外を見下ろして女を吟味すると、生意気な言い方で評価した。

「あらら。やせすぎだよ。風が吹いたら腰が折れそう」

「でも意志はかなり強そうに見える。古典的な美人て感じだし」

「知らない。女なんか目に入らないから。きれいでも、そうでなくても」

ガラムはあまり興味もなさそうに、竹を切って作ったメニューを見ながらつぶやいた。

「コーヒーもあるのかな。この店に来てコーヒーっていうのもあれか。緑茶でも飲もうかな」

女は再び向かいの道へ、そそくさと消えていった。メニューを片付けたガラムはジンソルの前に開かれていた詩集にふと目を向け、さっと手にとって表紙を確認した。

「わあ。ゴンディレクターの詩集じゃない。くれたの？」

「本屋で買った。本人がくれないものを、いきなりくださいとも言えないから。相手を知り、己を知ってこそ生き残りも可能ってものです」

「詩集を一冊読んだだけでわかるの？」

「だいたいはわかるでしょ」

ガラムは同意できないといった表情で、いやいやと首を振った。

「文章を見ればその人がわかるなんて言葉、まったく信じられなくなった。そんな基準はすでに根本から揺らいでるんだってば。性格にかなり難のある外部の書き手たちの原稿を読んでみればわかるよ。どれだけお上品に、美しく書くことか」

「ほかの原稿はそうだとしても、詩は違うでしょう。詩は最後まで心の砦として残るものだよ。内面の告白だから。わたしはそう信じたい」

ジンソルがことさらに語気を強めると、ガラムはぺろりと舌を出した。

「ご立派だこと。それよりも、わたし、ちょっと痩せたと思わない？　太陰人〔四象体質のうちのひとつ〕プランを始めて二週目なんだけど」

最近、食餌療法ダイエットを始めたせいで体質への関心がぐっと高まっているガラムだった。ジンソルはそんな友人をまじまじと見ると、うなずいた。

「少し痩せたみたい。運動もしてるの？」

「もちろん。プールに行ってる。一緒に行こうよ。局の前のスポーツセンター。あそこ設備もいいよ」

　ジンソルはためらった。以前にも一度、水泳を習おうとして失敗したことがあった。水にうまく慣れることができなかったのだが、べつに水泳でなくても、彼女の運動神経は最悪だった。

「考えとく」

　もう一度詩集を引き寄せると、ジンソルは別のことを考えたままページをまさぐった。ガラムが見るところ、今、目の前に座っている心配性の友人は、新しいディレクターの悩みですっかり頭がいっぱいなようだった。

「ねえ、あんまり考えすぎないほうがいいよ。意外にあなたとゴンディレクターはうまくいきそうな気がする。あの人、体質でいうと『水』みたいな感じじゃない。柔軟に見える。考え方も行動もまるで水みたいで、うまく入り込んだかと思えば、すっと抜け出すし」

　そう言ってすぐに、ガラムは首をかしげて、もう一度言い直した。

「違う！　むしろ『金』かもしれない。ちょっと冷たい感じもあるよね」

　ガラムがひとりであれこれだこうだと評価する間、ジンソルは詩集のページをしかたなくぱらぱらと読み続け、ゆっくりと首を振った。

「今、これを読み終わって感じたんだけど、どちらでもない気がする」

「ほんと？　じゃあ、結論は？」

　詩集をパタンと閉じながら、ジンソルはため息のように吐き出した。

「……『火』だよ」

店を出ると、午後の日差しが仁寺洞の通りを隅々まで照らしていた。立ち並ぶ喫茶店や古めかしい品物を売る店、リヤカーの上に商品を広げた露天商の前を通り過ぎ、彼女たちは鍾路三街に向かって並んで歩いていた。劇場で映画を見る計画だった。ガラムが興味津々な顔で尋ねた。

「今日、あなたんところのウソンアパートは賑やかそうだね。キム局長の誕生日ってことでディレクターたちがご飯を食べに集まるみたいだけど、行くの？」

「キム局長がわたしを招待するはずないでしょ。社員が集まるところにフリーランスなんか呼ばれない」

「同じアパートに住んでいる人を除け者にするなんて、ちょっとひどいね。去年まではよく呼んでくれてたのに。今年の春に作家たちの組合ができてから冷たくなったんでしょ」

ジンソルは黙ってうなずいた。組合を作るにあたっては産みの苦しみや面倒なことも多かったが、結果的には出演交渉や取材などの雑用から、わずかながらでも解放された。ガラムが突然、ジンソルの腕をトントンとつついた。

「あそこ見て、さっきの女の人だ」

道の向こう側にあの裏道の女が、男と腕を組んで並んで歩いていた。男を見上げる笑顔が輝いていた。

「恋人みたいだね」

ジンソルの口元にも笑みがこぼれた。好きな男の前ではあんなふうに笑うんだ、あの人は。しかし、ガラムは嫌そうな顔をした。

「うぇ！　あのふたり、髪の長さが同じだ。なに、あの男？」

後ろ姿の男は腰まで伸ばした長い髪をゴムで結んで、改良韓服〈伝統的な韓服をアレンジして着やすくしたもの〉のような、ひらひらした服を着ていた。彼らは道端のリヤカーの前に立ち止まり、細々したアンティークをのぞいていた。おかげでジンソルとガラムは男の横顔をちらりと見ることができた。真っ白な皮膚の上に、ぼうぼうの髭を鼻の下から口の周りにかけて蓄えていた。

「ああいう男、嫌い。着てる服見てよ。なんとか道《どう》を究めようとする人みたいにだぶだぶじゃない。『わたしは浮気者です』と顔に書いてある。女に苦労をさせるタイプだな」

ガラムが口を尖らすと、ジンソルは軽くにらんだ。

「幸せなカップルに向かって八つ当たり？　いい雰囲気じゃない。あの演出家と別れてから、最近、根性が曲がってるよ」

「そうよ。そうやって痛いところを突けばいいよ。今のわたしにとって、腕を組んで歩く奴らは、全員、敵だから！」

ガラムは男性遍歴が華やかだった。半年に一度は相手を取り替えているようだが、そのたびに、男を熱烈に愛していると切実な表情で告白し、別れたとなると、この世にあれほど悪くてでたらめな奴はいないと、今度は強く否定した。驚くほどのエネルギーだ。それもひとつの能力だとジンソルは思った。ふたりはそんな調子で仁寺洞の通りを歩いた。

その夜、八時くらいのことだった。

麻浦ウソンアパート一一四棟一〇二号というのが、ジンソルが伝貰《チョンセ》〔入居時に一定額の保証金を預け、家賃は払わない韓国独特の賃貸システム〕で借りた十七坪の部屋の住所だった。三年前、局の近くで部屋を探していたときに、一階と十三階というふたつの選択肢から不動産屋の忠告を拒んで一階に決めた。軽い高所恐怖症のあるジンソルには、エレベーターに乗ること自体がわずかながらもストレスになるのだった。職場はしかたないとしても、自分で選べる自宅についてはエレベーターを使いたくなかった。

ウソンアパートでは、隔週土曜日の夜になると、住民たちが自らリサイクルゴミを分別して出すことになっていた。ジンソルがゴミを入れた段ボール箱を持ってちょうど家を出ようとしたときだった。一階の玄関のほうから雷のような男の怒鳴り声が聞こえてきた。

「だから、どうして、あんたのうちのゴミを二階に上がる階段に置きっぱなしにしてるのかって言ってんだよ！　階段を使う二階の住民がどれだけ邪魔だかわかってるのか」

負けずに張り上げた女の声が続いた。

「そのゴミがどれだけ場所をとるっていうんですか。階段の真ん中に置きましたか？　端のほうに寄せたんだから足にもぶつからないでしょうに。それとも引っかかったとでもいうんですか！」

「この女！　汚いし、匂いがするじゃないか！　自分ちに入れればいいのに、なんで公共の場所に置くんだって話をしてるんだ。こっちは！」

「ちょっと、このおやじは何様だと思ってタメ口で『この女』呼ばわりよ！　あんたはわたしの夫なわけ？　こっちがおとなしくしてりゃ、ひどいこと言ってくれるじゃない」

「なんだと！　自分は正しいのか？　ちくしょうめ、こんな強情な女がいるとはな！　胸糞悪いわ！」

　ゴミを出すため箱を抱えてエレベーターから降りてきた人たちがこそこそとふたりを見上げながら、玄関へ歩いていった。

　ジンソルは静かにドアを閉めて、段ボール箱をもう一度玄関の床に置いた。しばらくそこに立ったままでいてから、彼女は仕事をする空間として使っている小さな部屋に入った。使い始めてからずいぶん経った、手垢のついたコンピューターを立ち上げ、壁のコルクボードに貼ってあるメモを見て、月曜日用の原稿に落としてはいけない内容があるか確認した。『幸せスタジオ』には、ハン・ガラムリポーターが取材してきた女性学者のコメントが入る予定だ。DJがその人のプロフィールを説明できるように資料を探す必要があった。

　ネットで検索を始めてからも廊下に面した窓を通して、外の怒鳴り声がしきりに聞こえてきた。誰なのか第三者まで加勢したようで、別の声も聞こえた。ジンソルは机の引き出しを開けてポータブルCDプレーヤーを取り出すと、ヘッドホンを着けた。リモコンでボリュームを上げてからスタートボタンを押すとABBAのゴールデンヒットが耳に飛び込んできた。

母が好きで子どもの頃から聴いてきた歌の数々……。いつだったかテレビの教育チャンネルで放送されたABBAのドキュメンタリー特集を録画したことがあった。ビヨルンとアグネタ、ベニーとフリーダ。二組の夫婦で構成されたスウェーデン出身のABBAは、彼らの離婚後、自然にグループも解散となった。その後、三人はそれぞれソロで活発に活動したが、アグネタはいつからか隠遁生活をしていると言われた。ABBA時代の思い出を振り返るのが嫌で、当時出したアルバムも聴かないという。ドキュメンタリーの制作チームはアグネタにインタビューしようと試みたが、彼女は最後まで断り続けた。ジンソルはアグネタが好きだった。あの透明な声。愛が終われば、歌も終わりと決めた女。

壁掛け時計の針が十時を過ぎる頃になって、ようやくジンソルはコンピューターの電源を落として立ち上がった。窓の外は暗闇が深まり、周囲はすっかり静かになった。彼女はリサイクルゴミの入った箱を持って玄関を出た。二週間後を待つとゴミがすっかりたまってしまう。

アパートの庭には種類別に分別されたゴミがぎっしり詰まった大きな布袋が並んでいた。ジンソルは軽く結んであった紐を緩めて中をのぞき込んだ。そして、牛乳パック、空き瓶、空き缶、紙類、プラスティックそれぞれを、決まったところに分け始めた。警備のおじさんが出てきたら怒られるかもしれないので、さっさと済ませなければと思った。

そのときゴンは、ウソンアパートの中でも一番広い間取りの物件が集まっている二〇三棟をあとにして、ゆっくり歩いていた。直属の上司であるキム局長の誕生日の夕食に呼ばれ、ディレクターたちのほとんどが集まった日だった。酒の席が混み合ってくると、部屋の一角ではポーカーが始まった。彼ももう少し飲みたかったが、そこに居続けるのはあまり気がすすまなかったので、適当にあいさつをして抜けてきたところだった。

タクシーに乗って仁寺洞に向かうか、それともやめておこうかとゴンは迷っていた。そこでは彼が昔から知る同窓生たちが小さな茶房をやっていて、行けばいつでも彼らと楽しく飲めるのだった。土曜日の夜なので翌日を気にせずに足を延ばせるにもかかわらず、いざ、動こうとするとちょっと面倒な気もした。ほとんどアパートの正門の近くまで来たとき、どっさり積み上げられた布袋を前にがさごそと動いている人影が見えた。……コン・ジンソル？

「そこでなにしてるんですか」

ジンソルが飛び上がるほど驚いて振り返ると、ゴンがどこかからかうような表情で立っていた。

「誰かが捨てたものの中から拾って使えそうなものを探してるんですか」

彼女は額に軽くシワを寄せた。あの男、言い方ってものが……。

「まさか。捨てそびれて、今、分別ゴミを出しているんです。なんでここに？」

「キム局長の誕生日で、今、二〇三棟に集まってるんですよ」

「ああ、そうか」

ジンソルは思い出したようにうなずくと、箱の中のゴミを袋に入れる作業を再開した。横で見守っている彼が気にさわる。どうしてさっさと行かないで立ってるんだろう。きまりが悪いじゃない。ゴンは腰を曲げて箱から空き缶をひとつ取り出すと、街灯の光に当てながらラベルを確認した。

「これ食べてるんですか。あんまりおいしくないのに。ヤシの木のラベルのほうがおいしいよ」

「わたしは、こっちのほうがおいしいです」

彼女がぶっきらぼうに答えた。ゴンは箱の中をのぞきながらあれこれ拾い出した。一緒に分別をするとすっかり決めたようだ。

「ジンソルさんの食生活には問題があるね。ちゃんと作って食べてるの？　なんでこんなにインスタント食品が多いんだよ。オレンジジュースがすごく好きなんだね。一日一本以上飲んでる」

「そのままにして行ってください。自分でやるから」

あきれたジンソルが弱々しく抗議したが、ゴンは聞く耳を持たなかった。

「『活命水』の瓶なんて何本あるんだ。胃の調子が悪いのかな。ちゃんとした時間に食べられてないの？」

「ほっといてくださいってば！　早くお帰りください」

彼女の声がいくらか刺々しくなった。ゴンは袋の中に瓶をきちんと入れてから、気楽な調子で言った。

「早くやっちゃってビールでも飲みに行こう。改編後、一度も飲みに行ってないじゃないですか」

「こんな時間に？　だいぶ遅いけど」

「もう、眠いんですか」

ジンソルの顔に動揺した気配が浮かんだ。

「そうじゃないですけど、急なので……。また次にしましょう」

「番組の話をしようと思ったのにな」

ジンソルはそんなゴンをあきれ顔で見上げ、信じられないという口調で言った。

「嘘つき」

彼がにやっと笑った。

「騙されないね。でも、わからないよ。話しているうちに『花馬車』のことも出てくるかも。スタッフ同士で親睦を図ろうというのに、そんなにためらうことですか」

ジンソルは彼にわからないように小さくため息をついた。この男と長い時間言葉を交わす心の準備がまだできていない。でも、そうだ、どちらにせよ親しくならないといけないのなら、早く済ましたほうがいいだろう。

「わかりました。家に戻っておサイフをとってきます」

「いらないよ。今日はおごります」

ジンソルは少し渋ってから首を縦に振った。


しばらくして、ふたりはウソンアパートに隣接した商業ビルにあるパブの窓際の席で向かい合っていた。それほど広くない店内には人影もまばらで、壁にかかったさえないスピーカーからは、どこかで聞いたようなのっぺりとした音楽が流れていた。ジンソルはテーブルの下で、はいていたパンツに手を押し付けて埃を拭った。家からそのまま出てきたよれよれの服のままということもあり、少し気になるところもなくはなかったが、思ったほど居心地の悪さは感じなかった。

テーブルにビールと乾き物が置かれ、一杯目が終わる頃にゴンが聞いた。

「仕事を始めてずいぶん経ちますよね」

「九年目です。ゴンディレクターはここが最初の職場ですか」

「厳密に言うと二カ所目。最初のところは一週間で辞めました。広告会社にコピーライターで入ったんですが、ネクタイをしろというので」

「……ネクタイをするとどうなるんですか」

「ぼくは首を絞められると、なんのアイディアも浮かびません。そんな状態でどうやってコピーを書けって言うんですか」

彼の平然とした口調に、ジンソルはひねくれた気持ちが湧き上がった。なにそれ、かっこつけちゃって。それじゃあ、ネクタイを締めてコピーライターをしている男たちの立場はどうなるのだろう。

「どうでもいいことにこだわるふりをする奴だなと思ったでしょう」

「……いいえ」

ゴンがにやっと笑いながらグラスを口元に運び、ひと口飲みこんだ。

「コ・ジョンリョルさんがそんなに好きなんですか」

ジンソルは軽く肩をすくめた。

「すてきじゃないですか。ゴンディレクターもあの方の詩がいいと思ったから、起用したはずだし」

「単純にいい詩を書くからってあんな表情するかな。完全にファンという感じで恍惚としてましたよ。あの日のジンソルさんは」

彼女は思わず笑った。

「実は、事情があるにはあるんです。大学時代、講義の途中の休み時間にわたしが自動販売機のコーヒーをコ先生に一杯買って差し上げたことがありました。そうしたら、先生は真顔になって、お金もない学生に買ってもらったコーヒーなど講師は飲めません。これいくらでしたか、と深刻な口調で言われました」

「それで?」

「たったの百ウォンだから大丈夫ですと言ったんだけど、コ先生はすごく固い顔で背広のポケットをあわててひっくり返して百ウォン玉を出して、くださいました。わたしの顔なんか一度もまともに見ずにですよ」

ゴンが低い声で笑うと、ジンソルもつられて笑顔を見せた。

「正直すごく恥ずかしくはあったんですけど、なんていうか、ああ、この人はほんとうに詩人なんだな、という強烈な印象を受けたんです。すっかり魅了されました」

ゴンは首を反らせて、ははははと声を出して笑った。

「やっぱり、原因はひとりの人間に対する幻想か。詩が重要だったわけじゃないんだ」

笑い声の余韻がテーブルの周りにしばらく漂っていた。言おうかどうかとためらっていたジンソルが口を開いた。

「実は今日、詩集を一冊買って茶房に行き、その場で最後まで読みました」

彼女は視線を斜めに落とし、その先にあるテーブルの端を指でこすっていた。そんなジンソルを眺めるゴンの口元にかすかに笑みが浮かんだ。

「誰のですか」

「気づいてるくせに。わかってるのになんで聞くんですか」

「どうして買ったんですか。くれって言えばいいのに。かっこよくサインしたものをあげたのに」

彼女は視線を上げて彼の顔を見た。

「感想は聞かないんですか」

「そんなこと聞きませんよ。作家の手を離れた文章は読む人のものです。それぞれが自分なりに感じるだろうから」

まるで気のない彼の言葉にジンソルはなにも言わずにうなずいた。沈黙が流れた。店の隅にひと組だけ残ったテーブルのざわめきが、さえない音楽に混じって聞こえてきた。

三階にある店の窓の向こう、遠い暗闇の中に、唐人里《タンイルリ》発電所の高い煙突の輪郭が見えた。てっぺんでは赤い光がついたり消えたりしていた。

出し抜けにゴンが言った。

「それはそうとして」

ジンソルは彼を見つめ、静かに次の言葉を待った。

「ぼくの詩、どうでしたか」

一瞬、ぼんやりしてから、ジンソルは思わず笑い出した。ゴンも笑っていた。なぜだか彼女の気分が急に明るくなった。

「褒めましょうか。正直に言いましょうか」

「両方のバージョンで言ってみてください」

「よかったです。わたしがこんなことを言うのもなんですが。とても印象的だったし、感情移入もすごくできて、長く記憶に残りそうです。でも、正直に言うと、自分の本棚に並べて取っておきたくはない詩集でした」

「どういう意味ですか」

「すごく、刺激するんです、感情を。だからちょっと、どうしたらよいかわからなくなってしまって……。持っていたいとは思えませんでした」

ゴンがなにも言わずに見ているので、ジンソルはわけもなく恥ずかしくなり、わざとつっけんどんに付け加えた。

「褒めてるのか、けなしてるのか聞かないでくださいね。自分でもよくわからないんですから」

「褒めてるに決まってるよ。ぼくの詩を読んでけなす言葉が出てくるはずがない」

ゴンがにやにやするので、ジンソルもあきれて笑ってしまった。彼女は心の中で不思議に思っていた。こんなに早く誰かと打ち解けることなんてほとんどなかったから。

時間が流れ、ふたりはいろんな話をした。ゴンはソウルの出身だと言った。ここで生まれ、ずっと暮らしてきたソウルっ子。一方、ジンソルは地方の静かな小都市が故郷だった。テーブルの上にビールの空き瓶が何本も並んだ頃、彼女が尋ねた。

「あの詩集に収めた詩はいつ頃書いたものですか」

「六年前から三年前にかけて書いたものをまとめました」

「その頃、ちょうど恋に心を痛めていたんじゃないですか」

ゴンがなにも答えずに見つめるので彼女は少しとまどった。ストレートに聞きすぎたかな。やっぱり失敗だったみたい。

「ああ、ごめんなさい。初対面で、というか、初対面ではないけれど、一緒に飲みに来たのははじめてなのに、行きすぎた質問をしましたね。取り消します。取り消し」

「昔からそんなに臆病なんですか」

ジンソルはぎくりとした。ゴンが気の毒そうな口調で続けた。

「気になったら尋ねることもありますよ。なんで取り消しなんて言うんですか」

臆病、という言葉が心にすっと刺さった。それはジンソルが聞きたくない言葉だった。指摘などされなくても、自分がそういうタイプだとよくわかっていたから。彼女が言葉を失っていると、ゴンは低く笑いながら誘いかけるように提案した。

「ジンソルさんが恋愛話をしてくれたら、ぼくもします」

彼女が、ふんと口を尖らせると、ゴンはわざとからかった。

「あ、そうか臆病者だったか。話すはずがないな」

「そんな、それほどたいしたことでもないから……」

ジンソルは半ば意地でつぶやいてしまった勢いで、淡々と話し出した。

「恋愛をしたのは二回だけです。初恋は大学時代で、いわゆるキャンパス・カップルというやつ。二度目は社会に出てから何年かして」

「なんで両方ともだめになったんですか」

「初恋については口にしたくもありません。二度目はなんというか、相手を疑い出してしまったから」

ジンソルは妙な気分だった。何年も親しくしてきたガラムにさえしていない話なのに、どうしてこの男の前でべらべらと話し続けているんだろう。ああ、もうどうでもいい。それはあとで布団の中で考えることにしよう。

「最初に放送局に入ったとき、一緒に仕事をしたアナウンサーでした。年末にスタッフ全員が社内の賞がかかった特集の企画を出したんですが、わたしのものが採用されて、その人の企画は落ちたんです。すごく気分を害していました。一瞬、わたしのことを恋人ではなくライバルだと考えたんです。もちろん、彼の言い分を理解しろと言われれば、できなくはありませんでした。仕事は仕事でプライベートはプライベート？　切磋琢磨？　でも、わたしからしたら、彼の態度は切磋琢磨の中から出てきたものではありませんでした。ただ、仕事で優位に立たれて怒っただけ。プライドが傷ついたんでしょ。なにそれ。仮にも恋人なのにどうしてそんなふうに思うんだろう。そうじゃないですか。ほんと、くだらなかった」

「……くだらないね。ほんとに」

「そうでしょ。それで、数日経ってから別れようと言ったら、なにも言わずにわかったって顔をして見せるんですよ。ほんと、笑えるでしょ」

ゴンが温かく笑った。

「まったくお笑いだね。乾杯」

彼が差し出したグラスに彼女も友好的にグラスをぶつけた。いつのまにか店には、彼女たちしか残っていなかった。音楽も途絶え、店の主人もカウンターの向こうで居眠りでもしているのか姿が見えなかった。がらんとさびしい店内で彼と向かい合いながら、ジンソルは久しぶりにリラックスした気分になった。ずいぶん長い間、思い返すこともなかった出来事だが、なんともないところを見るとほんとうに昔話となったようだ。

過ぎ去った恋愛は、振り返ってみたところでよくわからない気がした。あれはほんとうに愛だったのかな。違うかな。それほど大事なことではないようにも思えた。ジンソルはつぶやくように言った。

「歳をとると恋愛が難しくなるのは、男、女というアイデンティティがどんどんなくなっていくからのような気がします。この世界で生きて、一緒に競争して喧嘩して。異性に対して自分をよく見せようという本能が、だんだんなくなってると感じるときがあります」

「男が男として見えない？」

ゴンがさらりと聞くと、ジンソルは考え深そうな表情でゆっくり首を横に振った。

「そこまでではないけれど、生きているとときどき……。実はさっき、分別ゴミを捨てようと部屋を出たときに、廊下でどこかのおじさんとおばさんがすさまじい喧嘩をしていました。まったく譲り合うそぶりも見せずに。もちろん、喧嘩をしたっていいけれど、あのとき、あの人たちの目には相手のことが男にも女にも見えていませんでした。人間対人間として、肩書きも関係なしにぶつかり合うかのように、性別を捨てて相手に勝とうとしていたわけですよね。なんというか、そんな感じです」

話してみて、少し後悔した。自分の話ばかりしすぎて損をしたような気分だった。まあいい、これからこの男の話を聞けばお互い様だ。ジンソルはわざと意気込んで、向かい側にいる彼を見つめた。

「さあ、じゃあ今度は……」

「お、ヘリコプターだ」

言われるままにゴンが指差す窓の外に目を移すと、唐人里発電所の上、暗い夜空を一機のヘリコプターが飛んでいた。闇にまぎれてほとんど形はわからなかったが、赤い光がふたつ、虚空を飛ぶかのように明滅しながら水平に移動していた。プロペラが回るタタタタという音が、音楽のやんだ店の中にかすかに聞こえてきた。ヘリコプターは発電所の煙突の上を過ぎ、仁川《インチヨン》方面へと飛んでいった。彼が尋ねた。

「ヘリに乗ったことありますか」

「一度。金海《キメ》空港から巨済島《コジエド》の取材に行くときに」

「ヘリってかっこいいですよね。中学のときまでパイロットになりたかった。前後にライトが二カ所。あれはチヌークという輸送機ですね」

ジンソルはそんなゴンを黙ってじっと見つめた。彼がやさしく笑った。

「出ましょう」

騙された気分。悪い男だったのか。とはいえ、それを責めるつもりもなかった。不思議と気分も悪くなかった。ジンソルは黙ってうなずいた。

通りに出ると、夜の空気が肺の中に入り込んできた。道路を走る車はすっかり減って、ほとんどの店が看板の明かりを落としていた。

「おかげさまでおいしく飲めました。楽しかったですし。では、お気をつけて」

「なんだよ。自分勝手に楽しかったとか、お気をつけてとか言いだすんですか」

ジンソルはきょとんとして彼を見上げた。ゴンが当然だという表情で言った。

「二次会行かないと」

「ちょっと遅すぎます」

「酒を飲むのに時間が遅いなんてことはありません。文句を言わないでついてきてください。二次会に行かないなら、あなたとはもう仕事しない」

ゴンは笑いながらジンソルの腕をぱっとつかみ、大股で前を歩き始めた。腕を引っ張られながら彼女は動揺していた。これは違う。計画に入っていなかった。困ったな、間違ってるってば。ジンソルの頭の中で、眠りを覚ますかのように警戒警報が鳴り始めた。

2

「頭をもっと水の中に入れて。しっかり沈める！」

ビート板をつかんでようやく浮いているジンソルの頭をガラムが容赦なく水の中に押し込んだ。おかげで息つぎがうまくできずに水を飲んだジンソルは、激しく咳き込みながらプールの底に足をつけて立ち上がった。手から離れた青いビート板が隣のレーンにぷかぷかと流れていった。

「なにするのよ。いきなり押し込むなんて」

むせて乱れた息を整えながらジンソルがレーンの向こうに腕を伸ばそうとすると、ガラムは水面に現れた彼女の肌をぴしゃっと叩いた。

「溺れ死んだりしないから、そんなものに頼らないで。自分で浮かんでみて」

十月も中旬に入った日曜日の午後だった。局に近いスポーツセンターの地下にあるプールは施設が整っていると評判で、休みの日に水泳を楽しむ人々で活気をみせていた。その一番端のレーン、小型の万国旗が張られた下で、ジンソルとガラムは先ほどから、ああだこうだと言いながら奮闘していた。ジンソルが水に慣れるための練習はなかなか思いどおりにいかず、ガラムはもどかしさと同時に戦闘的な意欲にもかられてきたようだ。今日中に絶対水に浮かせて息つぎまでマスターさせるという意志が、むきだしになったガラムの肩にみなぎっていた。

「口の中に水が入るのを嫌がらないで。顔を上げてぱっと息を吐く前には口の半分が水に浸かってないとだめなんだから」

ジンソルの腕をつかんでゆっくりとあとずさりしながら、ガラムは何度も叱るようにして泳ぎを教えた。息つぎをしながら何メートルかついていったジンソルが、また水を飲んでガラムの手から離れ、足をついた。ツンと痛みの走った鼻の奥を指で揉みながら、ジンソルはつらそうに咳をした。ピーッと鋭いホイッスルの音がふたりの頭上に飛んだ。

「そこ、個人レッスンはしないでください」

安全管理担当のコーチがショートパンツとノースリーブのティーシャツ姿でプールサイドに仁王立ちし、大きな声で注意した。周りにいた人々がちらちらとジンソルとガラムを振り返った。

ガラムが男を見上げて尋ねた。

「なんでだめなんですか」

「プールの決まりです。ほかのお客様にも迷惑だし、とにかく個人レッスンは禁止です」

「友だちに教えてるんです。専門的なレッスンじゃなくて」

「わかりますけど、それでもだめです。規則ですから」

コーチは軽く手を振ってから、サンダルを引きずってゆっくりとプールの縁に沿って歩き始めた。ガラムはあきれ顔で眉をひそめた。

「なによ。笑わせる。コーチたちは個人レッスンするくせに。それもひとつのレーンを全部使って。なのに利用者同士はだめってこと？」

「もういいよ。ひとりで練習するから。気にしないで、あなたも泳いで」

ジンソルはむしろ好都合だというような、あきらめの混じった表情を見せた。水に入って一時間。これまでの進み方から考えても、やはり水泳は自分に合わない運動ではないかと感じていた。ガラムはしかたないと肩をすくめ、激励を込めてジンソルの背中をパンと叩いた。肌に当たった手のひらの衝撃は意外に強く、ジンソルは軽くよろめいた。

ガラムは見事な平泳ぎで悠然と遠ざかっていった。少し離れたところに立って水面から出たり入ったりする友人の頭をうらやましく眺めたあと、ジンソルはプールの縁に置かれたビート板をとろうと体を動かした。黄色いのを選んで泳ぎ出そうとしたちょうどそのとき、彼女はレーンをふたつ挟んだ向こうから眺めているイ・ゴンの視線をまともに受け止めた。

そんな。

ジンソルは無意識に顔を背けた。いつ来たんだろう。わたしたちが来たときにはいなかったと思うけど。なにか大変なことが起きたかのように、突然、胸がどきんとした。

スイミングキャップを深く被りゴーグルまでつけているので、もしかしたら気づいていないかもしれないと気休めに思いながら、ジンソルはビート板に頼った怪しげな泳ぎ方で反対側に向かい始めた。しかし、数メートルも進まないうちに、レーンの下を深く潜って近づいてきたゴンの上半身がパシャッという音とともに彼女の目の前に現れた。

「水が怖いんですか」

体から水滴をぽたぽたと滴らせた彼が、ゴーグルを額に上げながら尋ねた。ジンソルはとっさにプールの底を蹴って立ち上がり、ビート板を水着の前で抱きかかえた。

「頭を中途半端に持ち上げるから足が沈むんですよ。プールの底に落ちているものを探すんだと考えればいい。誰か鼻でも落とした人はいないかな、なんて調子で」

「そんなふうに考えたら、水がどんどん口に入ってきますよ」

「もう一度やってみて。呼吸のやり方を教えます」

ゴンが近くに寄ってジンソルの腕をつかもうとしたが、彼女は首を振って、一歩後ろに下がった。

「個人レッスンはするなと言われました。さっき、ここのコーチから」

「そんなのおかしい。こっちの勝手だよ。理屈の通らない決まりなんか守らなくていいんです」

「嫌です。わざわざ気分が悪くなるようなことを言われる必要はないでしょう」

ゴーグルをはずして水でゆすぎながら無愛想な顔で頑固に言い張る彼女をゴンが見下ろした。

「人にするなと言われたことは、しないんですか」

「はい。しません」

彼がもうひと言口にしようとしたとき、マスタードカラーの水着を着たアン・ヒヨンがコースロープに両腕をかけてぐっと体を突き出した。

「オッパ、なにしてるの。腕の角度がちゃんとできてるか見てって言ったじゃない」

ゴンは一瞬ためらったがすぐにヒヨンのほうを向いた。

「ちょっと待っててください。ジンソルさん」

ちょっと待ってて、なんて気づかいはけっこう。今の局で働き始めて三年、今日ぐらいアン・ヒヨンの顔が見られてうれしいことはなかった。かわいくてちょっと気味の悪いペンギンの絵のついたマスタードカラーのスイミングキャップの下に、背中を向けたヒヨンの浅黒い首筋と肩が、健康的ではつらつとして見えた。ふたりは隣のレーンに移り、ぴったりとくっついてクロールのフォームを確認し始め、ジンソルはプールの端にある銀色のはしごに向かって、水の中をぴょこぴょこと走っていった。

なるほど。ふたりで一緒に来たみたいね。一緒にプールに通うディレクターと構成作家か。ジンソルはどこかすっきりしない思いを抱えながら、はしごの持ち手をつかんでプールサイドに上がった。そして、後ろ姿に向けて飛んでくるかもしれない視線に備えてビート板でそっとお尻を隠しながら、シャワーのある更衣室へと続く階段に足をかけた。


日がだんだん短くなり、夜も七時を過ぎると、十七階のロビーから見上げる麻浦《マポ》の空はいつのまにか暗くなっていた。『花馬車』の原稿を早めに渡したジンソルは窓際の会議用テーブルの前に座り、のんびりと情報紙を眺めていた。『蚤の市』や『交差点』、『街路樹』という名前の、一週間に三回ほど発行されているフリーペーパーを街角で手に入れて読むのが彼女の趣味のひとつだった。

ＣＤと進行表の入ったケースを持ってゴンが上がってきた。毎日、八時が『花馬車』の時間だったが、特に今日はリスナーからのリクエストを受ける忙しい日なので、構成作家もオンエアに同席することになっていた。ジンソルはロビーの隅でひとり情報紙をめくりながら笑いをこらえていた。

「なにがそんなにおもしろいんですか」

ジンソルは近づいてくるゴンをちらりと見つめ、読みかけのページに視線を落とした。口元に笑顔を残したまま彼女は頭をゆっくりと揺らした。

「都会の人たちって愉快ですよね。おもしろいキャラクターの人がほんとうに多くて」

「そうですか。じゃあ。一緒に笑いましょう。最近はあまり楽しみもないから」

ゴンはケースをテーブルに置いて、リラックスした態度で彼女の横に腰かけた。ジンソルは情報紙を彼のほうに少し近づけてから、広告欄の片隅を指差して読み上げた。

「一緒に事業ができる、オッパのような男性求む。三十代後半の女性社長。連絡先はゼロイチイチ、キュウハチキュウサン、ニイイチキュウハチ」

ゴンがにっこりすると、彼女もくすくすと笑いながら付け加えた。

「むしろ、〝金目当てのペク〟って書けばいいのに。こんな広告を見て実際に連絡する人がいるんですね」

「当たり前でしょう。反応がなければ載せないだろうから」

「名ばかりの社長、みたいな、ホラ吹きタイプの男の人ですよね」

「まさか。ぼくが思うに似たようなプロ同士がしのぎを削っているような気がするけど」

ジンソルはなるほど、とうなずいた。

「ほんとに。その可能性もありますね」

彼女は読み終えたページをもう一度開き、指を当てて読みながらなにかを探した。

「さっき、もうひとつ印をつけておいたのがあったんだけど……。あ、これだ。東海《トンヘ》に面した二階建ての家。展望良好。ソウルの家と交換希望！　かっこよくないですか」

「なにがかっこいいんですか」

「いきなり交換希望ですよ。なんの説明もなく。自分の家を売ってから住むのでもなく、すぐに取り替えようなんて。わたし、こういう広告にすごく興味を引かれるんです。ソウルに自分のほんとうの家があったら、思わず電話をかけたくなるかも」

ゴンの口から軽い笑いが漏れた。

「東海岸に住みたいんですか」

「そうですね。のんびりした田舎に住みたいなといつも考えてます。ソウルはすごく混雑しているし、実に荒涼としていて気がめいりそうになるから」

「先入観じゃないかな。ぼくは一度もソウルが荒涼としていると感じたことないけど」

「ゴンディレクターはここが故郷だからでしょう」

ジンソルが笑いながら情報紙を閉じ、几帳面に折りたたんだ。ゴンは手首の時計を見ると、椅子を引いて立ち上がった。

「十五分前です。そろそろ行きましょう」

ふたりはそれぞれ荷物をまとめ、並んでスタジオに向かった。


――さ～あ。みなさん、こんばんは。『歌を載せた花馬車』、ファン・ヘジョでございます。

照明で明るく照らされた主調整室の窓の外では、暗くなった空の下、麻浦大橋を通過する車のヘッドライトが切れ目なく続いていた。「わたしの故郷へと馬車は行く」の軽快なメロディーを合図に、ブースの中でDJのファン・ヘジョ先生〔敬意を表す接尾語。教師、医者以外にも広く使われる〕が特有のユーモラスな調子でオープニングコメントを始めた。

生放送中の主調整室には彼らのほかにエンジニアのホン・ホンピョが座っていた。ジンソルは、このあとCMに続いてスタジオにつなぐリスナーを選ぶため、四台の電話機の前で忙しく通話中だった。

「リクエスト曲は『愛に騙されお金に泣いて』です」

彼女は鉛筆ですばやくメモをしていった。

「二番目におつなぎしますね。まず、一度電話を切っていただいて、最初の方が終わったらこちらからもう一度お電話します。受話器のそばから離れずにお待ちください」

続いて鳴った別の電話を受けた。

「『歌を載せた花馬車』です。ご住所とお名前をお聞かせください」

「ああ、作家のコン先生！　わだす、鍾路《チョンノ》区梨花洞《イファドン》のイ・ピルグァンだっす」

老人の、耳慣れた北部〔休戦ラインの北側〕方言が聞こえてくると、ジンソルは困惑した。彼女が住所と名前まで覚えてしまうほど頻繁に電話をしてくる『花馬車』のブラックリストメンバーのひとりだった。熱心なリスナーなのはありがたいが、そうはいっても毎回、同じ人にばかりつなぐわけにもいかなかった。ジンソルはなだめるように声をかけた。

「こんばんは、おじいさん。久しぶりにお電話いただきましたね」

「んだのよ。ここんところ自分のことでちょっと忙しかったさげ、なかなか電話でぎながった。ほほほ」

「あ、はい。ただ、もう、おつなぎできる枠がすべて埋まってしまったんです。次回、またお電話していただけますか」

彼女がすぐに切ろうとする気配を見せたので、老人はあわてて話しだした。

「んね。んね。作家先生。わだす、賞品は必要ねんさ。前に二回もらったことあるから、それはほかの人たちに分けてもらって。ただ、ファン・ヘジョ先生とサムシン、トークアバウッでぎればいいがら。どしても聴きたい歌もあるし」

サムシン、トークアバウッ？ Something to talk about? ジンソルは声を出さずににやりとした。普段の電話の感じでおもしろいおじいさんだと思ってはいたが、電話をつなぐことはできなかった。

「申し訳ありません。次の機会におつなぎします」

「うーん。ほんだばリクエストだけでも、なんとかかげでけろ。白年雪《ペク・ニョンソル》先生（一九三〇年代から五〇年代にかけて活躍した歌手）の『マドロス手記』！ 実はわだす、ここのところ病院でちょっと寝ていて、退院したばがりなんだっす」

彼女の口から小さなため息が漏れた。こんなふうに頑とした態度でせがまれると弱かった。横で別の電話が騒がしく鳴り響き、心も焦った。

「でしたら終わる頃にリクエスト曲だけかけますね。さようなら。……はい。ご住所とお名前をお聞かせください」

いつのまにかファン・ヘジョ先生は最初のリスナーとデート中だった。五十代半ばのファン先生は現役を引退した元コメディアンで、かつて仲間とともにギャグコメディー時代を築いた第一世代として評価されている人物だった。いわば、昔ながらのコメディーから現代的なギャグへと移行する架け橋とでも言おうか。その意味で、ファン先生は自分がパイオニアだという自負心を持っていた。豊かなキャリアを誇るベテランらしく、彼はリスナーの緊張をほぐし、冗談まじりのおしゃべりを続けた。

ジンソルは今しがたかかってきた電話を最後につなぐと決めたあと、これ以上受けないように四台の電話機を床に下ろした。ファン先生が通話を終えるやいなや始まった曲が、すぐに電波に乗り始めた。

「ゴンディレクター、最後に流したい曲があるんですが。リクエストです」

ＣＤをプレイヤーにセットしながらゴンがちらっと振り返った。

「なんですか」

「ペク・ニョンソルの『マドロス手記』です」

彼はいきなり、なんとも言えない表情を見せたかと思うと、額のあたりをしかめ、拒絶の印として手を振った。

「嫌いなんです。その歌」

「なぜ」

「アレルギーがあるから」

あっさりと無視した彼は、機械のボタンを押して次に流す曲の数字を指定した。ジンソルは少しうろたえた。

「約束してしまったんです。曲をかけると」

「ジンソルさんがした約束だろ。ぼくには関係ない」

彼女が困って口ごもっていると三十六歳独身のホン・ホンピョが助け舟を出した。

「なんでかけてあげないんだ。ジンソルさんが困っているじゃないか。かけろよ！」

「なに言ってるんですか、先輩。選曲はディレクターに任せてもらわないと」

ゴンが平然と言い返すと、ホン・ホンピョはわざとオーバーな態度でゴンをにらみながら彼女の肩を持った。

「お、先輩の言葉なんか無視してもいいと思ってるんだな。ジンソルさん、ぼくがかけてあげますよ。ぼくが」

ジンソルは気分を損ね始めていたが、すねた気持ちを隠した。そして、わざとゴンに聞こえるように、まったく気にしていない調子で答えた。

「いいえ。ディレクターが嫌だというんだからもういいです。しかたないですから」

「スムージーをおごってくれるなら流すよ」

ゴンがにやっと笑いながら彼女を見つめた。

「スムージーってなんですか」

「ええっ。スムージーを知らないんですか。今年の夏、どうやって過ごしてたんだろう。ちょっと待ってください」

ゴンはからかうように言ってから、すぐに番組へと注意を向けた。歌が終わり合図をすると、二番目のリスナーの電話がつながった。対話が続いている間、ディレクターとエンジニアは音声に集中していた。

ジンソルはサイドテーブルの前に座ったまま、そんなゴンの後ろ姿をぽかんと見つめていた。この半月ほど一緒に仕事をしながら、彼女はイ・ゴンという男のことがわかったような、わからないような気持ちだった。詩集を読んだときに火傷しそうな熱さを感じたかと思えば、実生活のふるまいは何事に対してもどこか無頓着といった感じで「ちょっと退屈だな」という表情をしたりもする。それでいて突然、急所をつくような質問を投げかけられ、ぎくりとしたこともあった。あげくの果てに今のはなに？「スムージーをおごってくれるなら流すよ」ですって。どうりで昔から、つかみどころのない男にご用心、と言われるはずだ。

次の歌が流れ出すと、ゴンは回転椅子を回して彼女のほうを向いた。

「おごることにしましたか」

ジンソルは一瞬、彼をにらみつけた。心では「もういいです」と突き放したかったが、ラジオのそばにぴったりと座り、歌がかかるか、かからないかと最後まで聴いている老人のことを思うと、そんな度胸も消えてしまった。

「わかりました。はい、はい」

するとホン・ホンピョがものすごく悔しがり、大きな声で抗議した。

「そんな。デートの誘いがこんなにも簡単にうまくいくのか。ジンソルさん、ひどいなあ。ぼくがあんなに誘っても、いつも断っていたのに！」

「そうでしたっけ」

彼女はホン・ホンピョに向かって曖昧に笑ってみせた。本人の意思とは無関係にいまだ結婚できないこのエンジニアは、普段から社内の未婚女性たちを見ると、手当たり次第にデートを申し込んでいた。ジンソルにも何回か誘いがあるにはあったが、彼女が見るに、友好的な感情以上のものを持っているようにはまったく思えなかった。ホン・ホンピョは、特に熱烈に愛していなくても、たいていの人とは結婚できるだろうと考えるタイプの男だ。

「そうです！　なんだよ、ぼくにも機会を与えてくださいよ。今度の日曜日にドライブ行こう。済扶島《チェブド》に。海が割れる島、知ってますよね。どうですか」

ホンは意地を張るかのように勢いよくデートに誘った。ジンソルが意識的に口角を上げながら「今回はどうやって断るか」と考えていたとき、イ・ゴンと目が合った。ゴンの瞳が今にも笑い出しそうに輝いていた。心の中を見透かされたように感じて彼女は視線をそらした。

「日曜日は約束があります」

「じゃあ、その次の週は？」

「先輩、マイク、生かしてください」

ゴンが彼の言葉をさえぎった。ホン・ホンピョがしまったという顔をしながらフェーダーをあげると、ブースの上の赤いランプがついた。

——秋の夜へと暮れていくこの時刻、八時二十五分を過ぎました。お聴きになりたい曲や分かち合いたいメッセージを送ってください。インターネット上のホームページに書き込んでいただくか、あるいはお歳を召されたみなさまからの手書きの葉書やお手紙は、麻浦郵便局私書箱一一〇号、『歌を載せた花馬車』宛にお送りいただければ、わたしどもが大事に受け取ってお届けします。さあ、では、次のお客様につないでみましょう。もしもし。

ジンソルはそっと立ち上がり主調整室をあとにした。廊下を通過してロビーに出ると、壁に設置してあるスピーカーからも『花馬車』が聞こえていた。窓辺に腰かけ、闇と光が共存する麻浦通りとその下に横たわる漢江《ハンガン》を見下ろしながら、時間が流れていくのを待った。向かい側の壁にかかった時計の針が八時五十分を指す頃、最後の曲の勇壮なメロディーが約束どおり流れてきた。

港よ　港よ　港よ　ヘイヘイ
おれたちゃマドロスだ
蒼波をかき分けるこの体
愛も故郷もいらないさ

往年の歌手の朗々たる歌声が人影のない十七階のロビーに響き渡った。彼女は窓枠にそっと頭をもたせた。黒い波が穏やかに流れる漢江の上を、明かりの灯った遊覧船が音もなくゆっくりと漂っていた。

マンゴー、ブルーベリー、レモンシャーベット、それから、トロピカルカラーのなんとかジュースと氷。

さまざまな材料がミキサーに入れられ、大きな音をたてて細かくなっていくのを、ジンソルは見つめていた。局の近くにあるアイスクリームとスムージー専門のチェーン店だった。看板をよく見たことがなかっただけで、ついてきてみれば、彼女が行き帰りにいつも通り過ぎる店だった。

会計を済ませてから、ジンソルはストローを刺したスムージーのグラスを両手に持って、ゴンが待っているカウンターの前に歩いていった。丸いスツールに腰かけた彼らは並んで夜の街を眺め、しばらくの間、スムージーを飲んでいた。甘酸っぱい味がした。

「あの日、プールで、どうして逃げたんですか」

「逃げてなんかいないですよ」

ゴンの口元が不満げに震えた。

「ぼくたち少しは親しくなったと思っていたのに、ひとりで勘違いしていたんだな。さびしかったですよ」

彼女は黙ってただスムージーを飲んでいたが、なぜか心の隅が動揺した。もちろん、彼にしたら同僚としてうまくやっていこうという意味だろうが、それでも誰かから「ぼくたち親しくなったと思った」という言葉を聞くのはずいぶん久しぶりのような気がした。

「ひとつ聞いてもいいですか」

ジンソルは口を開いた。

「どうぞ」

「金日成《キム・イルソン》が死んだとき……どこでなにをしていましたか」

ゴンが振り返ると、まじめで冷静な彼女の視線とぶつかった。

「え、なんで」

「なにも聞かないで質問に答えてください」

「小白山《ソベクサン》にいました。除隊したばかりで、友人とふたりでそこにある山荘で夏を過ごしていました。あの年の夏はほんとに暑かったなあ」

ゴンは当時を思い出したのか、突然、にっこり笑った。

「あの日、渓谷で水浴びをして出てきたら、山のふもとから地元のおじさんが大急ぎで登ってきたんですよ。そこで口にしたのが『金日成が死んだ』。ぼくたちは当然、信じなかった。金日成が死んだなんてデマを聞いたのは一度や二度じゃなかったから。そうしたら、新聞を押しつけるんです。なんだ、ほんとうだったのか。瞬間的にぱっと思ったのは、『ああ、除隊していて実にラッキーだった』ということでした」

ジンソルもつられて満面の笑みを見せた。

「実際に、ぼくのすぐあとに終わるはずの人たちは二カ月も遅く除隊しました。もっとおもしろかったのは、そのおじさんがすごく緊張した顔で、きみたち早く故郷の家に戻りなさいと言って、ひどく気を揉んでいたこと」

「なんで、故郷に戻らないといけないんですか」

「金日成が死んだから！」

ふたりは同時に声をあげて笑い出した。笑いの余韻はしばらく残り、彼らは気持ちのよい沈黙の中でガラス越しの暗い麻浦の街を眺めていた。ジンソルが話し始めた。

「わたしはあのとき夏休み中で、アルバイトをしていました。ものすごく暑くてひとり暮らしをしていた狭い部屋に帰るのも嫌で、バイトが終わると涼しい大型書店に行って、しゃがんで本を読んでいました。九四年はソウルが都として定められてから六百年目の年でした。だから、書店には関連本がたくさんありました。『ソウルに住みたい』、『わたしが育ったソウル』、『ソウル六百年野史』……。故郷から離れた土地になかなかなじめなかったわたしは、少しでも知識を増やせば親しみも湧いてくるかなと、そういうテーマの本をたくさん読みながら過ごしました」

ゴンはそんなジンソルを静かに見つめた。

「それで、うまく親しみが湧きましたか」

「うーん。今は、愛憎入り混じる感じかな」

ジンソルは笑いながら軽く肩をすくめた。

「誰かと親しくなりたいのに人見知りがひどくてうまくいかないとき、わたし、こんなふうにときどき聞くんです。金日成が死んだとき……どこでなにをしていましたか、って。自分も相手の過去について知らないし、その人もわたしについて知らないけど、同じ日にどんなことをしていたのかわかると、ちょっと近くなったような気がするので。それには、ほとんどの人が覚えているような日じゃないとだめですからね」

ふと、ゴンが手を伸ばして彼女の肩をさわった。びくっとして見ると、彼が指で服の上の毛羽《けば》をつまんでいた。

「埃がついてたので」

「……あ」

スムージーのグラスはすっかり空になった。甘酸っぱいトロピカル・フルーツの香りが口の中にまだ残っていた。ジンソルが空いたグラスを手にして席を立った。

「もう行きましょう」

外に出たふたりは果物の絵が明るく光るチェーン店の看板の下であいさつを交わした。

「じゃあ、また、明日」

「今度の日曜日、ほんとにドライブしますか。済扶島のほうへ」

ゴンが笑いながら尋ねると、ジンソルはちょっと困った表情になった。

「からかうんですか。さっきのわたしの答え、聞いてなかったんですか」

「聞くには聞いてたよ。もしかしたら、ぼくには違う返事をくれるかなと思って」

言葉に詰まってぼんやり立っている彼女に向かって、ゴンは冗談だというように手を振った。

「わかっているよ。わかってる。あまり行きたくないってこと。また、明日。二時に会議があることを忘れずに。ぼくはその後、録音もあるから遅くならないでください」

彼がデホオフィステルのほうに歩いていく後ろ姿を、ジンソルはそこに立ったまましばらく見つめていた。街灯がその姿を照らしていたが、いつのまにか暗闇の中へ染み込むように、彼は遠ざかっていった。


たしかに窓を閉めて寝たはずなのに、どうしてカーテンがはためき続けているのか。〃あれ〃はどこから現れたのかな。いつからこの部屋に入ってきていたんだろう。ジンソルは夢うつつでも、自分が金縛りにあっていることがわかった。疲れるとときどき起こることだった。どうにかして口から声が出ればいいんだけど。声が出せれば、あれはいなくなるはずなのに。

しばらくしてようやく指先の感覚が戻り、少しずつ体を動かせるようになった。

「あっちに行け」

聞こえるか聞こえないかの声で小さく叫ぶと、胸を押さえつけていたなにかが、すっと消えた。気を取り直して部屋の中を見回してみると、窓はいつものように閉まっていた。徹夜で原稿を書き、朝早くにメールを送り終えてようやく眠りにつくことができた。改編以降、これまでよりも少し神経をとがらせているため執筆にかかる時間が長くなり、感じるストレスも増えていた。

ふと、卓上時計を見て、ジンソルは茫然とした。針が一時四十分を指していた。まさか、こんなに長く寝ていたなんて。昨夜、別れるとき、彼は会議に遅れないようにと確認までした。顔だけ洗って飛び出しても遅れそうだと思いながら彼女はぱっと起き上がり、ベッドを降りた。

ジンソルは小走りでウソンアパート団地を抜け出た。普段なら走っていくところだが、金縛りにあったためか体が重く、気力が湧かなかった。五分くらいの遅刻は見逃してくれるだろうか。アパートの前の横断歩道の信号待ちがやけに長く感じられた。道を渡ると、少し離れたところに麻浦駅の地下道が見えた。急いでそちらに向かおうとすると、騒々しいサイレンの音が街に響き渡った。

――こちらは民防衛本部です。全国に空襲警報を発令します。

どこから現れたのか、腕に黄色い腕章を巻いた中年の男が道を歩く人々に向かって鋭い音でホイッスルを吹いた。

「民間防衛退避訓練〈緊急事態に備え定期的に行われる避難訓練〉です。建物のほうに寄ってください。十五分間は通行禁止です」

道路沿いでは、同じく腕章をした人たちが交通規制を指示していた。一瞬のうちにバスとタクシー、乗用車などの運行が止まり、道路は巨大な駐車場になった。

きっかり二時に起きた出来事だった。ジンソルがとまどいながら周囲を見わたすと、彼女のように道を歩いていて足止めにあった人々がビルの階段や入口周辺に立ち、イライラとした表情を浮かべていた。このまま動けずに訓練が終わってから地下道経由で局に上がっていくと、ほとんど二十五分遅れになる。

こんなことになるとは。ゴンディレクターの録音は何時からだっただろう。もしかしたら会議ができなくなるかもしれないと焦りを感じていると、携帯の着信音が鳴り出した。

「なんで来ないんですか。今、どこですか」

「それが……どうしましょう。民防衛訓練に引っかかりました」

「え？」

ジンソルは申し訳なさそうな声で口ごもりながら言った。

「ちょっと寝坊して……よりによって民防衛でした。いま、局の向かい側にいるんですが通行禁止になってしまって」

「向かいのどっち側？　ここからは見えないけど」

「どこから見てるんですか」

「十七階、エレベーターの前の窓です」

「ソンジビルの前です」

しばらくの間、電話の向こうからはなんの音も聞こえなかった。切ってしまったのかな。しばらく待っていたジンソルがしかたなく携帯をたたもうとした瞬間、ゴンの声が再び聞こえた。

「そのビルの前、人が多いな。誰が誰だかわからない。左手をさっと上げてみてください」

少しためらってから、彼女が左手をおずおずとあげた。

「手をひらひらしてみてください」

え？　なんとなくだまされているような気がしたが、ジンソルは言われるままに手を振ってみせた。

「よし、見つけた。茶色のシャツを着てるね」

瞬間、彼女の口から笑いが漏れた。顔を上げ向かいにある局の建物の十七階あたりを見上げてみたが、小さな窓の並びに彼の姿を確認することはできなかった。

ゴンは窓辺に腰かけ、こちらを見上げているジンソルを眺めていた。実のところ、ビルの前に立つ通行人たちの中にいる彼女をすぐに見つけていたが、わざとからかってみたのだ。ジンソルが手を上げてひらひらと振る姿に彼は声もなく笑った。

「どちらにせよ遅くなったのだから、ゆっくり来てください。待ってるから」

通話が終わるとジンソルの心もはるかに軽くなり気が楽になった。彼が待ってると言ってくれたから。しかし、とはいえ、あの地下道さえ通れたら、そのままビルの玄関にすっと入って行けるのに。道端に釘付けになっているのがちょっと悔しかった。一刻も早く向こう側に行きたかった。

そっと見ると、腕章を巻いた男はほかの通行人たちを統制するのに忙しそうだった。彼女は黙って歩みを進め地下道へ近づき始めた。ちょうど階段を降りようとしたとき、ピーッというホイッスルの音が耳に突き刺さった。

「ちょっと、お嬢さん！　警報発令中じゃないですか。通行禁止ですから！」

「でも、すぐそこの向かい側なんです。どうせ地下道は防空壕ですよね。わたし、もう遅刻なんです」

「だめです。だめ。ここに立っている方たちだってみんな忙しいんですよ！」

男は頑強な態度で制止するように手を振った。ジンソルが小鼻をふくらましていると、再び電話が鳴った。

「なにやってるんだ。中途半端に脱出しようとするなんて。そのまま階段かなんかに楽に座っていればいいんだよ」

「まだ見てたんですか」

「もちろん。ひとりでほかにできることなんてないよ。ここに座って待ってることぐらいしか」

ジンソルは心の一隅がなぜかほかほかしてきた気がして、顔をほころばせた。どちらにせよあと十分だ。彼女はこれ以上気にしないことにして、ビルの前の階段の隅にしゃがんで座った。それから受話器に向かい、笑いながら冗談めかして話した。

「ああ、ほんとうに統一された祖国に住みたいですね」

向かい側からゴンの笑い声も聞こえてきた。

「ほんとに。ぼくたちの十五分が奪われていきますね」

彼の口をついて出てきた「ぼくたち」という言葉が温かく聞こえた。

「地下道に入って渡りさえすれば、すぐに行けるのに足止めなんて」

「何事もそんなもんですよ。境界ひとつ越えるのがどれだけ難しいことか」

お互いに携帯電話を耳にあてたまま、しばらく平穏な沈黙が流れた。ふと、ゴンが笑いながら話し出した。

「やはり、今日のオープニング曲は変えないといけないね。大韓民国にあるカラオケ店の曲番号一番に」

「なんの曲ですか」

「『なくなってしまえ三十八度線』」

ジンソルが日の光のように明るく笑った。

ゴンはゆっくりと携帯をしまい、道路の向こう側で座っている彼女の姿を見下ろした。ジンソルは頭に手をあて、髪の毛をなでつけていた。

風が吹いてきて髪の毛を乱したので、ジンソルは手で一度なでつけた。自動車が一斉に止まったからだろうか。風からはなぜか煤の匂いが感じられなかった。道路のそばで楽に息を吸うのは久しぶりだった。金縛りにかかり不快だった気分はすでにどこかへ飛んでいってしまった。

彼女の人生において、三十一回目にやってきた十月十五日の、ある瞬間のことだった。

朝から低く沈んでいた空は、夕方になると黒ずんだ雲で満たされ、あたりは暗くなっていた。ジンソルはガラムといつも会っていた仁寺洞《インサドン》の茶房で、約束の時間が過ぎても来ない彼女を待っていた。何回か電話をかけてみたが、電源を切っているという案内が流れてくるだけだった。読んでいた本を閉じてどうしようかと迷っていると、テーブルの上に置いた携帯電話が鳴った。

「ごめん。ちょっと今日は映画を見るの無理そう」

「それを、今、連絡してきてどうするのよ」

「少し遅くなってでも行こうと思ってたから。でも、うーん。つかまっちゃった」

「誰に?」

電話の向こうからためらうような様子が伝わり、ジンソルにある直感が走った。

「ハン・ガラム! あなた、また、誰かと付き合い出したんでしょ」

「ちょっと、大きな声出さないで。この電話、声が外に聞こえちゃうから」

ガラムは声を一段下げて早口でささやき、照れくさそうに笑い出した。

「うん。付き合ってる」

「今、その男の家なのね」

「ほんと、ごめん。今日、すっぽかしたぶんは十倍にして返す。近々、ビハインドストーリーを報告がてら一次会、二次会、全部おごるから。わたしが」

ジンソルの口から力ないため息が漏れた。正直なところ、今さらあまり聞きたくないと言ったら、薄情だと思われるだろうか。

結局、ゆっくりと荷物をまとめて茶房を出た。狭くて薄暗い階段を降り、建物の入口でぴたりと立ち止まった。いつからか街には激しいにわか雨が降っていた。早足で歩くとしても、傘なしでは雨粒が大きすぎた。軒下に身を寄せて立った彼女は、このあたりの様子をさぐるため、首を曲げて通りの先をのぞき込み、見当をつけた。傘を買えるようなコンビニは視界に入らないほど遠く、そこまで走っていく間にびしょ濡れになってしまいそうだった。

雨の音の中で手に持った携帯電話が再び鳴ると、ジンソルは相手の確認もせずに無愛想に答えた。

「もういいから。何度、電話をかけてきたって、こっちには来られないでしょ」

ほんの少しの沈黙のあとでゴンの声が聞こえてきた。

「ぼくがそちらに行ったほうがいいですか」

ジンソルに戸惑いが走った。

「ごめんなさい。ハン・ガラムリポーターだと思ったので」

「ファン先生から連絡がきたんですが、あさって、急に地方で仕事になったそうです。イベントの司会で。火曜日のぶんを先に録音したいとおっしゃるんですが」

「そうなると、明日、二日分の原稿が必要ということですね」

やはり神様はいらっしゃったんだ。雨降る休みの日の夕方は、静かに家に帰って仕事でもしなさいという思し召しなんだろう。ほろ苦い思いがした。

「それで、デートは楽しいですか」

「誰がデートしてるんですか」

「先約があると言って大の男をふたりも袖にしたではないか」

彼が「したではないか」といった言い方で話すときにいつも見せるいたずらっ子のような表情が思い浮かび、ジンソルは苦笑いした。

「袖にされたのはわたしです。今は、雨までぱらついているのに傘もなしに道端に立ってて、仕事も増えたし、まったく最高の休日です」

「どこにいるんですか」

「仁寺洞です」

「仁寺洞のどこ？」

言ったところでどうにかなるのか、と思ったものの、彼女はだんだん強くなっていく雨脚を茫然と眺めながら答えた。

「チデ房《バン》という……茶房の軒下にあわれな姿で立ってます」

「ああ、そう。どこにも行かないでそこにしばらくいてください。いいですか」

「え、どうして」

いぶかしげに聞き返している途中で電話はぷつんと切れた。どういうこと？　眉間にシワを寄せて、しばし思案を巡らせてみたが、目の前も見えないほどに激しく降る雨のせいで集中できなかった。もう一度階段を上がるべきか。それともこのまま、雨が小降りになるのを待つかとしばらく悩んでいたときだった。少しすると、向かいの狭い裏通りから、いつかの見覚えのある女が紺色の大きな傘を持って歩いてくるのが見えた。ジンソルがこの通りでときどきすれ違うたびになぜか記憶に残っていた、まさにあの女だった。

女が道を渡り、まっすぐこちらにやってくる姿をジンソルはうっとり眺めていた。遠くから、風景の一部として垣間見たときもきれいな人だと感じたが、降り続く雨の中を少しずつ近づいてくる顔は、夕方の薄暗さを背にしてひときわ、明るく見えた。ふくらはぎをかすめるたびに、ワンピースの裾が揺れた。

「さっきからずっと立っていらっしゃるので、傘をお持ちでないのかなと思いまして」

女が笑いながら話しかけてきた。ジンソルは口ごもりながら笑みを返した。

「はい……」

「あの通りにわたしの店があるんですが、ちょっと寄って行かれませんか。傘をお貸しします」

一瞬、ためらったジンソルは、すぐにうなずいた。傘を借りようとも思ったが、それよりも、思いがけず遭遇した女の温かく人のよさそうなまなざしのせいかもしれない。もしかしたら、今日会う縁があったのはガラムではなく、彼女だったのではないか。雨の中、ふたりの女はそんなふうにお互いを見つめていた。

暗い照明の茶房の室内には、どこかで焚いている異国的なお香の香りがうっすらと漂っていた。ほの暗さの中に浮かぶ窓ガラスは小さく、ざっくりとしたコテ使いで重ね塗りされた漆喰の壁は客たちが残した落書きでびっしりと埋まっていた。それほど多くない木のテーブルごとに、伝統茶と簡単な酒類のメニューが書かれた瓢箪が伏せてあった。

## 『雨が降る日は入口が開く』

少し前、女のあとをついて建物の中に入りながら、ジンソルは外壁の二階部分にかかっている茶房の看板をはじめて見上げた。今、彼女が座っている席に近い柱にはモノクロ写真が一枚飾られていた。かなり深そうな、さびしく静かな貯水池の写真。水面は穏やかに見えるが、中では水がゆらゆらと動いているかのように感じられる風景だった。

「この裏通り、しょっちゅう通り過ぎているのになぜ一度もここに気づかなかったんでしょう」

ジンソルはテーブルの前に座り、温かいジャスミン茶を出してくれた女に向かって不思議そうに口を開いた。向かい側に座っている女の笑みがやさしかった。

「あまりにも奥まったところにあるので、常連さんにしか知られていないんです。それに、いつもは夜も看板に電気はつけません。今日みたいに雨の降る日にだけ、つけておくので」

「こんにちは」

思いがけずキッチンのほうから低くて穏やかな声が聞こえたと思ったら、いつか街で見かけた恋人のような男がカップを持って彼女のそばに近づいてきた。女の前にカップを置くと、彼女が愛情に満ちた目で彼を見上げた。

「ありがとう」

並んで座った恋人たちと向かい合い、今さらながら妙な気分になった。今、茶房の中には、彼女以外に隅のほうの席に座った客がふたりほどいるだけだったが、店主たちがわざわざ同じテーブルに座って自分の相手をしているのは居心地のよいものではなかった。痩せた体に、天然パーマにも見えるカールした長い髪をきちんと結んで、改良韓服のようなだぶだぶの服を着た男は、黒々としたあご髭のせいで街で見たときの印象はいまひとつだったが、近くで見るとかなり若かった。黙ってジャスミン茶を飲んでいると男が話しかけてきた。

「キム・ソヌといいます。隣にいるのはエリ」

「あ……はい」

視線をカップに向けたまま、ジンソルは曖昧に答えた。まさか、わたしの名前も言わないといけないわけじゃないよね。

「なるほど。お客様は目標を定めてひとつずつ確実にクリアしていく方ですね。当たってますか」

彼女はカップを下ろし、その男をじっと見つめた。ゆったりと歌うような口調。目が合うと、ソヌという名前の彼は静かに笑った。なんと答えたらいいのか。もちろん、その言葉はかなり事実に近くはあった。ジンソルの心を読んだのか、彼がゆっくりと付け加えた。

「人相を少し見るんです。お客様は文章を書くのが生業のようですね」

ジンソルはやや驚いた表情で小さくうなずいた。ソヌの隣にいるエリが手で口を押さえながら笑いをこらえていた。彼はテーブルに置かれたジンソルの携帯を静かに持ち上げて両手の中にしっかりと包み込んだ。そうしてしばらく黙り、目を閉じた。ソヌがまるで自分の気を集めるかのように眉間を寄せながらなにかを透視しようと努力している姿を、ジンソルは息を殺して見つめていた。やがて、彼が注意深く口を開いた。

「バカはいない……と書いてありますね」

彼女の顔に心からの衝撃が走った。彼はふたつ折りの携帯電話を開き、液晶画面に入力された文字を確認すると、満足げな顔をして少年のようにいひひと笑った。

「Nobody's a fool. 誰もバカではない。当たりましたね」

「そ、そうですね」

ジンソルがたどたどしく答えた。

「それでは、わたしどもの店を訪問された記念に言葉をひとつプレゼントしてもいいですか」

おだやかに尋ねる彼をジンソルは警戒のまなざしでただ見ているだけだった。ソヌは繊細な印象を与える指でそこに書かれていた文字を消し、新たになにかを入力して彼女に返した。

「どうせ同じ脈絡ならばこう書いておいてください。すべての人はスター、と」

液晶を見ると英文が変わっていた。Everybody's a star!

「わたしが未来も見てさしあげましょうか」

ソヌの声がさらに聞こえてくると、ジンソルがぎょっとして首を振った。

「いいえ。大丈夫です」

しばらく沈黙が流れた。彼女はぎこちない笑みを浮かべながら横に置いてあったカバンをのろのろと開け、財布を出した。

「お茶、ごちそうさまでした。もう行きますね。お借りする傘は次に来るときに持ってきます」

代金を払おうとすると、エリが手を振った。

「いただけません。わたしたちがおもてなししたんですから。それに、今、お帰りになってはだめです」

「え？」

「会ってほしい人がいるので、まだ帰らないでください」

妙な考えが頭に浮かび、ジンソルは緊張した。女の外見だけ見て感じがよいと思ってついてきたのは失敗だったかな。新興宗教の信者？　あるいは……。わずかの間にいくつもの可能性が頭をよぎった。そういえば、鍾路の通りを歩いていると、ひょいと出てきて足を止めさせるような人たちと出会うことがあった。ジンソルは咳払いをしながら慎重に言った。

「わたし、道《どう》とか宗教には……関心ないんです」

ソヌが声を上げて笑うと、目尻に柔らかくシワが寄り、ぐっと魅力的な印象になった。エリが彼をちらりと見て、もうだめだと言いたげに首を振った。

「ああ、これ以上は無理。ちゃんとお話ししないと。ごめんなさい、ジンソルさん。男たちの冗談が過ぎて」

ジンソルが目を丸くした。

「ゴンの友だちなんです。わたしたち」

「イ・ゴンディレクターですか」

「はい。ジンソルさんの話は、この頃よく聞いているんです」

ジンソルはしばし状況を整理した。ということは、さっき通りで電話を受けたときから……。ようやく、なにが起きたのかがわかった。

「イ・ゴンさんがわたしの話をしたんですか。まさか」

「気の合う構成作家と仕事できることになったと、とても喜んでました。楽しそうな雰囲気でしたよ」

エリが、会えたうれしさを込めてにっこり笑った。茶房のドアが開き、掛かっていた鈴が音を立てて鳴ると、ソヌがそちらを見た。

「あいつ、噂をすれば影だな」

リラックスしたカジュアルな服装のゴンが大股で近づいてきた。

「タクシーに乗って飛んできたのに、近くまで来て渋滞した」

そう言ってジンソルの隣にどっかり座ったかと思うと、首を回していたずらっぽくにっこりと笑った。

「あれ、ここにいるのは誰だ。明日の原稿は書き終わって、こんなとこで油を売っているのかな」

「酒なんにする？　松葉酒は？」

「嫌だ。おれ、ビール」

ソヌの問いかけに、ゴンはきっぱりと言った。

「つまみはおれの好きなようにするからな」

恋人と一緒にエリもキッチンに姿を消すと、ジンソルは眉をひそめてゴンをにらんだ。

「いったい、携帯はいつ見たんですか」

「携帯？」

「誰もバカではない。これです」

「ああ、それ。見ようと思えばチャンスはいつでもあるでしょう。毎日、顔を合わせてるんだから」

ゴンがにやりと口角を上げた。彼女はあきれ果てた。

「ソヌさんのせいで、ほんとうに驚きました。道の人かと思って」

「道の人もなにも。まだどの道《みち》も極めていない奴だから無視してください」

ゴンがおもしろそうに声をあげて笑っていると、ビールと陶器でできた酒瓶を持ってきたソヌが、テーブルに置きながらのんびりと言った。

「全部、聞こえたぞ」

「そうか」

ゴンが平気な顔をして答えた。何杯かの酒が行き交ううちに、雰囲気は柔らかくほぐれていった。心に余裕がでたジンソルは茶房の中を見回し、あちこちに置いてある品々に目をとめた。東南アジア風の象の置物。木の柱にかかっている異国的な模様の端切れ。少し埃をかぶった、遠い国の名前も知らない打楽器。先の尖った金色の三角帽子を被り、六本も腕のある踊り子の人形など……。漆喰の壁はあらゆる筆跡と色で書かれた落書きで埋め尽くされていた。何気なく見ていると、ある一行が目をひいた。

**ギョンへ、心から愛している。でも、おまえ、そんなふうに生きるのはやめろ。**

ジンソルはその落書きをまじまじと見ながら、文字が書かれた壁面を指でそっとなぞった。

「これを書いた人、すごく傷ついていたみたい」

エリはうなずき、その日のことを語り出した。

「そう。わたし、その青年のこと覚えてます。夜遅くに友だち何人かと一緒に来て、学生だったみたいだけど……酔っ払ってテーブルに突っ伏していたかと思ったら、おもむろに起き上がって落書きをしてました。彼らが帰ったあとで片付けながら見たら、それがありました」

ゴンがにっこり笑った。

「どうせなら、ギョンへにどう生きればいいのかも教えてやればいいのに」

「自分でもわからなかったんだろう。どう生きればいいかなんて。ギョンへが間違っているのはわかっても、正しいやり方を教えられるわけじゃないから」

ソヌがあっさり言ってから、いたずらっ子のように付け加えた。

「詩人だって奴が、そんなこともひとつわからないのか。ボンクラだな」

ジンソルは見えないように笑いを噛みしめた。ソヌが彼女のほうを振り向いて無邪気に言った。

「イ・ゴンが詩人になったのはぼくのおかげなんです。あいつを育てた功績の八割はぼくにありますね」

するとゴンの眉がきっとつり上がった。

「ほう！　八割について言うなら、おれの人生の八割はキム・ソヌを待つために使ったぞ。それもほとんどは道端で。どうしてこんなにのんびり屋で万事がのろいんだろう。おまえを待ちながら書いた詩が何篇あるか、思い出せもしないよ」

「目的地に到着するのより、そこに行くまでの道が楽しいんだからしかたない」

ソヌはたいしたことなさそうに、にんまりと笑った。エリが尋ねた。

「ジンソルさんは毎月、目標を決めておくそうですね。聞くところによれば、ずいぶん変わった目標だそうですが」

テーブルの下のゴンの足をひと蹴りしたい衝動をジンソルはぐっと抑えた。

「面白半分に決めたものなので、べつに現実味はないんです」

しかし、エリはそれがなんなのか興味津々の表情だった。ジンソルは結局、気さくに笑いながら告白した。

「たとえば、夜の昌慶宮《チャンギョングン》見学。日差しの下ではなく、夜の古宮の風景はどんな感じなのかと知りたくて。でも、見学者は観覧時間が終わると追い出されてしまうので無理なんです。規則で決まっていて」

「やっぱり。あなたは規則をやぶらないからね。プールの優等生」

ゴンが茶化すと、エリがかばうように声をかけてジンソルの味方をした。

「それでも、すてきです。そんな想像をするだけで気分がよくなりますよね」

「ほんとに」

ソヌも相槌を打った。ジンソルは彼らを見て温かく笑ってみせた。相手をリラックスさせる、お似合いのカップルだと思った。店で流れ続ける低いトーンのヒーリングミュージックのメロディーに耳を傾けながら、彼女は見慣れない場所、見慣れない顔が、少しずつ身近になったような気がした。雨が降ると入口が開くという、この場所で。

ふたりが茶房を出たのは午前零時になろうかという頃だった。いつのまにか雨は止んでおり、彼らは看板の灯がほとんど落とされた仁寺洞の通りをゆっくり歩いていた。休日には車両の通行が禁止されているので、背後から襲ってくるクラクションの音もなく、ゆったりと歩けてよかった。人影の少ない夜の道をイ・ゴンと並んで歩いていると、まるでデートをしているような気分だったが、ジンソルはすぐになんの役にも立たない考えだと気づき、その感触を心から消した。

シャッターを下ろしたある茶房の前を通りかかったとき、ジンソルは店の看板を見て何気なくつぶやいた。

「『花を投げたい』。この店の名前もすてきですね。一流のミュージシャンやアーティストに花束を手渡す感じがする」

「どうかな。拍手のあるうちに去れ、と言ってるみたいに聞こえるけど」

どうでもいいようなゴンの言い方を聞いて、彼女はくすくす笑った。

「ほんとにひねくれ者だ」

十月も下旬になり、雨の止んだ秋の夜は思いのほか肌寒かった。月もあまり見えない真っ暗な空の下、道路の両側で眠りについている店の業種は実にさまざまだった。かなり昔、はじめて仁寺洞を見物しにきた頃には、なんとも古風な雰囲気だったが、今はスターバックスの支店まできていた。そんなものだ。時の流れに勝るものなんてない。ジンソルは心の中でひとり、つぶやいた。家には書かなければならない原稿がたっぷりと待っているが、彼と一緒に歩いているこの瞬間は、心穏やかだった。

「徹夜しないとでしょう。明日までの原稿が多いから」

「たぶん、そうですね」

「それなら、簡単になんか食べていきましょう。ぼくは酒を飲むと腹が減るんです」

ジンソルはうなずいた。しばらくして、ふたりはコンビニの隅にあるカウンターの前に立ち、熱いカップラーメンを食べていた。麺だけでなくスープもひと口飲んだ彼女が、意外そうな口振りで言った。

「ラーメンも久しぶりに食べるとおいしいな。しばらくの間、ほんとうに見るのも嫌だったんだけど」

「どうしてですか。ラーメン食べて、ひどい胃もたれになったとか」

「いいえ。ちょっと嫌な記憶があって。たいしたことではないです」

ゴンが困った人だと言わんばかりに舌打ちした。

「たいしたことでも、そうでなくても、話を途中でやめないでくださいよ。また臆病な人だと、からかうよ」

ジンソルは、ためらったのち、少し苦笑いをしながら口を開いた。

「前に社会に出たばかりで、ワンルームで自炊していたときに、こんなことがあったんです。会社から遅く帰った日に小腹がすいていたのでラーメンを作って食べていました。そうしたら、なんだか変な感じがして窓を見ると……」

ふと箸を止め、彼女は眉間にシワを寄せた。その夜の記憶が一気によみがえってきた。

「ある男が部屋の窓にくっつくように立ち、わたしをのぞいていたんです。ああ、どんなに驚いてぞっとしたことか。誰なの？と、大声を出してすぐに窓を閉めました」

ジンソルは箸を持った右手で、がらがらと窓を閉めるふりをしてみせた。話しているうちに、自分でも気づかぬままあの日と同じように興奮していた。ゴンは舌打ちをしながら不快そうに顔をしかめた。

「そんな。それで？」

「それから、だいたい一分くらいかな。少し待ってから、もう行ってしまっただろうと思ってそっと窓を開けてみました。そうしたら、その男の金縁メガネと目玉がそのまま、また見えたんですよ。ずっと路地に立ちっぱなしだったんです」

彼女がぶるっと身震いをした。

「かなり時間がたってラーメンを食べようと思って見たら、すっかり伸びていたんですけど……

急に涙が出てきちゃいました。すごく腹は立つし……これはいったいなんなんだと思って。そのままラーメンを流しにぶちまけました」

ジンソルはふうっとため息をつくと、箸をもう一度カップラーメンの容器に入れ、麺をつまんだ。

「それでしばらくの間、折りたためるタイプの果物ナイフがありますよね。あれをジーンズのポケットに入れていました。万が一、会社帰りに緊急事態が起こったときのために」

ゴンがあきれた様子で聞き返した。

「ジャックナイフでもなく、折りたたみの果物ナイフ？」

「ジャックナイフは高いじゃないですか。なんにせよ、その後、一年くらいはまったくラーメンを食べなかったし、今もあまり頻繁には食べません」

そんな彼女をゴンは温かく見つめやさしく笑いながら言った。

「ばかだなあ。ラーメンと仲直りしてください。もういい加減に」

ジンソルは、麺を口に入れたまま、くすくす笑った。彼の声を聞いているうちに、なぜかラーメンと仲直りできる気がしてきた。ラーメンと一緒に、実はかなりつらかったあの頃の不快な思い出たちとも……。彼女は微笑んだまま冗談めかして言った。

「でも、すべて忘れることはできないんじゃないかな。昔から、涙にまみれたラーメンを食べたことのない人と人生を語るべからずというのが、わたしの持論です」

「人生を語るのはそんなにおもしろいかな。いっつも考えてるよね」

ゴンが哀れだなという表情をわざと見せながらからかった。

「どういう意味？」

「ジンソルさんの原稿には、人生という言葉がかなり頻繁に出てくるってこと。本人は気づいてないでしょう。たぶん」

彼女はどきりとしながら彼を見た。

「わたしの原稿が……ほんとに？」

「三日に二回くらいの割合で入ってますよ。人生という単語が。ページでいうとA4サイズの用紙九枚あたり一回くらいかな。おかげでぼくは、いつもあなたと人生について語り合いながら生きている気分です」

ジンソルは衝撃を受けたように、微動だにしないで立っていた。まさか……そんなにしょっちゅう《ゆう》書いていたの？

「人生を完全にわかろうとなんてしないでください。傷つきますよ。またラーメンが伸びそうだ。早く食べて」

ゴンがにっこりしながら平然とした口調で忠告した。ジンソルはそんな彼を黙って見ていた。

窓の外が白々と明るくなるまで、彼女はキーボードに指を載せたまま身動きもできずに座っていた。いつのまにか朝だった。そして、渡さなければいけない原稿は一日分も完成していなかった。

「あなたの原稿には人生という言葉がかなり頻繁に出てくる」

彼の声が何度も耳に響き、キーボードを打つ手を止めさせた。まったく、ある日、不意に〝人生〟という石に足をとられて転ぶとは。

実際、意識しながら書いてみると、コメントの結論部分がしばしばそちらの方向に流れていきがちだと感じられた。まず、午後三時に生放送される『幸せスタジオ』の原稿から書き始めたが、ここまで半分くらいしか完成していなかった。ジンソルは女性アナウンサーの明るく弾むような声を想像しながら、もう一度、キーボードを叩き始めた。モニターにはハングルの子音と母音が次々に現れた。


りんごの木に咲く花でもないのに、りんごの花と呼ばれる花〔りんごのように丸く大きな花をつけるテマリカンボクのこと〕があります。

鮒が入っているわけでもないのに、鮒パン〔鯛焼きのことを韓国ではこう呼ぶ〕と呼ばれるお菓子もありますね。

生きていくということは、いつもバラ色ではないですが、バラ色だと呼ぶこともできるでしょう。

オードリー・ヘップバーンだったでしょうか。「ワインのグラス越しに世界を見て！　それこそがまさにバラ色の人生」と言ったのは。

あーあ。呻き声が漏れた。バラ色の人生？　カーソルを神経質に動かしてその部分を消した。それから三分間、ぼんやりとモニターを見つめていた。バラ色の人生という言葉を使わないと決めたせいで残りの部分が中途半端になり、結論の出ない文章になってしまった。ジンソルは書いていたコメントをすべて削除した。

時間はどんどん過ぎていき、ようやく『幸せスタジオ』の原稿をメールで送ると、彼女はすっかり疲れ果てていた。朝食を抜いていたので冷蔵庫をあさって遅めの昼食を無理やり食べ、コンピューターの前に戻った。五時から『花馬車』火曜日分の録音が始まることになっていた。よりによって筆の進みが遅い日に、ＤＪが録音したいと言ってくるとは。

人生という言葉など影も形もないような原稿をどうにかこうにか書き上げ、五時頃になってようやく、もう一通のメールを送ることができた。さあ、あとは月曜日の『花馬車』の生放送分だ。原稿を書ける時間はあまり残っていなかった。心は焦り、おまけにとても疲れていた。仁寺洞の茶房で遅くまで無駄話をしていたときは楽しかったが、後遺症は深刻だった。

ジンソルは倒れるようにどさっと、机に置かれた国語辞典に額をのせた。ほんの少しでも目を閉じたかったが、寝てしまってはだめだ。頭が重くても急いで書いて、原稿を手離さないと。そのあとでぐっすりとたっぷり寝よう。人生なんて言葉の入らない、軽やかで輝くようなコメントを書かないと。ほんとうに書けるかな。ふー、もうわからない。でも、責められるのは嫌だ。もう少しまともな原稿を書いて送らないと。まともな原稿を。だから、ほんの少しだけ休んで、また、書こう……。彼女は自分でも知らないうちにまぶたを閉じた。

頭が上がらないほど首と肩が痛かった。こんなふうに額を押し付けた姿勢で、椅子に座ったまま眠ってしまうとは。眠りながらも緊張していたのか、なんとか転がり落ちもせず、固まったような形で寝ていたらしい。時間はどれだけ過ぎただろうか。次の瞬間、蛍光灯が青白く光り、通路に面した窓が暗く染まっているのが目に入った。卓上の時計を見ると、ジンソルの全身は硬直した。七時四十分だった!

なに、これは。冗談でしょ。お願い、目を覚まして。うたた寝していて金縛りにあったのだろうか。待ってましたとばかりに横にあった電話のベルがやかましく鳴り響いた。まるで、電話を取った瞬間に「おまえは死ぬ」と呪いをかけられるホラー映画の一場面だ。こわばった指で受話器を手に取って耳に当てたが、首を絞められたかのように声がうまく出なかった。

「も、もしもし」

「二十分前なのに原稿がこないね。早く送ってください」

息がうまくできず、顔もぽーっと熱っぽくなり、心臓まで激しく高鳴っていた。

「それが、実は、あの……」

「なに？　言ってください」

「まったく書けなかったんです」

重く、氷のような沈黙が流れた。彼女は固唾を飲んだ。

「十分ほど休もうとしたんですが……そのまますっかり寝入ってしまいました」

続く沈黙。どうにかして事態を収拾して対策を立てなくては、こうしている場合ではなかった。

ジンソルは急いで言葉を続けた。

「では、こうしましょう。わたしが急いでオープニングを書いて送るので、ゴンディレクターは二番目のコメントを書いてください。書ける人じゃないですか、ですよね。そうしたら、CMと歌が二曲流れる間に、わたしが『舎廊房《サランバン》〈伝統的な住居の客間を兼ねた主人の書斎〉』コーナーの原稿を書くので、ゴンディレクターは『あの時、あの時代』コーナーを同時に書く。そうやって、主調整室のファックスに……」

「すぐに走ってきてください」

彼の低く沈んだ声が、ぶっきらぼうにジンソルの言葉をさえぎった。

「……え？」

「早く、飛んでこいって！」

ゴンが腹をたてたように大声で叫び、ぶちっと電話を切った。

ジンソルはぼんやり受話器を手にしていたが、次の瞬間、ぱっと下ろし、急いで椅子から立ち上がると走って家を出た。

——『歌を載せた花馬車』、緊急カラオケ大会！　さあさあ、これは、なんとすてきな企画でしょう。どこにでもあるようなカラオケではございません！　彗星のようにやってくる、花馬車の新人歌手誕生企画！　今すぐ、お電話ください。たくさんの賞品がみなさまをお待ちしております！

ファン・ヘジョ先生のとってつけたようなアドリブが電波に乗っている間、夜八時を少し回った主調整室の光景は、ひと言で言って大混乱だった。音響調整卓の前に座るホン・ホンピョエンジニアの後ろでは、ほかのスタジオで録音中だったところを急遽、呼ばれたふたりのエンジニアが倉庫から引っ張り出してきたカラオケ機器を接続していた。

到着したばかりのジンソルが息を切らしながら鳴り続けるリスナーの電話を受けているそばで、イ・ゴンは内線のボタンを押していた。

「総務部にどうしてつながらないんだ。残っている社員はひとりもいないのか」

「いない、いない。あそこはみんな六時きっかりに帰るから」

ホン・ホンピョが自分の判断でＣＭを流しながら、期待しても無駄だという表情で手を振った。ゴンは受話器をすぐに下ろし、機器の前に戻ってトークバックでＤＪを呼んだ。

「ファン先生、まず、賞品の紹介をしてください。三位はイタリア製の小型バッグ、二位はポータブルＣＤプレーヤー、一位はミニオーディオで」

ブースの中、ヘッドホンをつけてマイクの前に座っているファン先生がボールペンでメモをとった。高らかな笑い声がスピーカーから聞こえてきた。

「なんだ、緊急の間に合わせ企画のはずなのに、いつのまにこんなに協賛を受けたんだ」

「それはまあ、なんというか……」

ゴンがため息をつきながら返事をすると、ホン・ホンピョが疑わしそうに尋ねた。

「総務部に確認もしないで協賛品を出してしまうのか。それで、予備がなかったらどうするんだ」

「この前、リストが回ってきたときに見たんですが、まさか全部なくなってはいないでしょう。もし、残っていなかったらディレクターが財布をはたいて買うか、あるいは……」

ゴンはサイドテーブルの前で懸命に通話中のジンソルのほうを向き、さりげなく責めるように言った。

「作家の給料から差し引くか」

はあ。わかりました。わたしがミスしたのだから、なんと皮肉を言われても弁解の余地はない。とはいえ、あんな表情をされると、ちょっと憎たらしい。ジンソルは新たに鳴り出した電話を受けながら心の中でつぶやいた。レコード室に勤務している三十代後半で独身のキム・ミヨンが判定に使う小さな鉄琴を見つけ出し、大急ぎで飛び込んできた。

「ふう。棚からようやく出してきた。去年使ったきりで仕舞い込んであったから埃が真っ白に積もってました。ざっと拭いたけど」

「ありがとうございます。あちらに置いてもらえますか」

ミヨンがブースのドアを開けて中に入り、ファン先生に鉄琴を渡している間、ゴンはこれまでに申し込まれた曲を予約するため機械のボタンを押し始めた。その後ろ姿を盗み見ながら、ジンソルは喉に残る気まずさをなんとか飲み込んだ。

「花馬車カラオケでございます。お名前と歌のタイトルをお願いします」

「作家のコン先生、ご無事でござったか。カラオケさ、わだすも参加します。ペク・ニョンソル先生の『マドロス手記』！」

花馬車ブラックリストに載っている聞き慣れた老人の以北方言だった。今日もいつものようにラジオのそばに座っていたようだ。

「その歌は前回、放送しましたよ。おじいさま」

「あれは、ペク先生の声だったさげ、今回はわだすが歌うということですよ」

「すみません。ほかの方にもチャンスを差し上げないといけないんです。今日は譲っていただけないでしょうか」

気を悪くしないように丁寧に断ってから受話器を置いた。騒々しい時間はあっという間に過ぎ、そろそろ参加者の受付を締め切ってもよさそうだった。ファン先生は五十代の主婦と交わしていた家庭の事情についての話のまとめに入っていた。

——奥さま、お話、とても楽しかったです。今日、歌っていただく曲は？

——えーと、うまくは歌えないんですけど、パールシスターズ（一九五四年に結成された女性ボーカルグループ）の『麻浦終点』にします。

——『麻浦終点』！　おお、この場所こそがまさに麻浦だと、どうしておわかりになったのでしょう。緊急カラオケ大会の幕開けを飾る歌、『麻浦終点』となります。さあ、音楽をお願いします。

機械音特有のズンチャカとした前奏に続いて、少し緊張した中年女性の艶やかな歌声が電波に乗った。

夜更けの麻浦終点　行き先のない夜汽車
雨に濡れたあなたも立ち　行き場のないわたしも立っていた

ホン・ホンピョが靴の先で拍子をとりながら、のんきな調子でメロディーに合わせハミングした。

ジンソルはようやくひと息つけそうな気分だった。家から必死に走ってきたので額と背中は汗でびっしょりだ。ぼさぼさの髪を指でなでつけ、ゴムで結び直した。ディレクターがどうにかこうにかうまくカバーしてくれたので、あとは放送が終わってからひとしきり怒られれば済みそうだった。放送事故になりかけた状況をなんとか逃れることができてよかったと思う反面、やはり心は重かった。

リスナーたちの歌がある程度クライマックスを迎えたところで、ファン先生は鉄琴を「キンコンカンコン」あるいは「カーン」と打った。音程やリズムを極端にはずすケースでなければ、気前よく合格にしていた。

時間は飛ぶように流れ、いつのまにか最後のひとりを残すのみとなった。メモのとおりに携帯電話の番号を押していたジンソルの顔に困ったような表情が浮かんだ。くれぐれも遠くに行かずに電話のそばにいてほしいと頼んだにもかかわらず、呼び出し音が三度鳴ってようやく相手の声が聞こえた。

「ラジオ、聞いていらっしゃいますよね。今の方が終わったらすぐにつなぎます。お話をしていただいて……」

「ああ、申し訳ないんですが。わたし、タクシーの運転手をしてまして、今、お客様を乗せたところなんです。急いで空港まで行かないといけません」

「え？　でも、まもなく始まるんですが」

「さっきは空車だったので車を停めて休んでいたんですよ。すみません」

電話は無情にも切れ、ジンソルは緊張のあまり背中をぴんと伸ばした。最後の選手が爆弾だったとは。急いで代打を探す必要があった。この瞬間、百パーセントの確率でラジオのそばにいるリスナー。ジンソルはノートをすばやくめくって問題の番号を見つけた。

「おじいさまですか。今、お歌いになれますか。ほかの曲を歌ってください。『大地の港口』はどうですか？　同じペク・ニョンソル先生の歌ですが」

「それでもかまわねよ。これでもあれでも、どっちみち港に行ぐ歌には違わねから」

彼女はゴンに向かって予約した曲を変えてほしいと合図を送った。老人は気分がよいのかけらけらと笑い、すぐに電話がつながった。

――お久しぶりにお目にかかります。イ・ピルグァンでございます。

――これはこれは、ご老体こんばんは。しばらくごぶさたでしたが、お元気……。

――ほほほ。なぜ、間が開いだかというと、連絡をしながったからではなぐて、こちらの作家のコン先生がながながつないでくれなかったさげ、そうなっだのよ。まったく、どうしてわだすをカットするんだがわがねえのさ。んでも、今日は……。

――ああ、ははは。時が流れるのはほんとうに速いですね。秋の風がものさびしく吹いていたかと思ったら、そのうちに山では紅葉が……。

ジンソルは指でテーブルをトントンと叩きながら気が気ではない思いで彼らの対話を聞いていた。ちらっとゴンを見上げると、後ろ姿がガチガチに固まっており、やはり緊張しているようだった。

った。ふいに彼が振り向いて聞いた。

「このおじいさんの住所氏名を教えてください」

彼女は用心深くノートの端を手でいじった。ブラックリストに入っているのがわかったのだろうか。そうだとしても、状況が切迫していたのでしかたなかった。ノートを開かなくても住所と名前は覚えている。

「鍾路区梨花洞に住んでいるイ・ピルグァンさんです」

「梨花洞の山一——一番地ですか」

「どうして知ってるんですか」

まん丸になったジンソルの目と彼の視線がぶつかった。笑ってよいのか悪いのか。驚きながらも複雑な気配が彼の目の中に見えた。

「この方は花馬車に頻繁に電話をかけてくるんですか」

「はい。チャン・イルボンディレクターのときはほとんど毎日かかってきたんですが、カットされることが続いたので、最近は少なくなっていました。なぜですか」

ゴンは指に挟んだサインペンを意味もなく回していたが、やがて肩をすくめて困ったようにつぶやいた。

「ぼくの祖父なんです」

彼女の口がぽかんと開いた。横ではホン・ホンピョがなんの冗談だという顔をしながら間髪入れずに聞き返した。
「ほんとか。おまえのおじいさんなのか」
ゴンは答えなかった。いかにも困り果てたような彼の表情を見て、ジンソルは思わずぷっと吹き出した。

柳の葉がさびしい道標の下に
馬をつなぐ旅人よ
日が暮れたのか
休まずに　休まずに
月明かりに道を問う

老人の堂々たる歌声が主調整室に朗々と響き渡る中、彼女は彼の後ろに座り、自分の状況も忘れたまま笑いをこらえていた。

今では自然にあいさつを交わし合うスムージー店の女店主が、透明なガラスの下にさまざまな材料が詰まった大型冷蔵ケース越しに、ふたつのグラスを渡してくれた。放送を終えてゴンと遅い夕食を済ませると、デザートを食べる気分でいつもこの店に立ち寄るようになっていた。

夜の通りが見渡せるガラス窓の前のスツールに座った彼は、考えに沈みながら指でこめかみを軽く押さえていた。ジンソルはおずおずと隣の席に座り、トロピカル・フルーツをミックスした彼のスムージーを前に押し出した。

「頭が痛いんですか」

彼がそっけなく答えた。

「一夜のうちに二度も衝撃を受けて、痛くないはずがない」

返す言葉もないジンソルは、カウンターの上に載せたカバンを引き寄せ、ポケットのチャックを開けようとした。

「塗る湿布持ってますけど、使いますか」

「塗る湿布をどうやって」

「こめかみに少し塗ると頭痛がかなり楽になるので」

ゴンはあきれたという表情で、短く舌を打った。

「薬物の誤用例ですよ。それ」

「ちゃんと効果があるのに……」

彼女は小声でつぶやいてから、むしろ、先に謝るほうがいいと考え、低く息を吐いた。

「まったく、ゴンディレクターが気分を害したのも当然です。作家のせいで間に合わせの番組を流すことになって……なにも弁解はできません。心からお詫びします」

ゴンはそんなジンソルをストローの向こうからぼんやりと見つめていた。スムージーのグラスを指で触りながら、彼女はようやくのことでもう一度、口を開いた。

「言い訳になりますが、なまけていて原稿が送れなかったんじゃないんです。昨夜、家に帰ってすぐに始めて徹夜で仕事をしたんですが、実は……単語を吟味しなきゃと何度も考えていたら」

彼の口元にそれはおもしろいと言いたげな笑みが浮かんだ。

「一回謝るだけなのにずいぶん深刻なんだね。仕事をしてれば、失敗する日もあるよ。なんでそんなにまじめな顔で話すんですか。聞いているこっちのほうが落ち着かなくなる。まるでぼくが悪い奴みたいじゃないですか」

「怒ってなかったんですか」

「怒ったりなんかしないよ。ただ、これは大変だと思ったし、ちょっと忙しくなっただけだろう。いずれにせよ、無事に終わったしね」

彼の穏やかな口調を聞いて、ジンソルはわずかながらほっとしたと同時に、ありがたくもあった。夜の通りを走る車の音はガラス戸にさえぎられ、彼らだけの店は静かだった。キッチンの隅のミキサーの前から、店主がのんびりと本のページをめくる音が聞こえてきた。

ふいに思いついたようにゴンが口を開いた。

「そうだ。昼間、ソヌと電話したんですが、ジンソルさんに店のほうにも気軽に遊びにきてくださいと言ってましたよ。エリもも う一度会いたいそうで。印象がよかったみたいですね」

前夜の和気あいあいとした雰囲気がようやく思い出され、ジンソルの口元にも笑みが浮かんだ。

「エリさん、実は以前から何回か見てたんです。仁寺洞で」

彼が、思いがけないと言いたげな顔でジンソルのほうを向いた。

「ほんとに？」

「あまりにきれいで目を引かれる人でした。うーん、風景のように雰囲気が美しかったというのかな。昨日、傘を持って近づいてきたときは不思議な気分になりました。話をしてみると、気も合いそうだし。わたしもエリさんが好きです」

「体がすごく弱いんです。エリは。もう少し太らないといけないんだけど」

視線を戻しながら、ゴンが感情を込めずに言った。彼女のか弱くほっそりとしたスタイルを思い出しながら、ジンソルはゆっくりとうなずいた。恋人の胸の中にすっぽりと収まるサイズにあつらえたような肩も目に浮かんだ。

「ソヌさんとはとてもお似合いですね。外から見ても」

「そりゃあ、そうでしょう。十年も一緒にいるんだから」

「ほんとに？　すごいですね。かっこいい」

ジンソルが感嘆すると、ゴンは理解できないといった顔で軽く首を傾げた。

「十年も恋愛しているのがかっこいいですか」

「そう思いませんか。山河も姿を変えるほどの長い間、お互いの気持ちが変わらなかったってことだから。ふたりの間には誰も入り込む隙がなさそう」

彼はしばらく黙ってから、突然、話題を変えた。

「花馬車カラオケだけど、今日の反応を見るとかなりいいような気がしました。いっそのことぼくたちで固定コーナーにしてしまうのはどうですか」

予想もしていなかった問いかけに、ジンソルはためらいながら考えを口にした。

「固定でやるとなると審査員も必要じゃないですか」

「探さないと。トロット〔音楽のジャンル。日本の演歌とも重なる哀切なメロディーが特徴〕歌手の誰かにコンタクトをとってみましょう。DJ以外の人の声が入るのも悪くはないと思う」

ジンソルは同意の印としてうなずいた。リスナーが参加する割合が増えれば、構成作家が書く原稿の量も多少は減るので反対する理由はなかった。

「それはそうとして、協賛品がないとだよね。さっき、誰が一位だったっけ」

「『麻浦終点』を歌った中年女性です。二位はおじいさま」

ふたりは同時ににっこり笑った。ゴンは今さらながらにありえないという顔で、大きく首を振った。

「まったく。うちのおじいさんがブラックリストに載っているとは。父が聞いたらあきれそうだな」

「わたしたちの番組をお聴きになっているって、まったく知らなかったんですか」

「家を出てひとり暮らしを始めてからずいぶんになるので。祖父は若い頃、船員だったんです。文字どおり、五大洋をかけめぐった」

ジンソルは、ああ、と言いながら大きくうなずいた。

「だから『マドロス手記』！」

「そう！　まさにそれ。酒に酔うといつでもその歌ばかり、あんまりしつこく歌うから。耳にタコができてアレルギーになったんですよ」

彼らは顔を見合わせてくすくす笑った。暗闇に包まれた麻浦の空の向こうに、唐人里《タンイルリ》発電所の煙突の赤い光が変わらずゆっくりと点滅していた。あごに手を当ててその様子をじっと見上げながら、ジンソルはひと息つくようにゆったりと話しだした。

「わたし、終点という言葉が好きです。何年か前、バスの終点の近くに住んでいたことがあるんですけど、誰かに聞かれるたびに『一五七番バスの終点に住んでます』と答えてました」

「終点？　行けるところまで行ってみようとか、そういうこと？」

「いいえ。それよりも……ただ、心が穏やかになる感じ。最終バスで寝込んでも安心だし、あまり気をつけていなくても、停留所を逃す心配をしないで無事に家まで帰れるという、そういう心持ちです」

ジンソルは、ガラスの向こうで深まっていく夜の空をぼんやりと見上げ、ゴンはそんな彼女を隣で静かに見つめていた。

3

十月最後の土曜日は晴れ晴れとしたのどかな秋の空で始まった。ジンソルは作家仲間たち一行と、騒々しいエンジン音を立てながら波を蹴散らしていくフェリーのデッキにいた。新村《シンチョン》の市外バスターミナルから京畿道江華《キョンギドカンファ》へ、そこでもう一度、外浦里《ウエポリ》の船着場までのバスに乗り替え、親睦旅行のために集まった局の社員たちと合流して乗船したのだった。

西海《ソヘ》の席毛島《ソンモド》へ渡る船には乗用車も積み込めるので、局の周波数とロゴの描かれたステッカーを窓に貼った車があちこちに見えた。久しぶりに見る海は、日差しの下で水面をきらめかせ、気持ちよくゆったりと波打っていた。船の後尾では、スクリューが上げる水しぶきの向こうに、波をかき分け進んできた航跡が長く残り、やがて消えることを繰り返していた。

ジンソルはチェ作家、キム作家と並んでデッキの柵にもたれ、船を追って飛ぶカモメの群れにえびせんスナックを投げていた。観光客がくれるエサにすっかり慣れているカモメたちは矢のように飛んできたかと思うと、くちばしで菓子をしっかりとくわえ、ひったくるようにして離れていった。

「気味が悪いくらい上手に食べるね。すばやいったらありゃしない」

最古参のチェ作家が手についた菓子の粉を払いながら、褒めてるのかけなしてるのかわからない言葉を、海鳥たちに向かってくどくどと言った。「きゃあ！」、甲板の向こうから高い笑い声のような悲鳴が聞こえてきた。旅客船の乗客の中でもずばぬけてファッショナブルなアン・ヒヨンが、すぐ近くまで飛んできたカモメを避けようと、スカーフを被った額を両手で隠していた。そして、そのまま横に立っているイ・ゴンのほうへと後退りして鳥の群れから離れた。

「カモメの黒い目を、まともに見ちゃった！」

顔を少ししかめたヒヨンが愛嬌たっぷりに文句を言う声がここまで聞こえてきた。見守っていたキム作家が冷たい顔でわざと真似をした。

「カモメの黒い目を、まともに見ちゃった！　そう言いながらゴンディレクターの脇にぴったりくっついちゃって。まったく、見え見えの態度だね」

「見え見えだっていいじゃない。強引にでも手に入れたら自分のものでしょう。まあまあ、アン・ヒヨンの愛らしいこと。とにかく、若くてかわいい子たちはなにをしてもいいんだから」

チェ作家は意味ありげに笑って、興味津々の顔つきだ。ヒヨンがゴンにえびせんスナックの袋を渡しながら、いやいやをするように首を振っているのを見ていたジンソルは視線をはずした。そこから数歩離れた甲板の隅では、イ・ソニョンディレクターが先ほどから携帯電話で話していた。次の週に呼ぶゲストがなかなか決まらず、彼女はかなり苛立っていた。

「まだ連絡がつきませんか」

「スケジュールが詰まったお忙しいお方だから、電源を切って避けているみたい。今回は、どうしてこんなに出演交渉がうまくいかないんだろう」

厳しげに眉間にシワを寄せたイ・ソニョンは、携帯をたたんでからジンソルに尋ねた。

「ハン・ガラムリポーター、最近、恋愛中なの？」

「どうしてですか」

「放送が終わると、あっという間に消えるから。おとといもつかまえてちょっと会議をしようと思っているうちに帰ってしまって。今日の旅行にも来てないし」

ジンソルは事情を知っていたものの、はじめて聞いたような顔でただ笑った。

船室では一群の男たちが、早くからクーラーボックスの缶ビールを取り出して飲んでいた。彼らのにぎやかな笑い声と話し声が甲板まで聞こえた。チャン・イルボンディレクターをはじめ、船室内の男たちの大部分は男らしさを押し出す既婚者だったが、独身者としては唯一ホン・ホンピョが、気が合うのかそこに交じって楽しんでいた。

船の上に吹いてきた海風がかなり冷たく感じられ、ジンソルはカーディガンを羽織った腕を軽くさすった。風が乱した髪を指でとかしてなでつけていると、ふと向かい側の柵に寄りかかって自分を眺めているイ・ゴンと目が合った。彼がにっこりと笑った瞬間、ジンソルの心臓がドキンとした。彼女は思わず顔を背けた。

「心臓病だろうか」

小さくつぶやいたジンソルをチェ作家がちらりと見た。

「どうした。コン作家、心臓が悪いの？」

「最近、ちょっと……左側の胸が、ちくりとすることがあるんです」

「それは過労と睡眠不足のせいだよ。毎日、徹夜で原稿を書いてるんじゃない？　それじゃだめ。絶対に、日があるうちに仕事をして、夜は枕を抱いて寝なくちゃ」

先輩からの忠告にジンソルは黙ってうなずいた。そうだ。そうに違いない。睡眠不足のせいだ。

プーーー。汽笛が大きく鳴った。いつのまにか十五キロの海の道をかき分けてきたようで、少し色あせた紅葉の森が広がる席毛島が近くに浮かんでいた。


「あの松の幹に結んである風船をそれぞれが破裂させて戻ってくるんですよ。男女が一組になって、勝った組は負けた組を干潟に押し込んじゃってください。わかりましたか」

席毛島のミンモル海水浴場。砂浜の向こうに干潟と塩田が広がるその場所で、数十人の局関係者たちが、注文しておいた昼の弁当を食べ終わり、しばらく自由時間を楽しんでいたときだった。レクリエーションの司会を引き受けたホン・ホンピョがメガホンで競技のルールを勇ましく説明していたが、聞くまでもなかった。足首をひもで結んだふたり一組が、遠くにある松の木まで行って風船を破裂させて戻ってくる単純なゲームで、ほんとうの目的は参加者を干潟に連れ出してひっくり返すことにあった。

「なんで陽気に運動会なんかやらないといけないの。わたしたちはやらない。腰が痛いから」

三、四十代の既婚女性たちからなるレジャーシート組は、ぶつぶつと文句を言いながら屏風のように背中をすっぽり覆った大木の根本に寄りかかって座り、ボイコットする姿勢を見せた。青と白の二チームに分けられ、名前を呼ばれた人々は砂浜のスタートラインの前に集まり始めた。やる気満々の積極派が前に立ち、催促を受けてしかたなく立ち上がった気乗りのしない一行は、列のお尻のほうにくっついた。ジンソルと一緒に白組の最後尾に並んだキム作家が左右を見回し、くすくすと笑いながら耳元でささやいた。

「なにが青、白よね。デホチーム、ウソンチームじゃないの」

まさしく、デホオフィステルとウソンアパートの主要人物を中心に、彼らと親しい人々という基準でだいたい分けられていたので、ジンソルもつられて笑った。ホイッスルの音が浜辺に響き渡り、賑やかな声援の中、競技が始まった。実に見ものだった。ひとつのチームの勝敗が決まるごとに見物人たちから上がる歓声には、他人のみっともない姿を見る楽しみと、自分も同じ目に遭うかもしれないという心配が半々に入り混じっていた。

干潟に押し倒されて泥をかぶった人たちがだんだん増えるにつれ、着替えを持っていないジンソルは少し不安になった。旅行の公式日程は一泊二日だったが、残りたくない人は最後の船で島を出るので、彼女もそこに交じって家に帰るつもりだった。

「適当に走って戻ってこよう！　泥のパックは肌にもいいらしい」

列に並んでいるうちにいつのまにか同じ組になったチャン・イルボンディレクターが、高らかに笑いながら豪快に言い放った。ジンソルは固く真剣な表情で首を振った。

「だめです。勝たないと。着替えの服がないんです」

「なんだそうなのか。わかった。それなら経験がものを言うところを見せてやる」

彼女たちの相手チームはイ・ゴンとアン・ヒヨンだった。健康的で敏捷そうに見えるふたりが対決の準備万端で並んでいるのを見て、彼女は少し不安になった。とにかく勝たなければ服を捨てて帰ることにもなりかねなかった。スタートラインの前に立ったゴンがジンソルに向かって温かく笑い、声をかけた。

「あらら。敵同士になったたね。申し訳ない」

また、ドキン。

ジンソルは胸の奥深くでため息をついた。あれほど些細な、他愛のない冗談に心臓がドキドキするのは、よくない兆しだった。人の気も知らないで、なんであんなふうに見つめて笑いかけるんだろう。悪い奴。ほんとうに、ひどい……。

ピーッ。ホイッスルが響き、応援の声を聞きながら松の木に向かって出発した。一年半にわたって息を合わせてきた歴史は無駄ではなかったようで、ジンソルとチャン・イルボンは意外にも足並みがよく揃った。風船を破裂させて戻ってくる途中でちらりと横を見ると、お互いほとんど変わらない速度で走っていた。ついにラインを通過した瞬間、ホン・ホンピョが手にした旗は白組を指した。ジンソルチームのギリギリの勝利だった。

ゴンは楽しそうににこにこと笑っていたが、ヒヨンはおしゃれな服が泥まみれになるので、ひどく困った表情だった。どやどやと固まって走っていった干潟の入口でジンソルは両腕をまくりあげ、ヒヨンの背中をぐっと押して勢いよく泥の上に倒した。同時にチャンディレクターも、シルム〔韓国式相撲〕のように足技をかけてゴンを投げ飛ばした。はじけるように上がった笑い声と悲鳴をあとに残し、ジンソルはすぐにその場から立ち去った。

木陰の下に広げられたレジャーシートへ戻ってくると、イ・ソニョンとチェ作家は干潟で行われていた大騒ぎもどこ吹く風で、終身保険の話を熱心に繰り広げている最中だった。ジンソルはシートの横に置かれたクーラーボックスからジュースの缶を取り出すと、彼女たちのそばに並んで座りひと息ついた。少し離れたところでは、ゲームに負けて干潟で転がったキム作家が泥だらけになった手足を振っている姿が見えた。

すでに服をだめにしてしまった人たちは、ゲームをほったらかしにして本格的に干潟を走ったり転がったりしながら、愉快にイベントを楽しんでいた。どれだけ経っただろうか。短くなった秋の日がだいぶ西側へ移ると、海辺に近い丸太小屋の民宿に、ひとり、ふたりと、風呂の道具を持った人々が移動し始めた。島に残る予定のメンバーが団体で宿泊する場所だ。

レジャーシートに向かってゆっくり歩いてきたゴンが、両膝を抱えて座っているジンソルの前で仁王立ちになった。額に影がかかり、彼女が顔を上げた。

「ビールをひとつとってもらえますか。手が汚れているので」

ジンソルは黙ってクーラーボックスから冷たい缶ビールを取り出すと、泥がつかないように小指をあげて、ゴンの手のひらにさっと落とすように置いた。彼の眉がわずかに上がった。喉が渇いていたのか、缶を開けて一気に半分ほどを飲んだゴンは意地の悪そうな表情で声をかけた。

「さっきは、勝ってずいぶん喜んでたね」

「そりゃあ、当たり前でしょう。勝ったんだから」

「どれだけ思いきり押したのか、アン・ヒヨンは空中に飛んでたよ」

なんとなく負けるのが嫌で、ジンソルは口角を上げながら何気ない態度で応酬した。

「わたし、腕の力がけっこう強いので」

ぶっきらぼうにつんとすましてあごを上げた彼女を、ゴンは薄目を開けて静かに見下ろした。それから黙って缶に残ったビールを飲み干すと、少し離れたところにあるくずかごにポンと投げ入れた。次の瞬間、ゴンはジンソルの両腕をぎゅっとつかみ、ぐっと引っ張って立たせた。あっというまにシートの外に引っ張り出された彼女は、驚いて声を上げた。

「なにするんですか。離してください」

「腕の力が強いんだろ。耐えられるなら、やってみればいい」

にこにこと笑ってはいたが、彼女の腕をつかんでいる力は冗談ではなかった。干潟に引っ張っていく作戦だと直感し、彼の腕から逃げようともがいたが、力が足りなかった。

「着替えの服を持ってきてないんです。離してください。ほんとうなんです」

「それってぼくに関係ありますか」

引っ張られないように足を踏ん張っていると、ゴンが彼女をひょいと抱き上げた。彼の体についていた泥で、すでにジンソルの服のあちこちにまだら模様ができていた。この小さな騒動が周りの人たちの視線を一気に集めた。レジャーシートのあたりではイ・ソニョンディレクターが意外な光景だという顔で少し驚いて見つめ、チェ作家は見るからに、いい見せ物が始まっておもしろがる表情だった。

抱きかかえられてきたジンソルの目の前に、斜めに傾いた灰色の干潟が水平線のように広がっていた。結局、しかたなくあきらめた彼女が叫んだ。

「わかりました。その代わりわたしも黙っていませんよ」

「ご自由に」

ゴンは軽く答えると彼女を干潟に押し込んだ。席毛島のぬかるんだ干潟にジンソルは見事にひっくり返った。髪の毛からスニーカーの先まですっかり泥だらけになったジンソルは頬についた泥を手の甲でぬぐいながら、あきれた顔でゆっくりと体を起こし座った。彼らが先例となったのをきっかけに、干潟で遊んでいた人々が、少し前に自分たちを押し倒した相手チームを目指して、わぁーっと声を上げながら海水浴場に駆け上がっていった。すぐに鬼ごっこが始まり、押したり引いたりしながら相手に嫌がらせをする声や、悲鳴、笑い声で、秋の海辺は大騒ぎとなった。

ジンソルは干潟にうずくまって座り、そばで笑いながら立っているゴンを恨みがましい目で見上げた。西の空へ傾いた日の光が泥のついた彼らの額や髪の毛を温かく照らしていた。次の瞬間、彼女の手で丸められた泥の塊がぴしゃっとゴンの頭に当たった。

「うわ、なんだよ。痛いじゃないか」

「痛くしようと思って投げたんですよ」

ゴンは低く笑いながらすぐに腰を曲げ、同じように泥を丸めた。ジンソルも急いで塊を作り、パッと立ち上がって彼に向かって投げてから体を翻した。同時に飛んできた彼の泥が彼女の背中にビシャッと広がった。

「憎たらしい」

ジンソルは上着の端をつかんでパタパタと動かして背中についた泥を落とし、ゴンをにらんだまま本気半分、冗談半々でつぶやいた。人をつらい目に遭わせておもしろがってるあの男。いろんなやり方で心まで揺さぶる……。

「えっ、憎たらしいかな。一緒に遊びたかっただけなのに、冷たいね」

黙っている彼女を見て、ようやくゴンがなだめるように言った。

「ぼくの服を貸すよ。二着持ってきたから」

「けっこうです。サイズも合わないだろうし。構成作家の中にも二着持ってきた人がいるでしょう。たぶん」

ジンソルは彼の横を通り過ぎて海水浴場に上がった。レジャーシートの近くに来ると、チェ作家がたいした見ものだと言いたげに、こらえきれない笑いを噛み殺していた。ジンソルはため息を飲み込みながら頼んだ。

「先輩、服貸してもらえますか」

「だめ、わたしもない。夜の船で帰るから」

「イディレクターはどうですか」

「持ってきてない。旅行に来て一泊している場合じゃないのよ。わたしは」

イ・ソニョンも首を横に振ると、ジンソルは困り果てた。最後の船は夜の七時に島を出るが、それまであと一時間くらいしか残っていなかった。こんなひどい姿でソウルに帰るわけにもいかないし、その前に早く服を見つけてシャワーも浴びなければならなかった。余分がありそうな人を探して周囲を見回していると、スポーツバッグを手にしたゴンが大股で近づいてきた。

「清潔なトレーニングウェアの配達にまいりました。さあ、選んでください。ブラックとホワイト、どっちがいい？」

からかうように言いながらゴンはかばんのチャックを開け、さっき話していたトレーニングウェアを中から出して渡した。同じブランドの色違いの二着のウェアが揃って姿を現したが、彼女はためらった。腕と足の部分の横に長く入っているラインまで、デザインもまったく同じあの服を着ると、ペアルックに見えそうだ。彼がいぶかしげに見つめながら待っているので、ジンソルは髪を耳にかけながら、ぎこちなく口を開いた。

「白を着ます。どうもありがとう」

「お礼なんて。もっと可愛い服を貸せなくて、残念至極」

にやりと笑いながら彼は白いトレーニングウェアをレジャーシートに向かってぽんと投げ、白分は黒を持ってシャワーを浴びに民宿へ上がっていった。きれいなタオルでウェアを包んでいるジンソルを見てチェ作家がおもしろそうに声を上げて笑った。

「これは、アン・ヒヨンの目に火花が散るところを見物できそうね。ふたりでおんなじ服を着て、一晩中、くっついて歩くのはどう？」

茶化す先輩を軽くにらみながら、ジンソルは白い歯を少し見せた。民宿に上がって行く途中で、少し離れた木の幹に寄りかかり、自分を見つめているアン・ヒヨンと一瞬、目が合った。いつのまにか再びスマートで華やかな姿に戻ったヒヨンはかなり気分を害しているようだったが、彼女は気づかないふりをしてそのまま通り過ぎた。

シャワーを終えてゴンのトレーニングウェアに着替えると、サイズが大きすぎてウエスト部分にたれた紐をぎゅっと引っ張って締め、トレーニングパンツの裾と上着の袖を何重にもまくり上げなければならなかった。まるで畑を耕しに行く農家の人のようだが、贅沢を言える立場ではなかった。

民宿から下りてくると、船着場へ出発する車が海水浴場の入口で人々を待っていた。ジンソルもカバンを手に持ち、島を出る人の列に交じった。何台かの車に分かれて乗る順番を待っていたところ、いきなり、海辺から自分の名前を叫ぶ大きな声が飛んできた。

「コン・ジンソル！　どこ行くの？」

びっくりして振り返ると、黒いトレーニングウェアに着替えたイ・ゴンが腰に手を当てて遠くに立っていた。周りの視線が彼女に集まり、ジンソルは一瞬うろたえた。

「ソウルに行くんですけど」

彼が眉をひそめたままこちらに近づいてくる姿を彼女はドキドキしながら見つめた。なんなの。どうしてあんなふうにわたしの名前を大きな声で呼ぶんだろう。おまけに、なんで近づいてくるわけ？

「なんでソウルに行くんだよ」

目の前に立ち、いきなり彼が聞いた。

「なんでって、家に帰るんです」

「親睦旅行の公式日程は一泊二日ですよ。スタッフが自分ひとりで行動していいとでも思ってるんですか。ディレクターも残ってるのに」

「そんな、ひどい。個人の自由でしょう」

「ははあ。そうですか。じゃあ、ぼくの服を返してから行ってください」

あきれたジンソルは開いた口がふさがらなかった。

「まったく。心の狭いこと」

「そうだよ。ぼくは心の狭い男です」

ゴンの返事に周りから笑いが起きると、ジンソルは顔が赤くなりそうなのをやっとのことで抑えた。なにも言えずに口ごもっている彼女の背中をチェ作家とイ・ソニョンがいたずらっぽくトントンと叩きながら、前に押し出した。

「彼には敵わないふりをして残りなさい。ジンソルさん。夫のいる女たちの視線が険しくなってきたよ。行きなさい、さあ」

ゴンは彼女の肩からカバンを奪い取り、自分の肩にかけた。

「今夜は残った人たちでキャンプファイアするんだって。準備するから一緒に行こう」

にっこり笑うゴンの笑顔がまぶしくて、ジンソルはなぜかおそろしさと同時に切なさも感じた。海辺に立っている彼の肩や背中、短い髪の下に見える清潔な首筋も、彼女の胸の中に飛び込んできた。西海は夕焼けで覆われ、水平線は青みと赤みが重なる色彩にすっかり染まっていた。


夜になるとひんやりとした海の風が海岸に吹いてきた。三十余名が大きな円を描いて座る真ん中に勢いよく燃える焚き火から温かな空気が広がっていた。それぞれが杯のやりとりをしながら、尽きない話に気分よく酔っていった。

帰らずに一緒にいようとジンソルをつかまえたはずのゴンだったが、実際はアン・ヒヨンの横で彼女の話を聞いていた。ジンソルもキム作家をはじめ、近くに座っていたほかの人たちといくらか言葉を交わしたが、しばらくすると、ときどきうなずきながら、もっぱら彼女たちの話を聞くことに専念していた。

かなり飲んだにもかかわらず、いまだ倒れていないホン・ホンピョは焼酎のビンと紙コップを持ち歩きながらあちこちに酒を勧めていたが、ついにジンソルの前にどっかりと座り込んだ。

「さあ、ジンソルさんとも一杯飲まずにはいられない。あ、このあたりはビールかな。さあ、乾杯」

彼女も笑いながら一緒に紙コップをぶつけて飲んだ。親睦旅行の夜更けのおしゃべりらしく、人々の話は背中が寒くなるような怪談へと少しずつ流れていった。MT〔大学のサークルや学科単位で行われる親睦旅行〕の幽霊、海の幽霊、便所の幽霊、民宿の幽霊などなど、ずいぶん多くの主人公が登場したあとでホン・ホンピョは、畏敬の念を込めた表情でひと言付け加えた。

「どんなにアップグレードを重ねても、便所の幽霊の中で一番はあれだ。下からすーっと手が出てきて、赤い紙をやろうか、青い紙をやろうかと尋ねた、あの幽霊。中学生のときにはじめて聞いたんだけど、夜間の自習をしながらぞっとして髪の毛が逆立ったよ。今聞くと退屈かもしれないけれど、あの頃はショッキングな話だった。そう思いませんか」

ほどよく酔った彼の視線がジンソルに向かうと彼女は曖昧に笑い、答えになりそうな言葉を探した。笑いを含んだイ・ゴンの声が肩越しに聞こえたのはそのときだった。

「厠《かわや》の怪談のクラシックですね。元祖というか」

ホンが音を立てて指を弾いた。

「そうだよ！　クラシック！　ああ、どうしてその言葉が思い浮かばなかったんだろう。言いたかったのはそれだ、ゴンディレクター。ほかの話の恐怖レベルがどんなに高くても、最初に聞いたのが一番記憶に残るってことだ」

「もちろんそうでしょうとも。ということで、ジンソルさん、風にでも当たりに行きましょうか」

ゴンが両手に持った缶ビールふたつをいたずらっぽく振って見せると、彼女の顔は自然にほころんだ。

「いいですね」

白と黒の同じトレーニングウェアを着たふたりが焚き火のそばから離れて海岸を歩いている間、ホン・ホンピョがはりきって語る厠の怪談が風に乗って途切れ途切れに届いていたが、ある瞬間から聞こえなくなった。キャンプファイア場を抜け出てみると、島と海には濃い闇が下りていた。夜空に明るく白く光るたくさんの星をしばらく見上げていたジンソルが口を開いた。

「ほんとうに幽霊がいると思いますか」

ゴンは肩をすくめた。

「わからないな。証明できないから、なんとも言えないよ。ソヌだったら、その質問に何時間でも答えてくれるだろうけど」

ジンソルは仁寺洞の茶房の主人を思い浮かべながらにっこり笑った。海が見下ろせる丘のあたりでふたりは歩みを止め、地面に座り込んだ。彼らの背後には、長い間、海風にさらされ、根元が島の内陸へ斜めに曲がったクロマツの幹が闇の中に浮かび上がっていた。持ってきたビールを飲みながら、彼女たちはしばらく心安らかな沈黙のうちに座っていた。

ふとジンソルが、ぷっと吹き出した。

「実はわたし、赤い紙、青い紙よりも、赤いバス、青いバスが怖いんです」

「なんですか、それは」

「ソウルに上京してきたばかりの頃でした。どこかに行こうとしてバスに乗ったんです。三十四番だったかな、赤いバスに乗らないといけないと言われたので停留所でずいぶん長い間、待ってました」

途方に暮れていた十二年前のその日のことが今一度ありありとよみがえった。

「赤い線が描かれたバスが来たので乗って、違うかなと思いながら行き先を尋ねたら、運転手さんがこれは青いバスだからその場所には行かないと言うんです。納得できないままに降りて確認すると、わたしの目にはどう見ても赤いバスなのに」

ゴンはなにが起きたかに気づいて笑い出した。

「その後も赤いバスが二台も来たんですが、運転手のおじさんたちは青いバスだと言い張るんですよ。すごく戸惑って、いったいどうなってるんだろうと思いました。もしかしたらソウルの人たちはみんな色覚障害なのかなと思っているうちに一時間以上が過ぎて。あまりにもわけがわからなくて、停留所で待ちながら泣きたくなりました」

「バスの車体に描かれてる横線の色で区別したんだね。番号の書かれたプレートの色を見ないといけないのに」

彼女は悔しかった思いを込めて大きくうなずき、ふたりは一緒に笑った。あたりは静寂に包まれ、丘の下に寄せる波の音だけが規則的に聞こえていた。遠くに見える、島の端のほうにある海岸警戒所からうっすらと光が漏れ、そこに人がいることを教えていた。ゴンが静かに語り出した。

「うん。ぼくにも簡単に忘れられないような赤と青があります。除隊間近の時期に下っ端の兵士ひとりが訓練に出て銃をなくしてしまったんです。幸いすぐに見つかったんだけど、ものすごい罰を受けて、怒られました」

風に乗って聞こえてくる彼の声が心地よくて、ジンソルは黙って耳を傾けていた。

「奴はそれで終わったと思ったようなんだけど、そうはいかない。週末にそいつの恋人が面会に来ました。外泊許可をもらおうとすると、当直士官いわく、その前に銃をなくした事件の反省文を六枚きっちりと作成しろと。気持ちはあせるがしかたない。すぐに書こうと紙に飛びついたが、まだ条件があった。なんだかわかりますか」

「わかりません」

「赤青黒の三本のボールペンを投げ渡しながら、一文字ずつ持ち替えて三色で作成しろ」

彼女は笑っているかいないかの微妙な表情で、あきれたように顔をしかめた。

「ひどい！」

「恋人は衛兵所でただただ待っているし、日は暮れてくるし、一文字ごとに色は変えないといけないし。なんとも、あんなに涙ぐましくカラフルな反省文を見たことは、それ以降、今に至るまでありません。結局、すっかり日が落ちてから出かけましたが、内務班〈同じ部屋で共同生活を送るグループ〉で小銭をかき集めてデートに使えと渡しました。あまりにもかわいそうだったから」

ジンソルは吹き出しそうになる口を手で押さえながらくすくす笑った。彼もにこりとしてから柔らかい声で付け加えた。

「軍隊の面会に来てくれるお嬢さんたち全員に賞をあげないといけません。どんなにかわいく、ありがたく思えることか。だからこそ、そんな反省文を書かされた奴もすぐに幸せを感じられたわけだし」

「なに言ってるんだろう。賞なんかお断り」

ジンソルがひとりつぶやいた。

「なんだって」

しばらく黙っていた彼女は、わざと軽く身震いして見せた。

「初恋の相手ですが、何回か面会に行ってあげました。そのことを思い出すだけで今でも夜中に目が覚めるほど後悔しているのに、賞をあげるとか……。完全に男の側の意見でしょう」

ゴンが首をのけぞらせて大笑いした。

「なんだ。コン・ジンソルの人生も平穏じゃなかったんだね。ははは」

ことなげにおもしろがる彼が憎たらしくもあり、温かくも感じられ、ジンソルは一緒に小声で笑った。島の海岸線に染みわたる波の音が心までも浸すような夜だった。


——練炭の燃えかすをむやみに蹴ったりするな。おまえは誰かにとって一度でも熱く燃え上がる人だったことがあるか。

〈原注…アン・ドヒョン「おまえに聞く」『さびしく高く侘しく』文学トンネ、一九九四〉

ブースの中にいる詩人コ・ジョンリョルの訥々《とつとつ》と静かな朗読がスピーカー越しに流れてきた。一週間分の『詩人の村』を録音する第五スタジオの隅に椅子を置いたジンソルは熱心に耳を傾けていた。洗練されて達者な語り口では決してないが、コ詩人の朗読と解説に聞き入っていると、まるでどこかの農村にある麦畑の道を歩いているような味わいがあった。録音用のリールテープをかけて一緒に聞いているゴンの横で、彼女は低い声で繰り返した。

「練炭の燃えかすをむやみに蹴ったりするな。この一節いいですね。おまえは誰かにとって一度でも熱く燃え上がる人だったことがあるか」

ゴンが回転椅子に寄りかかって座ったまま薄笑いを浮かべた。

「いいことはいいですが、ちょっと早いですね」

「早いとは？」

「まだ、秋なのに、もう練炭を持っていらしたということですよ。季節や時期に合わせてほしいと二度ほどお伝えしたのに、まだ完全には感覚がつかめてないようですね。そのときどきで自分の心に響く詩を選んでいらっしゃるから」

彼の言いたいことがわかる気がして、彼女はただ笑った。DJとしてプロとは言えないが、アマチュアぽさが感じられるほうが、コ・ジョンリョルとこの番組にはむしろお似合いだった。久しぶりに失敗もなく一篇の詩の解説が終わった。

「今回はNGを一回も出されませんでしたね。お疲れさまでした」

ヘッドホンをつけたまま原稿だけを食い入るように見つめていたコ詩人が、その言葉を聞いてようやく顔を上げ、晴々とした笑顔を見せた。照れ隠しなのか無愛想を通していた顔が何歳も若く見え、純真な感じが伝わってきた。ジンソルは感嘆しながらささやいた。

「今のコ先生の表情、見ましたか。あの方も笑うとあんなふうに変わるんですね」

「また始まった。大韓民国に詩人はコ・ジョンリョル先生しかいないんですよね。あなたには」

「そんなことはないけど、わたしの身近で、といえばそうでしょう。どこか、ほかにも詩人がいますか」

彼女がからかうように見上げると、ぶつぶつと文句を言っていたゴンの顔にかなり微妙な表情が浮かんだ。

「今日はちょっと憎たらしいね。人の番組の録音を見学に来るなんて、ずいぶん暇みたいだし。さっさと出ていってやることやったらどうですか」

「申し訳ないんですけど、ほんとうに暇なんです。書かないといけない原稿がないので」

ジンソルは笑い出したかと思うと、すぐにまじめな顔をしてもう一度聞いた。

「ところで、最近はなぜ詩を書かないんですか。詩集を出して三年ちょっと過ぎてるのに」

ゴンがリール台に新しいテープをかけながら、何気ないふりをして答えた。

「さあ。たいした意味がなかったんだろうね。詩はもう書いたから、次はなにすればいいかな」

彼の気のない後ろ姿に向かってジンソルは眉をひそめた。そんな返事のしかたが、なぜか気に入らなかった。

「たいした意味がないなんて……。本物の詩人だったらそのことを書けばいいでしょう。完全な言い訳ね」

ゴンがははと笑っていると内線が鳴った。受話器をとった彼女の耳元にロビーにいる警備員の声が聞こえてきた。

「花馬車チームの方、いらっしゃいますか。イ・ピルグァンさんとおっしゃる方が賞品を取りにいらっしゃったんですが、そちらに上がっていただきましょうか」

「えーと、ちょっとお待ちくださいと伝えていただけますか」

受話器を戻して彼女はゴンを見た。

「ゴンディレクター、おじいさまがいらっしゃいました。賞品を受け取りに」

「え、ほんと？　わざわざお出ましになるとは。週末、家に持っていくって言ったのに」

ゴンは首をかしげると、ブースで水を飲んで喉を整えている詩人をちらりと見た。まだ録音が残っているのに、どうしたらよいかと困っている様子だ。ジンソルが自分のファイルを持って椅子から立ち上がった。

「わたしがお相手しているので、録音を終えてください」

「そうしてくれると助かります。地下のコーヒーショップにいてくれますか。なるべく早く終えて降りますから」

「わかりました」

ジンソルは淡々と返事をしてスタジオを出た。下の階に寄って、カラオケ大会二位の賞品であるポータブルCDプレイヤーを準備した。エレベーターに乗り、ロビーに出ていくと、玄関の大きな窓ガラスを通して見える夕闇の街には、いつのまにか秋雨がしとしとと降っていた。

老人は案内デスクの前に堂々と立っていた。染みひとつない白い上着と黒のズボン、足先にほんの少し泥水が跳ねてはいたものの、ぴかぴか光る白い靴を履き、濡れた傘を手にしていた。近づいていくと眼を光らせて彼女を見据えた。若い頃はたいそうな美男子だったろうと思わせる容姿だった。

「作家の先生ですか」

イ老人はすぐに力強い声で呼びかけ、ジンソルの手をぎゅっと握ったかと思うと、力強く揺り動かした。

「こだなして会えてうれしいですな。わだすがまさにイ・ピルグァンです」

「こんにちは。はじめてお目にかかります。イ・ゴンディレクターが降りてくるまで、まずはお茶でも一杯いかがですか」

彼女は恥ずかしそうに笑いながら軽くお辞儀をした。地下にあるコーヒーショップはこのビルに入ってから時間が経っており、インテリアや店内の雰囲気が昔ながらの喫茶店のようだった。注文した雙和茶《サンファチャ》と緑茶がテーブルに置かれると、老人はいかにも愉快だというように、ほほほと笑いながら口を開いた。

「ご存じだかどうかわがらねけれど、わだす、若い時分は五大洋をかげまわるマドロスだったのよ。仁川港《インチョン》を出てシンガポール。あるときは上海。それがら、もしかして、ゴンの奴、自分のじいさんがトランペットを吹いてたと話していだかな」

「いいえ。トランペットの話は……」

ジンソルが首を振ると、老人はそんな大事なことを言い落としたのか、というように不満げな顔で舌を打った。

「わだす、昔は楽団にいました。トランペットはずいぶんうまく吹ぎましたし、ペク・ニョンソル先生がソラボルレコードにいらっしゃった時代には、新人歌手オーディションに参加しだこともあるさけ」

彼女は真剣かつ礼儀正しくうなずいた。

「では、歌手として活動されたことも……」

「んね、んね。そうできたらばよがったんだけど残念ながら脱落したさ。そのとき、審査員だったペク先生が、きみ、歌の実力はあまりないんじゃないかな、とおっしゃったので、そのまま楽団さ辞めて、船に乗ったんだべ」

「ああ、なるほど」

ジンソルは曖昧に笑いながら温かい緑茶のカップを持ちひと口飲んだ。老人も、雙和茶に入った卵の黄身と薄く切った棗《なつめ》などの中身をスプーンでかき回してから、上品な態度で味を確かめた。

「そういえば、うちの孫の奴がコン作家さんにご苦労をかげていねが」

「苦労なんて。ありません」

「足りないところばかりの奴ださげ、文才のあるコン作家さんがご指導ご鞭撻《べんたつ》なさってけねべか。わだす、ゴンが書いたという詩集が家に置いてあったさげ、ひと通り、ざーっと読んではみだんだけど、まっだく情けない話でしたよ」

「いったい、なんの話をしてるんですか!」

あきれ果てたと言いたげなゴンの声がぱっと割り込んできたかと思うと、彼がジンソルの横にどっかり座り込んだ。眉をひそめた孫の顔を平然と見つめながら、イ老人はひとつ教えてやろうとばかりにたしなめた。

「いったい、若々しい青年の詩がなして恋愛の話ばかりなんだ。なにがゆったりとした気持ちで胸をいっぱいにして生きないとならね、若い青春の時代に、愛のために胸をすっかり焦がしてしまうつもりなのが。どんなに目さ凝らしても、険しい白頭大幹《ペクトゥデガン》〔白頭山から智異山まで続く山脈〕も、茫々たる大海の青さも見づがらなかったぞ。それに比べてコン先生は……」

老人は彼女を見ると満足そうに微笑んで感嘆しながら付け加えた。

「いつも、人生について話しておられるじゃねが。人生とはなにか。わだすは放送のたびにものすごく集中して聞いでるんだ」

緑茶を飲んでいたジンソルは急にむせて、続けざまに咳をした。急いで横に置いておいたお冷やをひと口飲みながら、彼女は必死で恥ずかしさを隠そうとした。ああ、また出会ってしまった。人生！　ほんとうに頻繁に書いてたみたいだ。ゴンは腕を組んだまま、笑ってるようにもいないようにも見える表情でそんな彼女を見ていた。イ老人が思いきり豪快な態度で語気を強めた。

「港にお嬢さんが花を持ってやってきて誘惑したとしでも。やめろ、手など振らないと、超然と船首を回すことができてこそ、男だ」

「ぼくが聞いたところでは、おじいさんが楽団を辞めたのは、そこの女性歌手と恋愛をして、おばあさんが黙っていなかったからだそうですが」

ゴンがにやっと笑うと老人はぎょっとした顔をしてあわて、咳払いをした。

「それは、おまえのばあさんが大げさに言っているだけだがら」

聞いていなかったような顔で笑いをこらえるジンソルにゴンが聞いた。

「ところで、最近はどうして人生についてのコメントがないんですか。さっぱり書いてこないけど」

ジンソルはあまりにあきれて彼をちらりとにらんだ。

「そちらがああいう言葉を書くのをやめろと言ったじゃないですか」

「ぼくがいつ、書くなと言いましたか。ただ、しょっちゅう書いていると言っただけでしょう。ときどきであれば、あなたが考える人生についての定義もおもしろいですよ」

彼女はそんな言葉は信じないという表情で、ふんと言って口を尖らせた。いつのまにかイ老人は老眼鏡をかけて箱からCDプレイヤーを出し、あれこれと物色していた。リモコンをさわってみたり、ヘッドホンを折り曲げてみたりしてから、おまけで入っていたトロットのCDを眺め、なにやら手順が難しいと感じたようで、額にシワをよせているところだった。ジンソルがテーブル越しに手を伸ばしてプレイヤーのフタを開けて見せた。

「使い方をお教えしますね。一度、覚えてしまえば簡単ですから、おじいさま」

額を突き合わせ、使用法を教え、習うふたりを見ていたゴンは腕時計を確認して席から立ち上がった。

「三十分後に『花馬車』が始まります。放送が終わったら家までお送りします。雨も降っているので、ひとりで帰らないで少し待っていてください」

イ老人はそれは好都合とひどくうれしそうな様子で孫の顔を見上げた。

「ああ、そんなら、生放送の現場を見学してもかまわねが」

「横で見ているぶんにはかまいません。では、一緒に行きましょう」

老人の顔にいたずらっ子のように楽しげな表情が花開いた。にやりと笑いながら立ち上がる老人の中にかなりゴンと似ている姿を発見し、ジンソルの口元にも笑みが浮かんだ。


夜八時五分。主調整室のテーブルに、今日はふたりのゲストがジンソルと並んで座っていた。花馬車カラオケの審査員として招かれたトロットの人気歌手テ・ジナ〔一九五三年生まれの実在の歌手〕と見学にやってきたイ・ピルグァン老人だった。

「テ・ジナ先生ではないですか。わだす、イ・ゴンディレクターの祖父でございます」

イ老人が満面の笑みで握手を求めるとテ・ジナも笑い返し、親切に彼の手を握った。

「ああ、そうですか。お会いできてうれしいです」

CMが流れだすと、ゴンは向かい側のレコード室で効果音を探すためしばらく席をはずした。その間に招待された歌手はブースのドアを開け、DJの待つ席へと向かった。すると突然、イ老人も続いて立ち、歌手の後ろについてブースに入っていこうとした。ジンソルはびっくりして制止した。

「おじいさまは入ってはだめです。ここでご覧になってなってください」

「んね。せっかぐ見せでもらうんだから、もう少し詳しぐ近ぐから見だいのよ。なんにもしないで黙っで見でるさげ」

「でも、だめなんです。外からでも十分に……」

老人は勢いよく手を振りながら、あっというまに中に入ってしまった。「あれれ」と言いながら呆気にとられていたホン・ホンピョは、CDを手にしたゴンが入ってくると、あれをちょっと見ろと視線で示した。ブースを確認したゴンは当惑した表情を見せた。

「おじいさん、出てください。どうしてそこに入ったんですか」

ガラスの向こうではファン・ヘジョ先生がどうしたらよいのかと空笑いをしていて、審査員席のテ・ジナも鉄琴の前で状況を見守っていた。イ老人はマイクテーブルの横にある補助椅子に腰かけ、静かにするという約束を守る意思を示すため、口を固く結んで手だけで合図をした。心配するな。決して音など立てないから。

「いいえ。それでもだめです。出てこないと……」

「ゴンディレクター、CMが終わる。トークバックから手を離して」

ホン・ホンピョが彼の言葉をさえぎった。すぐにCMが終わりマイクサインが点くと、ファン先生がコメントを始めた。

――はい。燃えるような声援の中、待ちに待った花馬車カラオケの時間です。すでに六人のリスナーのお申し込みを受け付け、締め切りとなりました。今、わたしの横にはトロットの帝王、人気歌手テ・ジナさんが審査員として来ていらっしゃいます。ようこそお越しくださいました。

——こんばんは。みなさまのテ・ジナです。花馬車カラオケの審査をすることになりとても光栄です。これからリスナーのみなさんと一緒に毎週一回ずつ、愛をいっぱい集めて万里の長城を築いていきたいと思います。よろしくお願いいたします。

——ははは。万里の長城！　いいですね。では、今日最初の歌のお客様は江西区《カンソ》禾谷洞《ファゴクトン》から、ウグイスのような声の主婦の方がお待ちです。挑戦する曲はナ・フナの『愛』をご希望ですね。お話してみましょう。もしもし？

最初の通話が行われている間、主調整室のスタッフは少し緊張していた。しかし、ブースの中のイ老人が背筋をぴんと張り、カチカチに固まった姿勢で座ったまま微動だにしなかったため、少しずつ安心していった。そのうえ、八十歳の老人に何度も冷たく出てこいと言うのも気が引けたし、司会のファン先生も手振りで大丈夫のサインを送ってきたので、そのままなんとか終わりそうだった。すぐにイントロが流れ、かなり年配の主婦の歌声が電波に乗って流れた。

この世にひとりだけ　ふたりといないわたしの恋人よ
何度も見つめ　見つめても　愛しさつのるわたしの愛する人
雨の降る夏の日には　わたしの心は傘となり……

ファン先生とテ・ジナが冗談半分で歌のリズムに乗り、肩を組んでいるかのように動きを合わせて、体を左右に揺らした。経験豊かなふたりの戯れに外の三人は笑顔になったが、肝心のイ・ピルグァン老人だけは、いまだ膝の上に拳を載せた気をつけの姿勢でぴくりともせず、空中を見上げながら鼻の上にびっしりと汗を浮かべていた。

麻浦《マポ》の夜空の下、時間は流れていった。今日の審査員もできるかぎり寛大な態度で合格を出していたので、五曲のうちわずかに一回だけ、鉄琴は「カーン」という音を響かせた。しかし、街頭のタバコ店の主人だという最後の挑戦者の歌声は、彼らの耳にさえ音程やリズムが不安定に聞こえた。

屋号も番地もない酒幕
そぼ降る雨の夜も哀しや

イ老人の太く白い眉がただならぬ様子で動いた。膝の上のシワの寄った手の甲に血管がはっきりと浮き上がった。

しだれ柳打ち付ける窓辺にもたれて……

その瞬間、無情かつ確信を持った「カーン」が、明るい音で響きわたり、どうしたことか鉄琴のバチを持った老人の怒りに満ちた声が、さえぎられることなくそのまま電波に乗った。

――ペク・ニョンソル先生の歌を、ほだなふうに歌うのは礼儀知らずだべ。

ジンソルは思わず両手で自分の口を覆った。ゴンは氷のように固まり、ホン・ホンピョの顔も真っ青になった。何気なく置いていた鉄琴のバチをいきなり奪われたテ・ジナは呆然とし、ファン先生も言葉が思いつかないといった表情であわてていた。

「カーン」という音と奇怪なコメントにきまりの悪くなったリスナーが一方的に電話を切ると、恐ろしいような沈黙が約四秒流れた。イ老人が小鼻を膨らませる横でファン先生が、うはははと高らかな笑い声を上げた。

――いやはや、まったくですな。うはははは。

しかし、大げさな笑いに続くコメントはなかった。実にうつろなリアクションだった。

「いったい、放送はいつから孝行を披露する場になったんだ。公私の区別がそこまでつかないでどうするんだ」

怒り心頭に発したキム局長は顔を赤らめ、ゴンに向かって声を荒らげた。ウソンアパートの自宅で、いつものようにラジオをつけっぱなしにしていたキム局長は、少し前、放送事故を聴くやいなや食事中のスプーンを投げ捨て、サンダルをつっかけて局にやってきたところだった。ゴンが真剣な態度で淡々と謝った。

「申し訳ありません。すべてわたしのミスです」

「ほかに理由がないのに、出演者でもない人が生放送のブースにどうやって入ったんだ。どうなんだ。今、リスナーからのクレームがどれだけたくさん書き込まれているか、ホームページを開いて確認してみろ」

ジンソルはキム局長のデスクから少し離れたゴンの机の近くで、一緒にお叱りを聞く気分で静かに立っていた。ホームページは今さら改めて開くまでもなく、先ほど彼女が確認したところですでに数十件のクレームが、コメディーのようなハプニングが楽しかったという面白半分のコメントに交じって次々と書き込まれていた。険しい表情で黙って聞きながら立つゴンにキム局長は意地悪な言い方で続けた。

「きみという人はまったく。出身大学も立派で入社試験でも首席だったらしいし、業務能力も申し分ないからいろいろな面で目をかけていたのに、最近はそれをいいことにうぬぼれているんじゃないか。情熱と努力なしに、マンネリズムで仕事をしてもいいと思うのか。社会というものをばかにしているんじゃないか」

気持ちを逆なでするような言葉にゴンの眉がぴくりと上がった。普段、いろいろな面で彼を評価してきたという局長の言葉に共感はできなかった。ウソン組、デホ組と言われる理由がないわけではない。ゴン自身は派閥なんか意味がないという態度で誰かとつるむこともなかったが、出身大学や住む場所によって人間関係が結びつくことを知らないはずはなかった。少し頭にきたが彼はひたすら耐えた。キム局長はしばらく嫌味を続けてから、明日までに始末書を提出しろと言って小言を終えた。もしかしたら、人事考課に影響するかもしれなかった。

ほとんどの人が退社して静まりかえる廊下で、ジンソルとゴンは黙ってエレベーターを待った。扉が開いて乗り込み、降りていく間も、小さな四角い空間には引き続き沈黙が流れていた。ジンソルは彼をちらりと見上げながら慎重に声をかけた。

「入社試験、首席だったみたいですね」

彼があきれた顔で、よくも冗談をと言いたげに見つめたので、彼女はそのまま口をつぐんだ。雰囲気をちょっと温めようとしてみたけど、褒めるにしても、やはりタイミングが悪ければ意味がないな……。

防犯灯の灯った駐車場にやってくると、夜の雨が静かながらも思いのほか降り続き、コンクリートの床のあちこちに浅い水たまりができていた。イ・ピルグァン老人はゴンの自家用車の後部座席に早めに来てまっすぐに座り、賞品でもらったCDプレイヤーのヘッドホンをつけて歌を聞きながら待っていた。

ゴンが無愛想に運転席のドアを開けると、ジンソルは後部座席の窓に頭を下げた。

「おじいさま、気をつけてお帰りください」

すると、彼のぶっきらぼうな声が、車の屋根を越えて飛んできた。

「気をつけてなんて、自分ひとりだけ逃げようっていうんですか」

「逃げるって」

「ぼくがひどく怒られたのを見なかったんですか。始末書も書かなきゃならないのに。もしかして、責任を問われないとでも思ってるのかな」

ジンソルはあきれて弱々しく抗議した。

「なに言ってるんですか。わたしのせいだったとでも？」

「祖父がブースに入ったとき、ぼくは主調整室にいませんでした。CDを探しに出てたから。あなたは引きとめもせずになにをしてたんですか」

小雨の中で彼女は驚きのあまりに言葉を失い、ようやくのことで言い返した。

「あの状況でどうやって引きとめるんですか。目上の方の着ているものを無理やり引っ張ることもできないじゃない！」

「どうでもいいから早く乗ってください。ぼくも上司にやられた腹いせに、作家に怒りをぶつけてやるから」

彼は運転席に一方の足をかけ、困惑して立っているジンソルを見ながらもう一度、言い放った。

「早く乗ってください。雨に濡れてるじゃないですか」

ゴンがエンジンをかけると後部座席の窓が開き、イ老人が笑いながら手を振った。

「作家先生。雨に濡れて立っていねで早ぐ乗りなっしゃい。送ってくれと言わんと。夜で足元も悪いのに」

はあ。なにがどうなっているのだろう。ジンソルはつぶやきながら助手席のドアを開け車に乗った。ハンカチを出して雨に濡れた髪と肩を大雑把に拭き、ゴンにも渡そうとしたが、なんとなく憎らしくなってやめた。一緒にいるといつも自分のペースに巻き込むこの男のどこがかわいくて……。

「自分だけ拭くんだな」

ハンドルを回し駐車場を出ながら、横から彼が喧嘩腰に言った。しかたなく彼女がハンカチを渡すと、当然という顔をして受け取った。

「さあ、道がわからなければ、直進せよ！」

後ろから出し抜けに大きな声で叫んだイ老人のせいで、ジンソルはびくりとした。ヘッドホンをしていて、自分の声が思ったよりも大きいことに気づいていないようだった。

「家に帰る道がわからないはずないでしょう。それに、麻浦から梨花洞まではどうせ直進です」

「誰がおまえに道がわかんねど言った？　今のはわだすの人生観をコン作家に披露したんだ」

ゴンが生意気にも言い返した。

「それがマドロスだった人の人生観ですか。道がわからなければ直進なんて。羅針盤は必要ないのかな」

その瞬間、老人が傘の持ち手の端で運転席に座った孫の後頭部を勢いよく叩いた。

「なんでも言い返す癖は豆粒くらいだった頃から変わらねな。兄貴は上品でものやわらかなのに、こいつは末っ子でなんでも好きなようにさせて育てださげ、この歳になっても態度がなってない」

ゴンが低くため息をついた。

「痛いですよ、おじいさん。それから、もう少し小さな声で話してくれても聞こえます」

「なんて言っだ？」

「なんでもないです」

ゴンはあきらめたように肩をすくめ、濡れた道路の上、車を走らせた。静かに降り続く秋雨をフロントガラスのワイパーが規則的な動きでぬぐった。市内はまだ車が多く混雑していた。

夜遅く、家からはだんだん遠ざかっていたが、ジンソルはなぜか心が落ち着き、少しわくわくもしていた。たとえやさしく温かな雰囲気でなかったとしても、彼が運転する車にはじめて、それも助手席に乗っているのだ。これでもドライブの部類に入るとすれば、だが。

宗廟《チョンミョ》の前を通過するあたりで、ハンズフリー用のホルダーにセットしておいた携帯電話が鳴るとゴンはボタンを押してスピーカーホンにした。

「今日の放送よかったたな。あれは新しいイベントだったのか」

静かでのんびりした声が車内に流れてくると彼女は思わず耳を傾けた。いつもまじめに冗談を言う仁寺洞の茶房の主人キム・ソヌだった。ゴンがハンドルを握ったまま、苦笑いを見せた。

「そうだ。涙ぐましいイベントだった。楽しんだか」

「うん。だから、もしかしておまえが飲みたいんじゃないかなと思って」

横からエリの朗らかな声も聞こえてきた。

「ゴン、早くおいで。わたしたち入口に灯を点けたよ」

「今はだめだ。梨花洞の家に行く途中だから。着いたらまた麻浦に戻らないとだし」

「おれたち、今日はおまえと絶対に飲みたいんだけどなあ」

ソヌがもう一度、勧めたがゴンはやんわりと断った。

「今夜はあんまりあちこち行きたくない。また今度な」

電話は切られ、いつのまにか車は恵化洞《ヘファドン》へと差しかかった。大きな道から右側の路地に曲がり、坂道を上がれば梨花洞だった。

彼の実家は山を背にした小高い一角にあった。かなり昔からその場所にあったような歳月の跡が残る、隅々まで心を配って建てられた感じの平家の洋館だった。夜が深くなると雨足はより強くなり、ジンソルは街灯の下で孫と一緒に門の中に入っていくイ老人を見送った。老人は中でなにか食べていけと言葉をかけたが、遅い時間だからと笑いながら遠慮して車に座って待った。

しばらくして、ゴンは運転席に座ると傘をたたんで後ろの座席の床に置き、だしぬけに魔法瓶を突き出した。

「お待たせしました。歳とった三人で住む家がさびしいのか、泊まっていけと引きとめられて。連れがいると言って出てきました。そうしたら、母がコーヒーを淹れてくれました」

雨降る夜で少し寒いと思っていたところに魔法瓶に入ったコーヒーがうれしかった。

「わあ。コーヒータイムにぴったりですね」

ふたりは家の前の路地に車を停めたまま、窓にかかる雨とワイパー越しの梨花洞の夜の風景を眺め、温かいコーヒーを分け合った。彼の家の塀の上に、暗闇の中、背の高い木々と今は葉が落ちた蔓性の花木の影が浮かび上がっていた。門の横、山へとつながる角には、かなり太い二本の木が高く伸びていた。

「銀杏ですか」

彼女の視線の先をゴンがちらっと見上げた。

「そうです。兄とぼくが生まれたときに父が植えたものです。左の木が樹齢三十六年、右が三十三年」

「お兄さんは一緒に住んでないんですね。ご結婚なさって別のところに?」

「移民しました。ニュージーランドに。早くに結婚したんですが、子どもたちの教育のことで悩んだ末にそう結論を出しました」

ジンソルが小さくうなずいた。

「最近はニュージーランドに行く人が多いみたいだから」

少し考えにふけっていた彼が落ち着いた声で話し始めた。

「実は、父が中学の校長なので、ものすごく怒りました。自分が教育者ですから。この国の教育を信じられないなら父のことも信じられないのかと。兄はうちの一族の宗孫〔宗家の後継ぎ〕なんです」

「ああ……」

しばらく沈黙が続き、車の中にはワイパーの音とアスファルトに降り注ぐ雨の音だけが聞こえていた。彼の表情がどこかすっきりしないように見えたので、ジンソルはわざと笑いながら話題を変えた。

「いずれにせよ、ここがまさに李花洞山一——一番地だったんですね。『花馬車』のノートに何度この住所を書いたかわかりません」

彼もつられてにっこり笑った。

「おじいさん、結局、ヒットを打たずにはいられなかったってことだ。家族たちを苦境に陥れるところは、昔も今も変わりません」

「そうなんですか」

「祖母が早くに亡くなったんですが、家族の間では、祖父に対して腹を立てすぎたのが原因だというのがみんなの意見です。でも、ぼくは子どもの頃は祖父が一番好きでした。家に転がっているガラクタは全部、祖父のものだったから」

ゴンがいたずらっ子のようににやっと笑う口元が魅力的に感じられ、ジンソルは惑わされたようにその姿をじっと見つめた。

「世界のいろんな国から持って帰ってきた、なんに使うんだかよくわからないものってありますよね。兄と一緒に海賊船ごっこをよくやったなあ。祖母は嫌がったけど」

彼が小さな子どもだった頃を想像してみた。珍奇なものを手に海賊ごっこをしている幼い少年を。ゴンのちょっと意地悪な笑いがジンソルは好きだった。ときには邪険に、ときにはやさしく温かく話す彼が、無頓着なふりや偉そうなふりもするが、善良な印象も与える彼が愛らしかった。

不意に彼女の胸がぎくりとした。愛……らしい？

ジンソルの気分を知ってか知らずか、ゴンはもう一度やさしく言った。

「ここに座ってあなたと話しているのはいい気分だなあ。さっきは、駐車場で意地の悪いことを言ってごめんなさい。祖父を送り届けたあとで少し話したかったから、無理やり連れてきたんです。わかってくれるよね」

ジンソルはなんと言ってよいかわからず、ただうなずくだけだった。口を開くと、高鳴る心臓がどうにかなってしまいそうだった。そうならないように、体を少し固くしたまま窓の外を見ていた。彼と仕事をするようになって一カ月が経ち、ようやくゴンのことがわかったような気がした。なんでもない顔でそっけなく話しながら、言外の意味を伝えようとする男。彼女も不必要な誤解はしない。ただ、徐々にはっきりしてきた自分の感情に当惑しただけで……。

「どうしました。どこか具合が悪いですか」

怪訝に思ったゴンが近くまで体を傾け、彼女の表情をのぞき込もうとした。

「いいえ。大丈夫です」

目が合うと心の中を見透かされてしまいそうで視線を外そうとすると、彼が彼女の頬を指でつかんだ。

「大丈夫じゃなさそうだぞ。ちょっとぼくを見て」

ドキドキ。いまやジンソルの耳には、雨の音よりも自分の鼓動のほうが大きく響いているようだった。ふたりの視線がぶつかった。頬に触れた指の感触が少しずつはっきりとして、ゴンの視線がゆっくりと自分の唇に下がってくるのをジンソルは感じた。彼は……キスしようとしているのだろうか。

トントン。誰かが運転席の窓を叩いた。ゴンが振り返ると車の横に並んで傘を差すひと組のカップルが立っていた。窓を開けるとソヌが腰を曲げて中をのぞいており、びっくりしたような表情を見せた。

「あらら。ジンソルさんか。ふたりはここでなにをしてるの」

ゴンがそんな友人をあきれ顔で見上げた。

「恋愛でもしてみようかなと思ってたところだ。まったく、そういうおまえたちこそいきなりなんだよ」

「おれたち？　秋雨の中、傘の下だよ」

にっこり笑うソヌの横でエリが笑い声を上げた。

「あなたが来られないというから、わたしたちが来ることにしたのよ。ジンソルさん、一緒に遊びましょう」

少し驚きはしたが、このカップルが愉快で、会えたのもうれしく、ジンソルも笑い返した。ソヌの言葉どおり、秋の雨が彼らの車の屋根と傘の上に、止むことなくしとしと降っていた。

駱山公園《ナクサン》の下にあるコンビニエンスストアで女たちはビールとつまみになりそうなものを一緒に選んだ。店の棚からエリがピーナッツとじゃこの入った缶を取り出すと、彼女の爪の先には鳳仙花の赤い汁の跡が三日月のように残っていた。ジンソルがアーモンドの缶を一緒に持つと、エリが笑いながら言った。

「ピスタチオを買ったほうがいいですよ。ゴンはピスタチオの殻を剥きながら食べるのが好きだから」

「そうなんですか。選り好みするんだ」

ジンソルも笑いながらアーモンドを戻し、ピスタチオを手に取った。会計をして外に出ると、並んでタバコを吸っていた男たちが買い物袋を受け取った。

彼らはふた組になって傘を差し、駱山公園への道を登っていった。目的地は真っ暗な林道の横にある、大きなパラソルと簡易テーブルだった。ジンソルははじめてきた場所だったが、男たちはずいぶん昔からおなじみの場所であるらしかった。人影のない夜の公園はすっかり雨に濡れていたが、パラソルのおかげでテーブルと椅子は比較的乾いていた。

降り続ける雨の中で、彼らは椅子をテーブルの近くに引っぱり、パラソルの下で気持ちよく酒を飲んだ。ソヌとエリは今まで一緒にいたのにもかかわらず、そこでもお互いの横にぴったりとくっついて座り談笑していた。おもにエリがささやくように話し、彼がにっこり笑う様子を何気なく見ていたジンソルは、ふとゴンがあまりにも静かだということに気づいた。

ゴンはどこか見慣れない暗い表情で、黙って物思いにふけっていた。少し前、車内ではリラックスして話していたので、気分もよくなったのかと思っていたが、どうやら、夕方に起きた出来事がまだ気にかかっているのかと、彼女は気の毒に思った。

「まだ気分が晴れませんか」

ゴンが静かにジンソルのほうを振り返った。

「少しは。頭にきますね」

「状況が悪かっただけですよ。もちろん、放送事故が起きたのはよくないことだったけど」

彼が首を振った。

「いいや、そのことじゃなくて。それが問題ではなく、ただ、自分自身に腹が立ったんです。あの人の言葉は正しかったから」

かすかに苦笑いをした彼の顔を彼女はまじまじと見つめた。

「キム局長の言うとおりだったってこと。情熱と努力なしに、要領のよさだけで仕事ができるのかって。最近のぼくはまさにそうだったから。ただ、他人がそれに気づくとは考えてもいませんでした」

暗い顔で感情を交えずに語る彼を見てジンソルは胸が痛んだ。情熱がない？　彼が？

「ほかの人の目にはそんなふうに映ってません。わたしも感じなかったし。仕事がきちんとできるディレクターだとみんな思ってますよ。そんな態度で仕事をしてるなんて気づきません」

「ぼくにはわかってるんです」

ゴンが虚しさを漂わせ冷たく言い返すと、彼女はさらに心を痛めた。

「それなら、どうしてそうなんですか。詩もたいした意味がないから書けないというし。仕事もそうだし。生きるのがつまらないんですか」

彼がにっこり笑い、短く一度うなずいた。

「そう！　つまらないんです」

どうでもよさそうに笑う彼を見て、ジンソルの心臓はもう一度、締めつけられた。

「なんのお話かな。今どき『金も名誉も愛もいらない……』〔一九二六年に発表された大ヒット曲『死の賛美』の一節〕みたいな気分なのか」

話を聞いていたのか、ソヌがのんきに割り込んできた。ゴンは肩をすくめて見せた。

「それは、三つ全部持っている人が言うから説得力があるのさ。おれはなんにもないから、違うよ」

「ばかみたいなこと言うなよ。すべてを持ってる人はそんなこと言わないし、言えない。持ってないから言えるんだ」

エリが小さくため息をつきながら椅子を引っ張り、ゴンの近くに座った。そして、笑いながら友人の顔をのぞき込んだ。

「なにが問題なの。歌でも歌ってあげようか。そうしたら気分がよくなる？」

ゴンは、ははは と笑いながら、そんなエリを温かい目で見つめた。

「そうだな。久しぶりにおまえの歌を聞いたら、気も晴れそうだ」

「わかった。なにがいい？」

「うーん。『晋州《チンジュ》放蕩歌』〔慶尚南道（キョンサンナムド）の釜山近辺に伝わる民謡。労働歌として歌われた〕」

彼女が少し恥ずかしそうに笑い、喉を整える姿をジンソルはなんとも言えない気分で見守っていた。ゴンの視線はエリに釘付けになり、ぴくりとも動かなかった。雨の降る森を背に、エリは膝の上に載せた指で軽くリズムをとりながら歌い始めた。国楽を習った経験がうかがえる歌声だった。

庭も塀もない家で婚家暮らし三年

姑さまが言うことには　嫁よ　嫁さん
晋州郎君がいらっしゃるから晋州の南江《ナムガン》へ洗濯しに行きなさい
晋州の南江へ洗濯しに行けば　山も美しく水も美しい
タンタンと叩いていると　突然　馬の蹄の音
横目でちらりと見ると　空のような笠をかぶり
雲のような馬に乗って　目に入らないかのように通り過ぎた

歌うエリの表情がどこか悲しそうに見えた。民謡の調べがもの哀しいからだろうか。ゴンは黙って額に手を当てエリを見つめていた。彼の表情もさびしそうに見え、ジンソルは胸の片隅をちくりと刺されたようだった。

姑さまが言うことには　嫁よ　嫁さん
晋州郎君がいらっしゃったから居間に入りなさい
居間に上がってみれば　ありとあらゆる酒の肴に
妓生《キセン》〔芸妓〕あがりの妾を横に置いて　勧酒歌《クオンジュガ》を歌っていた
これを見た嫁は　離れのほうに出てきて
絹の下着を切り裂き　首を吊って死んだそうだ

晋州郎君はこれを聞き　足袋のまま飛び出し
おまえがこんなことをするとは思わなかった　愛よ　愛よ　愛しい人よ
花柳客の情は三年　本妻の情は百年というのに
おまえがこんなことをするとは思わなかった　愛よ　愛よ　愛しい人よ

歌が終わり、テーブルの周りにはしばし静寂が流れた。ふと、エリが指で軽く目元を押さえて恥ずかしそうにした。

「ああ、わたし、どうしてこの歌を歌うと涙が出そうになるのかな。百回歌えば百回とも。恥ずかしい」

「そんなことない。うまく歌ったよ。とてもよかった。そうだろキム・ソヌ」

ゴンが彼を呼ぶと、全員の視線がソヌに向かった。しかし、ソヌはパラソルの外、雨の降る夜空をじっと見つめていた。彼らの視線を感じた彼は、ようやく首を回しゆっくりと口を開いた。

「十月の終わりだ。今夜、雨が降らなかったら、この公園からも星がいくつか見えただろうに。秋の星座は神話があまりにも多すぎる。人の心を憂鬱にする力がある。きみたち、みんな用心しないといけないぞ」

ゴンがチッと舌を打ち、冗談めかして言った。

「またひとりだけ別のことを考えていたな。おまえ、パラソルから出て雨の中で五分間立ってろ」

その瞬間、ソヌの瞳がぴかりと光った。

「そうか。そうしないとだめか」

「そりゃそうだろう！　おまえはそれくらいして当然だ」

「それなら……そうしよう」

ソヌはにっこり笑うと椅子から立ち上がり、パラソルの外へ出ていった。降りしきる雨の中に腕を広げて立つと、すぐに頭も服も濡れていった。びっくりしたエリが恋人に向かって声を上げた。

「なにしてるの。風邪ひくじゃない。早く戻って」

「おもしろいぞ。気分もいいし。イ・ゴン、おまえも出てこいよ」

「そうするか。じゃあ」

ゴンが席から立つとエリが彼の袖をつかんで引っ張った。

「あなたまでなんで。おとなしく座っててもぞくぞくするほど寒いのに」

「おまえ、寒いのか。じゃあ、おれの服を着てろ」

ゴンはジャケットを脱いでエリの肩にかけ、半袖のティーシャツ姿で雨の中に出ていった。ふたりの男たちが一緒にくすくすと笑いながら雨に濡れて立っている姿をジンソルは黙って静かに見守っていた。エリがお手上げといった顔でため息をつき、彼女に声をかけた。

「あれ、見てください。男ってどうして、いつまでも自分たちが十七歳だと思ってるんだろう」

ジンソルはあまり表情を変えずに笑うだけだった。男たちは水に濡れ、薄汚れた子どものようになり、やがて、示し合わせて少し先の森のほうへと走り出した。エリはテーブルに肘をついてその光景を哀れむように見つめていた。ふと、ジンソルが言った。

「鳳仙花の色がすごくきれいですね」

エリが自分の指先を見下ろして幸せそうな表情で笑ってみせた。

「夏にソヌが染めてくれたんです。初雪が降るまで残っていたらいいんですけど、ずいぶん剥げてしまって」

「願いが叶うという言い伝えがあるからですか」

「うーん。完全に信じているわけではないけど、なんとなく気分で」

そう言って笑う彼女が愛らしく見え、ジンソルは心の隅がひりひりと痛んだ。

「願い事ってなんですか。もし、聞いてよければ」

しばらく、ためらってからエリは告白するかのように口を開いた。

「今年が終わる前にソヌが……そろそろ結婚して子どもでも持とうか、と言ってくれることです」

それから少しさびしそうな表情で笑った。林道の前にある風景が、その一瞬、遠ざかったように見え、ジンソルは深く息を吸い込んだ。男たちはあの雨の中で自分たちだけでからみ合うようにくっついてたわむれ、パラソルを叩く雨の音だけが、駱山公園の森に立ち込めた夜霧とともにあたりに広がっていた。

# 4

夢うつつの中で低くつらそうな声が聞こえた気がした。目覚める頃にジンソルはそれが自分の声だと気づいた。次第に部屋の光景がはっきり見えてくると、彼女は枕に顔を埋めたままため息をついた。肩が痛く、かちかちに固まった手足も殴られたかのようにずきずきした。額には微熱を感じ、ひりひりする喉からは何度も咳が出た。昨夜、冷たい雨が降りしきる駱山《ナクサン》公園のパラソルの下で二時間ほど座っていたせいで風邪をひいてしまったようだった。

ぞくぞくする寒さに耐え、彼女は痛む腕を揉みながらゆっくりとベッドから下りた。調子が悪いうえに、身も心も沈むような気分だった。出勤前にまずは病院に寄らないと……。いつからか、体調が悪くなる兆しが見えると、すぐに病院に行き注射を打ってもらうか薬をもらって飲むようになった。何日か我慢すれば自然に治りそうな風邪でも「ひと晩、寝てみるか」と、様子を見るようなことはしなかった。体力に自信がないので長く病むのは自分もつらく、具合が悪い間は原稿もうまく書けないとわかりきっていたから。

ウソンアパート団地に隣接した商業ビルの二階にあるクリニックでは、風邪の治療を受けにやってきた子どもと母親たち五、六人が待合室に座っていた。ジンソルは窓口に保険カードを出して受付を済ませ、熱帯魚が泳ぐ水槽の横のソファに腰かけてぼんやりしながら順番を待った。目の前の窓ガラスの向こうに、近くのビルにあるパブが見えた。いつだったか、ゴンとはじめて一緒にビールを飲んだ場所だ。

「あの詩集に収めた詩はいつ頃書いたものですか」

「六年前から三年前にかけて書いたものをまとめました」

「その頃、ちょうど恋に心を痛めていたんじゃないですか」

彼は質問に答えたんだっけ。いや、答えていない。すばやく話題を変えただけだった。ジンソルはなぜか憂鬱になった。気にするのはやめよう。いつからあの人が気になるのかと今さら思い返す必要もない。建物の外壁にかかるパブの看板から無理やり視線をそらした。緑色の水草が揺れる水槽の、小さなモノアラガイが貼りついたガラスに彼女の顔がゆらゆらと映っていた。


「ねえ、噂になってるよ。ゴンディレクターとかなり仲がいいらしいね」

午後四時、『幸せスタジオ』の生放送を終え、ジンソルとガラムは揃って非常階段を降りているところだった。

「そんなことない。大げさに言われてるだけ」

「大げさってことはないでしょう。リポーター仲間の話だと、親睦旅行のとき、すごくお似合いだったそうじゃない。堂々とくっついていたんだってね。同じ服まで着て」

「ちょっと通りますね」

下から昇ってきたアン・ヒヨンが横を通り過ぎながら肩をぶつけたので、ジンソルは一瞬、立ち止まることになった。冷たい風のようにスタジオに続く廊下へ入っていくヒヨンを見上げ、ガラムが眉をひそめた。

「あの子はこんなに広い空間があるのに、なんでわたしたちのすぐ横を通っていくのかな」

再び階段を降りながらジンソルは話題を変えた。

「あなた、近頃なかなか顔を見て話せないってイ・ソニョンディレクターが言ってたよ。もしかして、誰かと付き合ってるんじゃないかって」

ガラムはにこりと笑うと階段の下に人がいるかどうかを確認し、ジンソルを非常階段の隅に連れていった。

「わたし、結婚しようと思う」

友だちの爆弾のような発言にジンソルは大きく口を開いた。

「えっ」

「この人だって直感した。今回は、ベンチャーとかアートとかの方面じゃなくて、大企業の経営企画室のチーム長で、仕事ができてクールな男なの。ちょっと前に新都市に三十六坪の分譲アパートを手に入れてひとりで住んでる。バルコニーのサッシに貼られた青い保護テープもまだ剥がれていないような、ぴかぴかの物件。最近はふたりでその家に合う家具を見て回ってたからちょっと忙しかったんだ」

悪びれる様子もなく説明して肩をすくめるガラムをジンソルは驚きながら見つめた。

「でも、付き合い出したばっかりでしょ」

「ちょうど二カ月。ちょっと、もしかして長く付き合うのがいいとでも思ってるの。変に長く恋愛をしているカップルのほうがなにかと問題あるんだよ。知ってる？」

「十年も恋愛しているのがかっこいいですか」

再び、記憶の中のゴンの声がすっと割り込んできた。彼女はすばやく頭を振って払い落とした。好き勝手に入ってこないでよ。お願い。

午後遅くは、作家室が一番混む時間帯だった。昼の放送を終えたあとに残っておしゃべりをしたり、夜の原稿を書いたり、資料を交換したりする人たちでごった返す部屋の一角でジンソルはカバンを開け、昼間もらった薬を出した。鼻水が出そうなのでポケットティッシュも取り出していると、ノックの音とともにドアが開いた。

「ジンソルさん、降りてきましたか」

作家たちの視線が一斉にドアに向かうと、ゴンはまとめてあいさつをするため一同に向かってにっこり笑ってみせた。

「コン作家、どこかの男性が探しにきてるよ」

誰かが大きな声で歌うように言うと、そこここから小さな笑い声が聞こえた。ジンソルはそちらに向かって苦笑いを見せてから、薬とティッシュを持ってドアのほうへと出ていった。事務室を横切り、廊下に向かって一緒に歩きながら、ゴンが不思議そうな口ぶりで話し出した。

「この局には男性作家も多いはずなのに、作家室にはどうしていつも女性しかいないのかな」

ゴンの声がいつもと違って少しかすれていることに気づき、ジンソルはティッシュを何枚か引き出しながら彼をちらっと見上げた。

「男性作家たちには別に集まる隠れ家があります。喉の調子が悪いみたいですね」

「風邪をひきました。昨日、雨に濡れながら羽目をはずしたから。その隠れ家ってどこですか」

「局の裏通りにある、賢来荘《ヒョルレジャン》という中華料理店です」

彼が低い声で笑い出した。

「そんな、なんだかかわいそうだね」

「女性陣の数がずっと多いから自然とそうなったんでしょう」

ゴンが口をとがらせ冗談めかして言い返した。

「とんでもない。男が二倍でも、作家室は女性が使うことになりますよ。賭けてもいい」

しかし、ジンソルは一緒に笑い合うような気分ではなかった。ウォーターサーバーのある廊下の端まで来ると、彼女はティッシュを当てて洟《はな》をかんだ。すぐに鼻先が赤くなり、くしゃくしゃになったティッシュをサーバーの下のゴミ箱に捨てるのを彼がじっと見守った。

「あなたも風邪をひいたんですか」

ジンソルは答えずにうなずいた。ゴンは廊下の窓枠に腰かけ、疲れた様子で短い髪を一度かき上げた。さすがに彼も調子がよくないようだった。

「なにかご用ですか」

静かに尋ねる彼女に向かってゴンはうっすら笑ってみせた。

「原稿をひとつお願いしたくて。A4二枚くらいでいいんだけど」

「なんの原稿？」

「ぼくの始末書」

彼女は額にさっとシワを寄せた。

「意味わからない」

「ささっと書いてくださいよ。始末書なんてもの一度も書いたことがないんだから」

「わたしだってないですよ。ほかの作家に頼んでください」

彼の言葉など完全に無視して薬を飲んでしまおうと、持っていた薬の袋の端を破った。頭がまたずきずきしてきた。

「事件の経緯とその一部始終をわかっているのはあなたなのに、ほかの誰に頼めるんですか」

紙コップを出して水を汲んだ。窓枠に腰かけていたゴンは立ち上がって横にやってくると、やさしくそのコップを取り上げ、ウォーターサーバーのてっぺんに載せた。

「その薬、ひとりで飲む気？」

ジンソルはなにを言われているのかよくわからず、意地悪そうなゴンの顔をじっと見上げた。

思ったより近くに彼が立っていた。おなじみのいたずらっ子のような笑みが漂っていたが、間違いなくいつもより気難しい顔をしていた。

「自分ひとりだけ病院に行って薬をもらって飲んだりして。ぼくだってしんどいけど病院に行く時間なんかなかったよ」

「だから、あんな夜中に雨に打たれたりしなければよかったのに」

彼女が静かにたしなめると、ゴンは二回ほど咳をした。わざとそうしているようにも見えたが、声がかすれているのでほんとうに具合が悪いのかもしれない。

「熱もあるんだ。薬を分けてもらわないと」

ジンソルは複雑な思いのこもった目でそんな彼を見つめていた。ひどい。どう考えても悪い男だ。やがて彼女は気づかれないようにため息を飲み込み、手に持っていた薬の袋を彼に差し出した。

「じゃあ、ゴンディレクターが飲んでください。わたしはまだあるから」

「誰がひとりで全部飲むと言った。一緒に飲もうと言ったんだよ」

ゴンは袋を受け取ると自分の掌の上に中身をあけた。色の違う六つの錠剤が転げ出ると、三錠ずつ公平に分け、そのうちの三つをジンソルに渡そうとした。

「手を開いて」

彼女はあきれてつぶやいた。

「どういうつもりですか。ひとりは鼻水、もうひとりは咳が止まるようにってこと？」

「細かいなあ。そんなのどうでもいいよ。分けて飲むことに意味があるんだから」

ゴンが薬を落とそうとするので、ジンソルはうっかり手を広げて受け取った。彼は自分のぶんを口に投げ入れ、サーバーの上のカップをとって水と一緒に飲み込んだ。それからカップを彼女に渡し、用事は終わったとばかりに事務室へと戻っていった。

そんなゴンの後ろ姿を見ていたジンソルは掌に載った三つの錠剤をなんとも言えない気分で見下ろした。ここに残された、効果が半分しかない薬をいったいどうしろと。なにもできないまま立ちつくしていた彼女は、多少、悲壮な気分でもう一度カップに水を入れ、自分も薬を飲み込んだ。もう、わからない。なるようになれ。高層ビルの窓の向こうに青い秋の空が広がっていた。その青が冷たく感じられ、彼女は静かに目を閉じてから、もう一度、開けてみた。


その夜。小さな模型のカッコウがリビングで十一回、カッコウ、カッコウと鳴いた。このアパートに引っ越したときにガラムが買ってきた壁時計だった。通路に面した窓の外に暗闇が広がり、ジンソルはティッシュで洟を何度もかみながらコンピューターの前に座ってキーボードを叩いていた。足元にあるゴミ箱の底がくしゃくしゃのティッシュで隠れた頃、部屋の静寂を破って携帯電話がいきなり大きな音で鳴り出した。

「ちょっと散歩でもしに出てきませんか。仕事が終わって帰るところなんだけど」

ハスキーに枯れたゴンの声が聞こえ、彼女は真夜中に思いがけない相手と出くわしたかのようにびくりとしたが、できるだけなんでもないふりをしながら答えた。

「今、原稿を書いているんです。こんな時間まで残ってたんですか」

「始末書を書いてたんだよ。コーヒーを一杯飲みましょう。このまま家に帰るんじゃ、ちょっとつまらなくて」

彼の何気なくも温かい笑い声が耳に飛び込んできた。そう、あなたはただ、つまらないんでしょう。わたしはどきどきして胸が締め付けられているのに。ジンソルの口元に苦笑いがかすかに浮かんで消えた。

「一度外に出ると仕事をする気がなくなります。もう一度、原稿を落としてほしいなんて思ってないですよね」

おもしろくもなさそうにゴンは鼻を鳴らした。

「まったく、えらそうに。脅迫みたいなことを言って。はいはい。わかりましたよ」

電話は切れ、ジンソルは思いがけず感じたさびしさを打ち消しながら、もう一度キーボードに指を載せた。オープニングを含めてコメントは六カ所。コーナーの構成が二カ所。どれだけ時間が過ぎただろうか。リビングではまたカッコウが鳴き、その十二回の鳴き声に続いて待ってましたとばかりに携帯電話の着信音が鳴った。

「まだ、書き終わりませんか」

「そうですね」

「ずいぶん時間がかかるんだな」

　また、ぷっつり。

　切れた電話機をしかめ面で見つめ、ゆっくりと机の上に置いた。その後はなんとなくうまく集中できず、削除キーを何度も押すことになった。壁の時計が一時を知らせたときに思わず視線を携帯電話に向けたが、幸か不幸か静かだった。通路向きの窓を通して帰宅の遅い人たちが駐車場に車を停めようとするエンジン音がたまに聞こえてくるだけで、深夜のアパート団地は静けさに包まれていた。

　ほどなくして、ジンソルは最後のピリオドを打った完成版をメールで送ってから、コンピューターの電源を落として椅子から立ち上がった。腰を伸ばしながら寝室に移動し、パジャマを出してベッドに置き、着ていた部屋着のボタンをはずし始めた。今日の夜はスタンドを点けたまま、真っ暗にならないようにしないと……。

　以前、ガラムが一緒に住もうと言ったときにそうすればよかった。今からでもルームメイトになってほしいと話してみようかとも考えた。ひとりで過ごすのは気楽だったが、悪い夢を見たときや、ふと孤独でさびしい気分になったときなどは、一緒に住んでいる人がいたらいいなと思うこともあった。ガラムにもうすぐ結婚すると宣言されてしまったので、時すでに遅しではあるけれど。

携帯電話が鳴り出したのはそのときだった。びくっと驚いた彼女は静かにふたつ折りの電話を開いた。

「書き終わったね。出てきてください」

「どうしてわかったんですか」

「一時間前から十分ごとにメールの受信トレイをチェックしてました。四分前に送ったね」

言葉に詰まり口ごもったジンソルはドライな調子で口を開いた。

「もう、遅すぎます。明日、会社で会いましょう」

受話器の向こうで沈黙が流れた。冷たく言いすぎたかな。少し申し訳ないと思っていたら、案の定かなり恨めしそうなゴンの声が聞こえてきた。

「そんな……。二時間半も待っていた人間にこれほど冷たくするとは。ぼく、傷つきましたぞ」

彼女の口から思わず失笑が漏れた。ぼく、傷つきましたぞ？　あきれつつも、なんというか、温かく愛らしくもあった。ああっ、まじか。

「出てきますか、すっぽかしますか。はっきり言ってください」

ジンソルははずしかけた部屋着のボタンをわけもなくいじっていた。ためらう自分の姿が寝室の壁にかかった鏡に映っているのを複雑な思いで見つめながら。この時間にあなたと散歩をするのは、わたしにとって単純なことではないんですよ。そちらは特に意味もなく口にした言葉でしょうけれど……。けれども、そんなささやきを彼女は無視することにした。

「そちらに向かいます」

結局、ジンソルは自分が彼に会いたいのだと気づいた。

風邪がこれ以上ひどくならないように分厚いジャンパーをジーンズの上に羽織り、バケットハットもしっかり被った。秋の街にはひどく冷たい風が吹き、街路樹から落ちた枯葉が暗闇の中をさびしく舞っていた。人影のほとんどないウソンアパート団地を出ると、少し離れたコンビニの前でゴンが待っていた。道路沿いの闇の中、そこだけ照明が明るく光り、おかげで彼の姿も鮮やかに見えた。

「重装備ですね」

近づいてくる彼女を見てゴンがやさしく笑った。そう、心もね。ジンソルは内心でつぶやきながら、ただうなずいて見せた。彼が胸の中に入れていた温かいコーヒーを差し出し、じゃんけんをしようと、右手を軽く振り上げた。

「どこに行くか決めましょう。ぼくが勝ったら東に、あなたが勝ったら西に」

うっかり手を動かして一緒にじゃんけんをした。彼女はグー、彼はチョキ。

しばらくして、ふたりは西にある麻浦大橋《マポデギョ》の上を並んで歩いていた。ブロックで車道と分けられた歩道の端を歩いていると川風が冷たく吹いてきた。しかし、温かいコーヒーが香ばしかったせいか、ジンソルは気にならなかった。

橋の中間あたりに来ると、彼女は欄干を掌でトントンと叩きながら、思い出したように話し出した。

「去年の夏、ここに上がって自殺すると叫んでる人を見ました。救急隊と警察官が集まってきてすごい騒ぎでした」

「それで、飛び降りたんですか」

「いいえ。ずっと声を上げていたけど説得されて降りました。ほんとうに死のうと思っている人だったら、そんなに長く欄干に座ってなんかいなかったはずです」

ゴンがくすりと笑った。

「世間に向かって声を上げたくて上ったんだな」

「そうですね。自分の話を聞いてくれって。みんな心にいろんなものが積もったり、わだかまったりしてるみたいですね」

「そうだろうね。生きることは羊の群れのようにきついから」

ジンソルがちらりと彼を見上げた。

「羊の群れのように？」

ゴンの口元ににっこりとした笑顔が広がった。

「これ、大学の同期の間では有名な悪態なんです」

「悪態ってどういうことですか」

「数え年で二十歳のとき、入学したばかりの新入生の歓迎会が開かれる日でした。同じ学科の学生たちみんなが集まった席で、ソヌの奴がふざけてのんびりした口調で言ったんだ。いやあ、人がすげえ多いな……」

　高校を卒業してまもないふたりの男の姿が頭に浮かび、彼女も笑顔になった。

「すると、横にいたひとりの先輩が気に食わない顔でたしなめた。おまえ、文章を書くために大学に入ったはずなのにその表現はなんだ。人々が羊の群れみたいに多い。まあ、こんなふうに言わないとだめだろう」

　少しかすれてハスキーになったゴンの声を聞いているのが心地よく、ジンソルは耳を傾けた。麻浦大橋が今より五倍も長ければいいのにと思いながら。

「歓迎会が終わって、その先輩がぼくたちにラーメンをおごってくれました。酔い覚ましに食べろと。そのときソヌが言いました。いやあ、ラーメンが羊の群れみたいにおいしいですね、先輩。すぐに拳が奴のあごを目がけて飛んできたね。後輩の分際で先輩を茶化すのかって」

　バケットハットの下で彼女の笑いがはじけた。汝矣島《ヨイド》方面から来る車両のヘッドライトの光が彼らの横顔を照らしながら次々に走り去り、ふたりはゆっくりとひたすら歩いた。彼と友人たちの大学時代はどんなだったかと何気なく考えてみた。ジンソルの頭に、自然にひとりの女の清らかな顔が浮かび、しばし言葉を失った。あえて話を聞かなくても、彼ら三人はいつも一緒に過ごしていただろうと感じられたから。

麻浦大橋を渡ったふたりは、汝矣ナル駅下の通路を降り、漢江《ハンガン》の川辺へと歩いていった。黒い河の上に、今、渡ってきたばかりの橋の光がゆらゆらと揺れ、遠くの水辺には遊覧船を模した何軒かの船上カフェが営業を終えて眠りについていた。河川敷にある石の階段の真ん中あたりに座り、ふたりは流れていく暗い河の水をなにも言わずに見下ろしていた。

少し疲れたような様子で黙って座るゴンの横顔を彼女はちらりと見やった。体の調子があまりよくないくせになかなか家に帰ろうとしないのはなぜだろう……。大橋を歩いてくる間も彼はいつものように冗談を言ったけれど、昨夜以来、彼にこびりついて離れない影のようなものをジンソルは察知していた。

「始末書を書くのは不愉快だったでしょう」

ゴンが苦笑いを見せた。

「楽しくはなかったですね。でも、あまり気にしません」

「かなり憂鬱そうに見えます」

「ああ、それはそうですね。違う理由だけど」

「エリさんのせいで？」

彼がぎょっとした顔を見せ、ゆっくりと彼女のほうを見た。お互いの視線がぶつかったが、ジンソルは避けることなく静かに見つめ返した。複雑で微妙な感情がゴンの目に浮かび、やがて彼はわずかにたしなめるような調子で笑った。

「きみ、それはファウルだよ」

彼の言葉が鋭い破片となり、彼女の心に痛烈に突き刺さった。飲み終わったコーヒーの缶をスニーカーのそばに置き、ジンソルは視線を落とした。

「ごめんなさい。よく知らないのに知ったような口をきいて……」

「いや、謝ることはないよ。実は」

ゴンは首を振りながら穏やかに言った。

「あなたが気づいてくれることをひそかに願っていたのかもしれない。最近のぼくは、なんというか……容量がいっぱいになってしまった感じで。もし、人間でもそうできるなら、一度初期化してしまいたいと、ときどき思います。胸の中をすっかりきれいにして、うまく息ができるように」

あまりにさびしいその声にジンソルの胸は詰まったが、外からはただ膝を抱えて身をすくめながら静かに聞いているだけのように見えた。彼の低くやさしい笑い声が耳に入ってきた。

「あるいは、心の中にある言葉を全部吐き出して空っぽにしてしまいたいとも考えるけど、聞いてくれる人がいませんでした。竹林に行って大声を出すわけにもいかないし」

「自分の気持ちを一度も伝えたことないんですか。エリさんやソヌさんに」

「ありません。伝えてはいけないことだし。ふたりだけでなく誰にも言ったことはない。あなたが最初で、たぶん最後でしょう」

夜風に河の水の匂いが混じっていた。ジンソルはバケットハットをつかんで引っ張り、顔の半分が隠れるくらい深く被った。そうでもしないと自分の感情が表に出てしまいそうだった。彼女の心を知ってか知らずか、ゴンは考えに沈んだ顔でゆっくり言葉を続けた。

「ふたりは互いに愛し合ってる。それはぼくもわかっています。でも、ソヌはいまだに行き先が定まらないし、エリはただ待っている。いつだったか、エリがぼくに言ったことがある。十年が百年みたいに長く感じられるって、どんな気分かわかる？　わたしにとってソヌを愛してきた十年がまさにそれなの、と」

彼女は息を整えながら、できるだけ感情を交えずに聞いた。

「そういう話をエリさんはどうして恋人としないんですか」

「話しても笑っているだけだから。一度、エリがひどく泣いたときに、あいつはやるせない顔で言ったらしい。泣くな。泣くのだけはやめてくれ。泣かれるとどうしたらいいかわからない……。それからエリはソヌの前では泣きません。ぼくのところに来て泣くんだ」

そうなのか。むしろこちらのほうが泣きたくなってきた。彼のひと言ひと言に心が痛み、耐えがたかった。

「でも、たとえあなたであっても、やさしく慰めてくれる人がいてよかったですね」

「とんでもない。ぼくが慰める方法を知ってると思いますか。泣く女性にどうしたらいいかわからないのはぼくも同じです。ただ見守りながら耐えているだけだよ。あいつが泣くなと言ったうえに、ぼくまで止めるわけにはいかないから」

ゴンはずいぶん自嘲的な苦笑いを見せた。その姿を帽子のつばの下から見たジンソルはそっと視線をそらしながら尋ねた。

「それじゃあ、もし、あなたなら、エリさんを泣かせたりしないんですか」

「そうとは言いきれないな。完璧な恋人になれる人なんていないから。でも、確かなことは、まるで風のようにふらふらとした態度で彼女をさびしくさせるようなことはしないよ。自分の恋人ならいつでもしっかり手をつないで過ごすから。あるいは、抱きしめながら」

長い間、彼らは黙っていた。都心の高層ビルが夜空にスカイラインを描き、遠くの暗闇に浮かぶ漢江鉄橋を窓に明かりを灯した列車が音もなく走り去った。ふいに彼女が洟をすすり、ジャンパーのポケットをがさごそと探った。ティッシュを出して洟をかむと、ゴンは今さらながらに申し訳なさそうな顔をした。

「まったく、風邪をひいているってわかってたのに無理に呼び出したね」

「いいえ。まあ、そんなにひどくもないし」

ジンソルはティッシュを丸め、もう一度ポケットに戻した。ゴンはそんな彼女を温かく見つめ、ためらいながら言った。

「実は……さっき、待っている間に考えてみました。なぜ、こんな真夜中にぼくはこの人を呼び出すんだろう、と。しばらく考えていたら答えが出ました」

ジンソルの顔に意外そうな表情が浮かんだ。わたしのことを？

「改編後、最初に会議をした日を覚えていますか。あのとき、ぼくがあなたのスケジュール帳を盗み見たこと」

彼女は黙ってうなずいた。

「最初に目に入った文字があれだった。『執着しないようにしよう』。そして、その下にびっしりと文字が書かれていて、執着しないようにと書きながら、達成したい目標をずらっと並べていたあなたが滑稽で、同時に……ちょっと興味をひかれたんです。この人と仲よくなったら退屈しないだろうなと思いました」

ジンソルは冷たい口調で静かにつぶやいた。

「それじゃあ、期待外れだったでしょうね。わたし、べつにおもしろくもない人間だから……」

「ほんとにそう思ってるんですか。ぼくはあなたみたいにおもしろい人ははじめてなんだけど」

「わたしが……おもしろい？　まさか」

信じられない顔をしたジンソルを見てゴンはわずかに眉根を寄せた。

「まさかだなんて。それなら、ぼくはおもしろくもない人とこんな夜更けに話をしようと二時間以上も待って、泣き言まで言って呼び出したってことですか。この世のすべてに意味なんかないと思っていても、ぼくはそこまで暇な人間じゃないよ」

本心だろうか。ジンソルが自信なく見上げると、彼女を見ていたゴンが声をあげて笑った。

「なんだ。あごしか見えないよ」

彼女の顔の半分を隠していた帽子のつばを彼は指で軽くつまんで引き上げた。

「うん。これで唇までは見える」

ただ何気ないゴンの指先の動きに動揺しながら、ジンソルは避けるようにバケットハットをきちんと被り直し、階段から立ち上がった。

「さあ、もう行きましょう。遅くなりすぎるとゴンディレクターの出勤に差し支えます。わたしは寝坊できるけど」

「わざと人のせいにして。自分が帰りたいくせに」

彼も帰ろうと立ち上がった。

ふたりはもう一度麻浦大橋を渡り、道を引き返し始めた。ジャンパーの襟を整え、ポケットに手を入れて歩くジンソルの横で、ゴンは軽くストレッチをしながら両腕を空中へ伸ばしたり戻したり、振り回したりしていた。それから冗談のように言った。

「それはそうと。どう考えてもジンソルさんは、最近のぼくにとって日記帳みたいな人なんです」

「日記帳?」

「表現がいまいちかな。なんにせよ、昨日も梨花洞《イファドン》のぼくの家まで一緒に行ってほしくなったし、今日もあなたときちんと一日を終えられないのはなんだか物足りなかった。手帳に何行かメモするように、どうしてもジンソルさんと一日のまとめをしたくなるんですよね。最近、ずっとそうだったから」

ジンソルはちょっと微妙な気分になりながら彼と並んで歩いていた。いい意味として受け取るべきかな。なんとなく、これは違うんじゃないかって気がしないでもないけど……。考えた末に彼女は慎重に口を開いた。

「ということは、わたしを友だちと考えてるってことですよね。合ってますか」

ゴンが苦笑いを見せた。

「なにを今さら！　それは基本中の基本だよ。それに友だちだからといって心にあることを全部話したりするかな。それにしても、他人の気持ちがわからない人だなあ」

彼の言い方から温かな親近感が伝わり、ジンソルは胸が締め付けられるようだった。たとえ切ない話をたっぷり聞いた帰り道だとしても。麻浦大橋が終わるあたりの遠くに見える放送局のてっぺんでは赤いネオンサインで書かれた周波数が光り、ふたりを見下ろしていた。

ゴンがウソンアパートまで送ってくれて帰ったあと、ジンソルはパジャマに着替えて簡単に顔を洗い、寝室に入った。風邪気味なのに深夜の散歩までして、かなり疲れていてもおかしくなかったが、実際のところは眠れるかどうかわからなかった。

化粧ダンスの前に座り、先ほどの散歩のことを考えながら顔にローションを塗っていると、サイドテーブルに置いた携帯電話の明るい信号音が鳴った。メールが届いた知らせだった。こんな夜中に誰かな。携帯を開いた彼女の顔にゆっくりと微笑みが広がった。

Dear Diary
おやすみなさい。いい夢を。

ゴンのメッセージだった。携帯電話をもとあった場所に戻し、ジンソルはスタンドを点けた。蛍光灯を消してベッドに入り、目をつぶって眠ろうとした。一分、二分、三分……。閉じたまぶたの上に照明が明るく透けて見え、彼女は一度、寝返りを打った。

しばらく横になっていたが、どうにもだめだとぱっと体を起こしスタンドを消した。部屋はあっというまに真っ暗になった。闇の中で手を伸ばし、サイドテーブルの携帯電話を取り上げた。電話を開くと液晶の青い光がベッドの周りをうっすらと染めた。受信したメールを確認。

Dear Diary
おやすみなさい。いい夢を。

知らぬまに笑みを浮かべながらじっと見つめていた彼女は、すぐに気持ちを切り替え、携帯電話をたたんだ。ベッドに顔を埋め、大きな枕をその上に載せてダチョウのように自分の頭を覆い隠した。そして電話を握った右手を二回ほどマットレスにボンボンと打ち付けた。ばかだ、ばか！　コン・ジンソル、ただの寝る前のあいさつじゃない。ベッドに押しつけた耳にマットレスのスプリングの音がかすかに聞こえた。

しばらくして、彼女はそのままうとうとと眠りについた。携帯電話を手に持ったまま。久しぶりにぐっすりと深い眠りがジンソルに訪れた。安らかな夢のように。

よく晴れた青い空。都心の高層ビルの上に雲がいくつか浮かんでいる典型的な秋の陽気だった。よく寝たせいか、体も心もひときわすっきりとしたジンソルは、すたすたと足取りを速めた。半分は趣味で読んでいる街の情報紙を二紙ほど選びとった。涼しい風に吹かれ、頭もしゃきっとしてくる気がした。

事務室入口にある郵便箱のキャビネットに立ち寄った彼女は『歌を載せた花馬車』の箱のフタを開けた。麻浦郵便局私書箱一一〇号経由で届いた郵便物がきちんと積み上げられていた。しばらく前にモニター募集のお知らせを出したので、リスナーからの申込書がかなりたくさん交じっていた。応募者の経歴書の入った封筒と通常のリクエストを分けていた彼女は一通の手紙の表書きに目を留めた。差出人の欄に、一画一画力強い筆跡で住所と名前がしっかりと書かれていた。

## ソウル市鍾路区《チヨンノグ》梨花洞山一―一　李苾官《イ・ピルグアン》（モニター申込書在中）

思わず笑みがこぼれた。頭を軽く振りながらイ・ピルグァン老人の申込書の交じった郵便物をカバンに入れ、事務室を横切って編集室に向かった。そこでは先に出勤していたガラムが二本のリールテープをセットして取材内容をせっせと編集していた。

「今日、録音があること、うっかり忘れそうだった。台本、印刷してきた？　見せて」

ガラムが手を伸ばして催促すると、ジンソルは用意してきた『幸せスタジオ』録音分の原稿を渡した。ボールペンをくわえて原稿に目を通していたガラムは、自分が出演する部分を見つけると大きく丸を書きチェックした。ジンソルは機材の横にあった椅子に座り、頬杖をついたままの姿勢で仕事をする友人の姿をのんびり見守り始めた。インタビューに答えた人物が発する「えー……うーん……」という不必要な言葉を目立たないようにカットしようと、ガラムは何度も機材のボタンを押していた。ジンソルがしばらく静かにしていると、ガラムがちらっと振り返った。

「なんで、そんなに心ここにあらずなの？」

もの思いにふけっていたジンソルがゆっくり口を開いた。

「あのさ、誰かがあなたに対して日記帳みたいだと言ったら、どんな気持ちがする？」

「日記帳？　そうねえ。誰が言ったかによって違うかな。男？」

ジンソルがうなずくと、ガラムはいきなりなにを言うんだという顔で額にシワを寄せた。

「男が女に日記帳みたいだって？　なにそれ。あんまりいい気はしないけど」

「わたしは、うれしいな」

恥ずかしそうな彼女の言葉を怪しんだガラムは、わかったという表情でにやっと笑った。

「ゴンディレクターのことか。やっぱりふたりは付き合ってるんだ」

「違うよ。ただの友だち」

彼女は強く言って手を横に振った。リールテープを回していた手をピタリと止め、ガラムは大きな声で笑った。

「友だち？　ちょっと、わたしがたとえなにがあってもこれだけは絶対に信じないってことがないんだかわかる？　男と女が、わたしたちお互いに下心なんかまったくない純粋な友だちです、と言うことよ。友だちだなんて、笑っちゃう」

「なんで友だちじゃだめなの？　そういうこともありえるじゃない。わたし、あの人をそう思うことに決めたの」

正直なところ、これはジンソルが午前の間中悩んで下した真剣な結論だった。今ならば……まだ感情が熟しきっていない今ならば、いい友だちとしてゴンに接することができると思った。物事に対する感覚が似ていて気も合うような、そんな関係として。そのほうがお互いにとって安全で、致命的な傷を負わなくて済むから。ガラムがぐっと体を傾け、それとなく声をひそめた。

「じゃあ、あんた、イ・ゴンという男と夜更けに……同じ部屋、同じベッドに入って寝ることになったとするでしょ。明るくなるまでなにも起こらない自信がある？　胸に手を当てて答えてみて」

「なんでそうなるの」

「いいじゃない。核心をついた質問でしょ」

ジンソルはそんな彼女を不満げな顔でにらみつけた。

「なにも……起こらない自信ある」

「なるほど、そうおっしゃいますか。わかった。あなたを信じてだまされてあげるけど、はたして、あの男もそうかな」

なんと答えたらよいかさっぱりわからず、ジンソルは口ごもってから少し自信なさげに言った。

「もちろん。でも、そもそも同じベッドに入るはずないから、そんな仮定は意味がない」

ガラムはばかなことを言ってというように鼻で笑った。

「友だちというのは、あなたとわたしのような関係を指す言葉。あなたとゴンディレクターみたいな関係じゃなく。覚えておきなさい。いい？」

口ではガラムに勝てない。ジンソルはため息をつきながら肩をすくめて話題を変えた。

「開局特集の準備はしてる？」

「なんで今から準備するの。もっと近づいてきてから、足の裏から火が出るほど必死に走ればいいのよ。ああ、時が経つのは速い。特番が終わったら、また一歳、歳をとるんだ」

ガラムはすぐに気のない表情になり、音を立てて完成したテープを巻き戻し始めた。この局の開局記念日は毎年十一月中旬で、あと半月ほどに迫っていた。そろそろ企画を立てて準備しなければならない。特集番組の原稿を書いて送ればすぐに年末だった。カチャ。テープの巻き戻しが終わると、ガラムはリール台からはずして箱の中に入れ、ジンソルの肩をぎゅっとつかんだ。

「上に行こう！」

二時間後、ジンソルは日曜日に流す『幸せスタジオ』の録音テープが入った箱を主調整室の陳列棚に並べていた。休日に来た当直のエンジニアが見つけやすいよう棚ごとに日付と曜日が表示されていた。『ワールドミュージック』を生放送中のイ・ゴンとアン・ヒヨンは機器の前で顔を突き合わせてなにか相談をしており、ひとりで回転椅子を左右に回しながら退屈そうに音楽を聞いていたホン・ホンピョが、彼女を見て生き返ったような表情を見せた。

「あ、ジンソルさん！　今日の夜、時間ありますか。ぼくがすてきなデートコースにお連れします」

彼女はだまされないという顔で笑い、首を振った。

「ホンさん、昨日、ほかの女性社員にデートを申し込んでいるところを見ましたよ、わたし」

「ええ、そんなこといつしてたかな。あれは冗談で、ぼくはほんとうにコン作家とデートがしたいんですよ。まさに理想のタイプだから。ぼくがファンだって知らないんですか」

ちょうどサイドテーブルで電話のベルが鳴り、ジンソルは返事を避けるのにちょうどよいと受話器を取った。

「はい。放送局です」

「『ワールドミュージック』ですよね。一曲リクエストしたいんですが……」

低く響く、どこか耳慣れた温和な声が聞こえてきた。ジンソルが機器の前にいるゴンに聞いた。

「この番組って、リクエストも受けるんですか」

ゴンが振り向き、軽くうなずいた。

「ときどきは。タイトルを聞いて決めます」

「ご希望の曲はなんですか」

すると、向こう側で一瞬、言葉が途切れ、すぐにうれしそうな気配が伝わってきた。

「ああ、この声、ジンソルさんか。こちらは仁寺洞《インサドン》です」

「あ、ソヌさん。こんにちは」

ようやく彼女も茶房の主人の声に気づいた。店でラジオをかけているのか、今、ブースの中でコメントを口にしているDJの声が、ボリュームは違うものの、受話器を通してステレオスピーカーのように向こうからも聞こえてきた。ディレクターの横でヒヨンが、なんとも言えない表情で彼女を見つめていた。ジンソルは受話器に耳を傾けた。

「『The Circle is not round』〔一九九六年の映画『ビフォア・ザ・レイン』の挿入曲〕。ミュージシャンは誰ですか？　……ユーゴスラビアのアナスタシア（一九八七年に結成された北マケドニア（旧ユーゴスラビア）のバンド）」

「アナスタシアか。ランニングタイムは何分？」

聞いていたゴンが尋ねた。

「何分の曲ですか。……十六分！」

やはりそうだったかと、彼がくすりと笑った。

「申し訳ないけど、自分の店で聞いてくれと言ってください。長すぎて今日はだめだ」

ジンソルも笑いながらソヌに伝えた。

「申し訳ないけれど、お店で聞いてくださいとのことです」

「そんなあ。じゃあ、まあ、そうします。あ、そうだ。あさってエリが誕生日で、ささやかなパーティーをするのでゴンと一緒に来てくださいさい」

思いがけない招待に、彼女はすぐ返事ができず戸惑った。

「絶対ですよ。ジンソルさんが来なかったら、ぼくたち恨みますよ」

ソヌが心を込めて親しげに話してくれたことを、ジンソルはありがたく感じた。どちらにせよ、彼らの印象は最初からよかった。

「はい。できればうかがいます」

「それから、ぼくの代わりにゴンに伝えてくれますか」

いたずらっ子のような笑い声に続き、ソヌが無邪気にささやいた。

「クソ食らえって……」

ジンソルは受話器を下ろし、奇妙なしかめ面をしたままゴンを凝視した。いぶかしげに見返したゴンに、彼女は深刻な顔でまじめに伝えた。

「クソ……食らってください」

彼の眉毛が、なんだ？というようにさっとつり上がった。横でホン・ホンピョが目を丸くしたが、彼女はきれいに口角を上げてみせると主調整室を出た。そうだ。こんなふうになんでもなく接すればいいのだ。それなりにうまくやっている。ゴンに意地の悪いいたずらをしたのが楽しくて、口元には笑みさえ浮かんだ。心の片隅をチクチクと刺す痛みはあったが、ジンソルはそれには気づかないふりをした。これからはもっと自然に、うまく付き合うことができると思いながら。


「意外と乱暴な口をきくんだな。コン・ジンソルは」

十七階のロビーの窓辺。会議用テーブルで『花馬車』の特集企画を考えていると、放送を終えたゴンが近づいてきて向かいの椅子にどさっと座った。参考資料として広げたスクラップのファイルとノート、読み終えた情報紙がテーブルのあちこちに置かれていた。

「知らなかったんですね。わたし、タフな面もあるんです」

ジンソルが豪快に言い返すと、ゴンは口を尖らせた。

「タフ？　かっこつけちゃって。まともに口もきけない下っ端みたいだったよ」

それから彼らは一緒に笑った。彼が情報紙に向かってあごをしゃくった。

「今日はなにかおもしろい広告がありましたか」

「それよりもおもしろいものが手に入りました」

ジンソルはカバンを開け、モニター希望者の申込書を取り出した。例のイ・ピルグァン老人の封筒を見つけると、中身を出して封筒だけを彼に見せた。鮮明に記された見慣れた住所と筆跡を確認し、ゴンは短い呻き声をあげた。

「ほんとうの主人公はこれです」

彼女がじゃじゃーんと言いながら、びっしりと字で埋まった、文房具店で売られているような履歴書を彼の鼻先に開いてみせた。履歴書の写真欄に貼られた祖父の姿を見て、ゴンは大きく目を見開いた。それは人生の絶頂期に、世間の荒波に意気揚々と立ち向かっていたかに見える男が、マドロス帽を被って撮った色あせたモノクロ写真だった。船員だった若き日のイ・ピルグァンが三十度ほど肩を引いて立ち、カメラを十分に意識して、輝く歯を見せてにっこり笑っていた。

「驚いたな。これ、いつの写真だよ」

ゴンはあきれながらつぶやいた。

「ほんとうにハンサムだったんですね」

「そうだよ。何人もの女性を泣かせたものだ」

　彼は履歴書を受け取り、困り果てた表情でざっと読んでいった。

「一九二三年、咸鏡南道興南《ハムギョンナムドフンナム》で宗孫として生まれる。興南高等普通学校を優秀な成績で卒業。一・四後退〈朝鮮戦争中の一九五一年一月四日に中国軍の加勢を得た朝鮮人民共和国軍がソウルを奪取し、韓国軍と国連軍が撤退したことを指す〉のときに妻子を救出して南下。……救出？　ペク・ニョンソル先生主催、ソラボルレコード社第一回新人歌手オーディション参加」

「歴代最高齢のモニターですね」

　ジンソルの冗談に、ゴンはありえないという態度で履歴書をたたんだ。

「恐ろしいこと言わないでください。むしろ、ぼくが辞表を書いたほうが早いよ」

「どうしてですか。一番、熱心に聞いてるリスナーなのに」

「なるほど！　構成作家のほうでモニター管理をしたいという意志がおありのようですね。それならあなたが責任を持てばいい」

　互いにわざと顔をしかめ、冗談半分で見つめ合っていると、スタジオの廊下から出てきたヒヨンが彼らに近づいてきた。

「オッパ、第五スタジオ、今、空いたそうです」

　ヒヨンの言葉を聞いたゴンは残念そうにゆっくりと席を立った。

「あとで『詩人の村』の録音があるけど、見学に来ますか」

　ジンソルが彼を見上げ、温かく笑った。

「企画書をまとめないと。来週までに提出しないといけないそうですから」

「オッケー。じゃあ、またあとで」

彼が残していった笑顔の柔らかさにジンソルは一瞬、息が詰まったが、すぐにそんな感情を消そうと努めた。イ老人の申込書をもとのように封筒に戻してカバンに入れていると、ヒヨンがテーブルに腰かけ、話かけてきた。

「仁寺洞に行ったことがあるみたいですね。『雨が降れば入口が開く』に」

「そうよ。ヒヨンさんも行ったことあるみたいね」

「行ってみた、くらいじゃ済みませんよ。一時はほとんどあそこに住んでたと言ってもいいくらいだったから。それなら、エリオンニにも会いましたね」

ヒヨンのどこか妙な言い方にジンソルはやや気分を害した。ペンで企画書の叩き台を書きながら、彼女は何気なくうなずいた。

「あの三人の雰囲気、どんな感じに見えますか。他人が入り込む余地なんてないように見えませんでしたか」

ぎくりとして書くのを止め、視線を上げた。ヒヨンの口元には挑戦的でありながら、やや自嘲的にも見える笑みが漂っていた。ジンソルの表情もわずかに硬くなった。

「それは、どういう意味なの」

「ほんとうに知らないんですか。コン作家は見た目よりも鈍いんですね。あの三人と一緒にいたらすぐに感じるのに」

ジンソルはとうとう不機嫌になった。低くため息をつきながら彼女はヒヨンを真正面から見つめた。

「ヒヨンさん、そうやって遠回しに思わせぶりなことを言うのはあまり感じがよくないよ。言いたいことがあるなら言って」

「ゴンオッパの感情のことです。あのオンニのことを忘れられないって気づきませんでしたか」

彼女の顔からわずかに血の気が引いたのをヒヨンは複雑な表情で見つめていた。

「身の程知らずでそばにいるコン作家が無駄に傷つくんじゃないかと心配になったんです。この頃、オッパと親しくしてるから、万が一と思って」

ジンソルが乾いた声で静かにたしなめるように言った。

「ヒヨンさんはゴンディレクターの気持ちをわかったうえでそんなふうに言うのかな。他人の心を簡単に決めつけていいとでも思ってるの？」

「わからないはずないじゃないですか。オッパとわたしの間に秘密なんかないもの。お互いに全部わかってます。あの三人が最初に会った頃からの事情もみんな知ってるんだから」

ヒヨンは当然じゃないかという顔で苦笑いした。彼女の告白がジンソルの胸にさっと傷をつけ、傷を負った心を落ち着けるためにはかなりの努力が必要だった。

「……そうなの？　とにかく、どういう意味かはわかったけど……わざわざわたしに言う必要はなかったみたい。ヒヨンさんがわたしの感情まで憶測で言うのはあんまり気分がよくないな」

「間違った憶測だったらごめんなさい。ただ、オッパが別の女性に心を向けるような人ではないと言いたかったんです。そのことはわたしが誰よりもよくわかっているから。コン作家に特に不満があるわけじゃないってご存じですよね。では、お仕事がんばってください」

ヒヨンもやはり沈んだ顔でカバンを肩にかけると、長い髪をなびかせながら非常口へ降りていった。不意を突かれるというのはこういうことか。あきれ果て、虚しくなったジンソルはペンを置いた。

たかだか昨晩のことだった。彼が風の吹く漢江の河川敷で黒い水を見下ろしながらさびしそうに話したのは。男の出す声があんなにも湿っぽく感じられるということを、ジンソルは昨日、はじめて知った。

「話したことはありません。そうしてはならないことだし。誰にも言ったことはない。あなたが最初で、たぶん最後だろう」

彼女はファイルを閉じた。ただなんとなく……頭の中がごちゃごちゃで、文字が目に入ってこなかった。隠してきた心の一端をアン・ヒヨンに知られてしまったことよりも、彼の言葉が嘘に近いことのほうがつらかった。散らばった荷物を集めてカバンに入れ立ち上がったジンソルは、スタジオのある廊下へと歩いていった。局内で誰からも邪魔されずに、少しの間、体と心を隠せるところ、レコード室に自然と足が向かった。

廊下を通り過ぎながら、ジンソルは理性で自分自身を説得しようとした。たいしたことでもないのにどうしてこんなに動揺するんだろう。世紀の秘密でも、ロマンティックな誓いでも、密やかな約束でもないのに。わたしの前であの言葉を口にしたとき、その瞬間だけでも彼は本気でそう思っていたはず。初めて告白するのだと、あのときの彼はそう思っていた。なのに、どこかがっかりしているのはいったいなぜ。理性はそうささやいたが、感情では簡単に受け入れることができなかった。

レコード室はいつ来てものんびりしていて、時間がゆっくりと流れる空間だった。キム・ミヨンがひとりで管理するここは、厚い防音ドアを閉めてしまえば、灯台下暗しの言葉どおりに、ビルの中で唯一、放送が聞こえない場所だった。廊下のちょうど向かい側にある主調整室から一日中聞こえてくる現場の音に飽きたキム・ミヨンが「聞く権利」を主張し、個人のオーディオでオールディーズやクラシックをかけているからだった。

CDが天井までびっしりと詰まっている四角い空間に入ると、ジンソルはドアを閉め、ようやく深く息を吐いた。室内にはいつものようにオールディーズが流れ、キム・ミヨンは自分の席で貸し出し記録をコンピューターに入力したり、CDの裏面を柔らかい布で拭いたりしていた。

「いらっしゃい。ジンソルさん」

「こんにちは。オンニ」

ジンソルはかすかに笑って見せ、「ポップス」とラベルが貼ってあるコーナーに入っていった。

前後に長く、ぎっしりと並んだ陳列棚の隙間、アルファベットのSが書いてある棚の前で、彼女はしばし、ぼんやり立っていた。音楽の迷路のようなこの場所の雰囲気が心地よく、しばらく心を休めたかった。しかし、ようやく訪れそうだった心の平和はすぐに壊れてしまった。

「おいおい。もう、ぼくと会いたくなってあとを追ってきたんですか」

びくりと驚いて振り返ると、ゴンがにっこりと笑いながら向かいのBGMコーナーの前に立っていた。コ詩人の朗読のバックに流すポピュラー音楽を選んでいて彼女たちがあいさつを交わすのが聞こえたようだ。

「……よもや会うはずはないだろうと思って来たんです」

表情を変えずに淡々と言い返したが、どうしてこんな最中にも胸が高鳴るのだろう。ジンソルはつい泣きたくなった。彼が近づき、彼女から少し離れた陳列棚にもたれかかった。

「企画書作りでうまくいかなかったら、ひとりで悩まないで言ってください。一緒にやろう」

「いいえ。ひとりでできます。完成したら渡します。早ければあさってには」

ジンソルは振り返らずにCDを選ぶふりをして陳列棚へ手を持っていきながら言った。うなずいて背を向けようとしたゴンが、あっと言ってまた声をかけた。

「あさって、エリの誕生日で集まるんだけど、一緒に行きましょう」

彼女の心臓の近くで小さな花火がはじけたように、胸がちくりと痛んだ。

「さっき、ソヌさんもそう言っていたんですが……どうでしょう。難しそうですね」

「どうでしょうなんて言わないで、ひとりで行くのは退屈だから一緒に行こう」

ジンソルの表情が冷たく固まった。彼のそんな話し方が今となっては嫌だった。自分でも気づかないうちに冷たい言葉を口にした。

「自分が退屈なとき、いつもそうやって誰かを呼び出したり、連れていかないといられないんですか。悪い習慣ですよ」

ゴンがいぶかし気な顔をした。なにかがおかしいことに気づき、彼は首をかしげながらジンソルの表情を読もうとした。

「なんですか、突然。機嫌が悪いんですか」

彼女は返事をせずにCDを順繰りにいじった。しばし黙っていた彼がじれったそうに皮肉な調子で言った。

「いったい、なにを探してるんだよ。さっきから手を行ったり来たりさせてるだけじゃないか」

ジンソルは衝動的にSの棚から一枚のCDを取り出すと、少し離れた机の前にいるキム・ミヨンを見ながら尋ねた。

「オンニ、わたし、聞きたい曲があるんだけど、ここで聞いてもいいですか」

ミヨンが何気なくメガネを上げながら見やった。

「そうしなさい。こっちにちょうだい。どの歌？」

「スキーター・デイヴィス〔一九三一年生まれのアメリカの歌手〕の四曲目、聞かせてくれますか。

『He says the same things to me』」

よく聞けと言わんばかりに一語ずつはっきりと伝えながら、ジンソルは目もくれずに彼の前を通り過ぎ、ミヨンにCDを渡した。タイトルを聞いたゴンの眉がさっと釣り上がった。

「スキーター姉さん、いいよね。今の曲が終わったらかけてあげる」

「ありがとう」

ジンソルは彼の視線を避け、部屋の片隅へと椅子を引っぱっていき座った。そして、カバンの中からスケジュール帳とペンを取り出し、なにかを忙しそうに書き始めた。実のところは落書きのように意味のない記号ばかりだったけれど。ゴンは腕組みしたまま陳列棚の脇に寄りかかり、そんなジンソルを黙って見つめていた。彼の視線を痛いほど意識しながらも、彼女は頑なにただスケジュール帳を見ていた。

「どうしたんですか」

ゴンが単刀直入に尋ねた。ジンソルはそちらを見ずにぶっきらぼうに答えた。

「なにがですか」

「怒ってるじゃないか」

「怒るほどのこともないし、怒ってもいません」

「嘘だ」

「勝手にそう思ってください」

彼の表情が引きつった。ジンソルは真っ白なページにこんなことを書いていた。これ以上、あの男のペースに巻き込まれたりなんかしない。

ゴンの声に冷たさが混じった。

「一分間、チャンスをあげます。その間にどうして怒ったのか話してください。カウント開始」

話せって？　こんなにも些細で微妙な感情の溝について、なぜ具体的に聞き出そうとするの？なにが重要だっていうのよ。それこそ、たいした意味がない……。ジンソルはできるだけ落ち着こうとしながら口を開いた。

「誤解です。話すことはありません。気にしないでご自分の仕事をしてください」

「十秒経過」

彼女は落ち着かない気持ちのまま黙ってそっぽを向いていた。

「三十秒。一分を過ぎたら、話してくれても聞きませんよ、ぼくは」

「ほんとうになんでもないと言ったじゃないですか」

彼女の言葉を無視したまま、しばらくするとゴンはぶっきらぼうに吐き出した。

「一分。きみ、つまらない人だね」

彼も怒ったようにCDを抱え、冷ややかな態度でドアのほうに向かった。コツコツという足音のあとでバタンとドアが閉まると、ようやくスキーター特有の鼻音が目立つ、明るく澄んだ歌声が流れていることに気づいた。

ジンソルは静かにため息をつきながら、ガラス窓の向こうの青い空と雲をぼんやり見つめた。午前中に家から出るときはあの雲があれほどきれいで穏やかに見えたのに……。キム・ミヨンがそんな彼女を用心深くのぞき見た。

「なんだか、恋人同士の喧嘩みたいだったよ。イ・ゴンさんと付き合ってるの?」

「……オンニまでそんなこと言わないで。なんで、みんな、そう聞くんだろう」

「そう見えるからでしょう」

ジンソルは憂鬱そうな顔で静かに首を振った。

「違うんです。絶対に。そんな可能性もないし」

ミヨンはそれ以上、関心を見せず、手入れしたCDをアコーディオンのように両手で抱えて陳列棚に行った。そして、流れているオールディーズに合わせてフンフンとハミングし、手慣れた様子でアルファベットを見つけ戻し始めた。ずいぶん久しぶりに聴く昔の歌手の歌が、ジンソルの胸に深く染みた。

昨日の夜　彼があなたにキスしながら
なんと言ったか　わたしが当ててみましょうか
彼はわたしにも同じことを言いました
彼の愛が真実ではないと

あなたが気づくのはつらいでしょうけれど
あなたの心が傷ついたなら　わたしもまた
どんな気持ちだったかと考えてみてください
彼はわたしにも同じことを言いました

まったくどうかしてる。彼女の顔にふと苦笑いが浮かんだ。あの男がいつ愛していると言ったっけ。あの男がいつキスをして……いつわたしに期待させるようなことをした？　彼はなにもしていない。それは確かなのに……まるで寝ている間にこっそりやってきてキスをして去っていったかのように、なぜわたしはそんなふうに感じるんだろう。目に染みるほど青い空を見上げてジンソルは静かにつぶやいた。

「ばかみたい」

秋が深まるある憂鬱な午後のひとときだった。

5

「おいおい、それじゃあぼくの〝車〟に取られるだろう。一手、戻したほうがいい」

ロビーを通る人たちに聞こえるくらい大声で忠告しながらホン・ホンピョはジンソルが置いたばかりの将棋《チャンギ》〔朝鮮将棋〕の駒を指でギュッと押さえた。

日の光が斜めに差し込む午後。十七階ロビーの片側にある応接セットでジンソルは将棋盤を挟んでホン・ホンピョと向かい合っていた。勤務交代まで時間のある彼が、ちょうど出くわした彼女をつかまえ、「一局だけ」と言い張ったからだ。

「そんなことないです。取られない手ですけど」

「今じゃなくて次の手で取られるって。説明しようか。ジンソルさんの〝象〟がここに来たらぼくが〝包〟で飛び越える。ジンソルさんがもう一度、こう動くと、ぼくの〝車〟がここで待っててぱっと取るんだよ」

ホン・ホンピョの男らしい太い指が将棋盤の上を行ったり来たりするのを見守っていたジンソルは軽く笑った。それくらいは彼女も見通せた。彼が考えているのとは違う手を予想して、今、〝象〟をそこに動かしたのだ。

「大丈夫です。自分で考えて指しますから。ホンさん、どうぞ指してください」

だからー。もどかしそうにホンは嘆いた。

「見逃してあげるから駒を戻してください。そんなふうに指したらだめですよ。まさかぼくが女性相手に情け容赦なく指すとでも思ってるんですか」

やはり。ジンソルはため息をついた。将棋を指そうと言われたときに忙しいと言って通り過ぎるべきだった。デートの誘いをたびたび断ったのが申し訳なくて指し始めたが、予想どおりおもしろくもなく、つらいばかりだった。彼なりに相手のためを思ってそうふるまっているのはわかる。心根は義理堅くまじめな男。しかし、女性とうまく恋愛したいと思っているわりには、相手の心理を理解することがまったくできない人だ。

「わたし、戻したくありません。負けてもいいから早く指してください」

彼女の見せた曖昧な笑みになんだかおかしいと首をかしげながらも、ホン・ホンピョはしぶしぶと次の手を指した。聞き慣れた誰かの声が彼女の耳に飛び込んできた。

「ホン先輩。さっき、技術委員のパクさんが探してましたよ」

イ・ゴンだ。彼が会議用テーブルにスケジュール帳を投げ出して平然と座ると、ジンソルの表情がやや固くなった。

「委員が？　なんだ、おれは今日、非番だと言ってくれればよかったのに。今度はなにをやらせようとしてるんだろう」

面倒くさそうにぶつぶつ言うものの、開局時からの生きる歴史と言われ、技術部の最古参であるパク委員をホン・ホンピョほど礼儀正しく尊重し、慕っている人もいなかった。ゴンは特に関心もなさそうに、持ってきたファイルを開いて検討し始めた。

ジンソルは全身を繊細なアンテナのようにしてゴンを意識していた。どうして、よりによってここに来て仕事をするのだろう。下の階の事務室に机がちゃんとあるというのに。普段も静かな場所を求めて頻繁にやってきていることを知りながら、彼女はわざと心の中でつぶやいた。ここ数日、ジンソルの神経は疲れ果てていた。ゴンの一挙手一投足が微妙に神経にさわり、彼女を無視するように冷たく接する態度も気にせずにはいられなかった。いちいち傷ついたりしないと決心したものの、心というものはなかなか自分の思うようにならなかった。

「あれ、今はそれを縦に進めるタイミングじゃないけどな。別のこと考えてたんじゃないですか。こっちから生かさないと」

ホン・ホンピョがまたコーチを始めたので、ジンソルは財布を手にしてわざと口角を上げながら椅子から立ち上がった。

「コーヒーか冷たいものでも飲みながらやりましょう。なにをお飲みになりますか」

ホンはありがたそうに明るく笑った。

「おお。お嬢さんがおごってくれるんですね。ぼくは冷たい缶の、果物を絞って作ったジュースみたいなもので」

「ゴンディレクターもジュース買ってきましょうか」

わざわざ声をかけたくはなかったが、ロビーに一緒にいるのに知らん顔をするわけにもいかず、気がすすまないままゴンに向かって尋ねた。

「ぼく、甘いもの嫌いなんです」

タバコの煙を吐きながらゴンがぶっきらぼうに言った。関心があるのは資料だけという様子で振り向きもせずに。ジンソルは彼に聞こえるようにつぶやいた。

「スムージーだってあんなに甘いのに」

そしてすばやくエレベーターの前の自動販売機コーナーに向かった。彼の姿が見えなくなると、ようやくひと息をつける気がした。ブーンと音を立てる機械の横でジンソルは窓枠に寄りかかり、沈んだ気分で麻浦《マポ》の街を見下ろした。うまくやっていけるだろうか。あの男のように冷たく何気なく、自分のペースを守って無関心でいられるだろうか。なぜかたやすくはいかない気がして、ただ途方に暮れた。


その夜ジンソルは遅くなるまで作家室で仕事に追われた。書き上がったと思った企画書に予想もしないミスがいくつかあると気づいたせいだった。開局記念の『花馬車』の特集として「歴史に残る歌謡人ベスト二〇」という企画を準備していたのだが、問題は音楽関係者たちの名前にあった。時代を超え、今に至るまで愛される伝統歌謡のスターたちの中に、芸名をふたつ以上使っていた人たちがたくさんいたのだ。

たとえば、「作詞・霧笛人《ムジョギン》／作曲・李在鎬《イ・ジェホ》」と書かれた曲を調査してみると、ふたつの芸名を持つ同一人物だったというケースだ。有名な『親不孝者は泣きます』を歌った歌手の秦芳男《チン・バンナム》も、その当時、旺盛に歌詞を書いていた作詞家の半夜月《パン・ヤウォル》と同じ人だとわかった。それぞれの生涯にスポットを当てて活動の歩みを紹介しようとしたが、こんなに重なっていることがわかったので、もう一度、人物の選定からやり直す必要がありそうだった。

遅くまで残業をしながら資料を調べたが、彼らの生前のエピソードをくまなく探すのはいろいろな意味で無理だった。日本統治期（一九一〇年―一九四五年）と朝鮮戦争（一九五〇年―一九五三年）を経る間に資料の多くは散失し、また、かなり昔の人たちであるため、公式に記録されている事実以外に興味深い逸話を見つけるのも難しかった。

ジンソルは資料を綴ったファイルを閉じ、机にばたりと倒れ込んだ。作家室の壁にかかった時計の針が十時を差していた。早く特集を終えてしまわないと安心して年末を迎えることもできない。すぐにイ・ゴンと相談しなければならないのもストレスの一因だった。冷たい空気をまとった男、ぽんぽん投げてくる言葉がいちいち心に刺さる男と、こんなに疲れているときに向き合うなんて。ゴンは今、スタジオで編集作業をしていた。階段を上がりさえすれば顔を見てこの特集の問題について話し合うことができるが、なぜ、足が動かないのだろう。

ジンソルの内側で理性と感情がぶつかり合い、結局、理性が勝利の旗をあげた。ファイルを持って作家室を出ると、気の進まない思いで階段を上がった。

主調整室で録音済みの『映画音楽室』をひとりで流している夜間のエンジニア以外に、十七階の廊下には人影がなかった。暗いスタジオを通り過ぎ、一番端にひとつだけ明かりのついた第三スタジオに向かった。うっすら聞こえていた音楽の音が少しずつ近くなり、やがて、回転椅子の背もたれに体を斜めに預けて座り、疲れたように頭を後ろに反らしたゴンの姿が見えた。足音を聞いた彼が面倒くさそうな顔で目を開けた。

「相談があるんですが」

「まだ、編集が終わってないんだけど」

上の空でのろのろと言うゴンの声がまるで聞こえなかったかようにジンソルは続けた。

「企画案を修正する必要がありそうです。最初に選んだ二十人のうち、六人がダブってます。それと、エピソードも足りません。局にあるのはほとんどが公式資料なので」

「資料がないってどういうことですか。どこに埋もれているか知らないだけじゃないんですか。昔の新聞のデータを調べればいいでしょう」

彼がすました顔でなにを騒いでいるのかという調子で答えたので、ジンソルはなんとなく反抗したくなった。そういう態度に出るわけね。

「何十年も前の新聞の資料を全部ひっくり返して見ろってことですか。検索すればすぐにずらっと出てくるわけでもないのに」

「当然、出てくるはずがない」

思わず言葉に詰まった。ゴンはようやく回転椅子を回し、彼女を正面から見つめたが、その顔から彼がなにを考えているかを読み取るのは難しかった。文句をつけているのか、冗談を言い合いたいのか。口元は固く結ばれていたが、瞳にはうっすらと笑みが浮かんでいるようにも見えた。違う、鼻で笑っているんだ。彼女は下唇をそっと噛み締めた。

ゴンがディスクトレーからCDを取り出し、次の曲が入っているものに差し替えながら、何気なく言った。

「資料はぼくのところに全部あるから。心配しなくていいですよ」

「ほんとですか」

彼がゆっくりとうなずいた。そんな資料がどうしてあるんだろう。ジンソルは割りきれなさを覚えつつも、助かったと思った。

「じゃあ、ここで待って、いただいて帰ります」

返事はなかった。ゴンは再び彼女を無視すると決めたのか、編集に没頭した。あらかじめ録音したファン・ヘジョ先生のコメントが流れてきた。内容を聞いていると次の日曜日の放送分だった。

ジンソルは小さくひと息つき、補助椅子を引っ張ってスタジオの隅に座った。まさか一時間もかからないだろうから、資料をもらって家に帰りもう少し調べようと思った。リール台にかかったテープがゆっくりと回り、スピーカーからは開化期〔外国からの文物が流入し始めた十九世紀末から日本による統治が始まる一九一〇年にかけての時期〕の妓生《キセン》が歌う唱歌《チャンガ》〔近代歌謡のジャンルのひとつ。学校で歌われる唱歌だけでなく愛国歌なども含まれる〕が物悲しく流れてきた。ジジジという雑音が雨音のように聞こえる、ステレオで聞いている感じがまったくしないような蓄音器時代のレコードの復刻版だった。

スタジオの窓の外には、暗さに染まった麻浦の空が広がっていた。ガラスには彼らの姿が映り、ジンソルは窓に浮かぶゴンの横顔をじっと見つめていた。そうしていると、むしろ安心して彼を観察できたが、すぐに心が乱れてきたので視線をそらした。

お互いにひと言も話さずに編集を終え、ほどなくゴンは椅子から立ち上がって巻き取ったテープやCDを整理し始めた。それからぶっきらぼうに言った。

「帰らないんですか」

「資料を受け取らないと帰れません」

「なんの資料？　ああ、あれか。今はありません。あるのは梨花洞《イファドン》の家」

ジンソルはあきれたように彼を見つめた。

「祖父の資料です。昔、楽団にいた頃にスクラップしたという黄色く色あせた厚いアルバムが五冊あります。ありとあらゆる笑える話があるそうです。スキャンダルまで」

ゴンがニヤリと口角を上げると、彼女は腹が立ってきた。

「それはうれしいお話ですね。でも、もっと早く言ってくれればよかったのに。今まで待ってしまったじゃないですか」

「待ってたの？　知らなかった」

「じゃあ、わたしがなんで後ろに座っていたと思っているんですか」

「自分が書いた原稿をチェックしてるんだと思ってた。どんなところを直すべきかな。どこが未熟かなとか。そんな感じで」

彼が平然とした顔で皮肉を言うと、ジンソルの内側からついに熱いものがこみ上げてきた。何日かぐっと抑えて我慢してきたがひどすぎると思った。彼女は奥歯をぎゅっと噛み締めてつぶやいた。

「一発、叩いてやりたい。ほんとに」

「なんですか」

「叩いてやりたいと言ったんです！　いったい、男のくせになんですか」

「男だからなんだっていうんだ。男っていうのはどうしなくちゃいけないんですか」

彼らの視線が火花のようにぶつかった。ジンソルは椅子から勢いよく立ち上がり、彼の前にまっすぐ進んだ。ファイルを防護壁のように胸に強く抱きしめながら。これ以上耐えるのは無理そうだった。人をいばらの椅子に座らせておくのも一日、二日が限界だ。声が少し震えたが、懸命に一語一語はっきりと言った。

「わたしが何度も和解しようとしたのに気づきませんでしたか。先に声をかけて雰囲気をほぐそうとしたのに、そちらは一度もまともにとりあってくれなかった。そうやっていちいち怒ったような態度を見せずにはいられないんですか。これじゃあ神経がすり減ってしまいそうです」

「むしろ、それがよくないんだよ。どうしてなにもなかったかのようにふるまうんですか。ぼくに対して明らかに怒っているのに理由さえ話してくれないし、なぜふたをしようとするんですか」

いつのまにか鼻で笑う冗談ぽさが消え、ゴンはまじめな顔で真剣に怒っていた。彼もここ数口、同じように心にわだかまりを抱えていたのだ。

「いちいち言わないとだめですか。ただ、気づかないふりをして、見逃してくれてもいいでしょう。わたしがうまく口にできないなら。一度くらい……大目に見ることはできないんですか」

「それなら最初から怒ったりするな。人の心を乱しておいて。嫌な気持ちなのは自分だけだとでも思っていたんですか」

ジンソルはつい涙が出そうになったが、彼の前では絶対に泣くまいと唇を噛んで耐えた。心から……さびしくて悲しかった。理由もわからずいきなりこんな目にあったゴンの立場もわからなくはないが、もし、相手がジンソルでなかったら。そう、もし、彼女……エリだったら、彼はこれほどまでに冷たい態度を見せないだろうという気がした。

彼女は視線を避け、座っていた椅子をもとあった場所に押しやった。息を整えると彼を見ずに言った。

「ずいぶん遅くなりましたね。お疲れさまでした」

「ちょっと、待って」

彼が気味悪いほど低い声で呼んだが、ジンソルは早足でスタジオを出た。涙があふれそうだったので、早くそこからいなくなりたい一心だった。

「コン・ジンソル！」

耳をふさぎたくなりながら彼女は廊下を小走りで抜け、女性トイレに入ったが、洗面台で手を洗っている当直のアナウンサーの姿を見ると、すぐに引き返した。ひとりでいられるところ。誰にも見つからずに隠れられるところ。ジンソルは非常口のドアを開け、真っ暗な階段を上がった。人影を感知したセンサーが暗い黄色のライトをつけた。

屋上に向かう階段の途中に腰かけ、膝に顔を埋めた。泣いちゃだめだ。ここで泣いたらほんとうにつまらない人間になってしまう。あの男の言葉どおり。肩を上下させながら深く息を吸い込んでいると、ほどなくして非常口のドアが開いた。

「出てってください」

ジンソルはやっとの思いで警告した。彼女の言葉を無視したままゴンが低くため息をつきながら、階段を上がってきた。

「出てってと言いました。近くに来たら、ほんとうに叩きますよ」

「そうすればいい。叩く自信があるなら」

うつむいている彼女の耳に憂鬱な彼の声が貼りついた。ジンソルよりも一段下、彼女の足元にぺたりと座ったゴンは階段の壁に背中を預けた。照度の低いセンサーライトのもと、顔を背けている彼女の姿が見えた。

しばらくの間、ふたりは言葉もなく身じろぎもしなかった。お互いになにか問いただすことがありそうで不満を爆発させたかったが、彼らは約束でもしたかのように沈黙を守った。静寂が続くとライトも消えてしまった。下のほうにある換気用の窓を通して都心の明かりが漏れ入ってくるのみで、非常階段は闇に包まれていた。

「何日か、よくよく考えてみました」

沈んだ言い方で彼が口火を切った。

「あなたが怒ったということは、絶対にぼくがなにか重要な間違いをしたはずだ。でも、どんなに思い返しても、ぼくがなにを間違ったのかわからなかった。気づかないうちに失敗したんだろう」

ジンソルは膝にあごを置いたまま、黙って自分の靴の先を見下ろしていた。不機嫌そうなゴンの声に心の隅がちくちくと痛んだ。

「でも、あなたはそれをぼくに教える気がない。だから、こう考えることにしました。ぼくがなにか悪いことをしたのだろうけど、いいかげんにあなたは許さなければいけない。それがだめなら、ぼくはどうしても理由が聞きたい」

「そちらが悪いことをしたわけでもないんです」

ジンソルが顔を上げると、薄暗い中で彼と目が合った。ため息とともに指で髪の毛をとかしつけながら彼女は力なく苦笑いを見せた。

「突き詰めて考えればそうなんです。もう気にしないでください。ただ……わたしがひとりで考え違いをしてただけなんだから」

ゴンは複雑な顔でそんなジンソルを見つめていた。さびしいような、まだ、怒りがすべて解けていないようなまなざしで。

「あなたは自分の悪いところがどこだかわかりますか」

「なんですか」

「他人に心を許さないこと。頑丈な壁を作って本音を見せないところ」

彼の言葉がジンソルの胸に痛みとともに食い込んだ。他人に心を許さないこと？　ようやく落ち着いたはずの涙が再びこみ上げ、苦しくなった。

「知りもしないくせに……そんなこと言わないでください」

ゴンが体を起こし、彼女の前に上半身を傾けて念を押すように言った。

「それが嫌なら、次からは話してください。今回だけはお互い水に流すけど。約束できますか」

なぜか喉が詰まり、ジンソルは黙ってうなずいた。ああ、泣きたくないのに、ほんとうに。しかし、涙腺が意思を裏切り、ゴンはショックを受けたようにぎょっとして固まった。

「泣いてるの？」

「いいえ」

しかし、突然、悲しみがひたひたと押し寄せてきた。何日か張り詰めていた緊張がガラガラと崩れ落ちた。彼の態度のせいで凍りついた心が一気に溶けてしまったのだ。ジンソルはとうとう膝に顔を埋めて泣き崩れた。

ゴンはあわてた顔で彼女の足元に座っていた。困り果ててためらっていたが、どうにもだめだと思ったのか、腕を伸ばして彼女の肩をつかんだ。

「どうしたんですか。わだかまりはすっかり解けたのにどうして泣くんだよ。まるでぼくが悪い奴になったみたいだ」

「実際、悪いでしょう」

精一杯、涙声にならないようにしながら、ジンソルは憎々しげにささやいた。すぐそばでゴンがため息をつくと、彼女の前髪がふわりと揺れた。彼も同じようなもどかしさを感じていた。

「どうにかなりそうだよ、ほんとに。いったい、ぼくのなにが悪かったっていうんだ」

笑えばいいのか、泣けばいいのかわからないとでも言いたげに、ゴンは膝に埋まったジンソルの頭に自分の額をコンとぶつけた。そして、なぐさめるように冗談めかしてくすくす笑うと、彼女も思わず、涙と笑いが半々に混じった笑い声を上げた。

「今度は笑ってるんですか」

「わかりません。自分でも」

変な人。一日のうちで何度も、憎かったり、愛しかったりする人。ジンソルはそうやってゴンの額の感触を感じながら、泣いたり笑ったりを繰り返し、暗い階段の踊り場にしばらく座っていた。小さな窓から差し込む都会の光がそんなふたりの影を照らしていた。

その日以降、ふたりは再び以前の関係に戻ったようだった。少なくとも、外から見るぶんには平穏で、『花馬車』の生放送を終えたあとの遅い夕食は自然にふたりでとることが多かった。おかげでジンソルは彼とはますますいい友だちになったと感じた。これで十分だ、これ以上、欲張るのはやめよう……と思いながらも、心のどこかでは少しさびしくもあった。

ファン・ヘジョ先生が地方の大学で講義をする木曜日の『花馬車』チームは、前日に録音を済ませてしまうため一週間で一番、暇だった。ジンソルも早々に帰宅の準備をして作家室を出た。事務室を通り抜けながら習慣のようにさっとゴンの机を見やった。ノートパソコンを開けてさかんに作業をしているようなので、あいさつを省略して通り過ぎようとすると、すぐに彼の声が飛んできた。

「おやおや、うちの作家はあいさつもなしに帰るね」

「忙しいかなと思ったので」

ジンソルが歩みを止めると、ゴンは横の席の椅子を引き、トントンと叩いた。

「座って、これをちょっと見てください」

隣に座り、彼が向けてくれたパソコンのモニターを近くでのぞいた。ハングルで書かれた書類が開いてあり、ちらりと文章を見ると散文詩のようだった。

「『詩人の村』の原稿ですか」

「どうですか」

彼女は軽く眉間を寄せ、さっと目を通した。

「そうですね。うーん、無難ですね」

ゴンの眉毛がわずかに上がった。

「無難？」

気分を害したような言い方に、ようやく彼のほうを振り返った。わざと眉をひそめた顔を見た彼女の口元に笑いが浮かんだ。

「あ、あなたの詩だったんですね。それなら、もう一度読みます」

「もうよい。チャンスは一度きりじゃ」

ゴンはジンソルの手をさえぎって、パソコンをパタンと閉めた。ジンソルが口惜しそうに抗議した。

「さっきは上の空で読みました。そちらが書いたって言ってくれたらじっくり読んだのに」

「一度読んでいいと思えなかったら終わりです。二回、三回と読んでようやくよさがわかったと言われたところでうれしくもない」

そう言いながらゴンは、いたずらっぽく笑った。そして、本立てに画鋲でとめてあった週間スケジュールを確認して言った。

「夜、なにか約束ありますか」

「いいえ。ありません」

「制作部の会議が終わると七時くらいになるけど、その頃に出てこられますか。一緒に夕食を食べて、一杯飲もう」

「わかりました」

「オッケー。ぼくが電話します。家に帰って待っててください」

彼がにっこり笑う姿がやさしく、ジンソルは胸がはずんだ。エレベーターの前までくる間、いろいろな感情が交差し通り過ぎていった。いつまでかはわからないが、今この瞬間には幸せを感じていてもかまわないような気がした。少なくとも一階のロビーで彼女に出くわすまではそう思っていた。

ロビーの案内デスクの前でうろうろしている見覚えのある女の姿を発見して、ジンソルはその場に立ち止まった。足首まである長さのジャンパースカートを履き、オリーブ色のセーターの上に揺れている長い髪が目立つ彼女。

「エリさん?」

エリが少し驚いたようにこちらを振り返った。すぐに誰であるかに気づき、会えてうれしそうだったが、両手を合わせて鼻先をそっと覆う様子がどこか恥ずかしそうでもあった。ジンソルが彼女のほうに近づいた。

「久しぶりですね。なんのご用ですか」

「あ、ちょうど近くに来る用事があったので、ちょっとゴンに会って行こうかと思ったんです。でも、電話に出ませんね。身分証明書もないし、内線の番号もわからなくて」

エリは泣いていたようだ。鼻先はなんとかさっと隠したが、泣いて赤くなった跡を消すことはできなかった。涼やかで美しい目頭も今は赤く充血していた。彼女が気まずそうなので、ジンソルは知らないふりをするほうがよいだろうと考えた。彼に会いに来たのか。傷つかないと言えば嘘になるが、ジンソルはエリの心が軽くなるように笑って見せた。

「内線は五七三番です。案内デスクで頼んでみてください。そうすれば降りてきますよ」

「ありがとう。ジンソルさんはお元気ですか」

エリが笑うと両方の頬にエクボが浮かんだ。

「はい。数日前のお誕生日に行けなくてごめんなさい」

「いいえ。忙しいでしょうに、わたしたちが無理に誘ったみたいで申し訳なかったです。気にしないでください」

彼女は手を左右に振って、むしろ自分のほうが悪がった。生まれつきの、いい人。ジンソルはいつも変わらないエリの雰囲気にどうすることもできず微笑んだ。わかってる。彼女が美しい人であることは……。

　ロビーに彼女を残してビルから出た。地下道を渡ってウソンアパートまで歩いてくる間に、ジンソルの心は完全に沈んでしまった。目の前にエリが見えなくなってようやく、心おきなく憂鬱にひたることができる気がした。なぜ泣いたのだろう。ソヌのせいだろうか。どんなことだったとしても、それをゴンと話し合いたくてやってきたはずだ。

　ジンソルははじめて彼女が憎らしくなった。あの男が胸に秘めている相手だからではなく、彼女が彼の心を傷つけると思うとたまらなかった。彼らの長年の友情にまで嫉妬してはだめだとわかっているものの、いつもようやく忘れそうな頃に再びかきむしられてしまう傷だ。彼が傷つくのを見たくなかった。

「そう。わたしの器の大きさもせいぜいこれくらいね。コン・ジンソル」

とぼとぼと道を歩きながら自分に向かってつぶやいた。いつだっただろうか、仁寺洞の風景に浮かび上がるようなエリを見たのは。笑う姿がなんとも愛情深そうに思えた女性。憎んだりなんかしたくはなかった。

　バルコニーの窓の向こうに夕焼けが沈み、日が暮れてしまっても、ジンソルはゴンの電話を待ったりはしなかった。かけてくるはずがないと思った。コンピューターの前で気もそぞろになりかけたが、必死で集中してただ原稿を書き続けた。いつのまにか壁にかかった時計のカッコウが十度鳴き、予想どおり電話はかかってこなかった。

べつに……がっかりはしなかった。腰を一度伸ばしてコンピューターの電源を切り、浴室に入って手を洗った。早めにベッドに入らないと、と思っていると、いきなり電話のベルが鳴った。

「申し訳ない。すっかり遅くなったね」

受話器の向こうから聞こえた彼の声をジンソルは黙って聞いていた。

「今、出て……こられませんか」

胸が痛くて簡単には口を開くことができなかった。もう遅いです、と電話を切ることができたらどんなにいいだろう。きっとできるはずだ。

「もう、おそ……」

「ちょっと待って」

言葉をさえぎって彼がやさしく笑った。

「二度、考えてから返事をすること。できれば、出てくると言ってください」

ジンソルの口元に苦笑いが浮かんだ。それでも彼は会いたいと言ってくれるのだ。約束を忘れていなかったし、どうしようもなかったのだと彼女は思いたかった。

「どこですか」


ふたりはウソンアパートの前の道路脇にある屋台に座っていた。ビニールの覆いが肌寒い夜風を防ぎ、天井からぶら下がった暗めの白熱灯の光が店内を温かく照らしていた。かなり老けて見える主人が鉄板の上でつまみを炒め、ゴンとジンソルは焼酎を一杯空けたところだった。

ゴンの表情がそれほど明るくないのが気にかかった。夕方にロビーで会った彼女の顔も容易には消えなかった。

「エリさん、泣いてたみたいですね」

彼はグラスを見下ろし、見えるか見えないかの苦笑いをした。

「ご両親とのことでかなりまいってるみたいです。今までよく耐えてきたんだけど、事情がどんどん複雑になる」

ジンソルは黙ってうなずいた。彼女の家でなにかトラブルがあったようだ。

「そうやって話を聞いてあげるのは……つらくないですか」

ゴンは振り向き、小さく笑った。

「そういうあなたは？　ぼくの話を聞くのが煩わしくはないの？」

ジンソルはなんとも返事ができず、瞳に浮かび上がる表情を隠した。店の主人が鉄板の向こうから湯気の上がったつまみの皿をふたりの間に置いた。長い木製の椅子は固かったが、それほど座りづらくはなかった。

「正直なところ、もうよくわかりません。最近のぼくの感情はエリを好きだったあの頃の余韻みたいなものかもしれない」

「無理して平気なふりをしなくていいですよ」

「いや、べつにそんなことはないけど。恋愛感情かそうじゃないかって、どうしても結論を出さないといけないことなのかな」

ゴンは淡々と話しながら、ふたりの空いたグラスに焼酎をついだ。

「深く考えるのが嫌で、何年か前から考えるのをやめてる状態です。面倒くさいこともないし、慣れてきた気もする。なにも考えずに暮らせばそれなりに流れていきますよ。生活というものは」

どこか変だった。焼酎は苦いだけでおいしくない酒だと思っていたのに、今夜、彼と一緒に飲む焼酎はほんのり甘く感じられる。白熱灯の光がゴンの顔を照らしてあごの下に影を作るのをジンソルは気の毒に思いながら見ていた。

「聞いてもいいですか。いつから自分の気持ちを隠して、秘密を持つようになったのか」

いったい、どれだけの間、ひとりで苦しんでいたんですか、と聞きたかったのかもしれない。

しばらく黙っていた彼が、たいしたことなさげに答えた。

「同じような時期に軍隊に行ってたんです。ぼくの部隊は議政府《ウイジョンブ》でソヌは最前線にいました。ときどきエリがぼくたちの面会に来てくれましたが、除隊してようやく確信しました。ぼくのところには友人としてたまに寄ってくれて、あいつとは……恋人になっていたんです。だから、八年くらい前かな」

彼はただ軽い口調で話していたが、ジンソルは胸が痛かった。しかし、平気な顔をしてうなずきながら話の方向を変えた。

「部隊は議政府だったんですね。わたしもそちらに二回ほど面会に行ったなあ」

「ああ、あの、後悔ばかりの初恋の人？」

ゴンがおもしろがってからかうと、彼女は苦笑いを見せた。

「やはりコン・ジンソルも兵役中に彼氏と別れたんだな。ぼくの知っている男の中で恋人が最後まで待っていてくれた奴はソヌしかいません。あいつは恵まれてるんだよ」

ジンソルが口をとがらせて言い返した。

「そんなことない。まだいるじゃないですか。あの、総天然色の反省文を書いた下っ端兵士」

「あいつも結局は振られました。その話も涙なしでは話せない」

「ほんとに？　彼女とすごく愛し合ってたと言ってましたよね」

ゴンは昔のことを思い出して笑い始めた。彼が笑うとき、口元が柔らかくほころぶ感じがジンソルは好きだった。店主がうどんの汁に入れるネギを切る音が、テントの外の道路を通り過ぎる車の騒音に混じってタンタンと規則的に聞こえた。

「もちろん、そうでした。でも、愛というのがどれほど刹那的で滑稽なものか知ってますか。奴が振られた理由はたったひとつでした。彼女に送った手紙でいきなり最初の文章から単語の綴りを間違ったんだ」

「綴り？」

「そう。あきれてしまうほど簡単な綴り。そのお嬢さんは、あまりにもがっかりして、これ以上あなたを愛することができないと言ったらしい」

ジンソルが額にシワを寄せ、首を傾げた。

「まさか、綴りだけが問題だったのかな」

彼はいたずらっ子のような表情でなぞなぞを出した。

「では、考えてみてください。『漆黒のように暗い夜だなあ』、この文章のどこを間違えたと思いますか」

彼女はつまみを食べていた割り箸を逆さまに持ち、屋台のリアカーのベニヤ板の上に字を書いてみせた。

「漆黒だ！　漆を湿と間違えて書いたんじゃないですか」

「ブー。そんな、多くの人がやるような間違いだったら振られたりしないよ」

そう言われてジンソルは、割り箸をぎゅっと握ったまましばらく考えた。漆黒のように暗い夜だなあ……で、それ以外に間違えそうな単語がある？「漆黒なように」と書いたのかな。まさか。ゴンが気だるそうにそんなジンソルを見て笑っていた。

「絶対に当てられないはずだよ。ぼくが書いてあげる」

ゴンは腕を伸ばして少し離れたところにかけてあるトイレットペーパーを引っ張り、切れ目二枚分を切り取った。そして、ジャンパーのポケットからボールペンを取り出してその上に文を書き、彼女の前に押し出した。ジンソルは白熱灯の光の下、無造作な達筆で書かれた文字を見下ろした。

漆黒のように暗い夜だ奈あ

彼女は思わずぷっと吹き出してから、気の毒そうに言った。

「まさかそんなことが！　悲しい話だけど……。笑わずにはいられない」

「今、そいつは実業団所属のサッカー選手です。ミッドフィルダーとして昨シーズンは賞ももらいました。清楚な女性と出会って、息子、娘にも恵まれて幸せに暮らしてる」

「そうなんですか。むしろよかったですね」

彼も微笑み、わざとらしくため息まじりで言った。

「彼女がしくじったんですよ。綴りの間違いくらいのことで、男の中の男の熱い気持ちや才能を見逃したんだろう。浅はかな愛だよ」

冗談めかした彼の言葉に、ジンソルは笑いながらゆっくりと首を振った。

「そうとばかりは言えないですよ。二十歳そこそこの女の子だったんでしょう。夢いっぱいのその年齢だったら、簡単な綴りを間違える男を嫌いになることもありますよ。なんの才能もなくても、感動的な手紙を書いてくるだけの男に惹かれることもあるだろうし。それを責めるのはよくないな」

ゴンは手であごを支えたままそんな彼女を見つめていたが、明かりの下で影になった視線がやさしかった。彼が温かく笑った。

「味方しちゃって」

胸を締め付けるような穏やかな苦痛。ジンソルは彼と一緒にいる夜が心地よかったし、窮屈なこの空間も好きだった。店主が鍋の蓋を開けると、熱い空気が湯気と一緒にぱっと広がった。テントの裾をめくって、騒々しい足音とともにふたりの男が屋台に入ってきた。木の椅子がアスファルトの床にこすれる音、ムール貝のスープと焼酎を注文する声を耳元で聞きながら、しばらくは言葉もなくグラスを空けた。

ふと、もし、今ここで好きだと告白したら、彼はどんな反応を見せるだろう……と知りたくなった。夜更けの酒の席は心安らかで、こんなふうに少し距離が近づいた雰囲気につられていきなり言ってしまったら。でも、わかってる。自分がそんなことするはずがないということを。それだけの勇気はないということを。

「なに考えてるんですか」

ゴンが無邪気に聞いた。ジンソルは彼の筆跡が書かれた紙をただ、いじっていた。

「べつに……なにも」

「今週末、うちに来てください。資料を探しがてらゆっくりしていって。おじいさんがジンソルさんの話をいつもしてるから」

顔を上げると彼と視線がぶつかった。

「梨花洞の家ですか。わたしが？」

「え、どうして。他人の家に来るのは面倒くさいですか」

「いいえ」

彼女はとんでもないと首を振った。

「なら、来てください」

これは招待だろうか。資料を探すという理由はあるが、親しみを込めて遊びに来いと彼に言われ、どこか意外でありつつもありがたかった。家族で暮らしている誰かの家を訪問するのはいつぶりになるのか、思い出すことさえできなかった。まるで島のように孤立して過ごしてきた日々。

時間はかなり流れ、屋台を出たときには街路灯だけが残り、建物の看板の明かりはすべて落ちていた。ジンソルは冷たい夜の空気にわずかな酔いを吹き飛ばした。頬が赤く熱く、風が吹くたびに髪が軽く揺れた。

彼らは真っ暗な商業ビルの前を過ぎ、ウソンアパートへと歩いた。葉が落ち始めた街路樹の並ぶ進入路を歩きながら、ジンソルがふと冗談めかして言った。

「なんだかどう考えても、綴りのせいで振られてしまうのは、やっぱりちょっと可哀想」

「それが、実は一カ所じゃなくて二カ所だったんだ。手紙の最後の文章も間違っていたから」

ゴンがにっこり笑った。

「最後の文章も？　どんなふうに？」

「はじめて送る手紙なのに、ぼくの話ばかりをした〝奈〟あ」

ふたりは同時に大笑いした。いつのまにかアパートの前に着き、彼らは警備室の前の踊り場で別れのあいさつをした。

「出てきてくれてありがとう。疲れていただろうに」

「いいえ。わたしも楽しかったから」

「楽しかっただけ？」

ジンソルは暗闇で彼の顔をじっと見上げた。どういう意味だろう。ときおり、彼がひょいと投げかける理解できない言葉たち。特に意味もなく、ただちょっと冗談が過ぎただけなのかもしれないが、彼女を夜遅くまで考え込ませることもあった。

「それじゃあ、これで。おやすみなさい」

彼女の心中を知ってか知らずか、ゴンは笑顔を見せると、ぴょんぴょんと階段を駆けおりた。遠のいていく彼の後ろ姿を見つめていたジンソルはようやく冷たい夜の空気を深く吸い込んだ。夜風と同じように冷たく光る月が、麻浦一帯を見下ろしていた。

ずいぶん久しぶりにはいたスカートだった。土曜日の夜、梨花洞のゴンの家の食卓に座ったジンソルは、ラップスカートの下のふくらはぎがむずむずする気がして落ち着かなかった。ジーンズで来るのも失礼かと思って引っ張り出して着たものだが、最初に見た彼が驚いて珍しそうな顔をしたので、少し気まずくもあった。変だったかな。そんなことはないはず。街でショーウィンドウに映る自分の姿をざっと見てみたが、重ねて着ているヨモギ色のセーターとカーディガンも、よく似合っていた。

「家にお客様が来るのが久しぶりなのでとてもうれしいわ。歳とったもの同士で過ごしているので、いつもひっそりしているのよ」

おいしそうな皿を彼女の目の前に寄せながら、ゴンの母がほがらかにおしゃべりを始めた。五十代後半の小柄で表情の明るい夫人だった。若い頃はかなりの美人だっただろう。並んで立つと彼女の背はゴンの胸のあたりまでしかなかったが、先ほど、ちらっとあいさつしたゴンの父は背が高かった。六十歳を越えたばかりの父は口数が少なく、おとなしい性格のようだ。ジンソルのあいさつを受けたときも、なんとなく恥ずかしそうにしながら、こっそりと寝室に入ってしまった。

ゴンの家には、三十年間同じ場所で暮らしてきた家族たちの匂いがあちこちにこびりついていた。女主人がこまめに整理をしても否応なしに目立ってしまう月日の痕跡、とでも言おうか。古くなって今は使っていない家電製品が、なつかしいブランド名の書かれた古い箱に入れられ、流し台と天井の間の空間と台所の片隅にきちんと積み上げられていた。

「いただきます」

温かい麦茶をひと口飲んでから、ジンソルは箸を手にした。牛骨のスープに、おかずは野菜をあえたナムル類が多かった。好物のナスのあえものもあり、なによりも麦茶を飲むと、ちゃんとした食事らしい食事をしていると感じられた。アパートの部屋でも食堂でも、浄水器の水に慣れて久しいため、麦茶がこんなに香ばしいということを忘れていた。

「どうしてこんなにおかずが多いんですか。母さん、今日はずいぶんがんばったね」

向かい側で一緒に食べていたゴンがにやりと笑うと、母親は憎めない表情で息子を横目でにらんだ。そんな母子の姿はとても和やかで、ジンソルは少しうらやましかった。食卓の片側には塩壺とグラスが置いてあるお盆の横に小さな額が立ててあった。最近、撮ったような、青々とした芝生の上で転がって遊んでいる子どもたちの姿だった。

「孫たちです。去年までこの家で一緒に暮らしていたんですが、春に移民して……」

夫人の口調からは、孫たちに対する誇らしさと送り出したあとのさびしさが感じられた。

「双子ですか」

「いいえ。年子。まるで双子みたいでしょう。弟のほうが兄よりもぐんぐん大きくなって。来年の春には絶対に会いに行こうと思っています。息子も嫁も遊びに来てほしいとうるさいので」

そう言うと彼女は息子のほうを振り返り、彼のつれない態度を責め立てた。

「ゴン、おまえはどうして休暇がまったくとれないの。今度は絶対にとって。一緒に行けるように」

「そういう仕事だからだよ。休むとなると一度にまとめて録音をするか別のディレクターにお願いしないといけなくて、簡単なことじゃないんですよ。母さん」

「でも、三年以上、休暇をとっているのを見たことない。せいぜい二、三日休んだだけでしょう」

しょんぼりした母親の表情を見た彼はあっさりとうなずいてみせた。

「調整してみます」

台所の入口から、おほん、と咳払いの音が聞こえた。先ほどから居間と台所の間を行き来しながらのぞいていたイ・ピルグァン老人だった。

「まだ食事は終わらねえのが。ああ、ゆっくりしてってけらっしゃい」

言葉ではそう言いながらも老人は軽く心をはずませ、手を後ろに組んでうろうろしていた。おかげでジンソルは、箸を置くやいなや家の中をついて歩き、彼が昔、手に入れた戦利品を見学することになった。まずは居間の片側を占めている重厚な色合いの飾り棚から。ガラスのドアがついた飾り棚の棚ごとに、見たこともない奇妙な異国の品物が色あせたまま置かれていた。

「これは、わだすが一九五〇年代にインドネシアから持って帰ってきた仮面。当時、カリマンタン島の部族が彫ったものなんだけど、金を出して買ったりはすねかった。『青い鳥』というタバコ二箱と取っ替えたのさ」

「まあ、そうですか……」

木を荒く削って作った、表情もよくわからないような民俗仮面だった。額のところに部族民たちが描いた模様は、もともと赤い色ではなかったかと推測された。イ老人はガラスのドアを開け、彼女が陳列品を手でさわれるようにしてくれた。

「『アリラン』が出る前だったさげ、五八年よりも前だったはずだな。あの頃はフィルターなしのタバコを吸ってだ。一箱五十ファン〔一九五三年から一九六二年まで使われた通貨単位〕。あ、これも、ちょこっと見てけろ」

老人は下のほうの棚を占めていた帆船の模型を自慢げに指差した。とても繊細に船の隅々まで表現されており、真ん中に堂々と立てられたマスト、帆の一枚一枚まで丹精を込めて作られた逸品だった。

「すてきですね。これはどこから持ってこられたんですか」

「ほほほ。持ってきたのではなぐて、わだすが自分で作ったんだ。往時のイ・ピルグァンは器用さでは誰にも負けなかった」

マドロスだった時代の記念品の数々は目をひくほど華やかではなかったが、時の手垢をつけたまま家のあちこちにきちんと保管されていた。ゴンの家は旧式の住宅らしく、天井が高く窓もとても大きく、居間の壁は暗いラワンのような木材にニスを塗ったこげ茶色の仕上げ材でできていた。ツルツルにすり減った床はやや滑りやすく、たぶんこの家で育った兄弟たちは、幼い頃、床を滑って遊んだのではないかと想像したほどだった。

いつのまにか、庭に向かって作られた大きな四組の窓の向こうはすっかり暗くなっていた。説明を聞き始めてからだいたい一時間くらいが過ぎただろうか。老人はついにタンスの中にしまっていた古びた楽器のケースを出し、トランペットまで引っ張り出した。ふかふかのソファに一緒に座りジンソルは、一時は楽団で〝名を上げていた〟楽器を深刻な表情で見ていた。

ゴンは向かい側の細長いソファに横になり、肘かけに足を載せた格好で本を読んでいた。一度、彼女と目が合った際には、ゴンの瞳に「いい気味だ」とでもいうような笑みがきらめき、それを見たジンソルが少しにらみつけたりもした。イ・ピルグァン翁《おう》の回顧談が港に打ち寄せる波のように続くうち、ついにゴンの母が寝室から出てきて義父を止めた。

「お父様、ずいぶん遅くなってきましたね。作家のお嬢さんは、なにか資料が必要でいらっしゃったんじゃなかったかしら」

「んだ。んだ。スクラップ！　話が長ぐなってしまっだ。ちょっと待っててけろ。持ってくっから」

老人がよいしょと立ち上がって意気揚々と部屋に資料を取りにいくと、母が息子をたしなめた。

「おまえ、お客様に対する態度がひどいじゃないの。途中で止めなかったら徹夜でお話になるとわかっていながら、あんなふうにお嬢さんを放っておくなんて」

読んでいた本を置きながら、ゴンが軽く笑った。

「チャンスがなかったんだからしかたないでしょう。おじいさんはこの人のファンなんですよ。ぼくが横取りする隙なんてなかったよ」

「まったく。ぺらぺらとお上手だこと。おじいさんにそっくり！」

息子の膝をぴしゃりと叩いてから、夫人はジンソルを穏やかな顔で振り返った。

「今がチャンスだから、早く着替えてお風呂に入ってください。遅くなったので休んで、仕事は明日、この子と一緒になさい」

ジンソルはいぶかしんだ。着替えるとは？

「すぐに帰るので大丈夫です。このままのほうが楽ですし」

「え？　泊まっていくんじゃないの」

ゴンが本をテーブルの上にポンと置いて、あくびをしながら平然と答えた。

「そうですよ。泊まっていきます。ジンソルさん、おじいさんのスクラップブックは五冊以上あるんです。一、二時間では必要なものを選べないし、まとめて持って帰るには重すぎる。明日の午前中にぼくと一緒に選びましょう」

ジンソルが驚きためらっているとゴンの母が好奇心いっぱいの目で彼らを見つめた。それほど明るくない居間の明かりの下で、向かい合ったふたりのにらみ合いが続いた。ジンソルは夫人のほうに視線を移し、照れくさそうに笑いながら言った。

「ご迷惑になりそうですから……」

「あら、迷惑だなんて。長男たちが出ていって二部屋も空いています。お楽にしてください。自分の家みたいに」

目尻にシワを寄せながら笑う夫人の印象が温かく、ジンソルは気づかぬうちに緊張がほぐれていくのがわかった。気づかいが感じられる口ぶり。ほんとうにそうしてもいいのかな。はじめての家で泊まるなんて、彼女は今まで一度も経験したことがなかった。イ老人が埃まみれの分厚いスクラップブックを持ってソファに来ると、ゴンの母はジンソルの脇腹を突きながら、わざと大きな声で言った。

「土曜日なのに遅くまで仕事をしてきてお疲れですよね。こちらにいらっしゃい。部屋に案内します」

腕をつかまれて思わず立ち上がると、銀色の眉毛の下にある老人の目が丸くなった。

「どうしたの？　これさ一緒に見ねど」

「お父さま。みんなで明日見ることに決めました」

ほほほと笑いながら夫人はジンソルの手をとり、居間から出て裏庭のほうにある小さな部屋へと連れていった。廊下と呼ぶには狭い、納戸に向かう板張りの通路を挟んで、ふたつの部屋が向かい合っていた。

「野暮ったくて古い家なので見た目が悪いでしょう。だだっ広いばかりで隙間風もひどいんですよ」

彼女が使う部屋の大きな窓をもう一度きちんと閉めながらゴンの母が言った。床はぽかぽかしている一方、空気は少し寒く感じたが、ジンソルの心は暖かかった。ちびっこたちが使っていたらしい二段ベッドがあり、下のベッドのマットの上に着替え用のジャージとティーシャツが置かれていた。お母さんの服のようだった。

「おじいさまががっかりなさったかもしれませんね。どうしましょう」

ジンソルが服を手に取り、笑いながら言った。

「大丈夫です。それにお父さまも早くお休みにならないといけないし。時の流れには勝てないというか、何カ月か前に大きな手術をなさったんです。もともと恐れを知らない性格なのであんなふうに平然と過ごしてますが……八十を過ぎた老人の体のことなので、横で見ているわたしたちははらはらしています」

「まあ、そうなんですね」

ゴンの母は片開きのクローゼットから布団とシーツを出し、マットレスの上に敷き始めた。ジンソルも手伝って一緒に敷き、その上にふかふかの布団もかけた。

「ありがとうございます」

「どういたしまして。ゆっくり休んで、また、明日お目にかかりましょう」

夫人が出ていったあと、好奇心が湧いて墨色の光に染められたガラス窓を少し開けてみた。真っ暗な外の風景に目が慣れてくると、裏庭の闇の中に背の低い花木が浮かんで見えた。静かな秋の夜、草むらに潜んだ虫の声だけが聞こえていた。

窓を閉め、部屋をもう一度さっと見回した。ゴンの幼い甥たちが使っていた二台の机がぴったりとつけて置いてあり、隅の飾り棚には居間でも見たような古ぼけた記念品がいくつか飾ってあった。東南アジア風の香炉や燭台、おもちゃのような先の丸い弓矢、古びた船員帽といった……。彼女は静かに椅子に座って部屋の雰囲気になじんでいくのを待った。見慣れない風景ではあったが嫌な気はしなかった。

本棚に入った本の中にゴンの詩集を見つけた。すでに何度も読んだ詩集だったが、ここで見るとまた違う感じを受けた。行間から漂う彼の体臭がより深く感じられる気分。ページをめくろうとすると、本のそでの内側にサインをしたゴンの筆跡が目に入った。詩のようでもあり、メモのようでもある。

おまえは
いつも春香《チユニヤン》〔朝鮮時代の物語『春香伝』の女性主人公。恋人への一途な愛で知られる〕のような心
おまえの愛が大丈夫でありますように
おれの愛も大丈夫だから

黙って彼の筆跡を見つめているうちに……ジンソルの心が異変をきたした。針で刺されたよう

に心臓もちくりとした。受け取る相手の名前がない短い手紙。たぶん、渡すこともできないままの。

なんとなく見てはいけない私信のように感じられ、彼女はひりひりする気持ちを抑え、詩集を元あった場所に静かに戻した。トントンとノックの音がした。

「はい」

部屋着に着替えたゴンが戸口に寄りかかり、袋に入ったままの新しい歯ブラシを冗談めかして振って見せた。

「歯ブラシの配達。ほかに必要なものはないですか」

「いいえ。ありがとう」

歯ブラシを渡したあともゴンは戻らずにそのまま立っていた。問いかけるような表情で見つめるジンソルの前で、彼は少し恥ずかしそうに額を指でさっとこすった。

「今から映画を見るんだけど」

彼女も思わず低い声で笑った。

ゴンの部屋は板張りの通路を挟んで向かいにあった。彼がビデオデッキにテープを入れて再生する間、ジンソルは壁につけて置いてあるふたり用のソファをひとり占めして座った。ゴンは後ろに下がると床に座って足を伸ばし、背中をソファにもたれて見始めた。床には台所から持ってきた、退屈しのぎのピーナッツとピスタチオを載せた皿が置いてあった。

映画のタイトルが終わり、本格的に物語が始まる頃、ピーナッツの皿へと伸ばしたジンソルの指を、ゴンが手の甲でさっと防いだ。

「じゃんけんしましょう」

「どうして」

「なんでもいいから」

彼に言われるまま、じゃんけんをした。ゴンがパー、ジンソルがグー。ゴンは意地悪そうにくすくす笑うと、ピーナッツの皿を彼女の膝に載せた。

「ジンソルさんが皮を全部剥いてください。負けた人が剥いて勝った人は食べるだけ」

彼女はあきれた顔で彼を少しにらんだ。

「憎たらしい」

「どこが？　インチキしたわけでもないのに」

ゴンはなんとなく楽しそうにブラウン管へと顔を向けた。どうしようもなくなったジンソルはピーナッツとピスタチオの皿を膝に載せ皮を剥きながら映画を見た。ソファの上に突き出される彼の掌に剥いた中身を載せながら。ほどなく皮をすべて剥き終わると、彼女は皿を床に置いてからふかふかのクッションを胸にぎゅっと抱き、ソファに体をゆったりともたせた。

うーん。一生懸命剥きすぎたかな。なんとなく眠くなってきた。彼と一緒にいて確かに胸がときめいてはいるが、にもかかわらずとても落ち着いていて、少しだけ幸せでもあった。そして……やるせなかった。なぜ？　考えたくなかった。やるせなさの理由など、深く考えたくもなかった。ただ、今が心地よくて、このまま静かにそっとしておきたい気分。ジンソルは眠気に襲われながらも、こっそり目をこすりながら向かいの部屋には戻らなかった。彼と一緒にいたかった。

背後の気配がなくなりひどく静かなことに気づき、ゴンは振り返った。ジンソルがクッションを抱きしめたまま、肘かけに寄りかかって寝入っていた。いつもそこはかとなく身を包んでいる防御の姿勢は跡形もなく消え、気を緩めて眠っている女がそこにいた。警戒を完全に解いた彼女の姿はたぶんはじめてだったので、ゴンは少し珍しいものを見る気分でジンソルの寝顔を見つめていた。

起こして向かいの部屋に行かせようかと思ったが、ぐっすり眠っていたのでそうもできず、ゴンは毛布を一枚持ってきてかけた。寝ぼけてなにやらつぶやいたジンソルが少し体を動かした。彼女が眩しくないようにゴンは蛍光灯のスイッチを切り、さっきまでのようにソファに寄りかかって座った。再生していたモノクロ映画は彼のお気に入りで前に録画しておいたものだった。いつ見てもおもしろい作品だが、ジンソルが眠ったあとひとりで見ようとすると、あまり気がすすまなかった。不思議にも。

そして、どれだけ時間が流れただろう。ジンソルが夢うつつで目を覚ますと、蛍光灯は消され、ブラウン管の青い光だけが波のように部屋に広がっていた。ゴンはソファへ頭をあずけ、腕を組んだ姿勢のまま眠っていた。映画はいつのまにか終わってしまったようだった。

ジンソルは眠る彼を静かに見下ろした。指を伸ばして彼の額にかかる髪の毛をこっそりなでてみたりもした。これは夢なんだろうか。わたしは目覚めているのか、眠りの延長なのか……。無防備に眠る男の姿がこんなにも美しいなんて、これまでまったく知らなかった。五分だけ。いいえ。あと十分、この男の寝姿を見つめてから向かいの部屋に行こう。一日のうちに十二回も憎かったり、愛しかったりする男。武装解除したイ・ゴンを好きなだけ眺めてから。

テレビからか細く聞こえるジジジという音に交じり、裏庭の草むらからコオロギのような虫の声が窓を通して休みなく聞こえてきた。山から吹き下ろされた夜風がカタカタと窓を軽く揺らした。彼女の心のどこかにも小さな虫一匹が入り込み、絶えずささやく夜だった。

「起きてけろ。銀杏《ぎんなん》をとらねど！」

朗々とした声にジンソルがびくっと驚き、毛布をめくって飛び起きると、イ老人がさらに驚いた顔でドアの横に立っていた。

「おやおや。なすてコン作家がこの部屋で寝でるの」

「それが、わたし……」

向かいのドアが開くと、ゴンがぼさぼさになった髪の毛を手でなでつけながら出てきた。

「ぼくがここで寝たんです。おじいさん」

イ老人は、若者たちを交互にまじまじと見回すと、後ろ手のまま咳払いをした。

「まあ、部屋を変えでも、男女の区別はあっだんだな。早ぐ早ぐ、顔を洗って銀杏をとりに行くべ！」

目が合うと、あくびをしていたゴンが疲れた顔でにやりと笑った。ジンソルは思わず軽く絶望した。夢うつつの錯覚ではなかったのだ。ぼさぼさ頭の男があんなに愛らしく見えるとは。ひどく暗澹《あんたん》たる気持ちになった。

休日は食事の前に家族で運動することになっているようだ。庭に出るとゴンの父がトレーニングウェアで花壇に水を撒いていた。いつだったか、親睦会で見たなじみのある服。そういえば、今、ゴンが着ているウェアもあのときジンソルが借りた服だった。

「あ、わかった」

「なにが？」

「この前、親睦会に行ったときにそちらがトレーニングウェアを二着も持ってきた理由です。家族のファッションなんですね。家にたくさんあるんでしょう」

「はは。当たりです」

門から出ると、目の前に広がる小道の向こうに秋の山がぐっと近づくようにそびえていた。空にいくつかの雲のかけらが流れ、吹き寄せる風に湿り気が感じられた。山のしっとり濡れた土の匂いに包まれ、ゴンの家の塀の角に二本のイチョウの木が黄色く熟した実をたくさんぶら下げて立っていた。顔を上げて木の枝についた実を見極めながら、ゴンは冗談まじりにぶつぶつと文句を言った。

「日曜日の朝から銀杏採りをしないといけないなんて。これが嫌でひとり暮らしをしてるのに」

ジンソルは笑いながら土の上に落ちた銀杏の実をまず拾って袋に入れ始めた。銀杏の皮から漂う奇妙な匂いが、まるで田舎の野原の肥やしの匂いのように鼻を刺した。ゴンが庭用の長い箒で枝をサッサとしごくと、銀杏がボトボトと落ちてきて、ときどき、ジンソルの頭と肩の上をコロコロと転がった。やだ、と彼女が嫌そうな顔をすると、ゴンは笑うばかりだった。

イ老人は山に向かって傾斜する道端に立って、イチニ、イチニと体操をしていた。足を持ち上げ、腕も上げたり下ろしたりしながら熱心に体を動かしていた。袋いっぱいに銀杏を詰めてジンソルがふと腰を伸ばすと、ゴンの家からわずか数十メートル離れたところにある大きく長い塀が目についた。ひと目見ただけでずいぶん古いものだとわかったが、誰かの住宅にしては立派すぎるように思えた。

「あれはなんの建物ですか」

ゴンが掃き掃除の手を止めて、ジンソルが指差すほうを振り返った。

「梨花荘《イファジャン》じゃないですか。行ったことないですか」

「このあたりに来たのはほとんどはじめてです」

話に聞いていた梨花荘がここだったのかと、彼女は目を細めて長い塀の向こうを見やった。韓屋の瓦屋根のてっぺんがちらっと頭を突き出していた。そういえばこのあたりの地名も梨花洞だった。

「うちと番地の最後の数字だけが違います。梨花荘は梨花洞山一―二番地だから。じゃあ、朝ご飯を食べてから見学に行きましょう」

「銀杏を全部拾ってから遊びに行げ。袋ひとつはいっぱいにして。お嬢さんを口説こうとばかりしてねで」

いきなりイ老人の声が飛んでくると、ゴンは眉間にシワを寄せた。

「コンチュイ〔韓国版『シンデレラ』とも言える昔話の主人公の名〕の気持ちがわかるね」

銀杏を拾う彼女の手が笑いでふるえた。休日の朝といえば、不足気味の睡眠を補充しようと日が高くなるまで寝坊するのが癖になっていたが、むしろ早めに起きて体を動かしたほうがずっと爽快だと感じられた。吹き寄せる風に土や木、銀杏の匂いが混じり、鼻先がうずく朝だった。


梨花荘は李承晩《イ・スンマン》大統領〔在任期間は一九四八年から一九六〇年〕と妻のフランチェスカが住んでいた個人住宅だった。八十余年前に建てられた素朴な旧式の韓屋が並び、そのうちのひとつである組閣堂《ソガクタン》では大韓民国の初代内閣が組閣され、当時の多くの遺品が保管されていた。ゴンとジンソルはトレーニングウェアで、広い敷地の散策路に沿ってのんびり見物しながら歩き回った。樹齢を重ねた木々の間には、観覧客たちが休めるよう散策路のあちこちにベンチが置かれていた。

フランチェスカが世を去るまで使った最後の部屋をジンソルはじっくり見回した。裕福な事業家の末娘として生まれ、運命的な愛を選び異国の地で初代大統領夫人として生涯を終えた外国人女性。螺鈿《らでん》の箪笥とテーブル、夫妻がハワイに亡命した当時に使っていたトースターとカップや皿まで、そのまま遺品として残っていた。質素に暮らしたという逸話のとおり、「下着は繕って身に着け、上着はお洒落に着こなす」の文言がフランチェスカの部屋の壁にかかっていた。

休日の午前に散策がてら見学にきた人々が、数人ずつ固まって笑ったり話をしたりしながら梨花荘を歩き回っていた。深まる秋の風がなんともさわやかだった。ゴンとジンソルは木の下にあるベンチに並んで座り、落ち葉が散っていく駱山《ナクサン》の森と、古びた韓屋の軒を何気なく眺めていた。

ゴンがおかしそうに口を開いた。

「ぼく、幼い頃は李承晩大統領が親戚で、李舜臣《イ・スンシン》将軍がうちの御先祖様だと思っていたんです」

「ほんとに？」

「うん。おじいさんがあまりにも親しそうに話すから、ほんとうによく知っているんだと思ってた。名字もみんな同じイ（李）だから」

ジンソルがにっこり笑った。

「違うと知ったときは、ずいぶん残念に思ったでしょうね」

「まあ、残念とまでは思わなかったけど、それよりも、李承晩博士が親日派〔日本による統治時代に総督府に協力した朝鮮の人々を指す〕として批判され、南北分断の口実を与えた人物と言われていたとか、李舜臣将軍は軍事独裁時代〔朴正熙《パク・チョンヒ》、全斗煥《チョン・ドゥファン》の両大統領が統治した一九六一年五月から一九八八年二月〉によりいっそう偶像化されたと初めて知ったときのほうが微妙な気持ちだったな」

そういってゴンは、はははと笑った。彼女はわずかに笑いながらうなずいた。

「詩人の徐廷柱《ソ・ジョンジュ》〈一九一五年生まれの詩人。親日派と批判された〉もね」

「そうそう。あの人の詩はぼくの心をぐっと揺さぶるのに……詩人の実人生はこうだったとか……そんな話が出るとやるせないですよね」

ふたりは梨花荘の庭に広がる秋の日を眺めた。低くこじんまりとしたあずまやの色あせた瓦屋根の横に、並んだ梨の木の枝が垂れ下がっていた。一瞬、人影が消えると、ジンソルは止まった時間の中に取り残されたような気がした。

「高三のときだったと思います。暑い夏でしたが、当時、大学の法学部に通っていた兄が二カ月も家に帰ってこなかったことがありました」

ゴンが淡々と語り出した。

「ある日、刑事が何人か訪ねてきて兄についてあれこれ聞いて帰りました。何日か経って深夜に兄が帰ってきたら、顔が真っ黒でまともに食べていなかったのか、ものすごく痩せていた。兄が上着を脱ぐと、下着代わりに着ていたTシャツになんて書いてあったかわかりますか」

「わかりません」

「祖国はひとつ」

ふたりは顔を合わせ、静かに笑った。

「父が、あまり得意でもない酒を飲みながら兄を呼んでこう言いました。おまえがなにを考えているかはわかるが……祖国がひとつだという事実をTシャツではなく、おまえの胸の中にだけ刻んで生きるわけにはいかないか。そのとき、父の目に涙が浮かぶのをはじめて見ました」

朝、庭を出るときに花壇に水をやっていた、六十がらみの口数の少ない人物の後ろ姿が目の前に浮かんだ。引退を何年後かに控えた校長先生だと言っていたはずだ。ジンソルは父と兄を見守っていたゴンの姿を想像した。十九歳のそのときもここに住んでいた彼を。ひとつの家族が何十年も同じ場所に住むのは、どんな感じだろうか……。彼女はなんとなく、地面から立ち昇る陽炎のように頼りない気分になって、ぼんやりと物思いにふけった。

「なんであなたは自分の話をしないの？」

自分への問いかけを聞いてジンソルはゆっくりと彼を振り返った。ふたりの視線がぶつかった。

「故郷、両親、兄弟姉妹。そんな話をまるでしないよね」

「聞かれたことがないから」

「今、聞いてるんですよ」

暖かい秋の日が彼の肩の上にとどまっているのを、やさしい笑みが彼の口元に浮かんで消えるのを、ジンソルはひりひりした気持ちで見つめていた。手を伸ばせば届きそうな日の光だった。

「生まれたところは忠州《チュンジュ》〔忠清北道の都市〕。父は幼い頃に亡くなり、母は……わたしが二十歳のときに再婚しました。ひとりで育てた娘を大学まで行かせたんだから一歳でも若いうちに新しい人生を見つけなさいと……親戚たちからずいぶん勧められて。わたしも、それがいいんじゃないかと思ったし」

　ゴンは言葉もなく、彼女を見つめていた。

「嫁入り道具もわたしが一緒に選んであげました。布団から韓服まで。今は大田《テジョン》〈忠清道地方の都市。一九九五年から広域市〉に住んでいますが、今年、受験生の息子の世話で忙しそうです。前妻の息子なんです。結婚式場で会ったときは八歳のちびっこだったのに」

　話してしまうと奇妙な気分だった。社会に出てから出会った人たちには、自分から先に得意気に話すことはなかったが、誰かから尋ねられれば手短に聞かせてきた昔の話だ。といっても、なぜ名節《ミョンジョル》〈韓国の伝統的な祝日〉に故郷に帰らないのかと尋ねてきたハン・ガラムリポーターとチェ作家くらいだが。ゴンがにっこり笑い、彼女の頭に冗談めかして手を当てて指で髪の毛をくしゃくしゃにした。

「いやあ。コン・ジンソル、かっこいいな。お母さんを嫁がせたんだね」

「はい」

　彼女も思わずくすくす笑った。ゴンがジンソルの肘をつかんで引っ張りベンチから立たせた。

「駱山公園を散歩しましょう。それから、すごくおいしい冷麺の店に行こう。みんながバスでわざわざ登ってきて食べにくるところなんだけど、みすぼらしいと見くびってはだめですよ。並んでまで食べる店なんだから」

いつのまにか引っ張り上げられながらジンソルが言った。

「朝ご飯を食べたばかりじゃないですか」

「なに言ってるんだよ。冷麺はデザートだろ」

梨花荘を出たふたりは、駱山公園に向かう城郭に沿ってゆっくりと歩きながら坂道を上がっていった。地表が高く、垣根のような城郭の下にソウルの街を広々と見渡すことができた。このまま東大門《トンデムン》まで続く城郭には、枯れて葉の落ちた蔦が茶色い蜘蛛の巣のように巻きつき、レンガで舗装された公園の散策路のあちこちにベンチとあずまやがひっそりと立っていた。落ち葉が舞う道に沿ってしばらく歩いてから、ジンソルが口を開いた。

「駱山がどうして駱山という名前になったか知ってますか。駱駝の背中みたいな形だからそう呼ばれるようになったそうです」

ゴンはよく知ってるなという顔でにやりと笑った。

「このあたりに来るのがほとんどはじめての人が、どうしてそんなことを知ってるのかな」

「もともと、漢陽《ハニャン》〔朝鮮時代の首都。現在のソウル〕に行ったことのない人のほうが漢陽をよく知ってると言うでしょう。そういう本をたくさん読んだと話したじゃないですか。『ソウル定都六百年』みたいな本」

「じゃあ、麻浦はどうして麻浦なんですか」

「船の渡し場で、麻がたくさんとれたそうです。大麻の麻と同じ漢字です」

「なるほど」

ゴンは笑いながらうなずくと足を止め、城郭に肘をついて市街地を見下ろした。ジンソルも彼の横に立ち、眼下に広がる慌ただしい風景を見つめた。彼らの足元、背の低い家々が並ぶ集落を過ぎて下に降りると、少しずつ賑やかになる大学路《テハンノ》の風景。小さく見える建物と忙しく行き交う自動車。鍾路《チョンノ》方面に行くにしたがって、少しずつ高くなっていくビルの輪郭……。都会は休日の午前もいつもと変わらず忙しく動いていた。森の匂いが広がる山の城郭に寄りかかっている今が、むしろ非現実的に感じられるくらいに。

ひんやりとした風が吹き、ジンソルの髪をなびかせた。高く見える秋の空が目に染みるほど青く広がっていた。なんの前触れもなく、ソウルの空に結界が張られたような錯覚に陥った。十二年を過ごしながら、いつも他人の土地だとばかり思っていたジンソルは、今日はじめてソウルの空の下に自分の家があると感じた。ようやく二番目の故郷になったかのような。そして、それは彼女のもとに愛する人がやってきたからだと気づいた。

ときには……予想もしなかった言葉が人間の意志にあらがって水面へ浮き上がってくるのかもしれない。ジンソルは胸にあふれる切なさを感じながらゴンを見ていた。彼も彼女の視線を感じ、何気なく振り返った。ゴンの眉が疑わしそうに釣り上がった。知らず知らずのうちに言葉が出てしまったかのように、ジンソルは彼をじっと見つめながら口を開いた。

「わたし、言いたいことがあります」

彼もなにも言わず、そんな彼女をただ見つめていた。

「わたし、あなたのことを愛しています」

ああ、こんな信じられないような瞬間でも、山の空気はなんと澄みきって感じられることか。風もまたとてもさわやかで、秋の気配はなぜこんなにも心をひんやりとさせるのだろう。心臓が激しく打ち、組んだ両手の指をぎゅっと握りしめたが、ジンソルは震えずに立っていられた。そうだ。彼女の心がささやいた。こんなふうに告白してしまったのだ。自分で自分の足を引っ張ったんだ。どんな答えが返ってくるとしても、後悔はせずに済みそうだった。

ゴンの顔に混乱したような表情が見えた。短い間に多くの感情が彼の目の中に浮かび消えていくのをジンソルは見守った。もしかしたら彼は知っていたのかもしれない。わたしの気持ちを。

彼は黙って彼女を見つめていたかと思うと、冷静に話し始めた。

「通り過ぎていく風かもしれませんよ」

心の隅がぴりっとしたが、ジンソルは勇気を失うことなく、もう一度、低い声で言った。

「そうかもしれません。でも、わたしの気持ちはわたしが一番よくわかっていると思います。今のわたしの気持ちは……あなたといるときにいつも感じるこの気持ちは、愛だと思います」

ゴンの口からやわらかいため息が漏れた。

「正直に答えます。ぼくは……愛というものがなんなのか、もうわからない。自分の心をのぞき込むことも、まったくしなくなってしまったんです」

しばし沈黙が流れた。どうしたらいいのだろう。彼の言葉どおり、むしろ通り過ぎていく風だったらいいけれど。さっと吹いてきた風が心の風車の羽一枚に触れて、ただ通り過ぎていくだけだったら。ジンソルは懸命に落ち着いた声を出そうとした。

「待ちます。あなたの感情がはっきりするまで。長くではなく……短かければ数カ月。長くても、すごく長くはなりません。あなたがどんなに考えても違うというのなら、自分の気持ちを整理できます。それほど時間はかかりません」

「あなたがつらいじゃないか。そんなの」

「自分の問題だから平気です。わたしがやれるかどうかですから」

ゴンは城郭に寄りかかったまま遠くにある市街地をじっと見下ろしていた。しばらくは言葉もなく、影のかかった横顔からは表情を読むこともできなかった。黙って待っていたジンソルに向かって、彼が言いにくそうに口を開いた。

「少しだけ時間をくれますか。ちょっと、整理をする時間を。自分の気持ちをよく考えてみます」

「そうしてください」

静かにうなずいて、ジンソルも眼下に広がる市街地へ視線を向けた。数えきれないほどの感情が心の中で波打っていた。表に出せず内側で静かに沸き立つ感情を山の上から吹いてくる風が慰めてくれた。

これからどんなことがあるのか、今の彼女は予測できなかった。しかし、なにが起きても、二度とソウルが嫌いだとは思わないはずと、ジンソルは声を出さずにささやいた。この街がくれた記憶を、思い出を、悪いものだったと感じたりはしないと。さびしく、つらい時間ばかりだったけれど、この男と出会わせてくれた街だから憎んだりしないと、ささやいた。ある秋の休日の午前。日の光を真っ白に反射した駱山城郭前でのひとときだった。

6

『雨が降る日は入口が開く』は、いつ来ても季節と時間の流れが止まっているように感じられる場所だった。茶房に座り、流れてくるヒーリングミュージックに耳を傾けていると、ときどき今が昼なのか夜なのかよくわからなくなった。

十一月の二番目の休日の午後。ジンソルはゴンと一緒に昼間から仁寺洞《インサドン》に来ていた。秋が深まるにつれてふたりの距離は少しずつ近づき、どうやらそれは、単にジンソルがそう思っているだけではなかった。今日も会社の近所で一緒にランチを食べ、そのまま別れるのが惜しくて一緒にここに来たわけだから。

「ナツメ茶が口に合うかしら」

エリが湯気の立つゴツゴツとした手触りの茶碗をジンソルの前に置き、自分も向かい側に座った。スプーンで混ぜてからひと口飲んでみると、甘さの中に韓方の材料〔伝統茶や薬膳料理に使われる高麗人参などの食材〕が入ったような味がした。

「おいしいですね。ソヌさんはどこか旅行にでも行ったんですか」

「足の向くまま行ってくるそうです。でも、だいたいのルートはわかってます。今は小白山《ソベクサン》にある叔父さんの山荘にいると思います」

エリが肩をすくめて笑った。ソヌはひとたび放浪癖が出ると、短くて半月、長ければ二カ月も旅行先から戻ってこないという。ジンソルが笑いながら言った。

「そろそろ顔が見たくなったでしょう」

「ちょうど、来週くらいに会いに行こうと思っていたところです。ソヌが言うには、その頃、流星雨が流れるそうです。ものすごい天体ショーになるらしくて、今回、見逃すと次は三十三年待たないといけないんですって。若いときに見ておいたほうがいいと言うから」

エリは楽しそうに笑って何気なく付け足した。

「ゴンにも一緒に行こうとせがんでみなくちゃ」

キッチン横の倉庫からガタガタという音が聞こえ、軍手をはめたゴンが大きな電気ストーブを持って出てきた。茶房にそろそろ暖房が必要な時期だった。

「埃を拭かないといけないな。エリ、雑巾とってくれ」

エリが雑巾を二枚洗い、ゴンと並んでしゃがみこんでストーブの埃を拭いているのを、ジンソルは淡々と見守っていた。彼女がなにか言ったのかゴンが声をあげて笑ったりもした。ヒーター部分の蓋を開けストーブに異物が挟まっていないかどうか確認してから、ゴンは電気プラグを差し込んだ。あっという間に炎が上がり、赤い熱気が円筒形のヒーターに広がった。

彼らから視線を戻し、ジンソルはナツメ茶の香りを嗅ぎながらスプーンでゆっくりとかき混ぜた。駱山《ナクサン》の城郭の前であんなふうに告白してしまったことが、ときどき嘘のように感じられたりもした。日差しの下で真っ白な洗濯物を干すように、一点の嘘もなく心の中をすっかり見せたあのとき。自分のしたことを思い返し、これから彼の顔をどうやって見たらいいのかと心配もしたが、日が過ぎても意外にぎこちなくはならなかった。ゴンはいつものように気楽にジンソルに接したし、楽しい中にも気づかいを見せながら彼女と会っていた。

たまに……ジンソルの心に陰が差すことがあるとしたら、ゴンが自分の気持ちをよく考えてみると言った、あの日の約束が脳裏に浮かぶときだった。彼は考えているのだろうか。まだ未練が残っているかもしれない昔の感情を整理しているのだろうか。聞いてみたくなることもあったが、ジンソルは催促しないと決めた。そうしたくなかった。ゴンにも自分にも、もう少し自由に心を動かせる余白を残しておきたかった。

ポジティブに待とうと心を決め、ジンソルは軽くため息をついた。茶房の白壁には相変わらず落書きがびっしり書かれ、中でも酔った勢いで書き殴ったようなひとつの落書きが目を引いた。

おれたちはうまくいかないみたいだ
四回目はやめよう
——三回始めて、三回終わった日に

エリが手を洗い、乾いた布巾で拭きながら席に戻った。白い布巾を持った彼女の指先に鳳仙花の赤が薄く残っていた。

「長くもちますね。鳳仙花の汁」

エリは自分の細くて長い指を伸ばし、うなずきながら見下ろした。

「大事にしながら爪を切ってるからかな。もうあまり残ってません」

口元ににじんだ笑みがいつのまにか消え、彼女は思い出したようにジンソルに謝った。

「あ、そうだ。この前のあの日、ゴンと約束があったそうですね。それも知らずにわたしが連絡もせずに訪ねてしまって」

「たいした約束ではありませんでした。仕事が終わったあとで一杯飲もう……みたいな感じでしたから」

「それならいいんですけど……。実は、あの日、わたし、すごくつらいことがあったんです。それでゴンの状況にまでまったく気が回らなくて」

エリはふいに気分が沈んでしまったようで、清潔な木のテーブルをただなにも考えずにぼんやりと拭いた。彼女の口から小さなため息が漏れた。

「久しぶりに実家に帰ったら、母の言葉に傷つけられたんです。たったひとりの娘にもう少し立派になってほしかったみたいなんですが、わたしが期待に添えなくて心を痛めたようです」

視線を落としたまま意味もなく布巾を動かしている彼女が弱々しく見えた。

「わたしは、ただ、今のままで幸せになれるのに。ほんとにできるのに。どうして信じてもらえないんでしょう」

「親心ですよ」

ジンソルが独り言のようにつぶやいた。エリはうなずいたものの、なかなか納得できなさそうな表情だった。

「ソヌには言いませんでした。あの人まで傷つけたくなかったから」

だから、つらいことはあの男に話すんですか。ジンソルの心がささやいた。でも、あの人だって同じように傷つくんですよ。喉まで出かかった言葉を飲み込みながらジンソルはただほろ苦い笑顔を見せた。ゴンはいまや壁掛けのヒーターまで分解して手入れをしていた。エリを手伝う彼の態度を見ていると、そうすることが体に染み付いた人のように感じられ、エリもまた、それを自然に受け入れているようだった。

「今、何時？　もう時間じゃないか」

作業を終えたゴンが手を洗って戻ってきた。カウンターに置かれた目覚まし時計を見ると、エリはあっと言いながら指で額をトンと叩いた。

「わたしったら。再放送まで見逃すところだった」

小走りでキッチンのほうに行ったエリはちょうど露天商が使うような携帯用の小型テレビを持って戻ってきた。テーブルに載せて電源を入れるとＣＭの時間だった。茶房には音楽が流れていたのでボリュームを上げないとあまり聞こえそうになかったが、エリはあえて音を大きくはしなかった。画面の右上にこれから放送される番組タイトルのテロップが出ていた。ジンソルがいぶかしげに尋ねた。

「『ジャズコンサート』？　アン・ヒヨンさんの番組ですか」

「そうです。見て意見を言ってくれといつもうるさく言われているのに、なかなか時間が合わせられなくて」

エリが鼻筋にシワを寄せて笑った。ジンソルの横に座っていたゴンはテレビのほうに向きを変え、右手を自然に椅子の背にかけた。ジンソルの肩を彼の腕が包み込んでいるように感じられた。

画面が変わり、司会者がオープニングのコメントを始めるとボリュームを少しだけ上げた。名の知られたジャズミュージシャンが司会をしていて、そのあいさつが終わるとピアノの置かれた舞台にニューエイジ系のミュージシャンが歩き出て話しだした。エリが何気なくつぶやいた。

「自然なコメントじゃない」

「ちゃんと書けてるのに、あいつはなんでうるさく意見をほしがるんだ。見たか、見たかと何度も言われて疲れる」

ゴンが関心なさそうに言うと、エリはヒヨンの肩を持って穏やかにたしなめた。

「そんなこと言わないで、ちょっとは気にしてあげて。あの子が放送局に入ったのはあなたの影響も大きいんだから。高校生のときからあなたについて回ってたじゃない」

ゴンはそんなエリをぼんやり見ると、気抜けしたように笑い出し、ジンソルはなんとも言えない気分になった。彼に関する話を聞かずに済むように話題を変えたかった。

「エリさんはヒヨンさんと親しいんですね」

「あら、知らなかったんだ。ヒヨンは従妹なんです。叔母の娘です」

思いがけない言葉にジンソルは少し驚いた。これまでの出来事が早回しで脳裏を駆け抜けた。そうだったのか。思わずゴンを振り返ったが、彼は特に変わった様子もなく平気な顔をしていた。

入口のドアにかかったベルの音とともに客の一団が茶房に入ってくると、エリは席を立った。

「いらっしゃいませ」

彼女がメニューを持って客たちの相手をしているとゴンも立ち上がり、脱いであったジャンパーを羽織った。

「そろそろ行こう。ぼくたちも」

「……もう？」

思ったよりも早く席を立つような気がして、ジンソルは聞き返した。ゴンはエリに向かってもう行くと合図した。エリは急ぎ足で彼らのいる入口のほうに近づいた。

「晩ご飯を食べていってと言ったじゃない。雑用をするだけしてもらってそのまま帰らせちゃ、申し訳ない」

「いいよ。行くところがあるから。また、今度な」

ゴンはやさしく言ったが、彼女はひどく残念そうな表情だった。

「ジンソルさん、また。いつでも寄ってくださいね」

「そうします。お茶、ごちそうさまでした」

あいさつをして背を向けたが、エリがどこかさびしそうに見えたのが気にかかった。いつも一緒のソヌがいないせいだろうか。居心地が悪かったわけではないし、夕食ぐらい三人で食べてもよかったのに、なんとなく彼女を置いてふたりだけで抜け出してきたような気がした。木の階段を降りて路地を抜けると、暮れていく夕方の日差しが仁寺洞の街を照らしていた。

「どこに行くんですか」

「きみの野心的なプロジェクトをやり遂げに」

ゴンはにっこり笑うと、何気なくジンソルの手を握った。彼と寄り添って歩きながら、彼女の胸はときめき始めた。休日の夕方の仁寺洞の街は多くの人で混み合っていた。道に沿って並んだ露店の店先には草鞋や大小様々の陶磁器、土産物などが、暗くなる間際の日差しの下で最後の日向ぼっこをしていた。いつのまにか空は夕焼けに染まっていた。

「どうしていきなり、昌慶宮《チャンギョングン》に来ようと思ったんですか」

観光客に混じって玉川橋《オクチョンギョ》を渡りながらジンソルが聞いた。石で作られた古い橋の下を、夕焼けに照らされた浅い川の水がゆらゆらと流れていた。まもなく閉門時間というときに入場したので、見学する時間はあまりなさそうだった。ほかの観光客たちはすでにひと回りして、入口である弘化門《ホンファムン》のほうへと下りてきていたが、彼らだけが反対方向に向かっていた。

「ジンソルさんのためだと言ったじゃないか。夜になるまでここで過ごさないとね」

ゴンが冗談めかして言うので、彼女も低い声で笑い出した。

「わたしのスケジュール帳のせいで？」

「あんなに偉大な目標は忘れられないよ」

ひっそりとした古宮の庭を散策しながらゴンは楽しそうだった。混み合ったソウルの真ん中にこんなに広くて静かな空間が存在している事実が不思議に思えるほど、昌慶宮は塀ひとつで外の世界から隔離され、まるで海辺の砂粒のように永遠の時を生きていた。高官たちが官職に従って順に座っていた明政殿《ミョンジョンジョン》の庭を通り、崇文堂《スンムンダン》の近くにやってきた頃、古宮内のあちこちの大木に設置されたスピーカーから案内放送が流れ始めた。

——観覧客のみなさまにご案内申し上げます。間もなく閉園時間となりますので、ご入場のみなさまは漏れなく出口からご退園いただきますようお願いいたします。

案内放送は三、四回続いた。彼らのように遅く入場した何人かが名残惜しそうに振り返り、歩いてきた道を引き返し始めた。行くことのできなかった向こう側の風景を心残りに思いながら戻ろうとすると、ゴンが彼女の腕をつかんだ。

「帰らないって言っただろ。ついてきてください」

ジンソルは目を大きく見開いた。

「ほんとに？　冗談じゃなく？」

「冗談じゃなく」

彼はくすくす笑うと、ジンソルを連れて反対側にある丹青《タンジョン》〔木造建築に使われる伝統的な装飾。青、赤、黄、白、黒の五色をおもに使用する〕を施した建物に向かって走り始めた。その勢いに思わず乗せられて走りながら、彼女が笑い顔としかめ面の混じった表情で叫んだ。

「すぐに見つかりますよ！」

「コン・ジンソルがひとりだったらね」

意地悪くからかうゴンは、その瞬間、自信満々の少年のようだった。赤い柱が並ぶ賓陽門《ピンヤンムン》を過ぎて内殿《ネジョン》に入ると、人気のない静かで広々とした空間が彼らを待っていた。石塔と建物の軒が夕焼けの空にシルエットを浮かべ、葉を落とした木々と青々とした常緑樹が、長きにわたって内殿を守ってきた時間を物語っていた。沈んでいく夕方の薄暗さの中で宮殿の庭に敷かれた白い石が奇妙にも目についた。

「隠れるところが……なさそうです。これほど四方が広いのに」

目の前の風景があまりにも静まり返って感じられ、ジンソルはゆっくりと周囲を見回しながらつぶやいた。ゴンが静かに笑った。

「きみひとりくらい隠せないわけないだろ。ぼくの背中の後ろだってあるよ」

温かい彼の声にジンソルの心が穏やかに波打った。ゴンは周囲を見回すと、北側にある殿閣へと彼女を引っ張った。そこは景春殿《キョンチュンジョン》で、裏側には常緑樹が塀までびっしりと並び、小さな森のようになっていた。

「ここで暗くなるまで待ちましょう。見回りが終わるまで」

森の奥へ入り、彼らは地面に並んでしゃがみ込んだ。ふたりの姿は自然に仄暗さになじみ、足元から上がる土の匂いと木が醸し出す特有の香りが周囲に漂っていた。

しばらくして腕に腕章をつけた古宮の管理人が景春殿の庭をざっと見回して通り過ぎた。管理人がいなくなったあとも、彼らはあたりが暗くなるまで森の中でのんびりと待った。そして、ついに用心深く森から出てきたときには、古宮は人影ひとつなく彼らだけの世界となっていた。

「潜伏、成功？」

「イエス！」

ゴンが笑いながら両手を広げると、ジンソルはうれしさのあまりぴょんと跳ね、彼をぎゅっと抱きしめた。魔法のようだった。こんなふうに心やすく彼を抱きしめられるなんて。ジンソルの額の上で、ゴンがにっこり笑った。

「こうやって抱きしめられるなんて。うれしいなあ」

彼女も思わず笑った。古宮は暗かったが、遠く塀の外に空高くそびえ立つ高層ビルが輪郭を光らせて立っていた。古宮のあちこちに、月の光なのか木々に吊るされた非常灯なのかわからない、かすかな光が染みわたるように広がっていた。

ふたりは手をとりあって、ゆっくりと夜道を散策した。風がひどく冷たかったがジンソルはまったく寒さを感じなかった。時の流れなどどこ吹く風と忘れてしまったような夜の古宮が、彼らのために空からとばりを下ろしたような感覚しかなかった。彼らのゆったりした足音だけがかすかに聞こえる中で、ジンソルがふいに口を開いた。

「子どもの頃、わたしの地元には郷校〔高麗、朝鮮時代に地方に設立された国立の儒学学校〕の建物がありました。近所の子どもたちがこっそり入り走り回って遊んで、見つかると追い出されて……。ある日、ひとりの子がこう言うんです。あの郷校に住んでいる人たちがずっとぼくらを見てる。夜になるとその人たちが現れて歩き回るんだ、って」

ゴンは黙って耳を傾けていた。

「子ども心にすごく興味が湧きました。どんな人たちが住んでるんだろう。もしかして、幽霊じゃないかな。そのときからこんな夜の古宮や郷校にいつか入ってみたかったんです」

彼はくすりと笑うと、つないでいた手を離して彼女の肩を包むように腕を回した。

「ずいぶん風が強いな。風邪は肩から入ってくるらしいです。防いであげるよ」

「はじめて聞いた。そんな話」

「おばあさんがしょっちゅう言っていたんだ。風邪の神様が肩をツンと突くんだそうです。今度はおまえだ！　と言って」

ゴンの低い笑い声が耳に入り、ジンソルは幸せな気分になった。肩の上の指の感触が温かく、ぴったりと寄り添って歩きながら伝わってくる彼の体温も愛おしかった。彼女が幼い頃に接することができなかった存在だからか、彼が祖父母の話をするのも聞いていて楽しかった。

「亡くなって長いんですか。おばあさまは」

「十年くらいかな。祖母は自分がもう一度この世にやってくるとしたら、絶対に男に生まれるといつも言ってました。男に生まれて、うちの旦那みたいに世界中のあらゆる場所を飛び回る、と」

ジンソルの口元に笑みが浮かんだ。

「どんな気持ちでそうおっしゃったのか、わかるような気がします」

暗闇の中にこじんまりとしたあずまやが立っていた。古びた木製の階段に足をかけて昇っていくと丹青の軒の下、太い柱の間をひんやりとした夜風が抜けていった。これ以上ない静寂の中でジンソルは静かに風を受けて立っていた。

横でカチャッという音が聞こえて振り向くと、ゴンがライターを点けてあずまやの中にかかる看板を照らして見ているところだった。ライターの火の中、東西南北の方向に四枚の看板が順に姿を現した。五文字ずつ刻まれた漢文を彼がつぶやくように読んでいった。

春水満四澤　春の雨に池の水は満ち
夏雲多奇峰　夏には雲が峰をなす

秋月揚明輝　秋の月の光はまばゆく光り
冬嶺秀孤松　冬の峠にはさびしい松がそびえ立っている
〈陶淵明『四時歌』。昌慶宮内の涵仁亭（ハミンジョン）にある〉

「すてきですね」

「まったく。四季が全部あるね」

彼らは階段の踊り場に腰かけてひと休みした。彼らが座っている場所からは、向かい側にある大殿の楼閣がひと目で見えた。その瞬間、なぜかジンソルはどこかで一度こんなことがあったような気がした。デジャブだろうか。輪廻なんてものをふいに信じることはできなかったが、いつか見たことがあるような、見慣れた不思議な感じに軽く鳥肌が立った。

「こういう場所に来ると心が静かになるのにはやはり理由がありそうです。これまで生きてきてなかなかうまくいかなくてつらかったことや、叶えられずに傷ついたことを思い起こすとき……もしかしたら、次の人生があるかもしれない。次の人生ではもっとうまくできるはず。わたしのものになるかもしれない……そんなふうに思うと慰められるんです。わたし」

ゴンはしばらく黙ってから、淡々と答えた。

「ぼくがほんとうに重大な秘密を明かしましょうか」

ジンソルは膝に頬杖をついて座り、そんなゴンを黙って見守った。

「実は、正しいのは唯物論なんです。人生は一度きり。死んだら土に還る。今の人生で叶わなければ終わり。次を期待するなんてばかげてるよ」

「死んだこともないのにどうしてわかるの。そうじゃないかもしれないじゃない」

「仮に輪廻があるとしましょう。きみ、前世を覚えてる？　なんにも知らないじゃないか。自分が覚えてもいない前世と来世のことをどうして考えるんですか。生きなくちゃならないのは現世なのに」

わずかに笑いながら話す彼の声がほろ苦く感じられた。

「ほんとうに望むことは、現世でやらないとだめだ」

ふいにジンソルが手を伸ばして彼の髪の毛をなでた。ゴンが振り向くとふたりの目が合った。彼女の目の中にかすかな震えが走った。

「キスしてもいいですか」

思わず口にしてしまったささやき。黙って彼女を見たゴンはなんともいえないまなざしでやさしく笑った。

「ぼくに言ったの？　だめです」

ジンソルが言葉を継げないまま静かに見ていると、彼が彼女のほうにゆっくりと体を傾けた。

「……ぼくがするから」

彼の唇が近づいてくるのを見たジンソルは思わず目を閉じた。闇の中でゴンの温かな唇が彼女の唇にかすかに触れた。なぜだか胸が痛むような……ときめきさえ思いきり感じることのできないキス。一瞬の嘘のように短いぬくもりを残して消えたキス。悲しみがさざ波のように胸に広がり、ジンソルは泣きたくなった。

頭を垂れたゴンの額がジンソルの額に触れた。彼の心がわかればいいのに。今みたいな友好的で温かいだけのキス。心づかいと思慮深さにあふれたキスの意味がわかりさえすれば。それでも、この男もやはり動揺しているのだとジンソルは感じた。手を伸ばして彼をつかみたかったができなかった。向こうから近づいてこないなら、彼女が引き寄せたところでなんの意味があるだろう。

ゴンはジンソルの額にそうやって寄りかかったまま、なにやら考えに沈んでいた。やがて、彼自身にもどうしようもない感情で、息を深く吸うこともできずにいる彼女の額と頭に何度もキスをした。その温かい息はそのまま唇を求めて下りてきた。そして、今度は離れなかった。唇の奥の濡れた感触まで伝わる、ゆっくりと柔らかなキス。ついにジンソルの唇が開くと、彼は彼女の頬を包みこみ、しっとりとした口の中へ深く入ってきた。彼女の心臓が早鐘のように打ち始め、階段についていた手にも自然に力が入った。あごに当たるゴンの手が熱かった。

愛なのでしょうか。

ジンソルの心が問いかけていた。この二回目のキスはあなたの愛なんですか。そうでなければ、結界の中にいるような古宮の闇が作り出したこの瞬間だけのことなのでしょうか。

ゆっくりとキスを止めて、ゴンは顔を上げた。月の光も感じられない暗さの中でジンソルは疑問に満ちた視線で彼を見上げていた。まだ、彼の気持ちを尋ねるときではないと思いながらも、心にいっぱいのやるせない問いかけを振り払うことができなかった。そんな彼女をゴンは暗い表情で見下ろしていた。

「ぼくが前に言ったことを覚えていますか。ぼくは愛する人ができたら……離れたりせずに抱きしめて、手をつないで歩くと。自分の恋人にはそうすると」

ジンソルはわずかにうなずいた。

「ぼくは欲望を隠したままむやみに行動するような奴じゃないんだけど、今日は一日、なぜかあなたにさわってました。仁寺洞の茶房でも肩に腕を回したし、ここでも抱きしめて、自分でもよくわからないけれど、とにかく手が動いてしまった」

ゴンは低くため息をつくと、ジンソルから少し離れ指で髪をかき上げた。

「最近、いつも一緒にいるよね。昼間は職場で会って、仕事が終わればふたりで過ごして。あなたから原稿を書く時間を奪っているとわかっているのに。今朝も自分の部屋を出るときから……ジンソルさんがやりたいことをひとつは一緒にしてあげたいと考えたんです。あのスケジュール帳に書いてあった中から。ああ、ちくしょう」

彼は少しさびしそうに笑った。彼女のほうを見ないままで。

「なにが愛かはわからないけど……これが愛でないなら、なんだっていうんだよ」

ジンソルの目に露のような涙がにじんだ。なにが愛かはわからないけど……愛でないなら、なんだっていうんだ。愛でないなら。

膝に頬杖をついて座り、彼女はあづまやの階段の下、白く浮かぶ敷石を見下ろしていた。彼はわたしを愛し始めた。彼女はわかった。怖くもあったが、それでも幸せだった。どうしてこんなに胸が苦しいのかわからないが、つまらない幻想であったとしても、吹き抜ける風が風車の羽を弄ぶようなものでも、一度くらいは信じてみたかった。彼のキスと抱擁を。彼が始めようとする愛を。


「それで、塀から飛び下りたの？　怪我しなかった？」

「うん。しなかった」

消毒薬の臭いが残る十六階のトイレ。ついたて越しに日差しが入るガラス窓の横の空間は、普段は掃除をするおばさんたちが暇を見て休む場所だった。床面が個室ひとつ分ほど高くなっていて、シートと座布団が敷いてあり、大人ふたりが隠れんぼするように座ってひそひそ話をするのにぴったりの場所だった。きれい好きのおばさんの性格のおかげで、猫の額ほどの空間には案内デスクに生けた残りの半端な花が何本かリサイクル瓶に差してあった。

あの夜の昌慶宮脱出記を思い出しながら、ジンソルの口元にはにっこりと笑みが浮かんだ。

「昌徳宮《チャンドックン》のほうにつながる塀はすごく低いの。大人の背の高さよりも少し高いくらい。木に登って上がるのがちょっと大変だったけど、飛び下りるときはあの人が下で受け止めてくれたから」

「はいはい。ごちそうさま」

ガラムは鼻で笑いながらも、目下、恋に落ちて浮かれている友だちを見ているのが嫌ではなかった。なによりも、小心者のコン・ジンソルが自分の気持ちを彼に告白したと聞いて誇らしいような気持ちだった。しかし一方でなんとなく心配でもあった。

「あなたが先に愛してると言ったんだから、なにか確信を持てることがあったんでしょう。ゴンディレクターもあなたに好感があると思えたんだよね」

窓の下に設置された銀色のスチーム暖房機に背中を預けて座っていたジンソルは静かにうなずいた。

「うーん。正直なところ……わたしを好きなんだとは思う」

「そうか。ふたりが同じような立場で付き合ってても、お互い違うところに惹かれることはあるよね。先に惹かれたほうがちょっと損だけど、まあ、あなたから告白してうまくいってるんだから悪くはないか。がんばってみなよ」

ガラムがにっこり笑い、警告するように言った。

「でも、よく覚えておいて。恋愛は不等号になってはだめ。イコールでないと。損する商売はしないでね。片想いの期間が長くてもいいことはないよ。恋愛は活力になるけれど、片想いは消耗戦。わかってる？」

ジンソルは笑い返しただけだった。ガラムが心から忠告してくれたのはわかるが、それほど心に響かなかった。人はそれぞれ価値観が違うから。ジンソルは、ただそう思った。

小走りの足音とともにチェ作家がトイレに入ってきた。眉間にシワを寄せて洗面台の前に立ち、吐き気をこらえながらティッシュペーパーで口を押さえ、じっとしていた。それから水道の水を出して口の中をすすいだ。

「先輩、気分が悪いの？」

見守っていたジンソルが尋ねると、チェ作家はそんな状態でもいたずらっぽく、わざと陰険そうにふふふと笑ってみせた。

「さて、どうでしょう。もっとも、ひとりものの想像はその程度だろうけどね」

「どういう意味ですか」

鏡の中で目が合った瞬間、ジンソルとガラムは同時に声を上げた。

「先輩、妊娠したの？」

「そうともさ」

ガラムは笑いと驚きの混じった声であきれた。

「ええっ。ずいぶん不注意な！」

「あんた、それがお祝いの言葉？」

「めでたいはめでたいけど、先輩、すぐに四十でしょう。今でもそんなに夫婦仲がいいってこと？」

「夫婦仲がよくて妊娠したと思う？　避妊に失敗したの。結果的にはよかったけど」

チェ作家は洗面台に尻を載せて座ると、ひなたぼっこをしている後輩たちに向かって機嫌よく笑った。長男が小学生だから、二番目が産まれると歳の差は十歳以上になる。

「でも、最初の子のときとは明らかに体の調子が違う。年はごまかせないね。夫は仕事を辞めろと言いながらやきもきしてる」

「むしろよかったじゃない。それを言い訳に休んだらいいですよ」

ガラムがにこにこしながらあおったが、チェ作家はばかなことを言うなという顔をした。

「そんなことして喜ぶのは誰だと思ってんの。これを機会にわたしを家に縛りつけようとする下心が見え見えなんだから。ところでふたりはそこでこそこそ、なんの内緒話？　イ・ゴンさんの話でしょう」

ジンソルは少し驚いた。彼女がなぜ知っているんだろう。チェ作家は人のよさそうな笑いを見せながらからかった。

「わたしたちみんな目も耳もついてるんだよ。見たらわかるでしょう。付き合ってると噂になってる。おめでとう。お似合いね」

「そこまで正式に付き合ってるわけじゃないんだけど」

「内部の進行具合はふたりの問題として。外から見てるぶんにはいい感じってこと。わたしはイ・ゴンさんもジンソルさんも好きだから、ふたりの話を聞いてよかったなと思った」

チェ作家が温かい気持ちで励ましてくれているとわかり、ありがたかった。そうか……。作家室に戻って『花馬車』の会議資料をプリントしながらジンソルはよくよく考えてみた。たぶん、先週終わった開局特集番組の準備のため、いつにも増して一緒に行動していたせいかもしれない。もともと社内カップルの噂というものは報道資料を撒いたようにあっというまに広がるものだ。

しかし、やはり噂が届かない場所はあった。

「ジンソルさん！　ドライブ行きましょう。ぼく、新しい車に買い換えたんだ。まだ、見てないだろう」

会議のため階段を上ろうとした途中で十六階のエレベーター前にがやがやと立っている技術部の社員の中にいるホン・ホンピョとばったり出くわした。彼が最近、発売されたばかりのほっそりとしたボディが自慢の新型車を買ったことはとっくに知っていた。機械と自動車マニアの彼が事務所で会う人ごとに自慢する声が、部屋の隅にあるコピー機の前にいても聞こえていたのだ。

「どうしましょう。行けそうにないですね」

「えー。どうしてですか。ふたりで行くのがなんだったら、友だちはいないかな。結婚してない友だち。一緒に行ってもかまわないよ」

あまりにも無邪気な本音がのぞき、ジンソルは笑い出した。手を後ろに組んで横に立っていたパク委員が重々しくホン・ホンピョをたしなめた。

「きみはどうしてそんなに空気が読めないんだ。相手のいるお嬢さんにそんなこと言って」

ジンソルの顔がぱっと赤くなった。六十をはるかに過ぎた技術委員にまで噂が届いていたとはまったく予想してなかった。制作部の話が技術部にまで伝わっているとすれば、知らない人などいないことを意味した。

「相手、ですか」

「そう。イ・ゴンディレクターのことだ」

ホン・ホンピョは、それこそ寝耳に水の顔で驚いて、はっと彼女を振り返った。

「まさか！　違いますよね。ジンソルさん。そんなはずがない」

「なにが、そんなはずないんですか」

救援兵のように現れたあの平然とした声。ゴンがスケジュール帳を持って、彼女の横に近づいた。

「きみ、ちゃんと言ってくれ。ほんとにジンソルさんとカップルになったのか。ほんとか」

ゴンがにやりと笑ってみせたところで、チーンという音とともにエレベーターのドアが開くと、彼は親指で指し示した。

「先輩、エレベーターが来ましたよ」

「なんだよ、今、そんなことが問題か」

先に乗った技術委員たちがチッチと舌打ちしながら呼んだ。

「おい、ホン、早く乗れ」

「あ、はい！」

ホン・ホンピョはばたばたと乗りながらもゴンに向かって眉をしかめてみせるのを忘れなかった。ドアが閉まる直前、彼の口が冗談のように「裏切りだ！」と動き、警告を送ってきた。

「噂になってますよ」

ゴンと一緒に階段を昇りながらジンソルは咳払いでごまかしつつ言った。もしかして彼が他人から関心を持たれることに神経をとがらせているのではと気にかかったからだ。

「ぼくも聞きました」

さばさばと答えるゴンはなんてことなさそうな顔をしていた。まったく気にならないという態度。ジンソルは彼の背中についていきながら、持っていたファイルでさっと口を隠して声を出さずに笑った。正直に言えば、今、この瞬間、彼女は幸せだった。作家室の同僚たちがしばらくは面白半分にからかうだろうが、長くても数日だ。少しくらい恥ずかしいのがなんだというのだ。いっそのこと、わたしは楽しくて幸せなんです、と言ってしまいたかった。

ロビーの会議用テーブルにファイルを置き、ジンソルは思い出したようにスケジュール帳の間から写真を一枚取り出した。

「梨花洞で選んで持ってきたスクラップの中にこの写真が挟まっていたんですけど、どう見ても歌手ではなさそうです。あなたのおばあさまの写真じゃないですか。若い頃みたい」

彼女が出してきた掌ほどのモノクロ写真をゴンが受け取った。ビロード地の韓服を着た、顔が丸く福々しい女性だった。彼が首をかしげながらのぞき込み首を振った。

「うーん。絶対にうちの祖母ではないな。鼻や口元がまったく違う。祖父が昔、付き合ってた人だろうな」

「まさか」

「いやいや、怪しい。家族のアルバムに貼るわけにはいかないからスクラップの中に隠しておいたんだろう。祖父のやり方はよくわかってる」

ジンソルが笑い出すと、彼もにっこり笑いながら写真を元あったほうへ押し戻した。彼女に持っていてくれというように。

「それはそうとして不思議だよ。祖母より美しいわけでもないのに、なんで糟糠《そうこう》の妻を差し置いてよそ見をしたのかが理解できない」

「ほんとうに。でも、おかあさまが言うには、二番目の孫がおじいさまにそっくりらしいけど」

しらばっくれて話すジンソルの言葉に、彼の眉がすっと上がった。

「それ、どういう意味？」

「意味はありません。ただ、そうおっしゃってたってこと」

彼女は知らないふりをして写真を元あったところに挟み、印刷してきた資料を彼に渡した。心の中でくすくすと笑いながら。こんなふうに意味もなくケチをつけるのも楽しいのだと知った。

ゴンがあきれながらテーブルの下の彼女のジーンズを足でポンと蹴った。

「ひどいな、コン・ジンソル。山に連れていかないからな」

「山？　山ってなんですか」

「もういい。連れていかないんだから言う必要もない」

「言ってください」

「会議の時間です。コン作家。ぼくがこれを読む間、どうか静かにしていてください」

　へそを曲げたまま資料を開くと、ゴンは髪を短く切ったばかりの頭を片手で斜めに支え、彼女が印刷してきた資料を読んだ。すぐに集中し夢中になった彼の横顔をジンソルはため息まじりの笑顔で見つめていた。大人っぽかったり、少年のようだったり、やさしかったり、意地悪だったり。ゴンから立ち現れるすべての姿が、ジンソルには愛らしく思えた。ほんとうに恋の病は深刻だな……と思うくらい。そうやって愛が育つ間に秋は暮れていった。


　十一月中旬の小白山《ソベクサン》の稜線が、屈曲する輪郭として夜空に姿を現した。平地よりもはるかに早く、冬の到来を感じさせる山の空気と気温。録音したテープを渡し、すっかり夜になってからソウルを出発したので小白山のサービスエリアに到着した頃には、あたりはすでに真っ暗だった。

　駐車場に車を停めたゴンとジンソルは光り輝くサービスエリアの建物に入り、熱々のホットバー〔魚のすり身を揚げて串に刺した軽食〕を一本ずつ食べた。時間がとれず夕食を食べないまま走ってきたので小腹が空いていた。ゴンがコーヒーを買いに行き、ジンソルは携帯電話を開けて時間を確認した。九時四十五分。それでも予定より早く着いたほうだった。

「そのホットバー、ひと口ください」

見知らぬ男がすーっと近寄ってきていきなり話しかけたのでジンソルはびっくり仰天した。さっと振り向くと、髭をはやした髪の毛の長い男がにっこり笑いながら立っており、その横では登山服を着たエリが手の甲で口を隠して笑っていた。ジンソルはふっと気持ちが緩み、はあーという声が自然に出た。

「びっくりしたじゃないですか、ソヌさん。もう出てきてたんですか」

「もしかして早めに着くかと思って。一時間前から待ってました」

ソヌが泊まる山荘にエリは数日前からやってきて一緒に過ごしていた。今夜、例年とは比較にならないものすごい流星雨が降るというニュースに、天文学に携わる人はもちろん、一般の人たちの多くも観測の準備をしていた。明かりの絶えない都心ではうまく観測できるはずもないので、ソヌの招待を受けたゴンとジンソルは、山歩きも兼ねて小白山まで来たのだ。

「おい」

コーヒーを手にしたゴンは友人たちを見ると短く声をかけた。二杯のコーヒーをみんなで分け合って飲みながら一行はゴンの車に乗ってサービスエリアを出発した。ソヌの指示に従いサービスエリアから百メートルほど離れたところから入った横道を抜けると、舗装された狭い道路がしばらく続いた。窓の外の暗闇は深さを増し、車はいつのまにかでこぼこした土の道に差しかかった。ヘッドライトの光に鬱蒼とした木々が近づき、次々と後方へ遠ざかった。

「おじさんはお変わりないか」

「相変わらずだ。山荘がすっかり古くなったから、近々、建て替えようと考えているらしい。久しぶりにおまえがくると聞いて待ってるよ」

前に座った男たちの話を聞くとゴンはこれから行く山荘に何度か泊まったことがあるらしい。乗用車がこれ以上入れなさそうなさびしい風景が続いたが、ソヌは慣れた様子で道案内をした。車体をかすめて吹く風の音が耳元でびゅうびゅうと鳴り響いた。

やがて車は明かりの消えたこじんまりとした山荘の庭に停まった。そこまでが車で行ける最後の地点のようで、山荘の屋根の向こうにジンソルには名前もわからない小白山の峰々が威圧的にそびえていた。ここからサービスエリアまで歩いて迎えに来てくれたソヌとエリはたいしたものだと思った。

ドアが開き、黄金色の毛をした犬が一匹、ぶらぶらと姿を現したかと思うと、すぐにかなり年配の男がついて出てきて彼らを出迎えた。ソヌの叔父だった。

「イ・ゴン！　まったくひどいじゃないか。社会生活はそんなに忙しいのか。いったい、何年ぶりだ？」

「申し訳ありません。お元気でしたか」

ゴンは笑いながら五十をずいぶん過ぎて見える主人が差し出した手を握った。山荘の軒にぶら下がった非常灯とふたつほどの窓から漏れる明かりを除けば周囲は完全な闇で、人がいなければすぐに深い静寂に包まれそうな山のふもとだった。

丸太で作った平屋の山荘の部屋にジンソルは荷物を置き、共同の浴室に入って顔と手足をざっと洗った。向かいの部屋ではこれまでソヌとエリが過ごしていたが、彼らが来たのでエリがジンソルと同じ部屋を使うようだった。

食堂と書かれた札のある空間は時の流れが感じられかなり古びてはいたが、落ち着いて温かみのある雰囲気だった。主人とソヌが作っておいてくれた山菜ビビンパで遅い夕食を済ませると十一時。厚い防寒服とニット帽、マフラーで完全武装した彼らは急いで山荘の庭に出た。

「肉眼でちゃんと見えますか。小白山には天文台があると聞いたことがあるような気がするけど」

ジンソルの質問にソヌがにこっと笑った。

「蓮花峰《ヨンファボン》にあるけど、夜は誰もが観測できるわけじゃないんです。それにこれぐらいの位置からなら肉眼でも流れ星はよく見えますよ」

庭の真ん中に置かれた木製の平台に上がって座った。初冬の山の空気は全身が引き締まるほど冷たかったが、厚い防寒服を着て肩から毛布をかけていたのでひどく寒くはなかった。男たちが鉄製の背の低い缶に木の枝と木材の切れ端を入れて火をつけた。七輪のように缶から火があがると女たちの足元の近くに置いてくれた。

「温かいアマドコロ茶です」

山荘の主人がお茶の入った魔法瓶とマグカップを持って現れ、平台に置いた。香ばしいアマドコロ茶を飲みながら待つこと三十分ほど。真っ暗な夜空には無数の星がすぐにでも降り注ぐかのようにきらめいていたが、どれひとつとして尾を引きながら落ちてこなかった。ついにゴンが平台にばたんと仰向けに横たわり、ぶつぶつと不満を言った。

「なんだよ。いつ落ちてくるんだ。気配すらないじゃないか」

「待ってろ。いい歳して気ばかり短くなって」

地面にしゃがみ込み傘をいじっていたソヌがおおらかに言いながら舌を打った。彼は今、山荘の倉庫に転がっていた傘を持ってきて、先についた金具の部分を回してはずしていた。ボルトのように金具が外れるとカメラの三脚穴にくるくると回してはめ込んだ。うまい具合にサイズがぴったり合い、傘を開いて持ち手の部分を地面に刺すとそれなりに見える三脚ができた。平台ではゴンがゆったりと横になって夜空を見守り、エリとジンソルはひそひそとおしゃべりをしていた。

ふとエリがソヌのほうを振り向いて聞いた。

「今日の流星、なんていう彗星のせいで落ちてくるんだっけ」

「テンペル・タットル彗星。一八六六年に撒いた残骸が今日、地球に落ちてくるんだ」

「そうだ。テンペル・タットル！」

ジンソルに説明をしながら名前がまったく思い出せなかったエリが大きくうなずいた。一八六六年とは……。ジンソルは今さらながら不思議な気がした。

「約百四十年前に撒かれた流れ星を今、見るんですね」

彼女の背中からゴンが答えた。

「あそこに見える星の光だって何万光年もの距離を飛んできてるんだろ。三万年前に出発した光をようやくぼくたちが見るんだからな。偶然にしてもものすごく時間がかかってる」

「運命でしょ」

エリが笑いながら言った。ソヌがうなずき、平台にいるジンソルに気づかいながら親切に尋ねた。

「明日はなにがしたいですか。山歩きがいいか釣りがいいか……ジンソルさんが選んでください」

「ここには釣りのできるところもあるんですか」

「丹陽《タニャン》のほうに行けば貯水池があります。そこに行ってみんなで鶏の甘辛煮を作って食べましょうか」

聞いていたエリが割り込んだ。

「釣りに行ってなんで鶏の甘辛煮を作って食べるの？　魚の辛味鍋を作らないとでしょ」

「鶏を釣ればいいじゃないか。みんなで延々、酒を飲むんだよ。釣竿に鶏がかかるまで」

ソヌがのんびりした口調で言うのでみんなで声を上げて笑った。山の風が冷たく吹き、外気にさらされ頬が冷えたジンソルは毛布から手を出して顔を包んだ。ソヌがあ、そうだ、と言葉を続けた。

「そういえば、その貯水池に伝わる話があるんだ。ちょっと怖いんだけど」

「どんな話ですか」

「そこは水没地区なんです。以前はさびれた村がありました。村が水に沈むことになり住民は立ち退くように言われたんですが、あるおばあさんだけが出ていかないと言い張ったそうです。戦争に行っていつか帰ってくるはずの息子がいるのに、家がなくなってしまったらどうするのかと」

ジンソルは両頬を包んだまま座り黙って聞いていた。

「どんなに説得してもだめで、しかたなく水門を開けたそうです。おばあさんは縁側に座って布をやわらかくするための砧《きぬた》打ちをしたまま水に沈みました。その後、貯水池に来た釣り人たちが、ときどき、その音を聞くそうです。砧を打つ音を。トントン、トントン……」

ソヌの目は笑っていたがジンソルは笑うことができなかった。

「怖いというか……悲しい話ですね。それなら山歩きにします」

「あ、落ちる！」

突然、ゴンが叫んだので、彼らは夜空を見上げた。今まさに流星雨が始まったところだった。

北斗七星の近くの獅子座からすーっと尾を引きながら三、四個の流れ星が一瞬のうちに落ちてきた。

信じられないことに、午前零時を過ぎると空に固定されていた星がばらばらと軌道から離れ始めた。ゴンとソヌは代わる代わる写真を撮ったり、自分たちだけでなにか言葉を交わして笑い合ったりしていた。

長く忘れられないような夜空だった。山荘の台所から持ち出したビールを一緒に飲み、笑い合い、話をしながら見守った二時間あまりに、二百個以上の流星雨が流れて落ちた。ときには、目の前で目撃した現象がまるで幻影のように感じられることもあるのだと、ジンソルは気づいた。

鉄缶の薪が燃え尽きて灰になる頃、夜空に黒い影を描きながら群をなして移動する渡り鳥を見た。先頭を行く親分のあとを二筋に並んだ冬の渡り鳥が夜にまぎれて飛んでいった。月ははるか遠くに浮かび、まっすぐに落ちる白い流星雨を横切っていく鳥たちの羽ばたきがはっきりと見えた。


オンドル〔床暖房〕部屋の薪を燃やす焚口に近いあたりは、ぐらぐらと煮えるほど熱かった。寝巻きに着替えたジンソルとエリはそれぞれ敷布団を敷いて布団に入った。ジンソルが枕元でスケジュール帳を開いて一日を振り返っている間、エリは糠《ぬか》を入れた細長く四角い枕を抱きしめジンソルをじっと見つめていた。

「ジンソルさん、額がすごくきれい」

ジンソルは布団の向こうにいる彼女に笑いかけた。

「わたし、前に仁寺洞で何度かエリさんを見ました。ソヌさんといつも一緒にいる姿を。最初にエリさんを見て、ほとんどひと目惚れしたくらいなんです」

「ほんと？」

エリは体を半周させ、肘の下に枕を挟んでうつ伏せになった。目に好奇心が漂っていた。

「わたしたちを見たってことですか。どうでした。最初の印象は」

「うーん。エリさんはほっそりした美人で情に厚そうな感じ。そして、ソヌさんは……ちょっと気難しそう？」

自分の言い方がどう聞こえるかわからず、ジンソルは決まり悪そうにボールペンで耳元を二回ほどこすった。エリは繰り返すように「気難しそう……」とつぶやいた。しばらく彼女は音も立てずに考えにふけっており、ジンソルは無心でメモを書きつけた。

「わたしね。ときどきソヌのことを、やって来る星を間違えた人みたいに感じるの」

ジンソルはペンを止めた。エリは枕に頬をつけて楽な姿勢でうつ伏せになっていた。長い髪を肩の線に沿って柔らかく垂らした姿で彼女は独り言のように付け加えた。

「だからなにも強要できない。ソヌがやりたくないことや性に合わないことを無理にやれとは言えないんです。そうしたくもないし……」

しばらく、ふたりの女は沈黙した。エリがなにを思っているのか、そのすべてはわからないとしても、ジンソルは彼女を抱きしめたくなった。気分を変えるため、話題を変えた。

「ソヌさんを好きになったきっかけは？」

エリの顔が明るくなり笑みが浮かんだ。

「二十二のときでした。キャンパスの芝生で日光浴をしていたら、通りがかりのソヌがわたしを見て近づいてきてすっと立ち止まったんです。そして、こんなことを言いました。おまえ、来世でもおれと付き合おう。すごくすてきで、すっかり心を持っていかれました」

ジンソルはにっこり笑った。エリも恥ずかしいのか、くすくす笑ってからさっと鼻筋にシワをよせた。

「でも、ゴンはわたしたちが生まれ変わりについて話しても、まったく冷めた反応なんです。そんなことに関心を持つのは無意味だと思ってます。あの人はときどきものすごく冷たいときがあるの」

「知ってます。そうだけど……ほんとうは心の弱い人みたいです」

ジンソルが静かに言った。

「ゴンのこと愛しているんでしょう」

「はい」

ジンソルは短くうなずいた。エリは共感できるところを見つけてうれしかったのか、小さくため息をついた。

「愛している人がいるから……ジンソルさんもわたしの気持ちがわかると思います。ヒヨンには、どうしてひとりの男ばかりを見て生きてるの？と言われるけど。実はわたし……昔、見た映画で忘れられない場面があるんです。『グラン・ブルー』という映画見ましたか」

「見ました」

「あのエンディングで男が自分の子どもを身ごもった女を置き去りにして海に潜ろうとするじゃないですか。女は行かせたくなくてわっと泣くんだけど……男は涙ぐみながらどうか行かせてくれと言う。結局は彼女が彼の手を離すんですよね」

真っ暗な夜、深く青い海を背景にしたそのエンディングがぼんやり記憶の中から浮かび上がった。エリはさびしそうに笑いながら言葉を続けた。

「水の中に降りて、イルカと会ったときの男の表情の幸せそうなことといったら……。女が言ったでしょう。彼の心臓の鼓動はイルカのようにゆっくりだと。あの言葉が耳から離れません。愛してるのに……冷たい水の下に行ってしまう姿を見送るしかない女の気持ちを、わたしはいつも思い出します」

夜が更けていった。エリが目をこすりながらあくびをし、ジンソルはスケジュール帳を閉じた。エリはすぐに布団を引き寄せて寝ようとした。

「おやすみなさい。ジンソルさん」

「おやすみなさい」

電灯のスイッチを切り、真っ暗な中で枕に頭を置いて横になったが、ジンソルは眠れなかった。横からエリの寝息がかすかに聞こえた。彼女が使っている香水だろうか体臭だろうか。石鹸のようなうっすらとした香りが感じられた。暗さに目が慣れると、横向きになって眠り込んだエリの姿が窓から忍び込んだ月の光に照らされていた。だから……あなたは夜ごと枕元であの人を見守るのですか。ジンソルは声を出さずに尋ねた。あなたの指先にあった鳳仙花の汁の跡はもう消えてしまったけれど、あなたは来年の夏もまた、染めるのですか。

なかなか眠れそうにないのでジンソルは布団から起き上がり、厚いパーカーを着てそっと部屋から出た。熱いお茶でも飲もうとサンダルを履いて冷気が漂う廊下に出ると、すぐに体がぶるっとふるえた。山荘の食堂には明かりがついていて、ゴンがひとり台所でコーヒーを淹れていた。

「眠れませんか」

ドアを開けて入ってきたジンソルを見てゴンが聞いた。

「ええ、慣れない場所だからみたい」

「よかった。コーヒーを飲もうとしてたんだけど、ひとりで飲むのはさびしかったから」

彼は二杯のコーヒーを持って、ジンソルが座っている、ところどころ塗りの剥げた鉄製のテーブルの前に近づいた。食堂の床は白いセメントで、壁紙の貼られていない灰色の壁には名前も知らない乾いた木の実と埃をかぶった額縁がふたつほど、簡単な道具などがかかっていた。いくつかの古いテーブルと椅子の間に置かれた背のないプラスティックの補助椅子だけが暗めの電灯の下でひときわ明るい色に目立って見えた。

「つらくないですか」

彼女が静かに尋ねた。

「なにが？」

「なんとなく」

そんなジンソルをじっと見つめたゴンは少し厳しい表情になった。

「ばかだな」

彼の低い声が彼女に心にひと言の慰めのように響いた。

「つらい気持ちがあったら自分ひとりで耐えるよ。わざわざあなたを連れてきたりしません。同じ気持ちになんかさせないって。ぼくはそこまで理性を失った奴でも、頭の悪い奴でもないぞ」

「ごめんなさい」

「悪いと思ったら二度とそんなことは考えないでください」

湯気の上がるコーヒーカップを両手で包み、ジンソルは黙ってうなずいた。ゴンがにやりと笑うと穏やかに言った。

「正直に言いましょうか。最近、ぼくは目の前にコン・ジンソルという女性がいて、すごくうれしいんです。あなたと一緒にいるほうがはるかに楽しいし、気分がいい」

はるかに楽しいし、気分がいい。彼女の心の中でゴンの声が録音のように繰り返された。そんなふうに言ってくれてありがたいけど……ジンソルはかすかなため息を飲み込んだ。それだけなのかな。楽しくて、気分がいいだけ。今こんなことを望むのは欲張りなのかもしれない。でも、一度くらいは聞きたかった。愛しているという言葉を。ゴンが口にしたのは、この前、夜の古宮で聞いた「これが愛でないなら、なんだっていうんだよ」という、温かくもどこか自嘲的に響く言葉だけだったから。

かっこ悪いよ、コン・ジンソル。彼女は視線を下に向けたままコーヒーをひと口飲み、口の中でつぶやいた。どうしても口にしてくれなきゃだめというものではないと、考え直した。必ずしもそれが重要ではないと。愛にはいろんな形があり、すべての人の愛がみな同じ形、同じ色であるはずがないから。ゴンにも、彼なりの歩幅と速度があるのだと思いたかった。

食堂の隅にうずくまっていた犬の黄金《コガネ》が人間たちはなにを食べているのか見てやろうといった様子でそっとセメントの床を歩いて近づいてきた。テーブルの下に来ると特にしっぽを振るでもなく鼻だけをひくつかせた。ゴンは犬のあごをつかむと近くに引き寄せた。

「こっちに来い。どれ、見てやろう」

彼は犬の耳を順にひっくり返して中を見てから、口を左右に引っ張って上下の歯を光に向けて調べた。

「おまえもずいぶん歳をとったな。どうしよう、こいつの食べるものがないな」

ゴンはコガネの耳の間をごしごしと掻きながら撫でた。犬は言葉がわかるのか食卓を一度のぞく音もなくゴンの足元にしゃがんでうずくまった。

「なにを考えているんですか」

黙っているジンソルに向かって彼が尋ねた。

「うーん……さっきの貯水池の話です。思い出してしまって」

「ああ、水没した村？　その砧の音なら、ぼくも聞いたことがあります」

ジンソルは少し驚いてゴンを見た。

「ほんと？」

彼が短くうなずいた。

「学生時代にソヌと旅行がてら奴の故郷に行きました。村の敷地が水に浸かり、ソヌが生まれた家も沈んでしまったらしい。貯水池で一緒に釣りをしていたら、たしかに砧打ちをする音が聞こえました」

「不思議ですね」

ゴンはわからないというように肩をすぼめた。

「もっとおかしなことだってこの世にはいくらでも転がっているけどね。あたりを見渡してもそんな音がしそうなところはありませんでした。たしかに水の下から聞こえてくる音だった」

「怖くなかったですか」

「聞いた瞬間はちょっとぞくっとしたよ」

ゴンがおもしろそうにははは と笑った。彼の言葉どおり、この世の中に信じられないことがたくさんあるとはいえ、ジンソルはそれでも不思議な気がした。食堂の窓から見渡せる山奥の夜空はいまだ暗く、流星雨も途絶えて久しかった。耳の中で耳鳴りがするかのような静寂。ある村を眠りにつかせた、あふれるほどの水の音と布を叩く音が幻聴のように聞こえてきそうな夜だった。

晩秋の山の尾根に広がるススキの銀色の波はまさに絶景だった。人の背の高さくらいあるススキの野原をかき分け傾斜した険しい道に沿った山歩きは、日差しに輝く銀色の花穂が頬や肩をひっきりなしにかすめる、くすぐったくて気持ちのよいひとときだった。リュックを背負って颯爽と前を歩く男たちのあとを少し遅れてふたりの女がついていった。

ススキの野原を両手でかき分けながらどれだけ歩いただろうか。下り坂になった林道にソヌが入り、しばらくすると一行の前に松林の後ろに恥ずかしそうに背を向けて立つ古い丸太小屋が現れた。太くざらついた丸太の端を合わせて互い違いに積み重ねて作った壁、今にも落ちそうにぐらぐらした門扉《もんぴ》から、ひと目見ただけでもかなり昔から風雪に耐えてきた家だとわかった。

彼らは休むためにリュックを下ろし、小屋の敷地に投げ下ろした。久しぶりにきつい運動をしたジンソルも乱れた呼吸のまま丸太小屋の横にある大きな岩に座って休んだ。持参の水をみんなで気持ちよく飲むとソヌが友人たちを見回し、にっこりと笑った。

「実は……何日か前にひとりで山歩きをしていてこの家を見つけたんだ。そしたら、いきなり記憶が戻ってきたよ」

「なんの記憶だよ」

ゴンがジンソルの足元に座ったまま軽い調子で尋ねた。

「前世でおれがこの家で暮らしていたという事実を、だ。かわいい花嫁さんと一緒に」

エリがあきれた顔でそんな恋人を鼻で笑った。

「まあ、そうでいらっしゃいますか。どれくらいかわいい花嫁だったの」

「口では表現できないよ……台所の釜で食事を作るのを見ながら、空から仙女が降りてきたのか、タニシの花嫁〔田んぼで拾ってきたタニシが知らないうちにご飯を作ってくれるという昔話の主人公〕が現れたのか……と思ってた」

冗談であるとわかりつつもエリは少しつむじを曲げてしまったようだ。どことなくふてくされた顔で座る彼女の手をソヌがつかんで立たせた。

「台所に行こう」

「嫌。なんでわたしが行かないといけないの」

「行こう。嫁さんが使ってたものがある」

ぶつぶつ言いながらもエリはソヌの手に引かれ丸太小屋の薄暗い台所へ入っていった。少しして……あ、というエリの声が聞こえ、気になったゴンとジンソルもふたりのほうに行ってみた。

ひと筋の日差しも入らない台所は、長い間、打ち捨てられていたため床のあちこちに土埃と折れた木の枝が散らばっていた。火が消えて久しいかまどには埃の積もった釜がかかり、エリが開けたばかりの蓋が斜めに置かれていた。エリは釜の中からなにかを取り出したところだった。それは薄暗い空中できらきらと金色に光っていた。

「指輪ね」

ソヌが指輪を受け取り、彼女の左手の真ん中の指に丁寧にはめた。

「ぴったりだ。おまえのだったんだな」

エリはしばらく言葉を失っていたが、すぐ目に涙をにじませた。ソヌは恥ずかしそうににっこり笑った。彼女がどんなに喜んでいるか心底わかったジンソルは自然とうれしさに浸った。彼らの雰囲気を壊さないようにジンソルとゴンは外に出て席をはずした。太い木の下に仁王立ちになったゴンはぶるっと体を震わせながら首を振った。

「これまで何年もの間、あののんびり屋がいったいどうやってプロポーズをするのかと思ってきたけど、まさかあそこまでするとは思わなかった」

「どうして？　ロマンティックで誠意があって感心したな。前もって指輪を置いておいたんでしょう」

「見ててこそばゆいだろう。まさかあなたもあんなプロポーズをしてほしいんですか」

ジンソルは笑いを抑えながらわざと澄ましてあごを上げた。

「まあ、あそこまでしなきゃだめってことはないけれど、恋愛はイベントだからなあ」

「結婚は特集で？」

軽い皮肉まじりだったが、実際のところゴンも楽しそうだった。長い間一緒にいた仲間の愛がようやく実を結びそうで安心したのだろうか。

丸太小屋の裏には木々で鬱蒼とした傾斜に沿って渓谷の水が流れていた。山を流れてきた水はとても冷たく、彼らは汗をかいた顔をさっぱりと洗った。ゴンが少し離れたところに座って手を洗っていたソヌにぱしゃっと水をはじいた。ああ、冷てぇー、冷水を浴びたソヌも両手いっぱいに水を跳ね上げ、ゴンに向かって続けざまに浴びせた。男たちがくすくす笑いながら悪ふざけをする中、女たちは濡れないよう少し離れたところに移動して座った。

すべてがこのままであってほしいと思える瞬間。水は冷たく、うなじに差す日の光が暖かく感じられる山での時間を彼らは楽しんでいた。もしかしたら幸せなのかもしれなかった。みんながこのまま、それぞれのいるべき場所にさえいられたらとジンソルは思った。自分の愛だけでなくエリとソヌの愛も幸せであるようにと願った。

「あ、冷たい！」

突然、うなじにかかった水のせいでジンソルは驚き飛び上がった。ゴンが彼女にふざけて水をかけ、ははは、と笑っていた。なにするんですか、笑顔で彼をにらんだもののジンソルの心はときめいていた。そして笑い声を上げ騒ぐ彼らの横でこんなことを考えた。愛し合う恋人たちも、いまださまよい続けているような彼も、そんなゴンを愛している自分も、完璧でないからこそ、これからもっとよいほうに変わっていくだろうと。自分はゴンをもっと愛するだろうし、いつも欠点だらけだと感じていた彼女自身のこともまた、もっと愛することができそうだった。十一月の、あるすてきな日だった。

7

十二月。

麻浦《マポ》の街。ビルの裏通りの日陰に初氷が張った。年末が近づき、時は体感するまもないほどの勢いで流れ、一年を締めくくる人事考課の時期になった放送局の雰囲気は、どことなく落ち着かなかった。

昇進とポストの問題はもちろんのこと、さらに関心を集めているのは、現在、全体を統括する地位にいるキム局長が押され気味という噂だった。そうなると、これまでそれなりにバランスが保たれていた勢力争いにウソン組が敗れ、デホ組が浮上する見込みと言ったらよいか。制作部の実力者ペク部長がキム局長にとって代わるのではという予想が正社員たちの間を飛び交い、作家室とリポーター室、フリーランサーたちの関心も自然とそこに向かった。仕事面だけでなく、いかなる場合でも人間関係は無視できなかった。

録音済みの放送が流れる木曜日はジンソルが部屋の隅々まで大掃除をする日でもあった。久しぶりに窓を開け放し、片付けを始めてしばらくした頃、電話のベルが鳴った。ベランダで布団をはたいていた手を止めて出ると、普段とは違って力ないチェ作家の声が聞こえた。

「ジンソルさん、悪いんだけどお願いがあって。わたしの原稿、三日分だけ代わって書いてもらえないかな」

「先輩の原稿って『映画音楽室』のこと?」

「そう。わたし今病院なの。明け方に調子が悪くなって夫と一緒に来たんだけど、流産の兆候があるんだって。三日くらい入院して集中ケアをするらしいの」

「ええっ。大丈夫?」

初産から十年以上経って第二子を妊娠したチェ作家の体に無理がきたようだった。ジンソルはすぐに頭で日程をチェックした。『幸せ』『花馬車』の原稿に加えて三日分の『映画音楽室』か……。かなり大変できついスケジュールになりそうだが、急で断るのが難しいうえに、チェ作家は普段から慕っていた先輩だ。進行表をメールで送ってもらうことにして、コーナーについてあれこれ尋ね、電話を切った。それから、もう一度電話をかけた。

「わたしです。今晩、出かけるのは無理そうです」

「どうしたの」

ジンソルとゴンは仕事のあと、二日に一度ずつ、放送局やウソンアパートの近くで夕食を一緒に食べ、お茶を飲むかビールを一杯飲む程度の軽いデートを重ねていた。しかし、今日から三日間はその習慣をストップする必要がありそうだ。事情を聞いたゴンはわかったとあっさり言って電話を切った。

掃除をだいたい終えると日が沈む頃だった。すぐにコンピューターの前に座って書き出し、

『幸せスタジオ』の原稿を終えると九時頃になっていた。胃がからっぽで夕食を食べ損ねたことを思い出したジンソルは、冷蔵庫を開けた。牛乳が切れ、食べられそうなものもなかったので、彼女は部屋着に上着を引っ掛けてサンダル履きのまま玄関を出た。

ウソンアパート団地に隣接した商業ビルと道路を挟んだ向かいの店は明かりをつけてお客を待っていた。商業ビルのパン屋に入り、閉店時間が近づき五百ウォンずつ値段が下がったパンの中から好きなものをふたつほど選んだ。牛乳も買って会計を済ませて出ると、ふいに向かいの建物の一階のカフェに座るゴンの姿が目に飛び込んできた。ガラス張りの窓辺のテーブルに彼とアン・ヒヨンが向かい合って座り、なにがそんなに楽しいのか笑いながら言葉を交わしていた。室内の明かりは眩しく、彼らの座るテーブルの後ろには早々と用意されたクリスマスツリーが色とりどりのボールとリボンに飾られて立っていた。

「あれは……」

思わずつぶやいたが、ジンソルはただ肩をすくめただけで家に戻った。アン・ヒヨンがゴンにつきまとうのは昨日、今日に始まったことでなく、彼も下心なしに妹のように接しているとわかっていたので特に嫉妬することでもなかったが、とはいえ、あきれたと鼻で笑いたい気分にもなった。

もう一度、原稿を書き出して一時間。『花馬車』を半分ほど書いたところで携帯電話が鳴った。

「どうですか。代打で書いている原稿は順調に進んでいらっしゃいますか」

からかうようなゴンの声だった。どうしても少しつっけんどんな言葉が口から出た。

「どうでしょう。わかりません」

「なんで、わからないの?」

「とにかくわかりません。今、忙しいからデートでも続けてください」

しばし沈黙した彼はすぐになにが起きたか気づいたように大きな声で笑い出した。

「どうしてわかったんですか」

ジンソルの返事がないのでゴンは意地悪く言った。

「なんだよ。先にすっぽかしたのはどっちだと思ってるんですか。あなたとの約束がだめになったあと、ひとりで会社を出ようとしたらヒヨンに食事をおごってくれと言われて一緒に食べただけなのに」

「お茶まで飲んでたじゃないですか」

「ああ、まったく。今知ったけど、コン・ジンソルは駄々をこねるのも得意なんだな。ドアを開けてください」

「え?」

同時に玄関からトントンというノックの音が聞こえた。ドアを開けると、携帯電話と軽食を入れた大きな袋を持ったゴンが目の前に立っていた。

「スムージー、サンドイッチ、チキンサラダ!」

がっかりした気持ちは雪が溶けるように消え、ジンソルはぷっと笑い出した。

彼女がフォークでチキンサラダをつつきながらキーボードを叩く間、ゴンは壁にもたれかかり、床に半分寝そべって本を読んでいた。軽食を配達して帰ると思っていたら、言葉を交わさず一緒に遊びもせずに、ただ彼女の横でそうしていた。しばらくの間、静かな部屋にはキーボードの音と彼が本のページをめくる音だけが聞こえていた。

時計が午前零時を指す頃、ジンソルは困り果てた。資料を引きつつ慣れない原稿を書いていたところ、すっかり行き詰まってしまったのだ。「新作映画キャッチ」は、最新の映画一本を詳しく紹介して劇中の映画音楽を数曲流すコーナーだったが、彼女は最近、まったく映画を見ていなかった。そういえば、数日前、作家室でチェ作家がこの映画について雑談半分であれこれ評していたのを思い出した。

「大変だ」

彼女がつぶやくと、ゴンが読んでいた本から顔を上げた。

「どうした？」

ジンソルはモニターを指差した。彼が椅子の背の後ろに立ち、肘かけに両手をついてモニターをのぞいた。おかげでジンソルはゴンの胸に抱きかかえられるような格好になった。

「この映画見てなくて……あらすじを簡単に説明するんじゃなくて、細かく台詞まで引用しないといけないみたい。どのシーンにどんな音楽がかかるのかのコメントも必要で」

ゴンが肩越しにマウスを奪い、放送局サイト内の『映画音楽室』のページを開いた。事前に告知があったので、リスナーからのメッセージがずらっと並んでいた。今週の「新作映画キャッチ」に選ばれた映画のサウンドトラックから、印象的な場面で流れた音楽を聞かせてください、というメッセージだった。ジンソルが疲れたように、ふーっとため息をついた。

「どうしよう。表面的なことを書いたらすぐにバレてしまいそう」

「そりゃそうだ。最近のリスナーがどれだけ細かいか。見に行こう。そうしないとだめだ」

「今？」

「そう」

ゴンはもう一度検索ページを開いて、映画のタイトルを入力した。上映している映画館を探してマウスで画面をスクロールし、あるところで止めた。

「見つけた！　光化門《クアンファムン》で深夜一時の回があるね。今、行けば大丈夫だ」

彼女は心配そうな顔をして口ごもった。

「でも……見にいって戻ると、原稿を書く時間がなくなりそう」

「それはそのときに考えよう。急いで」

ゴンがにっこり笑って肩をポンと叩いたせいでジンソルの心にも余裕ができた。そうだ。そうしよう。まずは行ってから悩めばいい。

十二月の夜の道には冷たい風がびゅうびゅうと吹き、午前零時を過ぎても都心の道路には多くの車がヘッドライトを灯して連なっていた。毛糸の帽子にマフラーも巻いて車道沿いを歩くと呼吸をするたびに白い息が目の前に広がった。

タクシーに乗って光化門に到着したのは上映二十分前だった。チケットを購入し、ロビーのスナックコーナーでポップコーンをひとつとコーラを二杯買った。ロビーの真ん中では、背の高いきらびやかな大型ツリーが色とりどりの豆電球とボックス形のオーナメントを吊り下げ、周囲をピカピカと照らしていた。深夜映画を見にきた恋人たちが待合室に座ってささやき合う光景を見ていると、年末に近づくうきうきした気分にどっぷり浸りたくなった。

映画は温かく幸せなファンタジーだった。黄色い水仙の花畑がスクリーンいっぱいに広がり、主人公の夢見る幻想は現実となって、驚くような出来事を次々と体験していった。ひとえに映画だからこそ可能な物語だったが、それ自体にリアリティがあり、意外にも現実離れしていない、やわらかな映像の映画だった。

深夜の客席は人が少なかった。肘かけの先にある丸いカップホルダーにコーラのカップを並べて置き、ジンソルがポップコーンの袋を持った。ときどきゴンが手を伸ばしてポップコーンをつまんだ。ふいに彼女が体を傾け、彼の耳に向かって小さな声で言った。

「実はわたし、映画館でなにかを食べながら見る人が嫌いなんです」

するとゴンも彼女の耳にささやいた。

「実はぼくも嫌いです」

「じゃあ、どうして買ったんですか」

「あなたが好きだと思ったから」

ふたりはくすくす笑いながらひと袋食べきり、その合間に、持参した小さな手帳に重要なシーンと音楽をメモした。インストゥルメンタルはわからなかったが、リメイクされたポップスはほとんどゴンが知っている曲だった。

映画が終わったあと、再びタクシーに乗ってアパートに帰ると午前三時をすっかりまわっていた。浴室で手を洗って出てきたジンソルは映画館から持ってきたリーフレットとメモを記した手帳を食卓に広げた。作品についてどう書こうか悩んでいるとゴンが向かいの椅子に座った。

「一緒に書こうか」

「ほんとに？」

「ひとりで無理しすぎてて気の毒だから」

彼が笑う姿がジンソルには救世主のように見えた。ふたりでとりかかると原稿を書く速度がぐっと上がった。やはりひとりよりもふたりのほうがはかどるし、どちらかが行き詰まったときには横から別の表現をさっと教えることもできた。ふとゴンがペンを置いて文句を言った。

「キム・ヒョンシクディレクターは、こんな深夜にぼくが番組の原稿を書いているとも知らずに、ぐっすり眠っているんだろうに。そう考えるとなんだかちょっと憎たらしいな」

「チェ作家のためですよ。ディレクターは関係ないでしょう」

「おい、それは違うよ。ぼくは今、コン・ジンソルのために書いてるんだから」

「わかりました。わかったってば。恩着せがましいなあ」

ジンソルは憎たらしくならないように言い返した。ゴンは自分が書いたばかりの原稿に目を通し、自慢げな顔をした。

「完璧なコメントだな。一度、読んで終わりにするには惜しいくらいだぞ」

「どれどれ、見せてください」

彼女がＡ４紙を奪って読み始めた。

「ふーん。特別すばらしい表現はないですね。詩人といってもずば抜けたものを書けるわけじゃないんだな」

「ほほう。それじゃあ、あなたのを見せてごらん」

ゴンがジンソルの原稿をさっとひったくろうとすると、彼女が稲妻のようにぱっとつかんで急いで椅子から立ち上がった。

「わたし、今から入力します」

コンピューターを置いてある小さな部屋に入ったジンソルは原稿をキーボードで打ち始めた。

どれだけ時間が過ぎただろうか。食卓の前があまりにも静かなことに気づいて出てみると彼はそこにいなかった。電灯の消えた寝室のドアが半分ほど開いていたのでひょっとして、と見ると、ゴンがベッドにうつ伏せに眠っていた。こんな時間まで起きていたのだから、眠くなるのも当然だった。

ベッドの横にしゃがみ込んだジンソルは彼の寝姿をじっと見つめた。閉じたまぶたから伸びるまつ毛が美しかった。彼が自分のベッドで寝ている事実が不思議に思えた。布団をかけ、彼の頭をそっと持ち上げて枕に載せようとするとゴンが夢うつつのまま目を開けた。

「書き終わりましたか」

「自分のぶんは終わりました」

「ぼくのは食卓にあります」

「わかってます。そのまま寝ててください」

「よくやったってキスしてくれないの」

彼の口元に眠たそうな微笑みがかすかに浮かんだ。ジンソルは顔を寄せてゴンの唇に静かにキスをした。ゴンの腕が彼女の腰を包んで抱きしめた。柔らかなキスが行き交い、唇の触れ合う小さな音だけが暗い部屋に響いた。ゴンが腕に力を入れ、いたずらっぽくささやいた。

「このまま、ぼくと寝るのはどうかな」

彼女の頬が暗闇で少し赤らんだが平気なふりをした。

「それもすごくいいけど、『映画音楽室』の録音は午前九時です。八時までに送らないと」

「言い訳しちゃって」

温かく笑ったゴンは、名残惜しそうにしばらく彼女を抱きしめてから手を離した。それから軽くあくびをして目を閉じた。ほどなく彼は眠りに落ちた。ジンソルは床に座ってベッドに肘をつき、眠る彼の姿をしばらく見守っていた。起こさないように気をつけながら彼の髪の毛に指を入れ、静かになでてみたりもした。彼女のかすかな笑みがため息のように染みる明け方のことだった。

日ごとに温度が下がり、ついにソウルに初雪が降った。日々は穏やかながらも、一年の終わりをめがけて飛ぶように過ぎた。クリスマスを翌日に控えた夜。ほとんどの人たちは休日用の番組を事前に録音し、早めに職場をあとにした。ジンソルがカバンを持ってゴンの席に行くと、彼は困った顔で誰かと電話をしていた。彼女に身振りで待っていてくれと伝えると、ゴンはぶっきらぼうな調子でため息をついた。

「わかった。すぐに行く」

電話を切ると彼は考え込んでいるようだった。

「どうしたんですか」

「ちょっと寄るところができました」

ゴンはそっけなく返事をすると席を片付けて立ち上がった。

温かかったビルの外に出ると夜の街の冷たい風が頬をひりつかせるほど吹いてきた。なにかにつけてうきうきするような初々しい若者ではないので、クリスマスイブに特別な計画があったわけではないが、ふたりは当たり前のように今晩を一緒に過ごそうと考えていた。

「三十分くらい待ってもらえますか。ちょっと会う人ができました。あなたがよければ一緒に行ってもいいし」

「待つのはかまわないけれど、誰なんですか」

「エリのお母さんです」

思いがけない答えにジンソルは少し驚いた。彼女のお母さんに、なぜ？　彼らは局から数百メートル離れた交差点の角にあるホテルに向かって歩道を歩いた。

「しばらくエリと連絡がとれないみたいなんだ。このところ仁寺洞《インサドン》の店もしょっちゅう留守にしてて。何日か前にはまた山荘に行ったらしい」

彼が乾いた口調で言った。ソヌが身を潜めるように滞在する小白山《ソベクサン》の山荘に、エリはこの前の秋以降も立て続けに行っている話ぶりだった。後輩に任せた茶房にも最近、二度ほどしか出ておらず、エリの家でなにか問題が起きたらしい。ゴンの雰囲気のせいか、ジンソルはなんとなく嫌な予感がした。

優雅な冬のインテリアで飾られたコーヒーショップに入ると窓際に並んで座っているふたりの女が目に入った。通路側にいるのはヒヨンで、その横にはひと目では年齢の見当がつかない美しい容貌の中年の夫人がいた。彼らが近づくとヒヨンは驚いたのか目を丸くした。

「こんばんは」

「こちらにいらっしゃい。久しぶりね」

席に着くと、夫人がいったい誰なのかとジンソルに目を向けた。ジンソルは短く軽い目礼を返した。

「一緒にいらしたお嬢さんは……」

「今日、ぼくと約束していた人です。お母様が急にいらしたので、一緒に来ました」

ゴンが笑顔を見せながらさわやかに答えた。ヒヨンが不快そうな視線を送ってきたがジンソルはさりげなく無視した。夫人はそれは失礼なことをしたという顔でうなずき、すぐに深くやるせないため息をついた。ヘアスタイルからシックな趣味の身なり、品のあるアクセサリーまで完璧だったが彼女の顔は憂いで陰っていた。

「学生のときからエリを知っているゴン君だから率直に話すわね。わたしはソヌ君に何度も会って話もしたけれど、実際のところ、なにもわかり合えないの。わたしはなんというか、あの青年のことがわからない」

コーヒーショップの店員がメニューを持ってきたのでしばし話が途切れた。みんな、メニューを選ぶ気にもならなかったので簡単にブレンドコーヒーを注文し、夫人はつらそうに言葉を続けた。

「親なら誰でも同じだと思うけれど、わたしも精魂を込めてエリを育てました。ひとり娘で小さな頃から賢くて……。ご存じのように国楽の才能があるのでそちらの道に進めばいいと。演者になるか、あるいはすばらしい青年と出会って幸せになってほしいと願っていました」

ゴンがかすかに笑みを浮かべながら言った。

「エリ、今も幸せですよ。お母様」

夫人はそんなことは断じてないという気持ちを込めもどかしそうに手を振った。

「そんなことはないの。ゴン君。そんなふうに言わないで。国楽専門の高校を出た子が突然、文章を書きたいと専攻を変えたのが禍の元でした。わたしはそれを止めなかったのが心残りでなりません。それが、ソヌ君と出会う因縁につながってしまったのではないかしら」

その表現に気分を害したゴンの顔が少しこわばった。しかし、夫人の娘への悩みは深く、まったく気づかないようだった。

「今日も仁寺洞に行ってみたけれど、アルバイトの青年に店を任せてふたりともいなかったの。先月からソヌは別のところに行っているし、エリだけがちょっと寄って、また出かけてしまったみたい」

「あいつはぼくたちの学校の後輩で、任せても大丈夫な人間です」

「どうかしら。わからない。ほんとうはそんなこと、どうでもいいの。わたしが言いたいのはそのことではないと、あなたもわかっているでしょう」

夫人は気が抜けたように笑った。テーブルを囲む緊張にジンソルまではらはらしてきた。感情を落ち着かせ、暗くなった窓の外を見た夫人が振り返った。ゴンを見る彼女の目元には涙が浮かんでいた。

「わたしも若い人から話の通じない世代だと思われるのは嫌よ。でも、ソヌ君は……正直、わたしはつらいの、あんな人がお婿さん候補だってことが。わたしがソヌではだめだと確信したきっかけはなんだと思う？　何年か前にインドへ一カ月行くと言って出発した人が半年以上も帰ってこなかった。うちのエリがどれだけ気をもんだことか……。わたしが心配すると思ったのか、うわべではなんでもないふりをしていたけど、あのときはまともにご飯も食べられず、やつれてしまって見ていられなかった」

ゴンはなにも言わなかった。彼もそのことを覚えていたから。ヒヨンもジンソルも沈黙していた。夫人は決心したように冷静に抑えた声で言った。

「その山荘がどこにあるのか教えてください。わたしが行ってみるから」

「ぼくが連絡します。山荘に」

「だめ。わたしがその場に行って顔を見て話すわ。帰ってくるのを待つのにも限界がある。連絡先も知らない。教えてよ、どこなのか」

注文したコーヒーが彼らの前に順に置かれた。ゴンは困惑しながらもあまり表情を変えずに微笑んで見せたが、横に座っているジンソルは彼が今、気分を害し怒っていることに気づいていた。彼がテーブルの下に手を下ろし、向かい側に見えないよう静かにジンソルの手を握った。彼女もその手をぎゅっと握り返した。まるでブレーキをかけるような気持ちで、なだめるように。

「約束します。連絡して明日中にお母様に様子をお知らせします。ぼくが」

ゴンは最後までやさしく説得した。夫人はしばらく躊躇していたが、結局、しかたなさげにうなずき、頑なな態度をくずした。

「いいわ。あなたの言葉を信じてもう一度待ってみます。わたし……若い人たちの時間を奪ってしまったみたいでごめんなさい。わかってね」

手をつけていないカップをそのままにして夫人が席を立つと、彼らも一緒に立ち上がった。ヒヨンがあわててコートを手に、あとに続こうとした。

「叔母さん、わたしの車で来たじゃない。送っていくから」

「頭が痛いの。ひとりで帰るわ」

「こんな寒い日に、わたしが叔父さんに怒られます」

夫人はそんな姪の手を振り払い、さびしさいっぱいの目でにらみつけた。

「まったく、あんたも憎らしい。あの子たちをこっそりかばってわたしたちに嘘までついて。顔も見たくないわ。当分、うちにも来ないで」

彼女がコーヒーショップを出て行くと、ヒヨンは心底つらくなったのか椅子にどさりと座り込んだ。そして、ゴンに向かって恨みがましく、もどかしい心の内を吐き出した。

「言い訳にも限度があるのよ。わたしもつらいんだから」

「どんな言い訳をしたんだよ」

ゴンが不満げに言い返した。

「叔父さんは生真面目な昔の人なのよ。将来の婿候補の青年がなぜ浮き草暮らしをしているのか、すぐにいなくなってしまうのか……。結婚してもいい年齢なのにいまだになにも言ってこず、なぜ、顔を見ることさえ難しいのかと、当然、苛立たしく思ってらっしゃるの。家族のそばにいつも一緒にいてくれるような婿を望むのは、常識外れのことじゃないでしょう。叔母とわたしはソヌオッパに、お願いだからそういう人のふりだけでもしてほしいと思ってるの。そんな、ふりを」

「そんな、ふり？」

「そう、ふり！　本心は違っても、しばらくの間、ご両親に調子を合わせたりできないのかな。エリオンニのことを愛しているんだから。愛する女性のためにそのくらいもできないの？」

ゴンの表情がさらに無愛想になった。

「それがあいつのスタイルなんだからどうしようもないだろ」

「スタイル？　そうね。自分のスタイルがある人はかっこいいよね。でも、それを最後まで貫こうとすると、そばにいる人がどれだけ犠牲になるかわかる？」

ゴンは聞き疲れたのか、わかったという調子で言葉をさえぎって言った。

「とにかく明日連絡するからそう伝えてくれ。ジンソルさん、行きましょう」

するとヒヨンは矛先を変え、いきなり挑戦的な口調になった。

「ところでコン作家はなんでここにいらしたんですか」

十分に予想していた攻撃だったのでジンソルは平気な顔をして微笑みながら答えた。

「さっきの話を聞いていなかったんですか。わたしたち、約束していたと言ったじゃないですか」

「ああ、そうですか。おふたりは最近どうしてそんなに頻繁に会ってるんですか」

横で彼が眉間にシワを寄せた。ヒヨンの言い方が気に障ったようだ。

「おまえ、なんだその態度は？」

「どこが？　あんまりくっついてるから聞いただけでしょ」

「好きだから一緒にいるんだよ。文句あるのか」

ヒヨンが冗談半分だと思ったのか、ゴンはにやりとしながら責めるように言ったが、ヒヨンは表情を変え、わずかに唇を噛んだ。そして、いきなり勢いよく立ち上がり、先にコーヒーショップをあとにした。ジンソルの口から自然にため息が漏れた。

「あなたもずいぶんひどいですね」

「なにが」

なにも言わずに彼を見つめていたが、ゴンは平然としていた。もしかしたら……彼はヒヨンの気持ちにとっくに気づいていたのかもしれないと、ようやく思い至った。

「いじわるな人ね」

ゴンは関心なさげに苦々しい顔で笑った。

「今日はあちこちから攻撃されるんだな。濡れ衣を着せないでください。あずかり知らない話は、ぼくにもわからないんだから」

店内には相変わらずゆったりとクリスマスソングが流れ、テーブルのコーヒーはすっかり冷めていた。

街角の救世軍の社会鍋の前でカランカランと鐘の音が響き渡っていた。ふたりは明るい道路沿いを麻浦から新村《シンチョン》へ特に言葉もなく歩いていた。ホテルのコーヒーショップを出て以来、ゴンが憂鬱そうなのがジンソルは気にかかった。

「寒いでしょう。タクシーに乗りましょうか」

「いいえ。もう少し歩きます」

とにかくクリスマスイブだ。都心は今こそクリスマスの雰囲気を醸し出そうと必死であるかのように賑わい、ジンソルは彼と一緒に街中を歩きたかった。すぐに消えてしまいそうではらはらと見守る泡のように、マッチ売りの少女のマッチの明かりのように、街は明るくはあったものの、実のところＩＭＦ危機以降何年も、この時期に街を行く人々の表情から、イベントを思いきり楽しむ雰囲気は感じられなかった。それでも彼と一緒に夜の街を歩くと、少し幸せな気分になった。

ふたりは騒音のひどい大通りを離れコミュニティバスが走る裏通りに入った。電柱に取り付けられた街灯のもと、密集する平家の窓や路地のスーパーから光が漏れていた。夜は深まり、いつのまにか彼らはバスの終点となる新村駅の前にたどりついた。あたりの景観に比べ、あまりにも古くてみすぼらしい駅舎に向かってジンソルが何気なく口を開いた。

「新年になったら新村駅が壊されるって話、聞きましたか。春から豪勢な駅舎を新たに建てるらしいですね」

「聞きました」

「特急列車の統一号もなくなるみたい」

このニュースをはじめて聞いたとき、ジンソルはとても残念に思った。

「べつにそれほど長く生きてきたわけじゃないけど、慣れ親しんだものがひとつふたつとなくなるのはなんだか変な感じです。実際、わたしたちはそんなに若くもないのかな」

ゴンがにやりと笑い、彼女の腕をつかんだ。

「電車に乗りましょうか。特にやることもないし」

電車に？　ゴンがいたずらっ子のように笑うと、ジンソルは心まで明るくなるような気がした。彼が憂鬱にならないのならどんなことでもよかった。彼女は明るくうなずいた。

「いいですね」

駅の待合室で時刻表を見上げると、郊外へ向かう十一時の列車に乗れそうだった。切符を買って粗末な駅舎を抜けると、プラットホームの下から闇の中へ先の見えない線路が延びていた。

三両編成の古びた統一号が真っ暗な冬の夜を走って一時間ほど。ふたりは終点まで行かずに長興《チャンフン》駅で降りた。数日前に降った初雪は都心ではすっかり溶けていたが、ここではいまだあちこちに残り、白く光っていた。カフェが集まる郊外の一帯には、午前零時を過ぎても腕を組んで行き交う楽しそうな恋人たちが目立った。ゴンが冗談めかして言った。

「メリークリスマス」

「メリークリスマス」

ジンソルも笑いながら返した。その後彼らは不格好な煙突から煙がもくもくと出ている、あるライブカフェを見つけた。照明は暗く、壁と天井を作っただけの建物で、中に入ると床は土のまだった。店の隅の大きな暖炉で薪がぱちぱちと燃え上がり、土の壁には真っ黒な煤《すす》がこびりついていた。舞台では、アコースティックギターを弾きながら歌う見知らぬフォークソング歌手のライブの真っ最中だった。

ゴンとジンソルはのんびり歌を聴きながら、ビールのグラスを空けた。タバコの煙が立ち込め、人々の低い笑い声や話し声が音楽に混じって流れていた。若い恋人たちはわざと狭い席に体を寄せて並んで座り、肩を組んでお互いの耳に甘い言葉をささやき合っていた。ゴンはその様子を見て、今が一番いいときだなとでもいうように、にっこり笑った。

「あと一時間耐えることができれば、あの子たちは大成功ですね」

「どうして?」

「ソウルに戻る深夜バスがなくなるから。帰りの足がなくなってはじめて歴史は進むからね」

ジンソルの口元にも笑みが浮かんだ。

「ああ、終バスを逃したならしかたないなあ、というふり？」

「当然でしょう」

「もし、わたしたちがそうなったらどうなるんですか」

「ぼくは一緒に寝ようとせがみ、きみは嫌だと言い張るかもしれないね」

ふたりは同時にくすくすと笑った。気まずさもなく、ただ自然に話せたことがうれしかった。

ジンソルはビールのグラスをいじりながらしばらく考え、口を開いた。

「二十三、四の頃は何度か想像したことがあります。好きな人と一緒にどこかに出かけて、大雪や大雨に遭って足止めされる、なんてことを。ありふれてるけど、ロマンティックでしょ」

ゴンがよくわかるといった様子で大きくうなずいた。

「それで、ようやく見つけた宿には空いてる部屋がひとつしかないんだ。そうだろ」

「もちろん。そんなときに二部屋空いているなんて、ありえないですよ」

ジンソルがつんと澄まして言い放ち、グラスを持って乾杯しようとうながした。ゴンがグラスを合わせた。雰囲気のせいだろうか。時間が流れるままに彼女はいつもよりかなりたくさん飲んだが、それほどくらくらすることもなかった。ただ、ちょっと感情がたかぶる程度で……。

いつのまにかライブが終わり、舞台は空っぽになった。午前二時を過ぎ、カフェもそろそろ閉店のようだった。会計を終えた客が出ていくたびに入口のドアが音をたてて開閉し、冷たい風が吹き込んで店内をひと回りした。カフェの窓の外を何気なく見ていたジンソルは、線路もないのに道の向こう側に明かりをつけた列車があることに気づいた。よく見ると廃車になった客車を装飾し直して作ったカフェだった。そちらの窓辺にも人影がちらついていた。

「なるほど。わかった」

彼女が頬杖をついたまま、少し緩んだ目でつぶやいた。

「なにが?」

「虎は死んで皮を残し、人間は名を残し、統一号はなにを残すかわかりますか」

「なにを残すの?」

「カフェを残すんですよ」

ジンソルは窓の外を指差した。それを見たゴンは、そんなことを言う彼女のほうがよっぽどおもしろいといった顔でにっこりした。真っ暗な窓ガラスの向こうに並ぶカフェの明かりを眺めながら、ジンソルはぼんやり考えた。なぜか今年の冬は、〝最後〟になるものが多いなと。よく見ておかなくちゃ。古い駅舎も消えていく列車も。そして、この冬のそんな最後の風景を彼と一緒に見られてよかったと思った。思い出とは、消えていく風景とは、それだけで心に残るものではないから。そのとき一緒にいる人とともに残っていくものだから。

「そうだ。なにかほしいものがありますか。プレゼントします」

ジンソルはゴンをまじまじと見ると、少し残念そうに笑った。

「プレゼントをする前にそんなふうに聞くんですか。贈りたいものを渡して、それを受け取るだけでしょう」

「え、そうかな。あなたが必要なものをあげたくて聞いたんだけど」

ゴンはまったく思いもよらなかったように困った顔をした。今になって酔いが回ってきたのだろうか、ジンソルは、心がすうっと沈んだ気がした。ほんとうにほしいプレゼントは……愛しているという言葉だった。その言葉が聞きたかったけれど彼女は肩をすぼめながら別のことを言った。

「それなら、プレゼントとして歌を歌ってくれますか」

「歌？　ここで？」

「そう」

ゴンはしばらくためらってから、横の席で空いたテーブルを片付けていたカフェの主人に尋ねた。

「今、あそこで歌ってもいいですか」

中年の店主はゴンをひとしきり見たうえで、酔っているわけでもなさそうだし、どちらにせよ閉店したも同然なのであっさりと許してくれた。

「どうぞ」

店主が舞台に行き、アンプのスイッチを入れたあとで、念を押すように付け加えた。

「一曲だけにしてください」

「アンコールと言われたら？」

ゴンの冗談に店主は高らかに笑った。

「そうしたら、もちろん二曲歌わないと」

舞台に歌手ではない人が上がってギターを構えたので、客たちの耳目が集まった。酔った客のひとりが体を揺らしながら大声で聞いた。

「おーい。誰ですか」

ゴンはそちらのテーブルに向けてにっこりと笑いかけた。

「通りがかりのアルバイトです」

ギターのチューニングをして彼はなにを歌ったらよいかとしばらく考えている様子だったがやがて前奏を弾き低い声で歌い始めた。


むかし、むかし、愛したことがあったけれど、あの愛は愛だったのだろうか。ぼくがわからないまま尋ねると愛ではないという。愛だと言い張ったら愛する人は去ってしまった……。

彼の沈んだ声のせいだろうか、ギターの伴奏のせいだろうか。黙って聞いていたジンソルの心の深いところから、説明しがたいやるせなさが込み上げた。どうして悲しくなるのだろう。彼女の心を知るはずもない彼の表情は平然としていた。

むかし、むかし、愛したことがあったけれど、その愛も去るかと怖れこっそり隠していたら愛する人がつらいという。愛なんてそんなものだろう。胸に隠しておくものだろう。

「おお、アンコール！」

舞台の下にちらほらと残っていた客たちが拍手をしながら叫んだが、ジンソルはなぜか笑顔を見せることができなかった。二曲目は彼女を見つめるゴンのいたずらっぽい表情とともに始まった。彼は歌っているこの瞬間を楽しんでいるようだった。

夜更けの麻浦終点　行き先のない夜汽車

ジンソルは思わずにやりとしたが、ものさびしい気持ちは消えなかった。

ゴンが歌を終えて降りてきたとき、ジンソルはさっきついであったグラスを空け、もう一度、ビールで満たしていた。椅子にどっかりと座りながら、彼が称賛を期待するかのように聞いた。

「ぼく、うまく歌えたかな」

「上手ですね」

「できないことはないからな」

「偉そうにしちゃって」

ジンソルがふっと鼻で笑うと、ゴンはあきれたように舌打ちした。

「なんだよ。歌を歌えというから下男のように駆け上がって歌ったのに。どうしたんですか」

「わたしの勝手でしょう。文句を言おうと言うまいと」

ゴンは柔らかく笑うとグラスを奪った。

「もう、やめたほうがいい。きみ、ちょっと酔ってるよ」

「とんでもない。まともです」

彼女は彼からグラスを再び奪って飲み、結局、カフェが店じまいをする頃には完全に酔っ払っていた。ゴンはやれやれと笑いまじりにため息をつきながら彼女を立ち上がらせ、背負った。

カフェを出て冷たい風の吹く道路脇を歩く間、ジンソルは彼に背負われたままくだを巻いた。

「心配しないで。吐いたりしませんから。大事なお酒を……」

「吐きたかったら吐いてください。草むらに捨てていくから」

するとジンソルは頭をがくっと前に倒して、ゴンの後頭部に打ち付けた。あ！　ゴンが顔をしかめて文句を言った。そのあと……ジンソルの記憶はほとんどなかった。近所のホテルに入ったような気がして、ようやくただごとではないとぼんやり思ったが、怖くはなかった。酒の勢いもあったし、彼と一緒に行くのならどこでもかまわなかった。

しばらくして、ゴンはジンソルを客室のベッドに横たわらせ、掛け布団をかけた。彼が浴室に行くとすぐに水の音が聞こえてきた。ゴンはタオルをお湯に浸してから、ジンソルの顔と手を痛いほど強くごしごしと拭いた。

「痛いじゃないですか」

「うるさいよ。酔っ払いが偉そうに。顔も洗わないで寝るつもりなのか」

「一日ぐらいどうってことない……。ああ、足は拭かないでください。絶対に……」

「なんで？」

「形が悪いから」

ゴンはははは と笑った。

「わかったよ。まったく不潔だなあ」

彼が再び浴室に行き、ジンソルはそのまま寝入った。しばらくして目を覚ましたときには部屋の明かりも消され夜はさらに深まっていた。一瞬、どこにいるのか実感できなかったが徐々に頭がはっきりしてきた。彼女の横の少し離れたところでゴンが寝ていた。

ジンソルはダブルベッドからそっと降りて浴室に向かった。彼が起きないようにドアをしっかりと閉め、用を足してから石鹸を使って顔や足を洗い、備え付けの使い捨て歯ブラシで歯も磨いた。そうして戻るとゴンはまだ寝ていた。半分ほど閉まったカーテンの間から外の光が入り込み、彼の整った目鼻立ちと体の輪郭がはっきりと見えた。

ジンソルは静かにベッドに上がり、ヘッドボードに背をもたせて座った。サイドテーブルにゴンが置いたミネラルウォーターのペットボトルがあった。水を飲み、そのまま暗闇の中で寝ずの番をするかのように、眠る彼の姿を十分あまり見ていた。もはや眠くなりそうもなく彼女は低いため息をついた。風にでもあたってこようか……。もう一度、ベッドから降りようとすると彼がジンソルの腕をぎゅっとつかんだ。

「どこに行くの」

「ちょっと、風にあたってこようかと」

まったく、とゴンがつぶやいて起き上がり座った。それからジンソルの手首をつかんで引っ張り、もう一度ベッドに座らせた。

「ひとりでどこに出かけるんだよ。真夜中に、こんなところで」

ジンソルは彼に手をつかまれたまま黙って聞いていた。暗闇の中でゴンが静かに言った。

「ぼくの横で寝るのは落ち着かないですか」

胸がひりひりして彼女が黙っていると、彼が独り言のようにつぶやいた。

「ばかだな、コン・ジンソルは。そんなに緊張するなら、なんであんな告白なんかしたんだよ」

彼女は顔をわずかに赤らめ、わざと無愛想に答えた。

「ほんとに……憎らしい言い方をするんですね」

ゴンはただにやりと笑うだけだった。

「ぼくに床で寝てほしいわけじゃないよね」

「そんなこと思ってません」

「じゃあ、早く寝てください」

ゴンがいきなり冗談のようにジンソルをベッドに押し倒した。

「わあ」

思わず小さく悲鳴をあげるとゴンが布団で彼女をぱっと押さえつけてにっこり笑った。

「わあってなんだよ。そのままひと晩中、壁にもたれて座ってようとしたくせに。横になって。横にならないと寝れないだろう」

驚いて布団をどけようと体を回したが、次の瞬間、ジンソルはぴくりとも動けなくなった。彼がジンソルの頭の下に腕を入れ、背中から彼女を抱きしめたからだ。息もできずに固まっているとゴンが肩越しに静かに言った。

「ぼくの腕を枕にして寝てください。腕の中で寝かせてあげたいんだ。嫌だったら、腕を抜こうか」

ジンソルは黙って背中を向けたまま彼の腕に抱かれていた。そして、正直に言った。

「いいえ。このまま寝ます」

彼の温かな笑みが感じられた。

「オーケー」

ゴンは布団を引っ張って一緒にかけると、もう一度ジンソルに腕を回した。彼の体温が彼女の背中に触れて暖かく、腕枕をした二の腕から彼の脈拍が感じられた。こうして寝ようと言われ胸が高鳴り幸せなのに、なぜ、かすかに切ないのかジンソルにはわからなかった。同じ布団をかけて横たわってもなにも起こらない男。彼女に気をつかっているのはわかるけれど……なぜ？と聞いてみたかった。

ゴンは彼女を抱いていたがなにもしなかった。微動だにせず背後から規則正しい呼吸を聞かせてただ静かに眠ろうとしているだけ。部屋の静寂に反して、ジンソルの内側は波打っていた。ほんとうにわたしを愛しているの？　まだ、もう少し待たなければならないの？

どれくらい過ぎただろうか。彼が眠ったようなのでジンソルは肩の向こうから伸びる彼の手をそっとさわった。軽く握って寝てもわからないはず……。そうしたかった。しかし、ゴンの手からも力が伝わってきた。彼は寝ていなかった。そうやって手を握り合っていると彼の静かな声が聞こえてきた。

「おやすみ」

彼女は答えなかった。彼が気づいているのは明らかだが、ただ寝ているふりをした。目を閉じてほんとうに寝ようとした。まるで夢のように歌の一節が心に残っていた。ゆっくりと響くギターの音色も。むかし、むかし、愛したことがあったけれどあの愛は愛だったのだろうか。

一年の終わりまであと数日となり、作家室は小さめの年末特集や新年特番の原稿をあらかじめ仕上げてしまおうという構成作家たちでいつもより賑わっていた。時間が合わずにすれ違い、なかなか顔を見られない人たちも最近は頻繁に姿を見せた。まもなく人事異動が発表されそうな社内の雰囲気のため、状況を把握しようと積極的に顔を出しているせいでもあった。

　今日は、ほとんどお出ましになることのないアン・ヒヨンまで作家室に立ち寄った。神経をわざと逆撫でするかのように、あえて部屋の隅にまでやってきてジンソルの隣の席にどかりと座り込んだ。汝矣島《ヨイド》から来たばかりなのか、少し疲れて見えたが生来の軽やかなバイタリティは相変わらずだった。

「ヒヨンさん、ひとつ聞いてもいい？」

　先に声をかけてくるなんて珍しいという表情で、彼女はかわいらしい眉毛を上げてジンソルを不満げに見た。

「なんですか。どうぞ」

「ソヌさんとエリさん、戻ってきた？」

「とっくに戻ってきてますよ」

「どうなったの」

　話してあげるかどうか少し考えたあとで、ヒヨンは机のA４紙がひらひらするほど大きくため息をつきながら、ぶっきらぼうに言った。

「大騒ぎでしたよ。年内に別れないなら縁を切ると叔母と叔父から宣言されました。とはいえ、そんなことを言われてもまったく効果はないけど。あのふたりの絆は強いから、びくともしませんよ。叔母だけがひどく苛立っただけ」

そうなのか。ジンソルの心も落ち着かなかった。ヒヨンはファッショナブルで実用的な大きなカバンを開けてファイルを何冊か取り出した。そして、ふっと短く鼻で笑った。

「コン作家、心の中が丸見えですよ」

「なんのこと？」

「ふたりがどうなったのか気になるんですよね。ふたりが別れないでなんとか持ちこたえてくれないとゴンオッパとうまくいかなくなりそうだから。アンテナをピンと立ててる。そうでしょ」

挑戦的に口角を上げるヒヨンにジンソルは笑いながらそっけなく答えた。

「ヒヨンさんの今の表情、すごく醜いってわかってる？」

「なんですって」

「マスカラが左目の下についてるからよけいにそう見える。水に映った月みたい。カラーマスカラね」

ヒヨンはカバンの前ポケットから携帯コンパクトを出し、カチャッと開けて鏡をのぞき込んだ。それから、あきれた様子でくるりと振り返るとジンソルが肩をすくめてみせた。

「冗談よ」

向かいのコンピューターの前にいたキム作家が彼女たちの言い合いを聞いていたのか、いい気味だというようにくすくすと笑った。誰かがドアを押し開け、豪快に入ってきた。

「みんな元気？　久しぶりね」

たくましい古参の先輩、チェ作家だった。会えてうれしいというみんなからのあいさつに手を振って一気に応えると、彼女はジンソルとキム作家が座る窓辺の席へ大股で歩いてきた。そして、ヒヨンの肩をさすりながらあやすように言った。

「かわいい末っ子ちゃん、あっちに移ってくれる？　わたし、足の裏が痛くて足を伸ばさないといけないから」

ヒヨンはしかめ面をすることもできず、普段から親しい間柄の作家軍団には関心などないという表情でキャスターのついた椅子をすーっと押して移動した。チェ作家はそこに椅子を引っ張ってきて腰かけると、靴を脱いで窓下のスチームに足をピンと伸ばして載せた。

「ああ、どうしてこんなに体が重いんだろう」

「まだ、お腹も大きくなっていないのに、ずいぶん妊婦ぶってますね」

キム作家がからかいながら皮肉を言った。チェ作家はここのところ、原稿はメールで済ませできるだけ出勤を避けていた。普段は自他ともに認めるワーカホリックで、よほど体調が悪くならないかぎり局に出ないことなどなかったのだが、やはり高齢で子を授かったせいで、身の回りにも大きな変化があったようだ。

「先輩、幸せなんですね」

ジンソルの言葉にチェ作家はゆったりと笑った。

「実はちょっと倦怠期だったんだよね。最初の子がもう小学生だからしかたないけど。でも、二番目ができてちょっと雰囲気が変わったみたい」

向かい側からキム作家が納得いかないという顔をした。

「そんなこと言いながら、わたしたちには結婚するなって言うんですか」

「当然でしょう。わたしはもうしてしまったから、なんとかうまくやっていこうとしてるけど。あなたたちはこの先、前途洋々なんだから、なんで結婚なんかしなくちゃならないの」

「前途洋々じゃないですよ。せいぜい一難去って次の一難が来なかったらラッキーってくらい。次のクールですぐクビになるかもしれないのに」

キム作家がぶつぶつと文句を言いながら冷めた表情を見せた。社内の雰囲気が落ち着かないため、そんな意見が出てもしかたなかった。制作費が削減されるとも言われており、そんなときに真っ先に割を食うリポーターやキャスティング担当のディレクターは、顔をしかめるばかりだった。

しかし、ジンソルは瑣末な噂をただ聞き流していた。周囲の状況など、最近の彼女にはあまりぴんとこなかった。それほどたいしたことだとも思えず、ただ、はらはらするような平和と幸せの中にいた。そのせいかときどき、わけもなく不安になることもあった。「あんたはそれが問題なの。幸せなのになんで不安なの？」とハン・ガラムリポーターがもどかしげに言ったことがあったが、それについてはジンソルもうまく説明できなかった。生まれつきの性格のせいだと思うだけで……。

「ジンソルさん、後輩で作家にしてもいいかなと思える有能な人がいたら紹介して」

チェ作家の言葉にジンソルの思索が途切れた。

「作家？　どうしてですか」

「キム・ヒョンシクディレクターと話をつけたの。新年特集までやったらほかの作家を使ってほしいと言った。わたし、たぶん二年は休まないとだめそう」

思いがけない宣言にみんな驚いた。活力あふれる先輩の口からそんな言葉が出るとは誰も想像していなかった。

「そんなに体の調子が悪いんですか」

「ううん。そうじゃなくて夫があまりにも反対するから。いつ仕事を辞めさせようかと虎視眈々と狙っていたから絶好のチャンスがめぐってきたと思っているみたい。この前、ちょっと入院して帰ってきてから小言がすごいのよ。全部子どもたちのため、とか言って」

不満気で険しい顔をしていたが、チェ作家はそんな状況がまんざら嫌なわけでもなさそうだった。キム作家がひどくうらやましそうな調子で、つまらない泣き言を言った。

「オンニ、贅沢に暮らすのね。いいなあ。わたしにも夫がいたらいいのに！　仕事を辞めろ、養ってやると言ってくれる男が」

「笑わせないで。休むのは子どもをある程度育てるまでの、きっかり二年だけ。二年後に約束を破らせないように夫に覚え書きまで書かせたんだから」

チェ作家は断固たる表情で手を振った。どちらにせよ、みんな、どうにかこうにか幸せになろうと努力しているのだ。喧嘩しながら、相手に合わせながら、できるだけ少しずつでも幸せになろうと……。ジンソルは笑顔でそう考えた。久しぶりに作家室が騒がしく、それも楽しいなと感じながら。

十二月三十一日。

普信閣《ポシンガク》を中心に鍾路《チョンノ》一帯の交通が夜から規制され、午前零時近くには集まり始めた人波が雲のように広がり切れ目が見えなかった。ホン・ホンピョをはじめとする何人かのエンジニアは午前中から音響機材のケーブルを梵鐘の近くに設置した。イ・ゴンともうひとりの若いディレクターが責任者として現場におり、ジンソルも除夜の鐘のコメント原稿を渡し、放送局の車両の中で女性アナウンサーと話をしながら待機していた。

都心に吹く厳しい冬の風よりも、新年はじめての鐘の音をじかに聞こうと集まってきた群衆の熱気のほうがまさっていた。テレビ局は早々に普信閣近くの好位置をとってカメラのアングルを合わせ、音だけを送出するラジオ局は一歩譲った場所でケーブルをつないでいた。ジンソルが車から出て状況をチェックしているスタッフの横に近づいたときには、ホン・ホンピョエンジニアはすべての準備を終え、他局のケーブルの状態にまで気を配っているところだった。ぎっしり集まった人波をかき分け、地面に敷いたケーブルを注意深く見てきた彼が満足そうな顔で自慢げにジンソルに言った。

「みんなケーブルを保護カバーでくるんでいるだけだけど、それはあんまり意味ないんですよ。これだけ多くの人が足で踏んだり押したりして通り過ぎたら、すっかり剥がれて絶対被覆に傷がつくから」

「それなら、どうしたらいいんですか」

「あ、うちは心配ない。保護カバーの上に布テープを巻いておいたから。二重、三重に。備えあれば憂いなし！」

ホン・ホンピョはわれながら感心だという様子で、人のよさそうな笑顔を見せた。車に積まれた機材の隙間に布テープがいくつも詰め込まれた紙袋があるのを見て不思議に思っていたが、それが使い道だったようだ。

人波に押しつぶされそうになったジンソルが道路脇の建物へ移動しようとしたとき、誰かが彼女の名前を大声で呼んだ。

「ジンソルさん！　ここです！」

きょろきょろしながら声がしたほうを見ると、少し離れた建物の入口にエリとソヌが立っているのが目に入った。エリは片足で立ったまま片手をひょいと上げてジンソルに向かって振っていた。ジンソルも笑いながら同じように腕を上げて振ったが、人が多すぎてとてもそこまでたどり着けそうになかった。車両の横に立っていたゴンも友人たちを見てにっこり笑いながら手を振っているところだった。

ついに午前零時。最初の鐘の音が不夜城のような鍾路の空を突き抜けて響き渡った。

新年だった。しばしの祈りのように粛然とした打鐘の時間が過ぎると、あまたの群衆は一斉に喜びの声を上げ、拍手した。それぞれの局のアナウンサーたちは現場の雰囲気を伝えるのに忙しく、街中の高層ビルに設置された大型ビジョンでは目の前の光景が生中継されていた。パパパーン。夜空を突き破るような音とともに南山《ナムサン》のほうの空で爆音がはじけた。まばゆいばかりの花火が夜空とビジョンで同時に始まり、近くの特設舞台では華やかな祝賀公演が披露されていた。

いつのまにか時間が経ち、押し寄せていた人波も少しずつ外側へ広がり始めた。足の踏み場もない空間で群衆が互いにぶつかり合いながらひとかたまりになって押し合いへし合いしていた。幼い子どもをつれてきた親たちがあちらこちらで苦労していた。

「押さないでください！　子どもがいます。子どもを踏んでます！」

叫びながら子どもをぎゅっと抱きしめる人もいたし、一部は高く肩車をして道路から抜け出した。ある程度の時間が経つと、ひと息つけるくらいに人混みの密度が低くなった。ゴンがそろそろ動こうとスタッフに声をかけた。

「オーケー。では、機材を撤収しましょう」

設置した機材とケーブルを片付けながら、ホン・ホンピョは冷たい風の中でも口笛を吹いて楽しそうだった。

「ほら、ぼくたちのケーブルだけまったくなんともないだろう。布テープが一番なんだよ」

そのとき、いきなり新人エンジニアが、まるで火がついたように大きな声で叫んだ。

「ホン先輩！　車が、車！」

みんなが彼の指差すほうを見ると、普信閣の裏側の道角に停めておいたホン・ホンピョの乗用車のルーフがすっかりぺしゃんこになっていた。

「なんだ、あれは！」

ホン・ホンピョは驚愕のあまり大きく口を開け、そちらへ走っていった。新人もそのあとを追った。打鐘の現場と舞台公演を高いところから見ようとした群衆が車の上に登ったようだが、単に足で踏んだだけであんなにぺしゃんこになるはずがなかった。ずいぶん長い間、人波に揉まれていたのか、ルーフだけでなく運転席のドアまですっかり凹み、強く押された車体は傾き、片方のタイヤは宙に浮いていた。

「あらあら、なんてこと……」

ジンソルが気の毒そうに言った。ホン・ホンピョがこよなく愛し、新しく手に入れたことを喜んでいた、あのすらりとした新型モデルの車だった。ほかのディレクターがおそるおそる慰めの言葉をかけた。

「会社がなんとかしてくれますよ。業務中の事故だから」

「個人の車を使うとは言ってなかったんだよ！　ただでさえ緊縮財政だっていうのに！」

ホンは自身の愛車の周りをぐるぐる回りながら、髪の毛を引っ掻きまわしたり、車のルーフをさわってみたりしたかと思うと、まるで恐竜のように鬱憤を爆発させた。ジンソルの横でゴンが痛々しげに言った。

「あそこまでいくと、たぶん廃車にしないといけないだろうな」

南山の空と大型ビジョンでは、地上で起きている出来事などまったくおかまいなしに華やかな花火が大きな音をたてて楽しそうにはじけていた。


なにか尋常でない雰囲気は、仁寺洞の彼らの茶房に足を踏み入れたときからジンソルも感じていた。いつもと違ってどこか不自然に見えるエリの大げさな明るさ、もともと口数は少なかったが、にっこりと笑いながらいつもユーモアを漂わせていたソヌは、終始なにも言わず、表情を読むのも難しかった。決して多くはないが常連の絶えない店にもかかわらず、今日みたいな日に完全に店を閉めて彼らだけで酒を飲み始めたのも変だった。ゴンも同じ印象を受けたのか、最初こそ雰囲気を盛り上げようと気をつかっていたが、時間が経つにつれ彼自身の言葉も徐々に少なくなった。耐えられなくなったジンソルは、わざと笑いながら話題を変えようと試みた。

「ほんとは今日なんかかきいれどきじゃないんですか。こんなときにはちょっと料金を上乗せして商売しないとだめなのに」

向かいに座ったソヌがうっすらと笑顔を見せながら答えた。

「今日は……死ぬまで飲まないといけないから。お客にまで飲ませる酒はないんですよ」

「新年を祝う席なんだから、わたしたちだけでこぢんまりやるのもいいでしょう」

エリが快活に割り込んできたが、一度沈んだ空気を立て直すのは難しかった。しばらくテーブルの周りに沈黙が流れたあと、エリはもう一度茶房をぐるっと見回してなんでもないことのように言った。

「新しい年にもなったことだし、店内のリフォームでもちょっとしようか。あまりお金をかけるわけにもいかないけど、ペンキだけ塗るとか。あ、でも、そうすると落書きが消えちゃってよくないかな。うーん、それなら」

「だめだ」

彼女の横からソヌが静かに言葉をさえぎった。

「ここはジョンフンの奴に譲るから」

一瞬、凍りつくような静寂が広がったが、エリは聞きたくなさそうにしながらもかろうじて笑って見せた。

「その話はやめてって何度も言ったじゃない。聞きたくない」

ゴンが乾杯もせずにひとりで飲み干したグラスをトンとテーブルに置いた。そして、冷ややかな声で苦笑いをしながら口を開いた。

「いったい、どういうことなのか話してくれよ。なんでこんなにふたりは神経質になってるんだ。疲れるから、オープンに話せ」

「そんなことないの。なんでもないから」

彼女が自信なさそうに答えたが、ソヌは表情も変えずになだめるように言った。

「そんなふうに避けるなよ、エリ。もういいから家に帰れ」

むしろジンソルのほうがより大きな衝撃を受けて胸がどきりとした。エリはすでに何度も聞いた言葉だったので驚きもせずに黙ってテーブルを見下ろしていた。ソヌはそっけなく言葉を続けた。

「ご両親がひどく心配しているじゃないか。まずは帰れ。それからもう一度考えよう」

「いったい、お母さんがあなたになんて言ったの？　なんで話してくれないの？」

エリがもどかしげに彼を見つめるとソヌは黙って手を伸ばし、彼女の頬にかかった髪の毛をなでつけた。

「言われたのは、全部、正しいことばかりだった」

針が落ちただけで音が響きそうな沈黙。ジンソルは息もできないほど胸が締め付けられ、横に座って口をぐっと閉じたままのゴンが、少しずつ込み上げる怒りを押し殺すのを感じていた。不安だった。なぜか、すべてのことがうまくいかなくなりそうな感じ。やがてエリが泣きそうな声でソヌに尋ねた。

「それで、わたしが家に帰ったら、あなたは？　あなたはどうするの」

「旅行に行くよ。ちょっと長めに」

彼女のさびしさいっぱいの目に涙が浮かんだ。

「結局そうなの？　長めってどれくらい？　わたしなしで、あなただけ？」

「おれは一緒に行こうと言っただろ。行けそうにないと言ったのはおまえだ。ユン・エリ」

目を伏せたソヌの声も穏やかではなく硬かった。音楽も流れていない茶房の空気はものさびしく、テーブルの上に見えない壁があるかのように彼らはゴンとジンソルを見ることもなかった。ちょうど、この空間に彼らふたりしかいないかのように。お互いしか目に入らないかのように。

エリは唇を噛み締めていたが、やっとの思いで口を開いた。

「わたしの立場を……考えてくれてもいいじゃない。あなたの気持ちはわかるけど……一度くらい心にもないことを、嘘だったとしても……親たちが聞きたいと思っているように言えないの？」

静かなため息を漏らしたソヌは独り言のようにつぶやいた。

「おれ、嘘は嫌いだ」

涙を浮かべたまま大きく息をついたエリは、喉のつまりをこらえながら恨みがましく言った。

「そう。わかった。そんなにつらいなら、楽にしてあげる。あなたは行きたいところに行って、やりたいことをして生きればいい。そうすればいい！」

涙をぽろりとこぼすと彼女はぱっと席から立ち、急ぎ足で出て行こうとした。そんなエリの腕をゴンが座ったまままつかんだ。

「どこに行くんだよ」

「離して、行くんだから」

「どこに？」

「あなたには関係ないでしょ！　みんな、嫌い！」

ゴンの手を強く振り払ってエリが走っていくと、席を蹴って立ち上がった彼は恐ろしい顔で追いかけ、再びつかまえた。

「ひとりでどこに行くんだ。家に帰るのか。そうだと言うなら離してやる」

「家には帰らない。どこに行こうと勝手でしょ」

エリの頬には涙がとめどなく流れていた。ゴンが、彼の表情が、哀れみのあまり歪むのをジンソルははっきりと見た。

「エリ、おまえ……」

ゴンの声に熱がこもり震えていた。彼の手が彼女の手首をぎゅっと握りしめていた。

「おまえ、それなら、おれのところに来い」

ジンソルは自分の心臓から……一気に血の気が引いたように感じた。エリは衝撃に満ちた両目でぼんやりゴンを見上げた。彼も自分が吐き出した言葉にショックを受けたように微動だにせず、固まっていた。永遠のような一瞬が過ぎ、ふいにエリがつかまれていた手首を引き抜いた。そして、ゆっくり後ろに下がると、すぐに体をひるがえし、ドアの外へと消えていった。静寂が広がった。むしろソヌのほうが落ち着いた顔をしていた。

突然、ゴンが茶房の通路をすたすたと横切りまっすぐソヌに向かった。そして、止めるまもなく、テーブル越しにいきなりソヌの顔を拳で殴り飛ばした。

「おまえは……エリにそんなことしか言ってやれないのか」

またたくまにソヌの切れた唇と鼻から血が吹き出した。もう一度、ゴンの拳が容赦なく飛び、ソヌはテーブルと一緒に床に倒れた。一斉に落ちた酒瓶とグラスがガチャンと割れ、破片が飛び散った。真っ白な顔をしたジンソルがようやく聞こえるか聞こえないかの声でささやいた。

「そんなことしないで」

しかし、今のゴンにはなにも聞こえず、なにも見えなかった。ソヌの胸ぐらをつかんだ彼の怒りに満ちた声が激しく震えているのを、ジンソルは胸が張り裂けそうな気持ちで聞かなければならなかった。

「たかだかそれだけなのか。十年もエリがおまえに！」

「そんなことしないで！　やめってってってば！　わたしの前で、あなた、どうしてそんなことができるの」

ジンソルは両手で耳をふさぎながらありったけの力を込めて叫んだ。一瞬のうちにゴンのすべての動きが石のように固まった。彼女が震える声で痛々しく繰り返した。

「あなた、どうしてそんなことができるの」

ゴンの手からふっと力が抜け、ソヌの体が床に倒れて横たわった。ジンソルと顔を見合わせたゴンは見たこともないような表情で、当惑していた。まるで彼女がここにいる事実をすっかり忘れていたかのように。一瞬の混乱が過ぎ、ゴンは複雑な顔でジンソルの視線を避けた。彼女の心は音もなく崩れ落ちたが、彼は体を起こすとなにも言わずに茶房を出ていった。

しばらく茫然自失としていたジンソルが、やがてゆっくり周囲を見回すと、テーブルの周りはめちゃくちゃになっていた。あらゆるものが倒れて割れ、なによりも、床に座っているソヌはまだ血を流していた。ジンソルがようやく尋ねた。

「大丈夫ですか」

ソヌは黙ってうなずいたが、彼女の目にはちっとも大丈夫そうには見えなかった。鼻と口から流れる血はともかく、左手をひどく怪我したようで、そこからかなりの血が流れていた。倒れたときに、割れたガラス片で深く切ったせいだった。

キッチンから清潔な布巾を探し出し、お湯に浸すジンソルの手が細かく震えた。落ち着こうと気を引き締め、救急箱も見つけた。ソヌのところに戻って布巾を差し出した。

「これで拭いてください」

彼はゆっくり布巾を受け取ると関心なさげに上の空で顔の血を拭いた。そして、布巾を床に投げ捨てたので、ジンソルがもう一度拾い、左手をつかんで引っ張りきれいに拭いた。傷はかなり深そうだったが、病院に行って縫わなければならないのか、このまま消毒して包帯を巻いておけばいいのか、わからなかった。

「病院に行きますか」

ソヌがにやりと笑った。なんでそんなにおもしろい冗談を言うのかと言わんばかりに。予想どおりの反応にジンソルは低くため息をついた。彼の手首にも血が飛んでいたので拭こうとしてジンソルはぎくりとした。血が固まった跡だと思ったら、それは時間が過ぎてずいぶん薄くなった自傷の痕だった。彼女の視線を感じソヌが自分の手首を何気なく見下ろした。

「昔の傷です」

たいしたことなさそうに彼が手を元に戻そうとしたが、ジンソルは再びぎゅっとつかんで消毒薬を容赦なくふりかけた。かなりしみてひりひりしたはずだが、ソヌはまったくそんなそぶりを見せなかった。とりあえず止血したあと、ガーゼを当てて包帯を巻くときもジンソルはやさしくしたりはしなかった。丁寧には巻いたが痛くならないようにと慎重に扱ったりもしなかった。巻き終わって結び目を作るとソヌが今日はじめてにっこりと笑った。

「おれのことがすごく憎たらしいんだね。ジンソルさんは」

「もちろん、憎いですよ。かわいいとでも思ってるんですか」

ジンソルは静かに言ってからもう一度キッチンに行って、ホウキとちりとりを持ってきた。

「ガラスを掃きます。どいてください」

「どうしてジンソルさんが片付けなんかするんですか。そのままにしておいてください」

「こんなもの見たくもないから片付けるんです、わたしは」

ソヌまで一緒に掃くような勢いで彼女は掃き掃除をして、割れたガラスをゴミ箱に捨てた。そうしたところで体と心が疲れ果て、どさりと床に座りこんだ。彼らの間に静かな沈黙が流れた。

やがてジンソルが気の抜けた顔で口を開いた。

「エリさんにああしないとだめだったんですか」

しばらく返事をしなかったソヌがあっさりと答えた。

「エリとおれはいつだってまた会えます。あいつがどこにいてもおれはエリの気を感じるから……。たとえ一緒にくっついていなくても、おれはエリと一緒にいる感覚を持ち続けられます」

ジンソルはそんなソヌをじっと見つめた。彼が苦笑いした。

「両親との縁は切るものではありません。エリのお母さんがおれを訪ねてきて泣いたんです。どうか娘を返してくれと……。おれという人間が好きになれないし、ちゃんと理解することもできないとおっしゃって」

「それなら、説明して差し上げることもできるじゃないですか。ソヌさんがどんな人なのか……。理解してもらえるように努力するわけにはいかないんですか」

「どうしてそんなことを言わないといけないのかな」

ソヌが静かに聞き返した。

「おれにはよくわかりません。口に出さないと理解してもらえないから、弁明して、説明しようと努力する。なぜ、そうしないといけないんだろう。おれはそういうことがうまくできないし、言葉も出てこないんです」

そんなソヌをすべて理解することはできなかったが、暗い表情で座っている姿を見るとジンソルはやるせなくなった。薄暗い茶房の照明の下でソヌはどこかへと果てしなく沈んでいきそうに見えた。ひとりで昔の思い出に浸っていた彼がにやりと笑ったかと思うと話し始めた。

「あの貯水池の村ですけど、そこから歩いて山をひとつ越えるとおれが通っていた小学校に出ます。幼い頃はおばあさんとふたりで住んでいて。おばあさんは口数の少ない人でした。息子も嫁もいないところで孫を育てるのに苦労したせいかもしれないけれど」

ジンソルは黙って聞いていた。

「八歳で学校に入学して、ある日、終礼の時間に担任の先生がおれたちにやたらとひどいお説教をしました。内容はすっかり忘れたけど、ものすごく長く、信じられないほど長く続いて……。思わず両手で耳をふさいでしまった」

ソヌは包帯を巻いていないほうの手で無意識に耳をいじった。今になってその頃の声が聞こえ、むずむずしているかのように。

「前に出てこいと言われて頬をつねられました。なんで耳をふさぐのかと。どうしてだろう。おれには答えられませんでした。わざとそうしたわけでもなく、思わずやったことなのに……。日が沈むまで教室に残っていたけれど、結局、なにも言えませんでした」

田舎の学校の教室で、無表情のまま静物のように座る幼い少年の後ろ姿が思い浮かび、ジンソルは妙な気分がした。ソヌが独り言のようにさびしげにつぶやいた。

「両親との縁は切れないよ。現世ではたぶん、ぼくがエリの手を離す番みたいです。あの方たちに返さなければいけない順番だから」

ジンソルはすっかり、途方に暮れてしまった。


午前三時になっていただろうか。ひとりで麻浦に戻ってくると、遠く麻浦大橋が見える漢江《ハンガン》の上の夜空には、午前零時頃に華麗に上がっていた花火は跡形もなく、濃い暗闇だけが広がっていた。すこし前までいた鍾路は足の踏み場もないほどの人波で、その中に埋まってしまいそうな騒ぎだったが、ここウソンアパートへと向かう夜道はただひっそりとさびしかった。

アパートの前にやってきたとき、ジンソルは階段の中間あたりに腰かけているゴンのシルエットを見た。なにを考えているのか、うつむいたまま庭を凝視する姿から長時間の疲れがにじみ出ていた。

誰かが歩いてくる気配にゴンが顔を上げた。冷たい空気を分けるようにふたりの視線がぶつかったがジンソルはすぐに目をそらして階段を上がり、彼の横を通り過ぎた。背中から沈んだゴンの声が聞こえた。

「悪かった」

するると、突然、体の奥からかっと熱いものが湧き上がった。ジンソルは歩くのをやめて彼のほうに振り返り、乾いた口調で言った。

「なにが悪いと思うんですか」

「こんなことを言うのはどうかしてるかもしれないけれど、最近、あなたと会っていて、ずっとエリのことを思ってたわけじゃないんだ。絶対に」

ゴンは影のように座ったまま彼女を見ずに言った。恨めしく悲しい気分が込み上げてきたが、ジンソルはかろうじてそれを抑えた。

「それなら、さっきの言葉はなんだったんですか。あの人に叫んだ言葉。あれはなんだったんですか」

彼は深くため息をつくと、自分でもわけがわからないというように髪の毛を指でなでつけた。しばらく言葉を選んでいたゴンが言った。

「エリに言った言葉は……あのとき、込み上げてきた衝動だった。そうしようと思って言ったんじゃなく……」

「あの瞬間には真実だったんでしょう」

ジンソルが切なそうに、彼の言葉をさえぎった。

「考えてもみてください。時間が過ぎたので今のあなたの気持ちはさっきとはまた違うかもしれないけれど……少なくともあの瞬間だけは、あの言葉は、嘘ではなかったはずです。あなたの本心だった。そうでしょう」

沈黙のあと、ゴンは認めるように暗い表情でうなずいた。

「そうです」

ジンソルは胸が痛くて息をするのもつらかった。あんな憂鬱な顔で座っている彼に対して、どうしたらよいのかもわからなかった。彼女にできることなど、なにもないように思えた。

「わかったから、もう帰ってください」

ジンソルが後ろを向くと、ゴンがすばやく階段を上ってきて彼女の腕をつかんだ。

「ちょっと、こっちを見てください」

「つかまないで！」

ついに彼女の中でなにかが爆発した。ゴンの手を振り払い、ジンソルは叫んだ。

「帰ってください。今、あなたに会いたくないってわからないんですか」

ゴンの声も激しくなった。

「ごめんなさい！　悪かったよ。お願いだからぼくの言うことを聞いてください！」

「なにが悪かったんですか。あのときは本心で、あの瞬間にそう思っていたなら、誰もなにも言えないじゃないですか」

「頭のおかしい奴だと言ってもいいし、めちゃくちゃに殴ってもいいけど、これまでのぼくのあなたへの思いは本物だったんだ！」

「そうでしょうとも。信じろと言うんだから信じるしかないでしょう。でも、わたし、誰かがその瞬間にしか感じていないような本心に期待して待つのなんて嫌です」

　ゴンの視線が揺れた。ジンソルの目にも薄く涙がにじんだ。喉をつまらせて彼女はささやくように言った。

「愛すると言ったんだから、男としての言葉を守ってほしい、揺れないでほしいと言うこと。それだって結局、わたしが追い詰めてるってことなんです。あなたの心が命じることの前では、どうすることもできない」

　ゴンは全身が凍ってしまったかのようにジンソルと向き合っていた。

「あのとき、あなたの家の裏山でわたしが告白したとき……長くは待たないと言ったでしょう。そんなに長く待たせて考えなくちゃならないのなら、それほど長くのぞき込んでようやくわかる感情なら、あの人がつらい思いをするたびにあなたの心も一緒につらくてたまらなくなるのなら、それはもう違うでしょう。わたしじゃなければだめな、絶対にわたしのことが必要な、そんな切迫した感情じゃないんだから。あなたはただ、わたしのことが好きなだけ、人間として」

　ゴンが歯をくいしばりながら低い声で言った。

「決めつけるように言わないでください」

「そうでしょうか。じゃあ、ひとつだけ聞きます。実はずっと聞きたかったことです」

ジンソルは涙をこらえながら、ひと言ずつはっきりと言った。

「何日か前、長興に行ったとき、いいえ、あのときじゃなくても、あなたのオフィステルやわたしの家でも何度か、ほんとうに何度もチャンスがあったのに、あなたはわたしを抱かなかった」

ゴンの表情がわずかに動揺するのをジンソルは痛々しく見つめていた。

「人間というのは……愛し合う関係なら、抱きたくなりませんか。抱き合って愛を確かめたくないですか。でもあなたはそうしなかった。どうして？　なんでわたしを抱かなかったんですか」

「ぼくは……」

「正直に言ってください」

そんなジンソルをじっと見ていたゴンは硬い表情でアパートの庭の暗闇を見やった。沈黙が続く間、彼の暗い横顔には葛藤とためらいがにじんでいた。彼はあきらめたように淡々と言った。

「急いで進めたくなかったんです。あなたに対して完全に潔白でなければ抱いちゃだめだと思ってた。そう確信できたとき、自分の心の準備ができたとき。それがあなたへの礼儀だから……」

すっかり告白してしまった気分。そして、なにもかもすべて聞いてしまった感じ。彼女は心臓が痛くて耐えられなかったが、なんとかうなずいた。

「そうよ。そうなのよ。わたしを好きだけれど、それは人として好きという感情のほうが大きかったんでしょう。コン・ジンソルという人間を……すごくかわいがってくれた、あなたは。でも、愛を交わすほどの確信は持てなかった」

　ゴンがエリをつかまえたときの表情が、その目の光が今も手に取るようにジンソルの頭にありありと浮かんだ。あの目に映る愛をどうやって否定できるだろうか。いっそのこと彼を恨みながらすがって泣きたい気持ちを、ぐっと我慢して冷たく言った。

「あの人がつらそうで、あなたは目の前にあるほかのことはなにも見えなかった。わたしも見えなかったし、友だちも見えなかった。こう言ったでしょう。それなら、おれのところに来い。あれがあなたの本心なの。心が命じたこと。あなたにさえどうしようもないこと！」

「お願いだからやめてください！」

　つらさに押しつぶされそうになったゴンが叫んだ。

「はい。もうやめます。これ以上、言うこともないし。よいお年を！」

　泣くもんか。こんな日にひとりで泣くのはすごくみっともない。新年だっていうのに。ジンソルはつぶやきながら玄関のドアをしっかりと閉めてから浴室に入り、まず顔を洗った。冷蔵庫を開けて冷たいワインを取り出すと、ガラスのグラスに注いだ。もともとは今晩、彼と一緒に乾杯しようと約束して買ったワインだった。ひとりだからってなんだ。自分だけで祝えばいい。

　食卓に座っていると、家中があまりにもひっそりして言いようもなくさびしかったので、彼女はオーディオのボタンを押した。長い間、彼女とともに生きてきたＡＢＢＡのＣＤが静かに回り始めた。二杯目のワインを持ってジンソルはバルコニーに出た。肩にジャンパーをかけて冷たいバルコニーに座り、夜のとばりの下りたアパートの裏庭を向いた。ワインは甘くほろ苦く、彼女の血管を回って少しずつ体を熱くした。黙ってグラスを目の前にかざすと、その先に暗い夜空が広がっていた。ジンソルは苦笑いをしながらひとりつぶやいた。

「なにがバラ色の人生よ。オードリー、あなたもでたらめ言うよね」

ぎゅっと抑えていた涙が再びじんわりと湧き上がった。何気なく流れるアグネタとフリーダの歌に、とうとう涙がこみあげてきた。昨日とはすべてが変わってしまうはずよ。ハッピーニューイヤー……。やはりジンソルはアグネタが好きだった。あの澄んだ声。愛が終わり、歌もやめてしまった女。

ジンソルは膝に顔を埋めて泣き崩れた。

8

シャリ、シャリ。

鉛筆の先から押し出された削り屑が裏紙の上に落ち、ジンソルは鉛筆の芯をカッターで削り始めた。黒鉛の粉が白い紙にぽつぽつと散り、ガラムが作動させていた編集機のスイッチ音が不規則に聞こえていた。新年になって早くも十日余り。ジンソルは混み合う作家室を避け編集室の隅に座って先ほどから鉛筆を削っていた。

「一生のうちに、同じ人と二度恋に落ちるってありえる？」

ふとガラムが口を開いた。インタビューの内容をつないだり切ったりする合間にため息をついていたが、やはり、気持ちが乱れているようだ。

「どうだろう。なんで？」

「前に別れた演出家、おととい、お酒の席で偶然会ったらなんだか気持ちがざわついちゃって」

ガラムはずいぶん落ち着かない表情だった。

「貧しい演出家なんてわたしも嫌なんだよ。才能ばかりで運の悪い男も嫌。最近はそれなりに才能がある人も珍しくないよね？　誰だってアートや評論だってできる世の中だし。どうってことないんだけど」

ジンソルは苦笑いした。「生半可に芸術をやってる男は避けろ」というガラムの持論は普段から耳にタコができるほど聞いてきた。文化界の男たちとの恋愛を繰り返し、飽き飽きしたガラムが最近婚約すると決めたのは周囲からも能力を認められた大企業のチーム長だった。

「それで？」

ガラムは返事をしなかった。妙な雰囲気のままただテープを巻き取っていたが、言うか言わないかためらった末、ついに仕事の手を止めた。回転椅子を入口まで押し、誰が入ってきてもいいように半分ほど開いていたドアを閉めた彼女は、意を決したような態度でぱっと友人に向かって振り返り、告白した。

「その日に寝ちゃった」

カッターを動かしていたジンソルの手が、瞬間、ぴたりと止まった。あきれた。

「婚約者がいるのに浮気したの？」

ジンソルのそばに近づいてきたガラムは上半身を傾け自分でも不思議そうな口調で言った。

「なんていうのかな。変なんだよね。婚約者がいるのに浮気をしたんじゃなくて、もともとこの男と付き合っていたわたしが、別の人と浮気して戻った気がしたの。これっていったいどういうことだろう」

「わたしだってわからないよ。複雑だね。今の彼に不満があるの？　それで昔の男が気になったってこと？」

ガラムは自分でもわからないと肩をすくめた。

「わからない。ただ、今の人は実力もあるし、運もいいし、野心も相当あるんだけど、なにかがすごく気にさわる。なんというか……」

唇を軽く噛みながらガラムはしばらく考え込んだ。不満を感じる瞬間は幾度もあったが、適当な例を見つけるのが難しかった。

「先週、夕飯の席でいきなり端末を出して株を売ったの。機会を逃すと損だからって何度も確認して。まあ、財テクが得意なのはいいと思うんだけど、売ってみせてからやたらに自慢するのがね」

「結婚すると決めた相手にいい顔したくて自慢するんじゃないの」

「違う。わたしがうまくできたことを話してもそれほど聞いてくれない。たとえ恋人でも、他人の自慢を聞くのは好きじゃないの。自分の自慢しかしないもん」

ジンソルは困惑した顔でうなずいた。

「だいたいわかったけど、二股をかけるには遅すぎるよ。どちらでもいいから、早く心を決めたほうが百倍いいと思う。あなたのためにも」

「うーん。それなら……あの日はお酒を飲んでどうかしてたってことで。忘れよう」

言葉は堂々としていたがガラムはあまり自信がなさそうな表情だった。ジンソルは鉛筆を削るのをやめてカッターと鉛筆をペンケースにしまった。削り屑の積もった裏紙をざっと丸めてゴミ箱に投げ入れ、そのまま崩れるように机に突っ伏した。冷たい木の表面に片方の頬をあて、高層ビルの窓の外に広がる麻浦《マポ》の空をじっと眺めた。心も体も疲れている。実際のところ、彼女もまた、ガラムの恋愛問題に助言するような状況ではなかった。

年が変わって十日間、どうしたらよいかわからず、困り果てていた。まるで食べたものが消化できないかのように一日中みぞおちに違和感があり、『花馬車』の録音をするたびに彼の後ろ姿を見るのにも耐えられなかった。リスナーから電話を受けなくてよいときは、スタジオに行かないことも二、三度あった。彼もジンソルの気持ちを察して特になにも言わなかったが、仕事中に公私の区別がつけられないこともジンソルを苦しめた。すべてがつらかった。ガラムが再び編集機を動かしながら、驚くほど大きなため息をついた。

「むしろ愛情がすっかり冷めていたら気持ちも楽なのに。まだ、未練が残ってるんだよね。相手のことをはっきり憎めれば、セイグッバイするんだけど」

ジンソルは机にもたれかかり、窓の外を眺めたままつぶやいた。

「憎まなくても……グッバイできる」

ガラムは機械にかかりきりで聞いていなかった。ジンソルは今吐き出した自分の言葉を噛みしめた。はたしてそうだろうか。憎まなくても別れを告げられるんだろうか。夕方の日の光が入るガラス窓に、透き通った彼女の姿が揺らめいていた。こんなに胸が痛いのに、なぜ彼のことを憎めないのだろう。しばらくしてジンソルはもう一度つぶやいた。

「……できる」

その夜。

放送が終わり、ジンソルが席を立つとゴンがためらいながら呼び止めた。

「一緒に帰りましょう」

「いいえ。先に帰ります」

彼女は振り返らずに主調整室を出た。目の前にいなくても彼の表情は手に取るように感じられた。もう一度和解したい、いや、和解なんて言葉は滑稽だが、彼女と以前のように親しくしたいというゴンの気持ちはわかっていた。しかし、それになんの意味があるのだろう。あんなにはらはらするほど揺れ動く彼との間の境界線には、これ以上耐えられないとジンソルは思った。苦しかった。あまりにも。


「こんなところまで連れてきてなんの話?」

次の日、地下のコーヒーショップのソファに座るやいなやチェ作家は、なにが起きたのかという顔で聞いた。ジンソルが淡々と口を開いた。

「先輩、『映画音楽室』の新しい作家を探しているって言いましたよね。見つかりました?」

「ううん、まだ。どうかなと思ってる後輩がふたりほどいるけど。なんで?」

「それ、わたしがやります。担当ディレクターに話してください」

思ってもみなかった言葉にチェ作家は目を丸くした。

「どの番組をやめて？　『幸せ』？」

「『花馬車』。ほかの作家を探してほしいと言うつもりです」

チェ作家は腕を組んだままソファの背もたれに深く体を沈めた。そして、探るような目でジンソルのことをまじまじと見つめた。

「イ・ゴンさんとうまくいかないの？　クールの途中でどうしてやめるの」

「それは……説明しないけど、詳細は聞かないでそうさせてください。お願いです」

静かだが一歩も退かないジンソルを見てチェ作家は軽くため息をついた。

「いいよ。とりあえずわかった。キム・ヒョンシクディレクターに話はしてみるけど、問題は、ゴンディレクターも了解してるの？」

「……きっと、することになります」

ジンソルは視線をわずかに落とした。どうであれ彼は了解するしかない。

「どちらにせよ、身の振り方には気をつけて。ここのところ、社内の雰囲気が妙なのはわかってるでしょう」

先輩の言葉に彼女は黙ってうなずいた。

チェ作家と別れて事務室に上がっていく間、ジンソルはゴンに会ってどうやって話せばよいかとずっと考えていた。最初はメールにしようかとも思ったが、やはりそれは礼儀に欠ける気がした。気まずくてもぶつかるしかない。十七階へ彼を探しにいくとゴンはレコード室でCDを選んでいるところだった。

「少し、時間をいただけますか」

陳列棚の前にいたゴンが少し驚いた顔で振り返った。ここのところ、彼女から先に声をかけることが一度もなかったからだ。ジンソルが乾いた声で言った。

「お忙しいなら……」

「いや、忙しくはありません。ちょっと驚いただけ」

しかし、ロビーの片隅でしばらく話をしたあと、ゴンの表情はすっかり硬くなった。彼は即座に断った。

「だめです。嫌です。そんなこと」

「二週間もあれば十分に次の構成作家を探せるじゃないですか。今回の旧正月休暇の録音分までは書きます。わかってください」

「嫌だと言いましたよ。この話はこれ以上やめましょう。また、明日」

ゴンは怒った顔でCDをぱっとつかむと行ってしまった。ジンソルもまた心穏やかではなかったが、すでに矢は放たれた。

一月も下旬に入り、旧正月の連休が数日後に迫ってからも、ゴンは新しい作家を探さなかった。お互いがその話をわざと避けていたが、感情がピンと張り詰めていることは、ふたりともそれとなくわかっていた。ジンソルは放送時間でなければ彼とまともに目も合わせず、ゴンもそんな彼女の態度を、手をこまねいて見ているしかなかった。最初のうちは、彼女がひとりで考え心を落ち着かせる時間が必要だと待っていたゴンだったが、日がたつにつれ、心の深いところからなにかが込みあげていた。隙を見せず、対話するチャンスさえ完全にシャットアウトしたジンソルに対してどうすればいいのか、彼も少しずつ怒りが湧いていた。

「ちょっと話しましょう」

土曜日の午後、ついにゴンは、エレベーターの前で急いで帰ろうとするジンソルをつかまえた。

「なんの話ですか」

「ちょっとやりすぎじゃないですか。話している人の目くらいちゃんと見てくださいよ」

彼の言い方にうっすらと混じった非難のニュアンスを感じジンソルは唇を噛んだ。やっとのことで振り返り、ゴンの視線に向き合った。あんなに避けていた彼を正面から見た瞬間、ジンソルはやはり自分の判断は正しかったと思った。意思とは無関係に胸は高鳴り、血の巡りが速まって、心臓には物理的な痛みをたしかに感じた。一日でも早くこの男のそばから離れなければ、心に傷を残すのは彼女のほうだった。もう忍耐も限界だというようにゴンはふーっとため息をつきながら、指で髪をかきあげた。

「考え直してください。ぼくはあなたとこれからも仕事をしたいから。少なくとも今回のクールが終わるまでは」

「申し訳ないですが……難しいです。あちらの番組ではもう引き継ぎも終えてますから、連休後、『花馬車』は書けなくなります」

ちょうど退社しようとする社員たちが、笑い、語り合いながらロビーに歩いてきたため、彼らはしかたなく話を中断しなければならなかった。エレベーターのドアが開くとふたりはほかの人と一緒に、一見なんでもないふりをして中に入った。狭い空間の中でジンソルは壁に寄りかかり、彼の刺すような視線をなんとか避けようとした。

一階に着くと同時にジンソルは真っ先に飛び出たが、ゴンは大股でついてきて追いついた。

「面と向かって話しましょう。いったい、どういうことなんだよ！」

彼の声が荒っぽくなった。一緒に降りてきた社員たちが彼らをちらちらと見ていたのでジンソルはあわてて声をひそめ、ささやいた。

「腕を離してください。みんな見てるじゃないですか」

「そんなこと関係ない！」

ゴンも今回ばかりは我慢できなかった。自分に非があると認めるのはやぶさかではないが、彼女がここまで急にすべての感情をたたんでしまうとは思わなかった。これ以上わずかも傷つくことがないように、最後のチャンスさえ与えようとしない彼女の防衛本能を痛いほど感じた。ジンソルはやや血の気の引いた顔で歯を食いしばって言った。

「わたしを放っておいてください。話したいことはありません」

「放っておいたじゃないですか！　あの日から今まで。あなたがひとりでいたいと体中で言っていたから、尊重してきたじゃないですか。それでぼくの心は穏やかだったとでも思っているんですか」

彼に握られた腕を振りほどこうとしたが、ゴンはむしろより強くぎゅっと握り、ビルの裏側の入口へと足早に歩いた。

「放してください！」

「放せません。ついてきてください」

ゴンの掌の力が肌を締めつけた。普段の温和な感じは消え、込み上げる怒りでいっぱいの彼の姿にジンソルは不安になった。ひと言でも、これ以上は刺激できないような緊張感。駐車場に着くとゴンは自分の車のドアを開け、ようやく腕を放して硬い声で言った。

「乗ってください」

恨みがましい彼女の視線を受け止めたゴンの表情は冷たく、哀れでもあった。

「あなたが自分で座りますか、ぼくが無理やり押し込みますか」

彼女が体をひるがえさないように腕を車体に伸ばし、ふさぐようにして立つ彼の顔には傷ついた感情の跡がくっきりと見えた。張り詰めていたジンソルの感情も一気にしぼんだ。

混み合う車をすり抜け、麻浦と汝矣島《ヨイド》を過ぎる間、ジンソルは助手席でなにもしゃべらないまま座っていた。ゴンも心を落ち着けるためか黙ってオーディオのスイッチを入れただけだった。

アイルランドのケルト風の静かで清々しいインストゥルメンタルが車内に流れた。しばらく彼から顔を背けたまま、ジンソルは背もたれに体をうずめ窓の外の街の風景をただ見ていた。

目的地がわからないのはゴンも同じだった。沸き立つ感情をどうすることもできず、なにも考えないまま彼はハンドルを握っていた。アルバムの最後の曲が終わりかけた頃、車は高速道路を走っていた。風の音が聞こえ、窓の向こうに重くたれこめた空の下には、荒涼とした冬の野原と凍って乾ききった大地が広がっていた。

「どこですか。ここは？」

「西海岸《ソヘアン》高速道路です」

「どこに行くんですか」

ゴンは答えなかった。ゴンの無表情な横顔がジンソルの心を暗くした。最近、彼もつらい思いだったことはわかっている。しかし、再びやり直したくないのが正直な気持ちだった。

「戻ってもらえませんか。疲れたので家に帰って寝たいんです」

「こんなところでどうやって引き返すんですか。インターチェンジを出ないと無理です。ここで今、寝てください。あとで起こしますから」

彼の声も沈んでいた。眠れるはずがなかった。ジンソルは言葉もなく寄りかかり、車が飛鳳《ピボン》インターチェンジを抜けて地方道へ入っていくのを見守った。ゴンのことをもう愛さないと心に決めてから、まだ一カ月も経っていなかった。今はまだ難しいけれど、できないことはないと思っていた。命がけの愛、人生を賭けた愛。そんなものをジンソルは信じていなかったから。とうていそこまで望んでいなかったから。

いつのまにか目の前に海が見えた。案内板を確認すると済扶島《チェブド》につながる「海の道」に向かっていた。少しずつ日が沈む夕方の空と海を背景に、干潟の上には白いセメントで舗装された道が明るく開けていた。海の道の入口にある小さな管理室から紺色の厚い上着を着た男が出てきて掌ほどの大きさの時刻表を渡した。

「このあと、六時十分に海の道は通れなくなります。一時間もありませんが、時間に気をつけて早めに戻ってくるか、あるいは明日の明け方、引き潮になってから通れます。よろしいですか。この時刻表を参考にしてください」

「わかりました。ありがとうございます」

ゴンは車の窓を閉め、真っ黒な干潟の上に白く際立つ舗装道路をゆっくり走った。数百メートルも広がる干潟の両端には遠くの海が水平線を描いていた。干潟を完璧に分けて延びる海の道。引き潮によって姿を現した二キロあまりの道が終わるとゴンは済扶島入口の駐車場に車を停めた。

彼がひとりで車から降りて少し離れた干潟に下りる姿をジンソルは座席に座ったまま眺めていた。一緒に行こうの言葉もなしに、ただドライブがしたかっただけのように、身を切るほど冷たい海風を肺の奥まで吸い込んでみたかったかのように、彼は砂と小石の交ざった干潟の、大きな岩の前にしばらく立っていた。

やがてジンソルも車から降りた。暗い雲の間に沈みゆく日の光が広がり、冷たい風が襟元から吹き込んできた。砂浜に下り立つと足の裏に無数の貝殻を感じた。奇妙な形をした岩がひとつ、にょきっと立っており、岩の真ん中あたりの深く暗い割れ目には人がふたりほど隠れられそうだった。強い風がジンソルの髪の毛を乱した。

「もう帰りましょう」

彼女が言った。海を見つめていたゴンが静かに口を開いた。

「あなたとうまくいってたときは楽しかった。あなたが……恋しいです」

ジンソルの心がひりひりと痛んだ。一緒に仕事をしていたときが楽しかったって……だからどうしろと。彼女は恨めしい思いで聞き返した。

「どうしてわたしが恋しいんですか」

「ただ、恋しいんです。あなたといるときが……一番、心が安らかで気分がいいから」

気の抜けたような笑いがジンソルの顔に浮かんだ。

「わたしはちっとも心安らかではありません。あなたといると胸が痛くて苦しいんです。だから、そばにいたくはありません」

「ぼくのことを愛してると言ったじゃないか」

ゴンが彼女を正面から見つめた。彼の声からは必死で抑えているやるせなさがダイレクトに伝わってきた。

「愛しているって言ったくせに、結局これで終わりですか。ぼくが一度心を乱したくらいでそんなに簡単に逃げるんだ？　告白さえすれば、愛が自分のものになるとでも思ったんですか。波ひとつたたない平穏なものとでも……」

ジンソルの表情も硬くなった。ゴンはこれまで我慢していた感情が湧き上がっているようで表情も声も熱かった。

「ぼくが間違っていたのは自分でもわかってる。でも、少なくともチャンスはくれないと。このまま、こんな形であなたとの関係を終わりにしたくはないんだよ！」

「どんなチャンスがどれだけ必要なんですか。それはわたしに、もう少し待ってくれ、もう少しあなたを見つめていてくれと言っているのと同じでしょう。どうしてわたしがそうしないといけないんですか」

「それなら、そもそもぼくを愛しているなんて言わなきゃよかっただろう。あなたの、それくらいの感情は、愛でもなんでもないよ」

ジンソルの顔から血の気が引いた。彼女は痛いほど唇をぎゅっと噛んだ。少しずつ薄暗くなった西海の干潟で、ゴンは岩の前に立ったまま驚くほど冷たく言った。

「ぼくは、ほんとうにあなたがぼくを愛してるんだと思った。この程度のことで、傷つくのが嫌だから引き下がると言うのなら、愛しているの言葉もでたらめだったんだろう。愛と呼ぶ資格もない感情だよ。あなたのそんな気持ちは」

ジンソルはようやくのことで口を開き、震える声で言い捨てた。

「他人の感情についてわかったようなことを言わないでください。先に好きになって想いを告白したのはわたしです。そちらではなく。あなたになんの権利があってわたしの心を……」

「そこまで言う人が二度目のチャンスをくれないんですか。そんなに冷たく、一度であっさりと突き放すんですか。あなたの愛なんてそんなものか。たったそれっぽっちの情けない愛なんだね」

「そうよ。わたしの愛なんてたかだかそのくらいのものです。傷つきたくないんです！　愛がなんなのかもわからない相手に、自分の心をのぞき込むことに慣れていない人に、なんでわたしがすべてを賭けないといけないんですか！」

感情が爆発してしまったジンソルも憤った目で彼を凝視していた。

「そちらがそう言ったじゃないですか。わたしが愛していると言ったとき……通り過ぎる風のようなものかもしれないと。わたしもようやく、そうかもしれないと思うようになりました。ただ風が、わたしに触れて通り過ぎていったんだと。ほんとうにそれだけで、わたしの心臓まで突き刺したりはしなかったと。わたしだって簡単にそんなことさせないし」

彼らの呼吸は荒くなり、互いを激しく見つめていた。干潟を吹く風が冷たかったが、彼らは感じなかった。やがてゴンがあざ笑うような顔でうなずいた。

「そうか。そんなに簡単にぼくを忘れられるんだ。たかだかこの程度で終わり」

「忘れられるに決まってるでしょう。あなたも……エリさんをあんなに長い間愛してきたのに、今はどうですか。自分にもわからない感情をひとかけら残すだけで……すっかり色あせてるじゃないですか。この世のどこに永遠なんてものがあります？　なんだってそうですよ」

ジンソルは込み上げてきた感情にようやくのことで耐えた。ゴンは憂鬱な姿で疲れ果てたように岩にもたれていた。干潟の向こう、遠くに揺らめく海の水がぐっと近づいたように見えた。

「もう、出てきてください。すぐに水が寄せてきますよ」

「出ません」

彼らの視線がぶつかった。彼の口元に自嘲的な笑みがうっすらと浮かんで消えた。

「もうすぐ足止めされて動けなくなるよ。海の道が通れなくなったら、ぼくたちはこの島で孤立する。あなたが昔、憧れていたように」

「嫌です。帰りましょう」

「なにが嫌なんだよ。あなたもぼくと一緒にいたいんだろ。違うなら違うと言えばいい」

彼の低い声がジンソルの体の深いところを刺した。違うと言えるだろうか。違うと……。ジンソルはさびしそうな笑みを見せた。

「もちろん一緒にいたかった。あなたが笑えば幸せだったし……冷たくされたり、ほかの人のせいで傷つくのを見るとつらかった。あなたのそばにいるかぎりふたつの感情を同時に抱えていくしかないなら……むしろわたしは、たいしたことのない日々でもいいから、いつも変わらず平穏に過ごしたいんです」

ゴンはなにも言えないまま込み上げてくる複雑な感情を抑えて彼女を見つめていた。

「すてきな恋愛をします。愛するほどに悲しくて、愛するほどに苦しくてどうしようもなくなるのではなく……楽しい恋愛をします。最初からわたしだけを見てくれる、そんな人との恋愛です」

沈黙が流れた。夕日が消えゆく空はますます薄暗くなり、海は徐々に満ち潮へと近づいていた。彼らの襟と髪の毛が絶えず風に揺れていた。とうとうゴンが気の抜けたように短く笑った。

「わかりました。そちらこそ、したり顔で告白して、軽率だったよ。すべてを賭けるつもりもないくせに、ぼくは心の扉をわずかでも開けてしまった。もうすべて片付けて行ってください。わかったから」

誰かの手がつかんで離したかのように、ジンソルの心臓が痛んだ。

駐車場に戻り車に乗ったあともゴンはエンジンをかけただけでハンドルを握らなかった。なにか考えているように、ほの暗さが広がった干潟と海をガラスの向こうに眺めていた。静寂が続き、ジンソルのもどかしさが限界に達しそうになった頃、ゴンがためらいながら言った。

「もし、駱山《ナクサン》公園のあの日をなかったことにして、それ以前の、ぼくたちが普通に親しかった頃に戻れるかと聞いたら、あなたはどう答えますか」

「それは友人として過ごそうという意味ですか」

ゴンは気乗りしない様子でうなずいた。

「ぼくを男として見るのが嫌なら、ただ、いい人のままでいられるのかなと思って」

ジンソルは込み上げる心の痛みを隠してゆっくりと首を振った。

「ありがたいお申し出ですけれど……わたしはそんなふうにクールにもかっこよくもなれない人間です。今になってあなたと普通の友人として付き合う自信はありません」

彼は乱暴にギアを入れ、車を動かした。海の道が通れなくなるまで十分も残っていなかった。短い冬の太陽が水平線の下に傾き、灰色の空が海との境界線を消していた。遠い海の上に点々と花びらのような雪片が舞い始めたかと思うと、急に天気が変わった。雪片は灰色の海へ落ち、跡形もなく波の中へと吸い込まれた。

満ち潮の動きがこんなに速いとは夢にも思わなかった。窓の向こうにぐんぐんと近づいてくる海を見ながらも、ジンソルはなぜか怖くなかった。このまま水の流れに襲われ流されてもかまわないような、奇妙で非現実的な感じ。彼女は取り憑かれたように、干潟に満ちてくる西海を眺めた。少し離れた向こう側では、走り出てきた管理所の男が、ホイッスルを吹きながら早く来いとしきりに手を振っていた。ゴンが無表情な顔でアクセルをぐっと踏み込むと、車はあっというまにセメントで舗装された道を抜け、陸地に着いた。

すぐに周囲は暗くなり、車は依然としてスピードを出して走った。しばらくしてジンソルが振り返ると、遠くにあったはずの道は影も形もなく、灰色の海がまるで嘘のように水平線となっていた。

旧正月の連休が終わると帰省していた社員たちも顔を見せ始め、事務室はいつもの雰囲気に戻った。その頃、ジンソルは『映画音楽室』の原稿を書いていた。担当ディレクターは静かで素直な人なので、特にぶつかることもなく比較的気が楽だった。夜に放送される番組だが午前中に録音するため夕方に時間ができたし、そのぶん、会社でゴンに会う時間も減った。

ときどき……家のラジオで『花馬車』を聴いたりもした。ジンソルの勘が正しければ、まだ新しい作家は入っていなかった。どうやらゴンが原稿を書いているようだった。彼女が干渉することではないが気にはかかった。早くすべての状況があるべき姿になってほしいと願った。

そんな折、昨年末から飛び交っていた噂が事実となった。キム局長が完全に退き、ライバル関係にあったデホ組のペク部長が局長となる昇進人事が発表されたのだ。変わり身の早い社員たちはすでにペク局長という肩書きに慣れ、事実上クビ同然のキム局長はウソンアパートから引っ越すために部屋を売りに出したとささやかれた。

正直なところジンソルは、局内がどう変わるかにまで神経をつかう余裕もなかったが、チャン・イルボンディレクターが地方に転勤する話にはあまりいい気分がしなかった。ウソン組の中心人物でキム局長の右腕といえる人だったので、地方放送局への異動にあれこれ言う人も多かった。チャン・イルボンが机を片付けた日、ジンソルは会議室の前を通りかかり、彼が窓辺でひとりタバコを吸っているのを見かけた。その後ろ姿があまりにも意気消沈して見え、気の毒に思った。一緒に仕事をしていたときは必要以上にスタッフを管理する態度が面倒くさくて気にさわったが、先輩後輩としての義理はある人だった。その義理が災いして左遷されることになったようだ。これまでの流れを見ると、どの組にも縁がなく、厚遇されなくても中立の立場を守って頑固に自分のやることをやるイ・ソニョンディレクターのほうが、むしろ心穏やかなのかもしれない。

一月の最後の日、主調整室にいたジンソルは『ワールドミュージック』のメンバーたちと出くわした。最近はゴンもジンソルも、偶然会ってもそっけなくすれ違うだけで、わざわざ声をかけたりしなかった。彼もすでに彼女についてほとんどあきらめたように見えた。ジンソルはそのことにほっとしつつも、心の片隅で虚しい気分を感じずにはいられなかった。ゴンの後ろからはつらつと主調整室に入ってきたヒヨンが椅子に座った彼の肩の後ろに立ち、愛嬌たっぷりに抱きしめた。

「オッパ！　わたし、今日、話があるんだけど。あとで一杯奢ってくれないかな」

ヒヨンの言葉を肩越しに聞きながらジンソルはすばやくその場を離れた。間違いなく、特に関心もなさそうな口調で「わかった」と承諾するに違いないあの男の返事を聞きたくなかった。廊下を歩く彼女の口元に苦笑いが浮かんだ。イ・ゴンさん。生まれつきの悪い男。

家に帰る途中でスーパーに寄り、夜食用の軽い食べものと缶ビールを買った。今晩、遅くまで編集するというガラムがジンソルの家に泊まりに来るからだ。友だちが来るのは久しぶりなので、気分転換も兼ねてできるだけ楽しく過ごしたかった。

明朝渡す原稿を書き終わると十一時頃だった。そろそろガラムが来るはずだと思っていたら携帯電話が鳴り、液晶画面に見慣れない番号が浮かんだ。

「もしもし？」

電話の向こうから夜の街を車が過ぎる騒音だけが聞こえ、誰の声も聞こえなかった。間違い電話かと思って切ろうとすると、相手がふっと短く嘲笑ったのがわかった。

「コン・ジンソル？　ちゃんと出るには出たのね」

酒に酔った声。ジンソルは思いがけない相手に少し驚いた。

「ヒヨンさん？」

「あんたさぁ！」

突然、ヒヨンがかっとした声で叫び、瞬間、彼女はあっけにとられた。

「あんた、今すぐ出てこい」

「え？」

「出てこいって言ってるの。わたしとひと勝負しよう。ここはウソンアパートの近くのコンビニの前なんだけど……ここまで来るには来たんだけど……そっちの家がよくわからない。だから、そっちがここに出てきて……」

あきれ果てて腹を立てたジンソルは唇を噛みしめた。このお嬢さんはほんとうに！　湧き上がる怒りを抑え、硬い声で言い捨てた。

「ヒヨンさん、酔っ払ってるね。今、ひどく失礼なことをしてるから、頭を冷やして帰りなさい。正気になったときに謝罪は受けるから」

「おもしろいことをおっしゃいますね。誰がなにを謝るっていうの？」

「切るよ、ヒヨンさん」

「なんで、わたしが怖いから？　ゴンオッパが出てこいと言ったら稲妻みたいに走って出てくるくせに。きっと……」

これ以上、聞く必要もないので携帯を閉じた。まったく、青天の霹靂《へきれき》のような災難とはこのことだ。自分より歳下のアン・ヒヨンにまさかこんなことを言われるとは思ってもみなかった。酔っ払ってのことだから無視しようとつぶやいても、怒りが収まらなかった。ふーっ。深いため息を吐きながらコンピューターの電源を切って立とうとすると、もう一度携帯電話が鳴った。

「なによ、わたしの言うことなんか意味ないって言うの？　出てこいって言ってるじゃない！」

なにも言わずに切ったジンソルは携帯電話をぎゅっと握り、深呼吸をしながら立っていた。どんなに我慢しようとしても、アン・ヒヨンは触れてはならないところまで手を伸ばしてきた。もしかしたら、それまでジンソルがぐっと抑えていたあらゆる感情の覆いを、あまりにも無神経に剥ぎとったのかもしれない。

「まったく、わたしをなんだと……ぽつんと静かに暮らしているからばかにしていいとでも思ってるの」

　知らず知らずのうちに大きな声でつぶやきながらジンソルは着ていた服を脱ぎ捨て、ジーンズとセーター、厚い上着に着替えた。玄関のカギを閉めてすばやく通路に出た彼女はぴたっと立ち止まると、再び戻って玄関の牛乳入れにカギを落とした。それからガラムに電話をかけた。

「わたし。牛乳入れの底のほうにカギを入れてあるから。それで開けて入ってて。ちょっと出てくるから」

「どこに？」

「知らなくていい」

　足早にアパート入口の階段を降り、闇に閉ざされた冬の夜の街を探し回った。今日みたいな心持ちなら、誰とでもボクシングだってできそうだ。商業ビルにある、明るく照明がついたコンビニの前に小さくしゃがんだヒヨンが見えた。どれだけ飲んだのか、すぐに倒れそうで、頭を膝にうずめたままアスファルトを見下ろしていた。ついにジンソルがその前に仁王立ちになった。

「アン・ヒヨン！」

　恨めしさと腹立たしさが混じった冷たい声にヒヨンはゆっくりと顔を起こし見上げた。すでにまなざしはかなり怪しかった。

「あ、コン・ジンソルだ。ほんとに来た」

「立ちな。ひと勝負するんでしょう。どう勝負するの」

するとヒヨンはなかなかやるなという顔をして、ふっと鼻で笑った。

「あらら、気付け薬でも飲んできたんですか。ずいぶん肝っ玉が大きくなって」

つぶやいていたヒヨンの首が、再びがくっと折れた。同時にしゃがんでいた膝がふらふらとしたかと思うと力が抜け、アスファルトの歩道に尻餅をついた。ジンソルは唖然とした。無礼な口をきくヒヨンのことがひどく憎らしかったが、酔ってふらつく人をいったいどうしたらいいのか。ヒヨンは聞こえるか聞こえないかの声で、地面を見ながらつぶやいた。

「あんたがなんで割り込む……」

「なに？」

突然、ヒヨンは感情が爆発したかのように夜の街に響く声で叫んだ。

「あんたがなんで割り込むのかって聞いてるの！　エリオンニだけでも手に余ってしょうがないのに！」

ジンソルの顔から血の気が引いた。地べたに座ったままヒヨンは声を上げて激しく泣き出した。こらえきれず、胸が張り裂けて頭がおかしくなりそうなくらい、世間体などまったく気にせず、子どものように、アスファルトの上でやたらに足をばたばたと踏み鳴らしながら。

「エリオンニだけでも……手に余ってしょうがないのに……あんたがなんで割り込むの……」

わんわんと泣き崩れるヒヨンにジンソルはつい胸が詰まり、体を硬くしたまま見下ろしていた。とびきり美しいヒヨンの顔が涙ですっかりぐしゃぐしゃになって歪んでいた。ヒヨンが地べたをばたばたと蹴りながらまた叫んだ。

「ひどい男、殺してやる!」

殺してやるという言葉がジンソルの耳に忘れがたい響きを残した。ああ、その言葉が、この憎らしい小娘の言葉が、どうしてこんなに切なく聞こえるんだろう。殺したいほど愛しているという意味に聞こえるのはなぜ。ヒヨンは涙でびしょびしょのままジンソルを見上げ、痛々しく言った。

「わたし、今日、失恋したんだけど、まあ、それはいいってこと。もともと付き合うのは無理かもと、覚悟はしていたから。でも、それがどうしてユン・エリじゃなくて、あんたなの。ねえ。それは認められない!」

「ヒヨンさん」

ジンソルは彼女の前にしゃがみ、なだめようとした。このままずっと爆発させていると気絶しかねなかった。しかし、ヒヨンは肩に触れたジンソルの手をつれなく振りきってすすり泣いた。

「最後に一度だけキスしてって言っただけなのに……コン・ジンソル! あんたとキスしたからだめなんだって。いったい、なにそれ! あんたの唇が残っているからだめなんだって。そちらは何様? わたしがどれだけの歳月を注ぎ込んだと思ってるの。それなのに、今になって!」

ジンソルの心臓は凍りつきそうだった。彼がそんなことを言ったのも、こうやって子どものように泣き叫ぶヒヨンを見るのも衝撃だった。突然、ヒヨンがうーっと言うと、頭を下げて戻し始めたので、ジンソルはあわてて彼女の背中を軽く叩いた。しばらく吐いていたヒヨンが苦しそうにつぶやいた。

「水をください。口をゆすぎたい。気持ち悪い」

ジンソルはコンビニに入り、ミネラルウォーターを一本買って出た。フタを開けて渡すと、ヒヨンはうまくつかめず、口に当てて飲ませてやらなければならなかった。ヒヨンはゆっくり水で口をゆすいでから二、三度吐き出し、横にあった街路樹の根元にすっと寄りかかった。

「ああ、まじかよ。吐いたらすっかり冷めちゃった」

ジンソルは深くため息をつきながら聞いた。

「タクシーに乗せてあげたら家に帰れる？」

返事がなかった。ぼんやりしていると思ったら、街路樹に寄りかかったまま、ヒヨンは眠り込んでしまったようだ。人影も少ない暗い夜道で、ジンソルも途方にくれてしばしヒヨンの横にしゃがみこんでいた。そして、携帯電話を開いた。

「ああ、家に入れてた？　悪いんだけど商業ビルのほうにちょっと出てきてくれる？　家との中間あたりで会おう……出てくれればわかる」

電話をポケットに入れ、ジンソルはヒヨンの脇の下に手を入れた。ヒヨンは面倒くさそうに、細く目を開けてにらみつけた。

「起きて。まだしっかりしてるじゃない。わたし、あんたをかついでいく力はないからね」

ふらつくヒヨンを半ば引っ張るようにしてアパートのほうに歩き出すとまもなく、まるで救援兵のように、迎えに出てきたガラムが少し遠くに見えた。ジンソルの脇腹にぶら下がってよろよろしているヒヨンを見てガラムは目を見張った。

「なに、この子」

「わたしもわからない。ちょっとつかまえて」

ガラムのおかげでヒヨンを家まで引っ張っていくのがだいぶ楽になった。寝室のベッドに投げ出すように横たえ、ふたりはヒヨンの首に巻かれた緑色のマフラーと頭に被ったスカーフ、靴下などを脱がせた。ヒヨンがぼんやりとガラムを見ると、ひどく嫌そうに指で指した。

「この女は、いったい誰？　作家ですか。わたし、うちの局の作家、嫌いなんだから、帰れって言ってください」

「この女？　あんた、今、なんて言ったの。身の程知らずにもハン・ガラムリポーターを知らないの？」

ガラムは軽く腹を立てたのか腰にぴたりと手を当てた。ヒヨンは鼻で笑った。

「あの、ご・りっ・ぱな放送局の作家たちはわたしのことが嫌いでしょう。顔も見たくないと思われてるのもわかってる。ちぇ、わたしのことも知らないくせに。偉そうに……ほんとに偉いならなにも言いません。無視してさしあげますよ」

息苦しそうにつぶやくとヒヨンは壁のほうに寝返りを打ち、ついに静かになった。ジンソルは体の力がすっかり抜けた。ただでさえ広くない十七坪のアパートが大混雑しているように感じられた。

「お客様に申し訳ないんだけど、コーヒーを一杯淹れてくれないかな」

ガラムも気が抜けたまま答えた。

「そうしよう。実はあんたとお酒が飲みたくて来たんだけど、あの子を見てたら飲む気がすっかり失せちゃった」

しばらくして、ふたりの女は濃い目のコーヒーを前に向き合って座っていた。ふたりとも戦いから帰ってきた人のようにただぼんやりとした表情だった。ふとガラムが宣言した。

「終わった。別れた」

ジンソルはそんな友人をまじまじと見つめた。ガラムが肩をすぼめた。

「終わったの。式場を探し回るのもやめにした。全部、取り消した。取り消し」

頭がさらに痛くなったような気がしてジンソルは指で片方のこめかみをぐっと押した。

「それなら、あの演出家とまた付き合うことにしたの？」

「あの男にも付き合ってる新しい恋人がいる。わたしとはあの日だけの浮気。両方、逃しちゃった。両方！」

ガラムは両手で頭を深く抱え込んだ。ジンソルは気抜けしたような顔で無理に笑った。

「恋愛の名手も木から落ちるなんて、悲哀を感じるね」

ガラムが気のない顔で聞いた。

「あんたはゴンディレクターとどうなったの」

「どうもこうもないよ。わたしがすっかりだめにした」

「なんであんたがだめにするのよ?」

「最初から……あんな告白なんてしなきゃよかった。わたしがばかなの」

食卓の周りにコーヒーの香りが漂い、彼女たちはそれぞれ物思いにふけって黙り込んだ。寝室からはなんの音も聞こえず、夜が更けるにつれて憂鬱な気分が増していった。

ガラムがそろそろ寝ないと、とコンピューターのある部屋に布団を持って入っていったあと、ジンソルもベッドに行き、ヒヨンの隣に横たわった。疲れが押し寄せ目を閉じて眠りへ落ちていくしばらくの間……。暗闇からヒヨンの小さな声が聞こえた。

「エリオンニがわたしのアイドルでした。十代の頃は」

ジンソルに背を向けたまま、壁に向かってヒヨンはつぶやくように言った。

「きれいで、勉強ができて、歌もうまくて、作文コンテストでは一等になって。どれだけ多才だったか……将来なにをしてもうまくいくと思ってた。それなのに……ひとりの男の横であんなふうに幸せそうにして、茶房でお茶を入れて。結婚しようと言われるまで待って。わたし、あんなオンニ、嫌なんです」

深いため息をつくとヒヨンは自嘲気味に笑った。

「わたし、もうやめます。ゴンオッパのことは好きだけど、自分自身のほうがはるかに大事だから。わたし、成功します。うまくやってみせます。あの男とピュリッツァー賞のどちらかを選べと言われたら、賞をもらいます」

涙が込み上げたのか、ヒヨンの声は湿り気を帯びていた。ジンソルが静かに聞いた。

「泣いてるの？」

返事のないまま洟をすする音が聞こえ、ずいぶん経ってからヒヨンはようやく声を整えプライドを取り戻しながら言った。

「泣くのは今日一日だけ。今後の人生で男のためにわたしが貴重な涙を流すことは二度とない」

眠気も訪れそうにない夜。枕を直して頭を置いたジンソルの心にもさびしい風が吹いていた。

『映画音楽室』を担当するようになってから、その都度聴かなくてはならないCDがかなり増えた。ある日の午後、ジンソルが参考のために聴いたサウンドトラックアルバムを返却しにレコード室に行くと、キム・ミヨンは席をはずしており、イ・ゴンひとりが陳列棚の前で選曲中だった。目が合ったので、ジンソルは軽く頭を動かし見えるか見えないかの目礼をした。返却用のカゴにCDを入れると、ゴンがぶっきらぼうに言った。

「そんなふうにしないでくれますか」

ゆっくり振り向くと、彼はぱっと見には無表情で音楽を選んでいた。

「適度で……境界線をはっきりと引くようなあいさつ。ほかのひとたちにするのと同じように、投げ売りみたいなあいさつ。むしろぼくにはしなくていいですよ。そんなに嫌なら」

ジンソルはかろうじて苦笑いをして見せた。しんどいな。ほんとにこの男は。

「まったく……あいさつもするなって意味ですか」

「無理してるのがわかるからうれしくないですよ。ひとつも心穏やかでないとわかるようなあいさつをされても、いいことなんてない」

「わたしの心が穏やかかどうか、なんであなたにわかるんですか」

ゴンが暗い顔で笑った。

「穏やかなはずがない。ぼくがそうじゃないんだから」

ジンソルはカゴのCDを整理しながらなんでもないふりをして言った。

「わたしはそちらが思っているよりもずっと平気で暮らしてますから……わたしがつらい思いをしているんじゃないかなんて推測はけっこうです。実際、わたしたち、憎むほどの間柄でしたっけ。いわゆる……深い仲でもないし、わたしが一方的に思いを寄せてただけですから気をつかわ……」

ゴンが出入口へすたすたと歩いていき、厚い防音ドアをぴったり閉めてロックをかけた。ジンソルが驚いて見つめると、再び大股で近づいてきた。彼女がもたもたと後退りをすると、陳列棚に背中がぶつかった。ジンソルはとうとう陳列棚と彼の腕の間に閉じ込められた。ゴンは腹立ちをうっすらと感じさせながら低く嘲笑った。

「今、なんて言いました。いわゆる、深い仲？　肉体的な関係のことを言ってるんですか」

一瞬のうちに彼らの間に張り詰めた空気が流れた。出入口のドアは固く閉められ、廊下からのぞけるガラス窓からは今、彼らが立っている陳列棚の中側は見えなかった。

「じゃあ、万が一、ぼくたちが寝ていたら別れなかったとでも言うんですか。ほんとにばかだな。寝るのなんて簡単だよ」

ジンソルは硬い顔で彼を凝視し、ゴンは怒ったまま失望したような顔で彼女の前に一歩足を進めた。

「それで、寝てないから欲望を感じた瞬間がなかったとでも？　ぼくと一緒にいて胸が高鳴ったことがなかったのかな。あなたは心の中でぼくと寝たことはなかったの？　もしあるなら、それはもう寝たってことだろう」

彼女は知らぬうちに耳の下まで真っ赤になった。それは事実だったから。声が震えてしまったが、なんとか動揺を隠して答えた。

「憎らしい言い方をしますね。飛躍しすぎでしょう」

「なにが飛躍だよ。ぼくは何度も想像したよ。コン・ジンソルと愛を交わしたらどんな感じか、死ぬほど気になったよ。そりゃあ。ぼくが後先のことを考え、卑怯な奴にならないようにと自制しなかったら、とっくに寝てたよ。でも、だからって、はたしてあなたは逃げなかったのかな」

ふたりの視線が絡み合った。彼の視線につかまったシンソルが息もできずにいると、ゴンが静かに手を動かし、彼女の髪の毛をさわった。

「あなたとしたことはすごくたくさんある。距離を置こうとはしてるけど……すごく苦しいんだよ、近頃」

ジンソルは胸が張り裂けそうだった。彼が顔を寄せ、いつのまにか唇が近づき、彼女の唇をかすめるように覆った。忘れようと努めてきたゴンの感触が触れ合った肌から再びありありとよみがえった。血管に勢いよく血がめぐるのを感じながら、ジンソルはかろうじて頭を横に向けた。

彼女の顔に現れた苦痛にゴンの表情も暗くなった。

「そんなに許せないんですか。ぼくはあの日以降、ソヌにもエリにも一度も会ってない。連絡もしていないし」

「なぜですか。心配じゃないんですか」

「心配ですよ。死ぬほど」

ゴンは最後の言葉をスタッカートのように一文字ずつ切りながら言った。ほんとうに死にそうな感じが切実に伝わり、ジンソルは心がひりひりした。彼は本心を言っていた。

「心配でどうかなりそうだけど、今回はぼくも友だちまで面倒みられません。今回は、そんなことをしちゃだめだと思う。万が一、ぼくが今出しゃばったら……」

彼が言葉を濁すとジンソルがささやくように聞いた。

「出しゃばったら？」

「それまで保ってきたバランスがすっかり壊れてしまう。取り返しがつかないほど」

ゴンが静かに言った。ジンソルは泣きたい気持ちをぐっと押さえつけた。

「本音を言えば、心から求めていたことじゃなかったんですか。やりたいようにやればいいのに」

そんなジンソルをじっと見下ろしゴンはさびしそうに笑った。

「いざその瞬間になると、結局はぼくも逃げたくなった。はたしてそんなことしていいのかとも思ったし、それに、あなたのためにもできなかった」

ついに、ジンソルの目には涙がにじんだ。なぜだかゴンの心が、まるで干からびた地面のように、長い日照りの末にひびの入った地べたのように感じられた。今にも埃がたちそうなほど乾きった悲しみ。彼を浸す泉の水のような愛情が彼女にあるだろうか。自信はなかった。そんなふうに、ほとばしる愛。尽きることなく流れ、みずみずしさを保ち続ける、たやすくはない愛。ジンソルはやるせない口調でささやいた。

「そう言えばわたしが喜ぶとでも思ったんですか。ほら、あなただって逃げたいくせに。だったら、わたしが逃げても当然でしょう」

ドンドン、誰かがドアを叩いた。ゴンは開けたくなかったが、しかたなく出入口に向かった。ドアが開くと、廊下に立つキム・ミヨンが腕いっぱいにCDを抱え、とまどった顔で彼らを見つめていた。

「もう少ししてから出直そうか。ここはわたしの事務室なんだけど」

「いいのよ、オンニ。ごめんなさい」

ジンソルは小声で謝りながらレコード室を出た。背中をまっすぐ伸ばして廊下を歩いたが、足が震えてすぐにでも座り込みそうだった。どうしてこんなに、簡単じゃないのだろう。誰かを愛することも、忘れることも、すべてが難しい。この世で、たやすくできることってなんだろう。そんな問いかけがこだまとなって、心の中にわんわんと響いていた。


二月のはじめ。局の雰囲気はだんだん悪くなった。実力者が交代したのに続き、人員整理が始まるという噂が広がり、危機感を持ったフリーランサーたちも労働組合を通して交渉を始める動きを見せた。何人かの作家たちの間でストを決議しようと意見が出て、最近の作家室はそれをめぐり意見が分かれていた。賛否がせめぎ合う問題なので、ストをすると決まっても、その取り決めがきちんと守られるかどうか疑わしかった。何年かにわたって一緒に仕事をしてきたディレクターとの親交があるうえに、リスナーを放り出して原稿を書かずにいられる度胸のある作家がはたして何人いるか。どうあっても番組は放送されるにせよ、質が落ちるのは明らかなので、例年のようにストの決議案だけ作って、実際には隠れて原稿を書くような事態が起きるかもしれなかった。

作家室に続く事務室の通路に労組の声明書が貼られた日。何人かのディレクターが、「どうしたらいいっていうんだ」という様子で腕を組み、貼り紙を読んでいた。そして、ジンソルもまた思いがけず、作家たちのいざこざに巻き込まれることになった。

「キム作家があの番組を書いてるってわかってるのに、どうしてそんなことができるの」

ドアを開けてすぐに、ジンソルは作家室の空気がひんやりと凍りついていることに気づいた。アン・ヒヨンがコーナーに追い詰められたかのようにキャビネットの前に立ち、硬い表情でこの雰囲気に相対していた。机の向こうではキム作家が涙で充血した目で、見たくもないと言わんばかりにヒヨンから顔を背け、何人かの作家たちがひどく険悪な様子でキム作家を守るように取り囲んでいた。ヒヨンは悔しそうに唇を噛み、力を込めて言った。

「言ったじゃないですか。担当を続けるのを知らなかったって。辞めるって聞いたんですよ、わたしは」

「アン作家はこの局の作家じゃないの？　番組がいくつあるか知らないの？」

「わたしはパクディレクターから頼まれただけです。番組ひとつを自分のものにしたくて出しゃばったとでも思ってるんですか。今やってる仕事だけでも、ものすごく忙しいのに！」

「そうなの？　そんなに忙しい人が、他人《ひと》の番組の代打を引き受けるってなぜ言ったの？」

言葉の矢が容赦なく飛び交い、ジンソルは場違いな第三者のように出入口の前に立っていなければならなかった。

「いったい、みんなどうしたの？」

ようやく彼女を振り返ったある作家が簡単に状況を説明してくれた。

「今朝、パクディレクターがキム作家に一方的に通告したんだって。今週いっぱいで辞めるように。あとはアン作家が引き受けるからって。これって、労組への弾圧じゃない？」

「前後の状況をきちんと調べてから、わたしを責めるなりしてくださいよ。なんで、みんなこうなんですか。まったく！」

ヒヨンが爆発するように叫んだ。正午の最新歌謡番組を担当するパクディレクターはジンソルもよく知っている人物だった。せっかちで気分屋なうえに、なにかというと作家のせいにする、文句の多い男。キム作家ときちんと話もせずに、アン・ヒヨンの意向を先に聞いたのは明らかだ。ヒヨンがよくわからずに引き受けたのはミスだったが、ジンソルはパクディレクターの過ちのほうが大きいと思った。もしかしたら、このところ、ヒヨンに対する気持ちが少し変わったせいかもしれない。そんなことがきっかけで何気なく彼女をかばってしまった。

「ヒヨンさんは知らなかったって言ってるじゃない。間にいるパクディレクターのほうが悪いでしょう」

一瞬、部屋にしらけたムードが漂い、ほとんどの人が信じられないといった表情をした。誰かがあきれた調子で言い返した。

「ちょっと、誰の肩を持ってるの？　パクディレクターを悪いと思っていない人がいる？　わたしたちが言いたいのは、ディレクターがどんな策略をしようと作家同士は義理を通さなきゃいけないってこと！」

「それは当然だけど……アン作家が知らなかったって言ってるんだから、彼女だけ問い詰めることないんじゃない？　パクディレクターに抗議しなくちゃ」

「もちろん、そうする。コン作家が心配しなくても。でも、ジンソルさん、いつからデホ組とそんなに親しくなったの？」

当惑したジンソルはそうではないと言い返したが、あちらの隅から別の誰かがおもしろそうに言った。

「だって、イ・ゴンさんと付き合ってるじゃない」

ジンソルの顔が瞬間、固まった。

「その話がなぜここで出てくるの。今の言葉に責任とれますか」

彼女が真顔になると相手は少しきまりが悪かったのか口をつぐんだ。雰囲気が妙な方向に流れたが、口出ししてきた作家は、はばからない調子でストレートにたたみかけた。

「コン作家が番組に戻るのを待ってるゴンディレクターは、ほかの作家を探さずに自分で原稿を書いてるじゃない。ディレクターが貞節を守るなんて、この業界じゃそうそうないよね」

泣いて鼻を赤くしたキム作家が裏切られたという目つきでジンソルを見つめ、傷ついたように顔をそむけた。ほかの人たちになんと言われてもかまわないが、キム作家がそんな態度を見せたので、ジンソルの心もずきりと痛んだ。ヒヨンは苛立たしげにカバンを持つと、あごをしゃくり上げ、断固たる態度で背を向けた。ジンソルの横をすれ違いざまヒヨンは彼女にだけ聞こえるような小さくぶっきらぼうな言い方でつぶやいた。

「ばかみたい。なんで口出しなんかしたのよ」

バンッとドアが壊れるほど強く閉まると、室内には気まずい沈黙が流れた。ジンソルはすぐに自分も出ていかなければならないと気づいた。みんな、お互いに目を合わそうともせず、今、彼女は招かれざる客のような立場だった。

ジンソルは静かにドアを開けて外に出て、非常口の階段をとぼとぼと上った。頭が痛み、ひとりでいたかった。心の底から複雑な感情が湧き上がり、腹も立ち、もどかしかった。一人ひとりが悪いのではなく、組織の今の状況が、全員をそんな態度へと追い込んでいた。

十七階の廊下を歩いていると第五スタジオでゴンが編集をしている姿が目に入った。知らないふりをして通り過ぎようとしたジンソルは衝動的にスタジオの出入口の前にすっくと立った。人の気配を感じた彼が振り返り、意外そうに眉を釣り上げた。

「なんで、わたしが嫌なことを言われなくちゃならないんですか」

「なにがですか」

「どうして作家を探さないでディレクターが原稿を書くんですか。そうすれば、義理堅い、偉い、いい人だと誰かが言ってくれるとでも思っているんですか」

ゴンはまったく理解ができないという顔でジンソルを見つめた。

「誰かがそちらに嫌なことでも言ったんですか」

「いいことなんか言われるはずないですからね。みんな、神経質になってるんだから」

ゴンは機材の停止ボタンを押し、テープが行き過ぎたぶんだけ巻き戻した。気の毒そうな苦笑いが彼の口元をかすめた。

「他人から嫌なことを言われるのがそんなに怖いのかな」

「誰が怖いと言いましたか」

「そうじゃないか。みんなからいい人だと思われて、なにがしたいの？　市議会選挙に出るわけでもないのに」

ジンソルはもどかしく、心が痛んだあまり、ため息をもらした。

「わたしはトゲのある関係がすべて嫌なんです。静かで心穏やかなのが好きなだけです」

「もちろん、そうでしょうとも。気の小さい人だから」

ゴンはなんでもなさそうに、無視するように言った。核心を突かれてジンソルはプライドが傷つき、そんな言葉で彼からはっきり指摘され胃が痛くなった。彼にどう言い返せばよいのだろうと、彼女はじっと息を整えながら言葉を探した。

「そういうあなたは……燃えるような意欲もない……一発屋の詩人でしょう」

ついに彼は仕事に集中することを放棄して複雑なまなざしでジンソルを見つめた。互いにぶつかり合った視線から小さな火花がはじけるようだった。

「ぼくが最近、ノートパソコンを手放せないのは『花馬車』の原稿だけを書いてるからじゃないんだよ。二冊目の詩集を契約したから。ここ何年か書きためた詩に手を入れて、春までに出版社に渡します」

思いがけない知らせに、ジンソルはそう、と言って後退りした。離れて過ごす間に起きた、思いもよらない近況におめでとうと言ってあげたかったが、こうなってしまっては今さら……という気がした。そんなニュースを伝えたゴンの表情にもうれしそうな気配は微塵もなかった。

「それから、古巣の心配をしてくれるのはありがたいんですが、新しい作家が来週から来ます。急だからとあわてて探したくなかっただけだよ。なんでぼくがフリーランスの仕事までしないといけないんだ」

ジンソルは思わず唇を噛んだ。彼は憂鬱そうな顔で小さく鼻で笑った。

「それじゃあ、静かに心穏やかに、一生懸命垣根を作って生きてください。ただ、自分が書きたいものの練習でもしながら」

ゴンが冷たく椅子を回し、もう一度作業を始めるのをジンソルは絶望的な気持ちで見つめていた。憎い。彼が……憎たらしい。ほんとうに憎い。ああ、でも……そうじゃない。憎くはない。抱きしめたかった。彼の後ろから、ただ、なにも問い詰めず、計算もせずにぎゅっと抱きしめたかった。ジンソルは逃げるように急いでそこを抜け出した。

日曜日の午前。枕元で携帯電話が鳴り、ジンソルは浅い眠りから目覚めた。このところさっぱり深く眠れず、なんとか明け方にようやく眠りにつくせいで頭の中がなんだか落ち着かなかった。しかし、電話の向こうから聞こえてきた独特の声に、ぱっと正気に戻った。

「わだす、イ・ピルグァンだっす」

「おじいさま」

「おととい、『花馬車』カラオケに電話したんだべ。そうすたら、ほかの人が出だがら。どうすたの」

久しぶりに聞く老人の声にジンソルはなぜか胸がじんとした。

「昨日の夜、ゴンの奴が家に来たがら尋ねたんだけど、なにも言わねえのさ」

「それが……事情ができて番組を移りました」

しばらく、電話の向こうで沈黙が流れ、老人はがっかりしたように痛々しい声でつぶやいた。

「それは、残念さ」

ジンソルはベッドから起きて窓を開けた。冷たい風が吹き込んできたが、窓の外に見上げる冬の空は青く澄んでいた。空気を取り入れながら彼女は明るく言った。

「先日、お借りした資料のスクラップもお返ししないといけないのに……まだ、わたしのところにありますね。申し訳ありません」

「申し訳ないなんてことはないさ。わだすが使うもんでもないがら。んでも、受げとらなければならねけんど。いづもらえんべが」

「おじいさまの都合がいい時間に」

「そんだば、すぐにいらっしゃい！」

ジンソルは久しぶりに笑った。いつでも思い立ったが吉日というのがイ・ピルグァン翁だった。

「えーと、落ち合う場所は南山《ナムサン》、十四時三十分ちょうどに会うことにすんべ」

いきなり、忙しい日になった。家で憂鬱に過ごすはずだった時間が、急なデートの約束で満たされた午後、久しぶりに着飾ったジンソルは南山植物園の入口で、こちらもトゥルマギ〈コートのように着る伝統的な外出着〉で精一杯のおしゃれをしてきたイ・ピルグァン翁と会った。

冬の風はひえびえとしていたが、日の光が比較的暖かい陽気だった。「大人五百ウォン」と書かれたチケットをイ老人が買い、ふたりは光でいっぱいの植物園に入った。

「冬にはデートの場所としておあつらえ向きだっす。温室だがら暖かいし、普通の花だけでなくて蘭も見られて……いいところだっぺ」

老人と並んで通路を歩きながらジンソルは笑った。一面が茶色と灰色の真冬に、真っ青な観葉植物を見ると、目が清められるような気がした。ひとつの植物園を出ると次の建物が続き、サボテンでいっぱいの温室では通風口から砂漠のような温風が吹き出ていた。

老人がふと歩みを止めて植物園の片隅で売られているミニサボテンをごつごつした指先で指差

した。

「ジンソル先生、あれを買ってあげようか」

「え……」

断る隙をまったく与えずに老人は売り場の前に行き、細長い籠に三つずつ並んでいるミニサボテンを手に取った。

「これはひとついくらだが」

「セットで五千ウォンです」

販売員が親切に答え、老人は小さな財布をもぞもぞと開いて紙幣を一枚わたした。ジンソルは高さの揃ったサボテンを大事に受け取った。

「ありがとうございます」

「もっどええものはゴンの奴からもらってけろ」

老人は何気なく言って、後ろ手を組んだまま歩いていった。ジンソルは言葉もなく、晴れやかな顔で笑うばかりだった。植物園が終わると小さな動物園に出たが、イ老人とジンソルはゆっくり回り道をしながら、公園の道を降りた。老人は彼女を公園のふもとにある小さな食堂に連れていった。エプロンをした中年の女性が近づき、注文を受けた。

「なにを召し上がりますか」

「えーと、ここはおでんダネの入ったスープとビビンパがうまいべ。それを頼むのはどうがな」

「はい」

ジンソルがうなずくと、女性は大きな声で注文を叫び、戻っていった。老人が首を長く伸ばし、キッチンをこっそりと見やった。

「しょっちゅういらしているみたいですね」

ジンソルの言葉に老人はびくっとすると、恥ずかしそうにほほほと笑った。

「わだす、ここに知っている人がいるがら」

それから急いで話題を変え、トゥルマギのポケットから白い封筒を取り出してテーブルの上に置いた。きちんと折りたたまれた薄い観光パンフレットが一枚、中から出てきた。

「近いうちにゴンの奴が休暇をとるから、コン作家も一緒についていくべ」

「どこですか」

「ニュージーランドさ。上の孫が、顔をずいぶん見ていないからみんなで来るようにと招待してくれたのよ」

パンフレットはニュージーランドの風景写真が載った広告用のものだった。湖と渓谷、青々と開けた草原、先住民族マオリの民俗公演と絵のような牧場の風景などが鮮明に印刷されていた。

老人は老眼鏡を出して鼻にかけると眉間を寄せ、絵で描かれた地図の隅を指でトントンと叩いた。

「ここ、ここ、オークランドさ住んでて、少し前に景観のよいところにまた引っ越したらしいさ。ちびっこたちの学校も移って。一緒に行くべ。コン作家も」

老人はうれしそうにせがんだが、ジンソルは笑顔を見せたままゆっくりと首を振った。

「わたしは行けませんよ。家族旅行ですから」

「なにを言ってんのや。休暇で行くんだべ、最近の若い娘さんたちはリュックを背負って気軽に旅行にも行くんでないの」

ジンソルはただ笑っていた。老人の気持ちはうれしかったが、そんな状況ではなかった。注文した料理が出てきた。ガラスのドアから日の光が差し込む午後のひととき。食事を終えると女性が食器を片付け、ジンソルは水を飲んでいる老人に向かって笑いながら、出し抜けに聞いた。

「あのおばあさんはどなたですか」

「ううん?」

向かい合って座る老人の視線の先を黙って追うと、この店の主人の家族なのか厨房とカウンターの間をぶらぶらと行き来するおばあさんがいた。パーマをかけた端正な髪は茶色に染めているが、顔の様子を見ると七十歳くらいに見えた。美しく歳を重ねた顔だったので、もしかしたらもう少し……。イ老人がきまり悪そうに笑い、少し声を低めた。

「実は、あの人が息子の嫁と一緒に南山のふもとで食堂をしているという話を昔の楽団仲間に偶然、聞いたのよ。さげ、最近はときどき来で見でるの」

「どうしてあいさつしないんですか」

老人は強く否定するように手を振った。

「して、どうなるんだべ。若ぐて二枚目だった頃だけ覚えておいでもらわねえど」

ジンソルはにっこり笑うといたずらっぽく聞いた。

「お好きだったんですか」

「んだこどはね！」

しかし、イ老人はシワのよった額を掻くと、すぐに言い直した。

「んだな。正しぐ話すっと若いどきはあの人と一緒に逃げて、田舎に小せえ家さ建てで住もうがと考えたりもしたっぺ」

「そうなんですか」

「んだ。だけど糟糠の妻を差し置いてどうしてもできながった。んだけど、うちの妻の心を傷つけたのは同じなんだから、どうせなら一度、暮らしてみればよかった」

ジンソルはつい笑い出してしまった。

食堂を出るといつのまにか短い冬の日は西へだいぶ傾いていた。バス停まで歩きながらイ・ピルグァンは心にしまっていた言葉をそっと口にした。

「うちのゴンが気に入らねが？」

他意のない老人の問いかけに並んで歩くジンソルの胸は詰まった。

「いいえ、そんなことはありません」

しばらくアスファルトの道を下りてから、老人はなだめるように温かい声で言った。

「人間てのは……三十歳を過ぎると、直して使うことができないんだべ。直らないのよ」

ジンソルは黙って聞いていた。

「補い合いながら使わないといけない。んだ。あの人さ、補って使うべ。ほだなふうに考えてけねが。あいつが持っていないもんをあんたが補って。ほだなふうに」

「はい」

なぜか涙がじわりとこみ上げ、彼女は目をしばたたかせた。バス停の前で老人はジンソルの背中をトントンと叩いた。

「気をづけて帰ってけろ」

バスの入口を上る老人の後ろ姿が涙のせいでにじんで見えた。前のほうの席に座った老人は帽子をとり、停留所でサボテンを抱えて立つ彼女に手を振って見せた。白髪交じりの姿はバスが出発するとすぐに消え、暮れていく冬の日の光だけがその場に残っていた。


数日後。ジンソルは調子の悪いコンピューターに苦労させられ、午後の間ずっと、本体を足でドンドンと蹴ったり、電源を入れたり切ったりを繰り返していた。まるで泣きっ面に蜂だった。会社の雰囲気が険悪で、そうでなくても仕事をする意欲が湧かないのにコンピューターまでトラブルとは。明日の原稿に手をつけてもいないのに、かなりひどいウイルスにやられたのか起動さえできない。急いで作家室に行って書こうかとも考えたが、やはり行きたくなかった。

サービスセンターに電話すると、担当者が出ているため三十分後に連絡をすると言われた。仕事の手を休めてしばらく待っていると、電話のベルが鳴ったのですぐに出た。

「ジンソルさん、頼みがあるんだけど」

センターではなくイ・ソニョンディレクターだった。なんとなく嫌な予感がした。最近、イ・ソニョンは『幸せスタジオ』のほかに担当する別の番組の作家とひどく仲が悪かった。その作家は労組の代表で、実際に行動で示す人物だった。予感はやはり的中した。

「いますぐ担当作家がストに入ると、わたしが原稿を書かないといけなくなるんだけど……ジンソルさん、『映画音楽室』に変わって原稿の量がかなり減ったんじゃなかったっけ。わたしのほうちょっと手伝ってください」

「原稿を書いてほしいということだったら……難しいです。イディレクター」

「わかってる。もちろん、コン作家が書いたとは言わないから。わたしの個人アドレスに送ってくれたら、わたしが書いたようにするから。原稿の発注書も別に用意するし。どう?」

ジンソルは声にならないため息を飲み込み、彼女を説得した。

「誰が書いたのか作家仲間が聞けばわかります。困ります」

「物証なしの心証だけではどうにもならないでしょう。どうか助けて。お願い。うちの子、ここのところひどい風邪をひいて、肺炎にならないように夫と代わる代わる病院に通って、しなきゃならないことが山積みなの。心からのお願い。わたし、ほんとうにつらいの、ジンソルさん」

ジンソルはこんな居心地の悪い状況に置かれることが苦しかった。気弱になりかけたが、今回はそうはいかなかった。彼女も作家室に所属しているかぎり、ストに加わるかどうかは別として、裏切るようなことはできなかった。

「だめです。その依頼はどうしても受けられません。申し訳ないんですけど、わたしは書けないんです。どちらにせよ労組の一員なので」

ぎこちない沈黙が電話の向こうから伝わってきた。ジンソルが黙って待っていると、とうとうイ・ソニョンがあきらめたようにため息をついた。

「わかった。無理だとはわかっていたけれど、もしかして、と思って頼んだの。コン作家にいらぬ気をつかわせてしまったみたいね」

なんとか納得しようとしていたが、イ・ソニョンの声からはかなりがっかりした気持ちが感じられた。

「でも、正直なところ、さびしいな。これまであなたとはずいぶん長く付き合ってきたのに。ジンソルさんの立場もわかるけれど、もう少し情が通じる人だと思ってた。実際、ディレクターにはなんの罪もないじゃない。わたしたちも作家と上の板挟みで難しい立場だってわかってくれなくちゃ」

「わかります。イディレクター。でも、今回はどうしようもなくて……」

「わかった。ごめん。ゆっくり休んでください。じゃあ」

彼女の返事を聞きもせず、電話はすぐに切れた。緊張が一気に緩むとジンソルは電話を置いて、しばらく座っていた。故障したコンピューターを見つめ、サービスセンターの電話を待ったが、なんの連絡もなかった。しばらくしてもう一度電話をすると、混雑していて修理に来られるのは明日の午後だと言われた。

ジンソルは服を着替えて、アパートを出た。隣接する商業ビルのコンピューター代理店に行ってみるつもりだった。出張費が多めにかかろうと早く直さなければならなかった。代理店はシャッターこそ下りていなかったが、ドアが閉まりガラスに一枚のメモがテープで貼り付けてあった。

「しばらく外出中。午後五時頃に戻ります」

時計を見るとあと十分なのでジンソルは待つことにした。寒い日なのでジャンパーをかき寄せ、冷たい風を避けてビルの中に入り、うろうろしていた。しばらくしても、人が戻る気配はまったくなかった。退屈したジンソルは再び外に出て、電信柱の下に置いてある地域情報紙を一部持ってガラスドアの前にしゃがんで座り、適当にページをめくった。いつものように市外の不動産ページに目を通した。

京畿道龍仁《キョンギドヨンイン》　庭付き一戸建て。売り急ぎ物件。

時価よりも安く相談可能。

江原道《カンウォンド》注文津《チュムンジン》　別荘。展望良好。

リノベーション後、業務用としても利用可能。連絡はソウルに。


読み終えた情報紙をジンソルはくるくると丸めて手に持った。そろそろイライラし始めた。五時はとっくに過ぎ、今となっては意地で待っているようなものだが、まるで音沙汰がなかった。少し離れた商業ビルの一角にまだ片付けられていないチャンポンとジャジャン麺の器が、道端の埃をかぶったまま半分凍っていた。ふいにジンソルは声に出してつぶやいた。

「なによ。なんで来ないのよ。五時に来るっていうんなら、来ないとだめじゃない」

すると、いきなり涙がじんと湧き上がってきた。くるくる巻いた情報紙で八つ当たりするかのようにアスファルトの地面をポンと叩いた。

「なんで、コンピューターを直すのがこんなに大変なの。どうやって仕事をしろって言うのよ。まったく」

不思議なことに一度緩んだ涙腺を元に戻すことはできなかった。道ゆく人々が横目でちらっと見たが、ジンソルは知ったことではないとしゃがみ込み、情報紙を手に持って泣いた。道には煤煙の匂いが立ち込め、冷たい冬の風に乾いた土埃が黄砂のように飛んでいた。都会は灰色の光に満ち、すべてが支離滅裂だった。ソウルの空に張られた結界は消えてしまった。

数日後、長く悩んだ末に、ジンソルは仕事を辞めるとイ・ソニョンディレクターとキム・ヒョンシクディレクターに告げた。これ以上、未練もなかった。急なことで驚く彼らに了解をとり、彼女は二日にわたって時間が空くたびにレコード室の隅に座って地域情報紙に目を通した。

「やらかす者、そなたはコン・ジンソル」

あざけるようなつぶやきが彼女の口から漏れた。わたしのような人間が心を変えると決めたら、どれだけ極端な飛び方をするか見せてやる。苦々しくそう思ったが、なるようになれという気持ちではなかった。むしろ心は静かに沈んでいた。

ここ数日、かなり考えた。これまでことあるごとに情報紙をめくり、逃避するかのように田舎の農家の価格を調べていたが、どこまでも実現不可能な夢だと思っていた。しかし、あるときから考え方が変わった。なんでも、難しい、まだ無理だと考えればそうなるし、今だと思ってやってしまえば実現すると……。不動産会社に寄ってアパートを売りに出し、部屋のオーナーにも電話した。大規模アパート団地の小さな部屋だからすぐに入居者が見つかるだろうと言われた。オーナーに預けていた伝貰金《チョンセ》を受け取り、八年間毎月積み立てた貯金を崩せば、田舎の猫の額ほどの古びた農家一軒くらいはなんとかなりそうだった。

「まだ見つからないの？　昨日からそればっかり読んでるのに」

ＣＤ情報をコンピューターに入力していたキム・ミヨンが情報紙をガサガサさせているジンソルに聞いた。

「そうなんですよ。今日は京畿道があまり出ていなくて。田舎といってもソウルからあまり遠いと困るし」

当分の間は休むが、すぐにお金を稼ぐ必要が出てくるので、毎日の出勤でなくても、ある程度、行き来しやすい距離の必要があった。ふとミヨンが仕事の手を止め、ジンソルを振り返った。

「あ、南揚州《ナミヤンジュ》でもいい？」

「南揚州？」

「わたしの母方の祖母が最近、叔母の家に移って、田舎の家が空いていた気がする。確かなことはわからないけど。ちょっと待ってて」

ミヨンは電話を持って慣れたそぶりでボタンを押した。

「叔母さん、わたしです。おばあさんの家、あの田舎の、売れた？　まだ？　うん。家を探している人がいて。とりあえずわかりました」

ミヨンはうまくいけば収穫がありそうだという顔でうれしそうにジンソルに説明した。

「祖父が亡くなってから、家を守るとひとりで住んでいたんだけど、子どもたちがだめだとうるさく言ってしかたなく引っ越したの。それはすごい騒ぎだったから」

「そうなんですか」

「うん。今は空き家だって。ジンソルさんが興味あるなら一度、見る？」

南揚州か……。正確にはよくわからなかったが、なんとなく印象がよかったので彼女はうなずいた。

午後の放送を終え、ジンソルは事務室の隅のコピー機で映画会社から送られてきたプレスリリースをコピーしていた。ハリウッドのＳＦ大作であさってには試写会が開かれる予定だが、今の心境では宇宙を舞台に繰り広げられる超大型アクションを見に行きたいという意欲は正直なところ湧かなかった。事務室のあちら側ではペク局長の席を囲んで、社員たちが無駄話の最中だった。

恰幅のよいペク局長が周りの人たちに冗談を言っていた。

「〝酒色雑技〟という言葉があるが、おれは酒もいけるし博打もするけど、色だけはうまくいかん」

「かかあ天下だからじゃないんですか。奥様を怖がってらっしゃるじゃないですか」

誰かが答えると周りにいた次長級の社員たちがさもおもしろい冗談だというように、ははと笑った。聞き流しながらコピーを続けていると誰かがいきなりコピー機のカバーを閉めて、彼女をさえぎった。

「やめるそうですね」

静かだが怒りに満ちた声。ゴンだった。ジンソルは少しためらってからうなずいた。ゴンはもどかしそうに、ふーっとため息をついた。

「それが、あなたの見つけた正解なんですか」

ジンソルはコピーされて出てきた紙を順番に集めて整理しながら静かに言い返した。

「正解なんてどこにあるんですか。それなりに……いい答えならそれでいいでしょう。今となってはわたしにとって悪くない道です」

「ぼくのせいですか。ぼくに会いたくないから？」

ジンソルは彼をまっすぐに見ることができず、黙って紙をいじった。静かなゴンの声が切なかった。

「ぼくが、あなたに気づかないふりをしましょうか。知らないふりをしてあなたにかまわなかったら……そうすれば平気なのかな」

顔を上げると彼の憂鬱なまなざしとぶつかった。この男は心から言っている。ジンソルはためらってから、正直に答えた。

「そうじゃないんです。根本的に……あなたのせいでもありません。ただ、今、わたしの耳にはどんな言葉も入ってきません」

そんなジンソルをゴンは黙って見下ろした。

「あと三カ月すると仕事を始めて十年になります。なんとなく、こういう感じってないですか。ちょうど、なんというか、自分の中に井戸がひとつあって、その中の水をつるべで全部汲み上げて、とうとう底が見えてきた感じ」

彼女はわざとなんでもないようにプレスリリースを綴じ直し、コピーした紙をホッチキスで留めた。

「わたしがこれまで書いた原稿の量は、本にすれば数十冊になるでしょう。でも、そこから、誰かがこんなすてきなことを言ってました、と引用したものを省き、わたしが時間に追われず疲れてもいない状態で真剣に書いたものだけ選び出したら、半分の半分くらいにぐっと減ります。そこからつまらない文章をぜんぶとって、書いても意味のないこと、繰り返し書いたこと……自分で自分の文章をコピーしたようなものを除けば……」

ジンソルはなぜか悲しくなって、涙がこみ上げてきた。ごほっと咳払いをした。

「ほんとうによく書けたなと思えるものだけを選んだら、たぶん、二冊にもなりません。でも、それさえ結局は電波に乗ってすべて飛んでいった言葉なので、わたしの手にはなにも残っていません。ひとつの文章、たった一行さえ」

しばらく沈黙が流れた。ようやくゴンが気の毒そうにさびしく言った。

「電波に乗って飛んでいったものには意味がないのかな」

ジンソルがやるせなく笑った。

「わかりません。意味があるし、やりがいがあると思えば、それも間違いではないでしょう。でも……今のわたしは違います。いつのまにか、こんな状態になってしまったんです。あなたも、同じように言ったことがありますよね。職場での毎日も退屈で、すべてがつまらなくて、意欲も情熱もないと。人の心なんて同じ。わたしにもたぶん、そんな時期が来たんじゃないかな」

ジンソルは整理し終えた資料をコピー機の上に立て、トントンと端を揃えた。それから少し涙ぐんだまま、独り言のようにつぶやいた。

「わたし、十年もなにしてたんだろう。まったく」

ゴンはそんなジンソルを黙って見ていた。


週末、ジンソルはキム・ミヨンの車に乗って、一緒に郊外へと出かけた。ドライブを楽しむようにミヨンは鼻歌を歌いながら余裕のある表情だったが、ジンソルは窓の外を通り過ぎる風景ばかりを見ていた。ソウルを抜け、地方に入るあたりでミヨンが口を開いた。

「あくまでもわたしの推測だけど、イ・ゴンさんがジンソルさんのせいで苦しんでいるみたい」

ジンソルはそんなミヨンの横顔をまじまじと見つめた。

「なぜですか」

「何日か前にジンソルさんがCDを選ぶのを少し離れたところからずいぶん長い間見てた。そのときの表情が……なんにせよわたし、ちょっとどきっとしちゃった」

ミヨンが軽く肩をすくめた。ジンソルはそのまま話題を変えた。

「オンニが運転するって知らなかった」

「そう？」

「うん。オンニは黙って歩く姿しか想像できない。あるいは、自転車くらいかな」

ミヨンがハンドルを握ったままにっこり笑った。

「わたし、ひとりでもいろいろ楽しんでるよ。ドライブが趣味だもん、横に誰かを乗せることはめったにないけど。わたし、口には出さないけど活動的な人間だよ。行ったことない場所なんかないんだから」

ジンソルは笑いながら小さくため息をついた。

「わたしもそんなふうに生きないといけないんだけど」

「今からそうすればいいじゃない。仕事も辞めるんだし」

「お金がないからだめですよ。家を買って少し残ったのを使い果たしたら、また仕事を探さないと。でも、しばらくは休めるから、今はうれしい」

ミヨンはやさしくうなずいた。

「ほんと。過労になるほど仕事しすぎるのもよくないし、まったくないのも焦るよね。休もうと決めたんだから、ゆったりした気持ちで休みなさい。あまり長いのはよくないけど。仕事しなかったらなにするの。壁に向かって座禅でも組む？」

「座禅か……それもいいですね。座禅も」

ジンソルはぼんやりと繰り返しながら、車窓の外を眺めた。新しい年になってから体中の神経がすり減るほどつらかった。いや、もしかしたら体は消えて神経だけが残っているようにも感じた。これですべてが終わりだと考えると心穏やかだった。

気がつくと彼女たちの車は南揚州に入り、冬の陽光が茶色く枯れた野原を照らしていた。


時間は矢のように過ぎた。引っ越しは二日後に迫り、新しい作家への引き継ぎも終えた。ジンソルが人々への最後のあいさつがてら、退社時間に合わせて局に向かおうとすると、薄暗くなった街にはかなりの雪が降っていた。

ロビーでエレベーターを待っていると、華やかに着飾った二十歳になるかならないかの四人組のアイドル歌手がマネージャーについて入ってきた。夕方に放送される歌謡番組に出演する新人だった。一緒にエレベーターに乗って上がっていく間、彼らは互いにふざけながら清らかな笑みを見せた。すらりと背の高い肌が真っ白な少年たちのおかげで狭い空間が明るくなり、彼らの化粧品の淡い香りが漂っていた。まさに前途有望な、これから売れる希望でいっぱいの若者たち。

ここはいつもこんな場所だ。彼らがスターになろうが、一発屋として消えひとときの思い出になろうが、必ず別のスターが現れ取って代わる。そして、また新譜を宣伝する誰かがこのエレベーターに乗って上がり、笑い声を聞かせる。彼女ひとりが去ってもなにも変わらず、同僚も何日かすればすっかり忘れるだろう。ジンソルの心はただ穏やかだった。

ジンソルが辞めることはすでにみんなが知っていたので、局内の人たちとのあいさつも予想どおりさびしくなるねと握手をしたり、互いにありきたりの笑顔を見せながら元気でねと言い合う程度だった。事務室をざっとひと回りしたが、どんなに見回してもゴンの姿が見えなかった。もうすぐ休暇をとるとは聞いていたが、何日かあとだと思っていた。ジンソルはついに彼に会わずに去るんだなと、気分が沈んだ。あいさつくらいはしたかったのに。しかし、一方ではむしろよかったのかもしれない。無駄に涙がこみ上げても困るので。

そのとき、制作部のほうから退社の準備をしていたイ・ソニョンディレクターが思い出したように彼女に尋ねた。

「そうだ、コン作家は弔問に行かなくてもいいの？」

「どこですか」

「知らないの？　ゴンディレクター、家でご不幸があって昨日から出てきてないじゃない。社員たちは昨晩行ってきたんだけど」

ジンソルの表情がさっと硬くなった。

「ご不幸って……」

イ・ソニョンは知らなかったのかという顔で軽く舌を打った。

「おじいさまが亡くなったの。お歳のわりにはお元気だったのに、眠っている間に突然、亡くなられたみたい。明朝が出棺だと思う」

広々とした窓際の席に座るペク局長がサンダルを脱いだまま、片足をもう一方の足の膝に載せ、手で靴下をこすりながら何気なく口を挟んだ。

「老人の健康なんてそんなものだ。いつものように晩飯を食べても、そのまま夜中に死んだりする。それでも心臓麻痺なら苦しまずに逝かれたんじゃないか」

ジンソルは硬い顔をしてぼんやりと立っていた。今、聞いたばかりの話にまったく実感が湧かなかった。彼女の心は不安で震えていたが、夕方から夜になるビルの窓の外にはただ雪だけが降り続いていた。

アパートに戻り、コートの下のジーンズを黒いウールのロングスカートにはき替え、再び外に出てバスに乗った。イ・ピルグァン翁の喪屋〔棺が安置されている場所〕は恵化洞《ヘファドン》の大学病院の霊安室に作られていた。彼女の髪と肩に積もった雪は喪屋に入った瞬間に溶け、細かい水滴に変わった。「謹弔」のリボンをかけた白い菊のスタンドが廊下にぎっしり並び、そこにはゴンの父が在職する中学校の名前が書かれたものもあった。弔問客が多く、悲しみに暮れる知人たちの間で、喪服を着た何人かの親戚たちが行き交いせっせと応対していた。

向かい側に設けられた喪屋を見て、ジンソルはようやく一気に実感が湧き、涙がぐっとこみ上げてきた。黒いリボンをかけた写真の中のイ・ピルグァン翁は、精一杯カメラを意識した威厳のある表情で正面を凝視していた。菊の花がびっしりと飾られた喪屋の横に、出入口の彼女を少し驚いて見ているゴンの姿をジンソルは発見した。黒いネクタイに黒いスーツの彼と目を合わせたとき、ジンソルの耳にはなんの音も聞こえなくなった。混み合う霊安室の騒音は一瞬のうちに消え、ただ彼らだけが向かい合っているような錯覚さえ覚えた。ゴンのまなざしから深い思いが感じられた。

ジンソルは黙って靴を脱いで上がり、祭壇の前で焼香をして遺影に向かい二度お辞儀した。それから、横に立つ喪主たちと向かい合ってお辞儀をした。ゴンの父と訃報を聞いて急いで帰国した兄、そして、彼がいた。ゴンの前に座り、ひざまずいたまま、彼女はかろうじて口を開いた。

「故人の……冥福をお祈りします。なんと……言ったらよいか……」

「かまわないから」

ゴンが心づかいをするように彼女の言葉をやさしくさえぎった。

「なにも言わなくていいですよ」

涙が落ちそうで彼の顔をまっすぐ見ることができなかった。涙ぐんだままゴンの膝のあたりを見下ろすばかり。続いてすぐに別の弔問客が祭壇に焼香をしたので、ジンソルは立ち上がって席を空けた。喪主たちはまたお辞儀をしなければならなかった。

ジンソルは葬儀場の片隅に下がってゴンを見守ろうとしたが、喪服を着た女性が横にやってきて、ほかの客に交じって食事をするように勧めた。かなり広い空間に置かれたテーブルには餅やスープ、串焼き、果物といった食べ物が酒と一緒に置かれていた。わかったとうなずいたものの、なにも喉を通りそうになかった。

立っていた彼女はふと祭壇の端に置かれた別の額を見つけ胸がいっぱいになった。去年の秋にゴンの家の居間で見た、マドロス時代の若々しいイ・ピルグァン船員の笑顔が彼女を見つめていた。誰かがあの古いモノクロ写真を剥がしてあそこに置いたらしく、たぶんゴンがそうしたのだろうと思った。それでも……大往生だった。夜遅くにもかかわらず弔問客は途切れることなく続き、喪屋中に菊の花の香りが漂っていた。

ようやくジンソルはきびすを返した。建物から出ると再び雪片が髪の毛と肩に、先を争うように降り積もった。ぼたん雪で風はほとんどなかった。雪は音もなく次々と地面へ一直線に舞い降りてきた。雪が薄く積もった大学病院の歩道に足跡をつけながらジンソルはバス停まで歩いた。じっとバスを待っていると夜の空気を抜け、彼の声が遠く背後から聞こえてきた。

「ジンソルさん！」

振り返るとゴンが雪の中、街灯の灯った坂道を走って降りてきていた。彼女の心は一瞬で崩れ落ちた。彼はあっというまにバス停まで来ると息を整えながら彼女の前に立った。

「なにも言わないで行くなんてひどいよ」

「弔問客が途切れないから」

「まったく、あなたは……」

ゴンは二の句が継げないという顔でためらっていたかと思うと、手を伸ばしてジンソルの上着の襟を整えた。彼のまなざしに悲しみとともに、あふれるような思いと苦しさが感じられ、彼女はたまらないほど胸が痛んだ。彼の瞳にとらえられ、視線をはずすことができなかった。涙がこみ上げてきたジンソルはようやく口を開いた。

「寒いのに……どうして来たんですか」

次の瞬間、ゴンは彼女をぐっと抱き寄せた。ジンソルは息が止まりそうだった。彼が震える声で耳元につぶやいた。

「少しだけ、あなたを抱きしめさせてくれ」

彼は泣いているようだった。彼の肩がかすかに揺れているのをジンソルは感じた。目の前が霞むほどの涙を浮かべたまま両手を伸ばし、ゴンを強く抱きしめた。そして、雪片のかかった彼の髪の毛を手で静かになでた。

「泣かないで」

しかし、彼女も泣いていた。ゴンの濡れた頬と彼女の頬が触れ合い、いつのまにかゴンの温かな唇がこらえきれずに彼女の唇を求めた。ジンソルを抱きしめた腕にぐっと力が入り、彼女は砕けそうになりながら深く胸に抱かれた。ふたりは泣きながらキスをした。悲しくても唇は温かく、真冬の雪片は冷たかったが舌の先で感じる互いの涙は甘かった。

ジンソルは涙に濡れた目をつぶった。胸に伝わる彼の温かな体温と体臭が彼女の心を包み込んだ。ヘッドライトを光らせてバスが停留所に停まったが、乗らなかった。すぐにバスは出発し、彼らは長い間キスをした。悲しく熱い彼らのキスの上には、なおも夜空から白い雪片が、白《ペク》い年《ニョン》の雪《ソル》となって降っていた。

9

二月も終わりに近づいていた。冬はあとずさりするかのように野原をうろつき、まだ冷たい風が村の裏山を越えて吹いてきた。南揚州《ナミヤンジュ》の中でもひっそりとした田舎に引っ越して五日目。いつもと同じように静かな風景の中に日が昇り、一日が始まった。

少し古びてはいるが生まれてはじめて手に入れた家を好みに合うように自分の手で整えながら、ジンソルはようやく心の底からじんわりと平穏を感じていた。身に染みついた適度なさびしさと孤独。ひとりで家にいるときにふと気づく侘しさは、彼女にとってすでに身近なものだった。彼が恋しくて物思いにふけることにも、否応なく服に染みこんだ体臭のように慣れた。彼と最後に会ったとき、雪の中でさえ火傷しそうに熱かったキスの感触が今も忘れられないまま唇に残っていた。

ゴンは今、ソウルにいなかった。予定どおり家族たちと海外に発ったと、おととい、ガラムとの電話で風の便りのように聞いた。局にやってきて祖父の葬儀に来てくれた人たちに礼を言い、そのまま休暇届を出したそうだ。一家にとっては一緒に行きたかった一名が欠けた旅になった。孫の待つ遠い地に旅立った、ある老夫婦の心の内がわかるようでジンソルは目頭が熱くなった。

ゴンの姿が目の前にちらつくと、ジンソルはあえて体をせっせと動かした。今日は庭のボイラー室の掃除をした。設置してからずいぶん経つ、土埃の積もったボイラーがときどき眠りから覚め、ブルルと振動しながら稼働した。寝室と小さな部屋、板の間、台所へつながる赤いバルブが四つ並んでいた。ボイラー室のあちこちに張られた蜘蛛の巣を払ってから箒で土埃を掃き、ぞうきんでボイラーの本体をざっと拭いた。

それからジンソルは門を閉めて外に出て、村をひと回り歩き始めた。引っ越してくる前に降った雪が日陰では溶けきらず、荒涼とした野原のところどころに白っぽい地面が残っていた。刈り入れの終わった空っぽの野原の向こうに見える国道には車が走り、そこから少し離れた、村へと入る道の前には大きなプラタナスが守護神のように立つバス停があった。秋に実り、いまだに落ちていないいくつかの実が冬の北風にもなんとか持ちこたえていた。

「どうしてわたしが恋しいんですか」

「ただ、恋しいんです」

風の吹く干潟でゴンに尋ねた。どうしてわたしが恋しいのかと。彼はただ、と答えた。その言葉をジンソルは愛だと思えなかった。今は……彼女も彼が恋しかった。ただ、恋しかった。

家の裏に回り、丘に向かう道には村で唯一の小さな商店があった。埃をかぶった棚から麦茶のティーバッグとツナの缶詰を下ろし、冷蔵庫から牛乳を出して会計をした。店の後ろへ登る散策路には葉の落ちた冬木が並んで立っていた。荒涼としているが、そのさびしい小道が気に入った。

丘から眺める風景は梨花洞《イファドン》の駱山《ナクサン》公園から見下ろしたいつかの風景とはずいぶん違ったが、ひっそりとさびしい雰囲気にはなじみがあった。風が吹いてきてジンソルの髪を揺らし、野原の向こう側にある山の曲線は自然そのものといえた。願ったとおりにソウルを離れ、はたして心穏やかになったのだろうか。目の前に見える、ものさびしいものたちが一瞬でも心を慰めてくれるのだろうか。ジンソルは胸の前で腕を組んだまま軽く肩をすくめた。そう繰り返し考えることさえ意味がないと感じられる瞬間だった。今、与えられた時間をうまくやり過ごしたかった。彼女自身が幸せかどうか、よくよくのぞき込んでみたくもなかった。流れる時間をただ信じてみるのも悪くはないだろう。

午後には町から業者が来て、ようやくパソコンをインターネットにつないで帰った。前のコンピューターが古くなり、ハードディスクの交換をするくらいならとあきらめて、新たな気持ちで用意したノートパソコンだった。机の置かれた小さな部屋の窓からは裏庭の向こうに隣の家の野菜畑が見渡せた。野菜畑を越え、その横にある家の塀の内には鶏とウサギの小屋があり、明け方、その鶏が鳴く声で目を覚ますこともあった。

窓辺に置いたミニサボテンの植木鉢の横に、今、淹れたばかりの熱い麦茶のカップを置き、冷まそうとした。それから久しぶりにインターネットに接続した。メールボックスを開くと、いくつかのスパムメール以外に二通の新しいメールがきていた。一通はガラムから、もう一通は彼から。日付を見ると休暇をとってすぐ書いたようだ。ほかの言葉はなく、ただ一編の詩が書かれていた。

わたしがこの世に生まれ
数えきれないほど撒き散らしてきた言葉たちが
どこでどのように実を結んだのだろうと
静かにじっと考えることがあります
何気なく撒いた言葉の種でも
どこかで根を張っているかもしれないと考えると
なぜか恐ろしくなります

あるときは宙へと消え
あるときは別の誰かの胸の中で
愉快な実を　あるいは不愉快な実を結んだであろう
言葉の木

ジンソルはなぜか胸が熱くなり、涙がこみ上げてきた。それはイ・ヘイン〔一九四五年生まれの修道女。詩人としても多くの作品を発表している〕の「言葉への祈り」だった。視野が曇らないように目をしばたたかせながら、カーソルを下げた。

生きている間にわたしが口にする言葉は
とても多い気もするし少ない気もする
しかし　言葉なしには
一日たりとも生きることのできないこの世の暮らし
毎日毎日石のように冷たく硬い決心をしても
賢い言葉の主となるのは
なんと難しいことか
〈原注：イ・ヘイン「言葉への祈り」『四季の祈り』プンド出版社一九九三〉

「電波に乗って飛んでいったものには意味がないのかな」

あの日のゴンの声が再び耳に聞こえてくるようだった。彼はもしかしたら慰めようとしてくれたのかもしれない。飛んでいってしまった、なくしてしまった、言葉たちへのねぎらい。

一日が暮れ、小さな部屋の窓から見える西の空に夕焼けが沈もうとしていた。ノートパソコンを閉じ、頬杖をついたまま、ジンソルはぼんやりとその光景を眺めていた。夕焼けがあまりに赤くて野原に火がついたようだった。突然、静寂を破って机に置いた携帯電話が鳴り、彼女はびくりとした。液晶には発信者の名前がなかった。

「ぼくです」

しばらく沈黙が流れ、ゴンが再び言った。

「電話、かまいませんか」

「……はい」

「ニュージーランドにいます。家族旅行はとりやめようかとも思ったんですが……両親がひどく心を痛めていたので気分転換をしてほしくて来ました」

「知ってます。聞きました」

「あなたの家に電話したんだけど、つながらなかった」

「わたし……ソウルじゃないんです。数日前に引っ越しました」

再び、言葉が途切れた。彼は知らなかった。彼女はごくひっそりと、ミヨンとガラムくらいにしか知らせずに引っ越したから。彼女の引っ越しにどんな意味があるのかゴンはためらいながら考えているようだった。ようやく低い声が聞こえた。

「また、逃げたのかな」

ジンソルは携帯をぎゅっと握って心を引き締め、順序立てて話した。

「違います。田舎に庭付きの小さな家を持つのがわたしの夢だったって知ってますよね。当分は蓄えてあったお金を崩しながら暮らすけど……なんとかやっていけそうです」

ゴンがさびしそうに言った。

「ぼくを愛するのがほんとうにつらいのなら……やめてください。ぼくはどうやってもあなたを慰められないとわかってるから」

ジンソルは胸が痛んだがわざわざ口にしなかった。

「いつ帰ってくるんですか」

「六日後に飛行機に乗ります。毎日が退屈で」

彼の声に恋しさが潜んでいた。ゴンは少し迷ってから淡々と告げた。

「逃げたりだけはしないでくださいね。ぼくの人生から」

その言葉が胸に染みて、ジンソルは電話が終わってからも携帯を強く握っていた。通話を終えたバッテリーの熱が手の中で温かかった。


ヒヨンから電話がかかってきたのは翌日の午後だった。温かいすいとんを作って食べようと小麦粉をこねている真っ最中だったので、ジンソルの手には白い粉がこびりついていた。

「どこなんですか」

「なにが？」

「引っ越した町ですよ。ほとんど近くまで来てはいるみたいなんだけど見つからない」

「ヒヨンさん、今、南揚州なの？」

「そう。ドライブに出たので、顔でもちょっと見ようかなと思って」

ジンソルは不思議そうに笑った。

「日が西から昇りそうね。ヒヨンさんがわたしに会いたいなんて」

ヒヨンは鼻で笑いながらツンとした調子で否定した。

「わたしじゃないです。エリオンニがそうしたがってるの」

なんとも言えない気分になった。エリ……。去年の年末以降、一度も会うことができなかった、心に留めるのはやめようと思っても知らず知らずのうちに心配になり、どうしているかと気になっていた人の名前。

しばらくしてジンソルは、ジャンパーを着て家を出ると村のバス停のプラタナスの前に立って待った。五分ほどすると、つやつやとした黄緑色の小型車が道路の向こうから不安げにゆっくりと走ってきた。ジンソルが運転席のヒヨンに気づき、手を振った。車が停留所の前に停まると、助手席の窓が開いた。

「久しぶりですね」

エリがうれしそうに笑ったが、ジンソルは一瞬、言葉がうまく出てこなかった。そうでなくてもほっそりしていた人が、どうしたらそんなに、というほどか細くなっていた。むしろ彼女の心の傷のほうが深そうだった。

食事用と兼ねて使っている板の間のテーブルを囲んで座り、彼女たちはできあがったばかりのすいとんを食べた。お腹が減っていたのかヒヨンは二杯をぺろりと平らげたが、エリは一杯も食べきれず残した。ジンソルはスプーンを動かしながら、ずっと迷っていた問いをついに口にした。

「ソヌさんは……元気ですか」

「わからないんです」

目を伏せたままエリはわざと穏やかに答えた。

「もう一カ月くらい顔を見ていません」

ヒヨンが横で空いた食器を重ねながら、ここぞとばかりに言った。

「オンニが会ってあげないんです。別れるそうです。十年もの間、オンニに気をもませたぶんをまとめて返しているんです。あとで、許すなんて言わないでくれるといいんだけど」

テーブルを片付けたあと、ヒヨンは何日か寝不足だったと寝室に入ってベッドに横たわった。しばらく目を閉じないと運転できないと言いながら。その間、ジンソルとエリは板の間に座ってお茶を飲んだ。大きなガラス戸の向こうに、踏石の上に脱いで置かれた彼女たちの履物と、人気のない庭が見下ろせた。温かい茶碗を両手で包み込んでいたエリが苦笑いしながら口を開いた。

「実は家を出たんです。昨日ひと晩はヒヨンのオフィステルに泊まったんだけど、母が場所を知っているから安全地帯ではないでしょう。だから、徹夜をして疲れている子にせがんでドライブしてきたの。母とぶつかりたくなくて」

「ソヌさんと……ほんとうに別れるんですか」

エリはしばらくためらっていた。

「わかりません。ただ、とうとうわたしにも限界がきたみたい。自分がもう少し強い愛の持ち主だと思っていたんですが……誰がなんと言おうとあの人さえそばにいてくれたら耐えられたのに……いざ、あの人から風のように生きていたいと言われてしまうと」

板の間に降り注ぐ日の光は暖かく穏やかだったがエリの心は静かに揺れていた。彼女は小さく咳払いをすると、心に決めていた話をやっと口にした。

「ジンソルさんに会いたくて、ヒヨンに行こうと言いました。あのとき、年末にゴンが言った言葉……わたしは信じていません。ゴンはずっとわたしがかわいそうだと思ってたんです。だから、気をつかったんだと思います」

「気にしてません」

エリが振り返ってじっと見た。ジンソルはため息をつき、かすかに笑って見せた。

「それ以上言わなくて大丈夫です。エリさんのせいじゃないし……本音を言えばずっとつらかったけど、わたし、今はもう大丈夫です」

ためらっていたが、それでもほっとしたのか、エリは何度もうなずいた。ゴンは祖父が亡くなったとき、ソヌには連絡したが彼女にはしなかった。エリとしてはさびしくもあったが、ゴンも悩んでいたのだろうと察した。もしかしたら彼の心に別の答えがあるということも。

うっかり三十分も熟睡したヒヨンが、伸びをしながら部屋から出てきた。

「オンニ、行こう。わたしまだ仕事があるから」

「そうね」

エリは気がすすまないそぶりで立ち上がった。門の前まで送りに出たジンソルは迷いながら言った。

「もしよかったら、何日かでも、うちで過ごしますか」

ヒヨンが目を丸くし、エリも少し驚いたようだった。しばらく躊躇していた彼女はうれしそうに晴れやかな笑顔を見せた。

「そうしてよければ、残りたいです」


エリと一緒の生活はまた少し違ったものだった。次の日、ふたりはバスに乗って町に出て、市場を回りながら買い物をした。買わないといけないものを毎回忘れるジンソルと違い、エリは生まれつき家の切り盛りに長けていて、買い物をとても楽しんでいた。

「ジンソルさん、鉢植えを買おう。家にはサボテンしかないじゃない」

市場の入口の生花店の前でエリが袖を引っ張り、彼女たちは中に入った。ビニールハウスから出てきたばかりの、バケツいっぱいの花々が濃い香りを漂わせ、棚や天井からハーブや緑の葉の植物が茎を垂らしていた。すぐに花が咲きそうな小さな鉢植えふたつを割れないように包んでもらった。ジンソルが財布を出そうとするのを必死で押し戻し、エリが代金を払った。

「わたしからのプレゼントです。引っ越し祝い」

ジンソルは親しげな笑いで応えた。

市場の露店で布製の台所サンダルも買い、惣菜店をひやかしながら試食用に取り分けられたおかずに手をのばして食べてみたりもした。ある程度買い物を終えたふたりは、市場にある餃子の店に入り、小さなテーブルに向かい合わせで座った。たくさんの手の跡がこびりついたガラスの扉の向こうの市場の路地は店の人とお客で混み合い、市場の上の空には青いビニールの天幕が風にはためいていた。店先で蒸している餃子の釜の蓋を主人が開けると、湯気がふわっと勢いよく広がった。

道の向かいの電気店が最新の歌謡曲をものすごい音量でかけているので、餃子店にまで歌声が聞こえ、荷物を載せたオートバイがブルルルとうるさく通り過ぎたりもした。特になにも話さないまま外の風景を眺めていた。それでもお互いに少しも気まずくない時間。彼女たちには休息のような午後のひとときだった。

家に戻り、買ってきたものを片付け、ざっとシャワーを浴びるといつのまにか夕方だった。ジンソルはテーブルにノートパソコンを置き、先ほどから途切れ途切れに文章を書いていた。板の間の柱に背をもたれて考えにふけっていたエリがそんな彼女を興味深そうに見た。

「仕事、辞めたんじゃなかったんですか」

「仕事じゃないんです。なにかひとつ書いてみようかなと思って」

「なにを？」

「物語です」

「小説？」

ジンソルがうなずくと、エリの瞳にきらりと好奇心が光った。

「どんな内容ですか。聞いてもよかったらだけど」

「まだ、あらすじも浮かんでいません。なにを書くかもはっきりしていないし。うーん。もしかしたら、愛の物語？」

「すごい！　その代わり、ほんとうにすてきな男性主人公にしてください」

エリが両手を合わせて楽しそうな表情で言ったが、ジンソルは笑いながらいたずらっぽく首を振った。

「ほんとうにすてきな男なんて、この世のどこにいるんですか」

「いるじゃないですか。キム・ソヌという……」

思ってもみない言葉に振り返ると、エリは膝を抱き、冗談だとでもいうようにあまり表情も変えずただ笑っていた。なぜか心がじんとしたジンソルも、いたずらっぽい顔でなんでもなさそうに返した。

「ソヌさんが名前を貸してくれるかはわからないですね。今度会ったときに聞いてみなくちゃ」

しばらくの間、ジンソルは不規則にキーボードを叩き、エリは庭の向こうに広がる田舎の殺風景な野原をじっと見つめていた。

「天国に小説なんてものはないだろうと……ある評論家が言ったことがあるでしょう」

ふとエリがつぶやいた。

「その言葉に共感しました。幸せだと表現したいものがなくなるのか……あの人のそばにいるうちに文章を書き散らす癖がなくなりました。そう考えると、ソヌのせいで傷ついてばかりだと文句を言いながらも……わたし、幸せだったみたい」

これまでの歳月が一瞬のうちに通り過ぎていくようでエリは胸が痛かった。

「わたしの青春時代の十年が飛び去ってしまうようでつらかったんです。自分が哀れでした。もう手放さないといけないいかな、わたしはただ自分の若かった日を愛していたんじゃないかなと思ったりもして……。もし、あの人に最初に会った二十歳の日に戻れるとしても、わたしはどうすればいいかまだわかりません。でも、してはいけなかったことはわかるような……」

そして、エリは肩をすぼめながら、なんとかにっこりと笑った。

「どちらにせよ今となっては、書くことからすっかり離れました、わたしは」

おまえがこんなことをするとは思わなかった。愛よ、愛よ、愛しい人よ。雨の降る夜、駱山公園ではじめて聞いた彼女の歌をジンソルは覚えていた。あの、奇妙で胸がどきりとするような、霧に包まれた秋の夜。酔っぱらったふたりの男の笑い声とひとりの女のまなざしも。自分の指をいじりながら見下ろしている彼女の横顔からジンソルは目を離した。

テーブルで携帯電話が鳴った。ヒヨンだった。

「変わりはないですか」

「ないけど。なんで？」

「エリオンニに伝えてください。ソヌオッパが事故にあったと。ちょっと怪我をして、わたしは今、病院に行ってきたところです」

「ソヌさんが怪我をしたの？　どこをどのくらい？」

驚いて顔を上げたエリの顔に緊張が走った。ヒヨンはそっけなく言った。

「気になるなら自分で調べるように言ってください。幸か不幸か、えらく運のいいことに死なないで生きてるから。じゃあ、切りますね。わたし、収録なので」

返事も聞かずにぷつっと切れ、ジンソルは眉間にシワをよせた。とにかく、そのときどきで憎たらしかったり、そうでなかったりするヒヨンだ。もちろん、かわいらしいとは夢にも思えないのだが。

「怪我したそうですが行かなくていいですか」

返事がなかった。ジンソルが黙って待っているとエリがゆっくりと首を振った。

「いいえ。行きません。なんでわたしがあの人のことを心配するの」

そう言っても、重苦しい気持ちが晴れないのか、エリは板の間のガラス戸を開けて壁に頭をもたれた。家の中に吹いてくる冷たい風にあたりながら彼女はじっと座っていた。

「……変なんですよ。ソヌはちっとも歳をとらないみたいなんです。はじめて会ったときとひとつも変わってないし。わたしはすごく変わったのに。ソヌに歳をとってほしいと思うし、そうならないでほしいとも思う。わたしの心はもう老婆のようなのに……。なんで怪我なんかしたの」
彼女のつぶやきを耳元で聞きながらジンソルはかけたい言葉を口にできなかった。指の下のパソコンのキーボードを落書きのように一文字一文字打った。心の隅に残っていた一節が、少しずつモニターに浮かび上がった。

**おまえの愛が大丈夫でありますように**
**おれの愛も大丈夫だから**

点滅するカーソルの横に書かれたばかりの文章をジンソルはじっとのぞき込んだ。いつかのゴンが書いた短い手紙だった。渡すことのできなかった詩集に書かれた一節。誰に向けての愛なのか、相手のことはまったく書いていない一節。だから、わたしのものでもあり、彼らのものでもある、さびしい願い。キーボードの音とともにその下にもう一文書いた。

**この世界のすべての愛が、大丈夫でありますように**

バックスペースを押して、今まで書き殴った文章を下から順にすべて消してから電源を落とし、パソコンを閉じた。今、書いた文章はまったく意味が通らない。この世界のすべての愛が大丈夫だなんてことがあるだろうか。そんなことはない。互いにぶつかり合う愛、同時に絡み合う無数の愛たち。ある愛が実を結ぶと別の愛が羽をたたむときもある。そんな矛盾の中でも恋人たちが平穏な朝を迎え、涙を流そうとも再び手をつないで夜を迎えたいと願うのは、いったいどんな心持ちなんだろう。大丈夫でありますように。あなたたちもわたしも、みな一緒に。

その夜、エリが眠れないまま小部屋と板の間を行ったり来たりする音を夢うつつの中で聞いたが、ジンソルはわざと気づかないふりをした。

そして、二日後、ソヌがやってきた。プップーというクラクションの音がして外に出てみるとヒヨンの黄緑色の小型車が家の前に停まっていた。

運転席のドアが開き、ヒヨンがぶつぶつと文句を言いながら降りると、助手席から木製の松葉杖の先が見えた。ヒヨンが手伝おうとしたが、ソヌはその必要はないと脇に松葉杖を挟み、ひとりでゆっくりと車から降りた。片足に体重をかけ、ひょこひょこと二歩歩いたが、空中に少し持ち上げられた足には膝までギプスがはめられていた。

門の前にあきれた表情で立つエリの目に薄く涙が浮かんだ。ソヌはそんな恋人に向かって、わかるかわからないかの、恥ずかしそうな笑顔を見せるだけだった。

「足、どうしたの？」

「酒をかっくらっちゃって」

「足でお酒を飲んだの？」

「わからない。道で転んだみたいなんだけど……車がおれの足の甲を踏んで通り過ぎた」

エリは口を開けたまま言葉が続かなかった。

「今言ってること、説明になってるとでも思ってるの」

「二日ごとに壮烈な最期を迎えた戦士みたいになるまで飲んでた。おれ、かっこよかったんだけど」

畑へ降りる道に続く、黄土色の空き地にソヌは絵のように立っていた。その姿が信じられないように、エリの目からは涙があふれそうだった。誰かが少しでも刺激すると破裂しそうな彼らのさびしい緊張感のせいで、ジンソルとヒヨンは黙って門の中に体を隠した。目立たないように門を閉めながらも、空き地にいる恋人たちが、まるで水辺に置き去りにした子どもたちのようで気がかりだった。

エリと向かい合ったままソヌは口ごもりながら静かに言った。

「おまえなしでどうやって生きていけるんだよ。おまえを連れ帰ろうと……急いで病院から出てきた」

「わたしは、あなたと付き合ってた時間が十年じゃなくて百年にも感じる。あまりに時間が経ちすぎて自分の遺骨がきれいな玉にでもなってしまいそうな気分なの！　わかってる？」

「もう百年経ったのか。これからあと千年は……くっついているつもりだけど。来世でもその次でもおまえと付き合うから」

「嫌。勝手なこと言わないで」

ソヌはどうしたらよいかわからないまま、困惑し茫然とした表情で、しばらくの間、視線を落とし微動だにせず立っていた。そして松葉杖一本を地面に置いた。

「悪かった。ひざまずいて謝ろうか」

その瞬間、エリは怒ったようにソヌの足元へしゃがみ込み、地面に落ちた松葉杖を手で拾った。

「ばかみたいなことしないで。こんな状態でどうやってひざまずくの。嘘つき」

「おれ、嘘は言わない。だから、おまえがよけいにしんどかったんじゃないか。これからは少し練習しないと……」

しかし、ソヌは膝をつくことができずギプスの足をぎこちなく伸ばしたまま地面に座り込んでしまった。エリはほんとうに腹を立て、耐えられない表情で血がにじむほど唇を噛みしめ見守っていた。ソヌが静かに言った。

「おれたち、現世でも一緒に生きよう。死ぬまで。それから次の世でも」

「それ、嘘の練習?」

「いいや。これもほんとのこと」

エリは松葉杖を持ったまましゃがみこんで泣き出した。ソヌはどうしたらいいかわからず、そんな恋人の頭を黙ってなでていた。エリはその手を振り払おうとしたが顔を上げられずに泣いた。

さびしい冬の野原越しの風景も静まり返る、ある一日のことだった。

エリが彼らと南揚州を離れたあと、ジンソルは少しさびしくなった。そもそも、彼女が家に来る前には感じなかったのだが、いざ家の中ががらんとすると、今さらながらにひとりだという気がした。少し孤独ではあったが長く体に染みついた習慣のように、そんな孤独も悪くなかった。気楽でもあった。

夕方になるとジンソルは小さな財布を持って根元の太いプラタナスが立つ村の入口のバス停までてくてくと歩いた。そして、三十分ごとにやってくるバスに乗って町に出て、文房具店であれこれと買って帰ってきた。白く大きな模造紙数枚とプラスティックの容器に入った墨汁、そして、筆二本だった。

あたりが薄暗くなった頃、板の間に明かりをつけ、紙を並べて壁にテープで貼り付けると、引き寄せた低いテーブルに墨汁と筆、一冊の漢詩集を開いて載せた。それから椅子を置いて座り、筆に墨をふくませながら詩集の一節を壁に写し始めた。

窓外彼啼鳥　窓の外で鳴くあの鳥よ
何山宿便來　昨夜はどの山で休みここにやってきたのか
應識山中事　山の中のことはおまえがよくわかっているだろう

## 杜鵑開未開　ツツジの花は咲いたのか咲かなかったのか

〔十九世紀の女性詩人朴竹西（パク・チュクソ）の詩『春鳥』〕

彼女は椅子の背にもたれ、少し離れて毛筆で書いた自分の字を眺めた。もともとそれほどうまくなかったが、数年ぶりに改めて書いてみるとお世辞にも上手とは言えなかった。かつてひとり暮らしをする中で見つけたそれなりの暇つぶしだったのに……。墨の香りを嗅ぎながら、絵を描くように漢文を書いて過ごしていると。知らず知らずのうちにすーっと心が落ち着いた。

夜が更けていくのにも気づかずにジンソルは何時間も、何枚もの紙に漢詩を書き写した。そのうちにふと、記憶に浮かんだいくつかの文章にとらえられ、ぼんやりした。去年の晩秋、彼と夜の古宮でライターの火で読んだ一節はなんだったろうか。漢字を順に読んでいったゴンの声が、思い出せそうで、はるか遠くの出来事のようにも思えた。春の池……夏の峰……ジンソルは口の中でつぶやいたがやはり忘れてしまったことに気づいた。しばらく黙って座っていた彼女は苦笑いしながら筆を置いた。すでに夜は深かった。

板の間をざっと片付けてから、ジンソルは寝室のベッドに潜り込み、厚い掛け布団を鼻まで引き上げて横になった。田舎の夜風が古い家の窓をがたがたと揺らした。アパートとは比べものにならない冷たい隙間風が、するりと入り込んできた。

暗闇の中でしばらく眠れずにいた彼女はテーブルの上のラジオに腕を伸ばして小さな音でかけ

た。何年も同じ周波数に合わせたラジオに耳を傾けてしばらくすると……やがて一日の最後の番組の始まりを知らせる落ち着いたトーンの決まり文句が電波に乗って聴こえてきた。

——こんばんは。二月二十九日、『詩人の村』コ・ジョンリョルです。

ジンソルの口元にかすかな笑みが浮かんだ。

——ある哲学者の言葉です。美しい二月は短い月なので苦痛も短い……。人生、すなわち痛みという意味でしょうか。一日、一日と楽ではない日々を過ごしていますが、二月は日数が少ないので苦痛も減った、だから美しいという話のようです。

彼女はひとりでほーっと小さく感嘆の声を上げた。久しぶりに聞いたコ詩人の話し方がとても自然だったからだ。いまだに口調は朴訥としているが、ひやひやするほど手探りな感じはなくなっていた。

——今年はうるう年なのでいつもより一日多いですね。だから今夜はこう考えてみることにします。二月がわたしたちに与えてくれる幸せも、同じように一日ぶん増えたと。世界を見る心の目をこんなふうに変えることもできるからです。それでは二月最後の日をともに過ごす詩をお聞かせします。

オープニングコメントに続いて、バックグラウンドミュージックがかすかに流れてきた。そしてジンソルの心はいつしかDJの口元を離れ、ブース正面のガラスの向こうに座るあの人へと向かった。機材の前で真剣に録音していたはずの彼の姿に。

逃げないでください。

暗闇から彼の声が聞こえてくるかのようだった。ぼたん雪が降っていたあの忘れられない夜。病院の霊安室を出てバス停でゴンを抱きしめた記憶。彼を抱いた胸が熱く、彼の涙がジンソルの頬も濡らした記憶。涙の味がした彼の唇の感触までも彼女の静かだった心に再び波のように押し寄せ、流れていった。

低くため息をつき、ジンソルは壁へ寝返りを打った。眠りに落ちながらも彼の声が夢うつつの耳元に漂っていた。いいですか。ぼくを愛するのがつらいなら愛さなくてもかまいません。逃げたりだけはしないでください。


三月の朝は塀を越えて聞こえる隣家の鶏の声で始まった。ここに引っ越して以来、おなじみのことだったが、毎朝ジンソルは驚きながら目を覚ました。午前、彼女は思い立って家中をきれいにすることにした。古い家をひとしきり大掃除して午後にかけては庭と裏庭を片付けた。前に住んでいた住人が散らかしたがらくたが、冬の間は凍っていた地面に転がっており、塀の下の花壇にもゴミのようなものが半分ほど土に埋まっていた。

今まさに春到来の時季だったので、ジンソルは生まれてはじめて自分のものとなった家に気持ちよく新しい季節を迎えさせたかった。花壇の土をさわると凍ったり溶けたりを繰り返した土がほぐれ、さらさらした感触が指に伝わった。花も植えて、ネギも植えて、さつまいもなんかも植えてみよう。ひとりでそんなことを考えながらジンソルはジャージの上にジャンパーを羽織り軍手をはめて、にぎやかな音をたてながら元気に作業を進めた。

「ゴム靴もひとつ買わないと……」

半日ほどまったく口を開かなかったので唇がさびしいかとわざと独り言も言った。庭を歩き回るときに履こうと思った。

掃除の最後にゴミくずを集め、彼女は門の外に出た。家の裏の畑に降りる途中の空き地に前の住人がゴミを燃やしていた穴が黒く焦げたまま残っていた。冬の間は焼け残った灰の上に積もった雪が凍っていたが、いつのまにか溶けていた。ジンソルは穴にゴミくずを捨て、万一に備えてバケツに水を汲んで横に起き、新聞紙にマッチで火をつけて穴に投げ入れた。すぐに火が燃え上がり始めた。

バケツの横にしゃがみ込み、燃える火と向かい合っているうちに頬が温かくなってきた。煙が上がり、彼女の髪の毛とジャンパーに染みついたが、あえて位置をずらしはしなかった。これだけ懸命に体を動かして忙しく半日を過ごせば、疲れはあってもほかのことを考えずにいられるかと思っていたが、ふとわれに返ると、また彼のことを考えている自分を発見した。

ジンソルは太い棒で穴の中を何度もかき回した。燃え尽きそうになった火が再び勢いを取り戻し、燃え上がった。煙が目にしみて、遠くに見える野原を眺めながら瞬きをした。静かでのんびりとした田舎の風景が彼女の目の前に広がっていた。

その日の午後。ジンソルは町に出て風呂屋に行き、市場を回って必要なものを買って帰るところだった。プラタナスの停留所で降り、家までとぼとぼと歩いてきた彼女は崩れそうな塀の横で思わずぴたりと立ち止まった。見覚えのある車にもたれ、歩いてくる彼女を見つめる男のせいだった。

時が止まってしまったような瞬間。ふたりはただお互いを見ていた。ようやくゴンの視線がジンソルの手の買い物袋に向けられた。透けた黄色いビニール袋にはゴム靴や新しい枕カバーのほかに、玉ねぎ、豆腐の包みが入っていて、ネギの頭もぴょんと飛び出ていた。袋を見たゴンが柔らかく笑った。

「楽しそうに暮らしてますね」

ジンソルはなぜかまぶしくて言葉に詰まったまま、ただまじまじと彼を見つめた。

「ぼくがいなくてもこんな立派に暮らしてたんだね」

わざと残念そうなふりをして言ったものの、彼のまなざしにはやさしさがにじんでいた。彼の温かさが伝わってきたのか、ジンソルの口元にもかすかな笑みが浮かんだ。彼女はゆっくりとうなずきながら冗談めかして言った。

「はい。変わったことはなにも起きませんからね。太陽も月も相変わらず光輝いているし」

ゴンが温かい笑顔を見せた。

「それは悲しいな。光なんかなくなってしまえと願っていたのに」

彼の姿があまりにもはっきりと見え、ジンソルの胸がひりひりと痛んだ。

「なにをしながら過ごしてるんですか」

「あれこれ……本も読むし、ラジオも聴くし……壁に落書きもしながら、です」

ゴンはくすくすと笑うと、車に寄りかかったまま村の様子とジンソルの家の低い塀をぐるっと見渡した。そして、からかうように言った。

「そんなに遠くまでは逃げられませんでしたね」

ジンソルがさびしそうに笑った。

「どれだけ遠くに行けるっていうんですか。適当な場所もこの世にはなさそうだし」

ふたりはそうやって向かい合いながら立っていた。塀の下と村の裏山に、いまだ芽吹いていないレンギョウが、それでもじきに春だと知らせるかのように伸びをしている……日の光が切なく、お互いがまぶしい三月の初めの日だった。


あたりが薄暗くなる頃、ふたりは台所の流しの前に並んで立ち、夕食の片付けをしていた。ゴンが洗剤のついたスポンジで食器を洗い、ジンソルはその横にある水道の水で流し、丁寧に伏せていった。室内が暗くなり蛍光灯を点けたが光が少し弱く、チカチカと震えるようにちらついた。ゴンがちらっと天井を見上げた。

「電灯を替えないとだね」

「そうですね」

「この家、ひとりで見つけたんですか」

「ミヨンオンニと一緒に」

「誰？」

「レコード室のキム・ミヨンさん」

「ああ」

ゴンがうなずきながらわざと口をとがらせた。

「何気に親しい人が多いな。まったくそんなことなさそうな顔をしてるわりに」

ジンソルはくすっと笑ってからかった。

「ようやくわかったんですか。あなたの友だちもみんなわたしと仲がいいし、今では、そちらがまるで見捨てられた島ですよ。あるいは、ひもの切れた凧かな」

「友情ってものは、あんな一発の拳でだめになるものではないからね」

ゴンは威勢よく食器をこすりながら顔色も変えずに答えた。ガスレンジでは茶を入れたヤカンがぶくぶくと沸いていた。ジンソルは火を弱め、もう少しの間、そのままにしておいた。

「旅行はどうでしたか」

「それなりでした。父と母が久しぶりに孫たちのかわいい姿を見て喜んでました」

「いろいろ見てまわりましたか」

「海辺に一度と、牧場を一カ所見に行きました。それでおしまい」

「ニュージーランドの羊牧場？」

「そう。羊が、羊の群れのように多い」

ふたりはくすくすと笑った。ゴンが最後の鍋を渡し、水道水で手を洗った。

「ここのほうがソウルよりも楽しいですか」

ジンソルはうなずいた。

「ソウルにいるときより、ぼくに会えなくなるとしても？」

彼女は流しに視線を落としたまま鍋をすすぎ、ためらうように言った。

「あなたのことは好きだけど……わたしのすべてではありません。そうなってもいけないし。自分の感情に急いで結論を出す必要もないとわかったから……目の前でずっと見ていなくてもいいかなと思って」

ゴンはそうなのかという顔で黙って短くうなずいた。なんとなく雰囲気が沈んでしまい、ふたりは片付けを終えるまでなにも話さなかった。ジンソルは水を止めて布巾で手を拭き、彼にも手渡した。日が沈んだせいか家の中が寒々としていたので、床暖房の温度を上げた。温かいコーヒーを二杯淹れ、板の間に移動したときには少しずつぬくもりが広がり始めた。

ガラス戸の外の庭は暗くなり、それに誘われるようにジンソルの気分も静まり返っていた。不思議なことになぜか気分はいまひとつだった。彼に会ったことは楽しくうれしくて、ひょっとすると、飛びついて抱きしめてほしいくらいなのだけど……なにかにさえぎられているような感じ。あの日の夜、彼らがバス停で交わした激しい口づけは、もしかしたら悲しみにあふれた状況のせいではないかと思ったりもした。十日ぶりに再会してみると、今さらどうなるのだとも感じられ、彼になんと言ってよいのかわからなかった。彼らの沈黙をものともせず、壁にかかっていた時計のカッコウが八回鳴いた。

「『花馬車』の時間ですね」

テーブルの向こうでゴンもそっけなく言った。

「おお、そうだね。ソウルに向かう車で聴こう。しばらく聴いてなかったから」

ジンソルの中でなにかが引き潮のように流れ出ていった。そうだ。彼は帰っていくのだ。梨花洞のあの家へ、あるいは麻浦《マポ》のオフィステルに。そして、再び日常へと戻る準備をするだろう。当然のことだったが、彼女は心の底から穏やかだとはいえなかった。矛盾だった。ついさっき、まるで決心するかのように彼がすべてではないと言いながら、虚しくなにを期待していたのだろうか。

「外に出なくていいですよ。そろそろ行きます」

ついにゴンが上着を手にして席を立った。門まで見送って、彼の車が防犯灯に照らされながら村の道を進むのを見守り、ジンソルは家に戻った。ひっそりとさびしく、まるで彼女の錯覚のように部屋の空気に彼の体臭がうっすらと残っている気がした。テーブルにはまだ温かいカップがそのまま残っていた。

しばらくぼんやりと板の間に立っていたジンソルは、突然、踏石に降りてサンダルを履き、門の外へ走り出た。バス停に向かう道を急いで走った。わたしがまた押し返したんだ。また隙を与えなかったんだ。ほんとはそんなことしたくなかったのに、臆病者！　彼女は苛立ちながら声にならない叫び声を上げた。

暗闇にプラタナスがそびえ、ゴンは村の入口に車を停めたままタバコを吸っていた。いろいろな思いが入り混じるのか、下を向いて考えにふけっていた彼は白い息のようにタバコの煙を吐き出した。人影のない夜道で彼を見つけた瞬間、ジンソルはぴたりと足を止めた。彼も彼女を振り返った。胸が張り裂けそうなジンソルが一歩前に踏み出すと、ゴンはタバコを捨てた。

「まだ……行ってなかったんですね」

ゴンがゆっくりとうなずいた。

「離れがたくて」

ふたりはためらいながら向かい合った。

「あなたはどうして出てきたんですか」

「つかまえようと思って」

ゴンは息を吸い込むと腕を伸ばして彼女を胸に抱き入れた。ジンソルも腕を上げて彼の背中をぎゅっと抱きしめた。彼の息が彼女のおくれ毛に暖かくかかり、ゴンはわずかにふるえる声でささやいた。

「あなたの言葉は正しい。ぼくはそんなにすごい奴じゃないし……ひとりの女性が抱えるさびしさをすっかり救ってあげられると錯覚してもいない。ぼくがそばにいてもあなたは孤独を感じるだろうし、憂鬱になるかもしれない。愛なんて人生のすべてではないから。でも……」

ジンソルは涙を浮かべたままゴンの胸に顔をうずめて聞いていた。

「あの日、喪屋でのぼくはひどい奴でした。ずっとあなたのことだけを思っていた。おじいさんを前にして、ただコン・ジンソルに会いたいと考えていた。外に飛び出してあなたに会いに行きたかったけれど……しっかりしなければと、ぐっと我慢していたら」

ささやく彼の熱い唇が彼女の髪と額をかすめた。

「突然、あなたが扉の前に立っていた。あのときはどうかしそうだった。まるで、愛がすべてみたいな気がしたんだ」

ジンソルはついに、濡れた目を閉じた。


がたがた。夜が更けるにつれて窓が激しくがたついた。冬もほとんど終わり風がこんなに吹くはずもないのに、家が古いせいか大きな音を立てた。裸の肩が冷え、ベッドの布団にぐっと深く入りながらジンソルがつぶやいた。

「風の通り道に家を建てたみたい。しょっちゅうがたがたいうから、毎晩ラジオをつけたまま寝てました」

ゴンが肘をベッドについて横向きに寝たままそんな彼女を見下ろして笑った。

「あの風を寝かしつけようか」

ジンソルが布団を鼻先まで引き上げ、くすくす笑った。

「どうぞ、寝かしてつけてみて」

一糸まとわぬ彼の体が布団の中から彼女の上に再び現れた。

「ぼくたちが夢中でキスをすれば風が眠るよ。さっきまでぼくには聞こえなかったから」

ジンソルの鼓動がまた激しくなった。この男に対してはまったく免疫ができないのだろうか。

「そんな言い方をするのって……すごく憎たらしいですよ」

「ぼくのことをずっと憎たらしいと思っていたくせに」

ゴンの手がジンソルの顔を包んだかと思うと、彼女の額に貼りついた濡れた髪の毛をそっと整えた。それから、休みないキスで少し腫れ上がった彼女の唇にもう一度やさしく口づけをした。

ジンソルの指も静かに彼の髪の毛に入っていった。しばらく、唇が混じり合う音がベッドの周りに漂った。ジンソルは彼の下からささやいた。

「なんだか、こうしていてもやっぱり風の音は聞こえてくるけどな」

ゴンの口元が笑いでほころび、首を曲げてジンソルの胸に顔を埋めた。それから彼女の体臭を呼吸するかのようにゆっくりと、すべるように下りていった。ジンソルのへその近くで、彼の静かな呻き声が肌の下へ共鳴するように響いた。もう一度、深く愛し合おうというわけではなかった。少し前に彼らははじめて体を交わし、その穏やかで気だるい余韻を感じていたところだった。お互いをまさぐり、軽くキスをしながら改めて一体感を確認しようと。ゴンがまるで彼女を枕にして寝るようにお腹の上から頭を上げないのでジンソルは小さく笑った。

「重いです」

「ほんとに？」

「うん」

彼が体を起こすのかと思っていると、ジンソルを抱きしめてぐるっと半回転し、自分の上に彼女を乗せた。一瞬のうちにさっきとは反対の体勢になり、ジンソルはうわっと声を上げた。剥き出しになった裸の背中が寒くないように彼がもう一度布団をかけてくれた。

ちょっと恥ずかしかったがジンソルはゴンの心臓の動く音が聞こえるのがうれしくて彼の胸に頬をつけたままうつ伏せになった。ゴンの右手とジンソルの左手が出会い、ベッドの上でお互いの指をしっかり絡めた。その手をじっと見つめながら彼女がつぶやいた。

「あなたの手ってこんな形だったんだ」

「はじめて見たの？」

「こんなによくよく見るのははじめてみたい。爪の形が不格好ね」

ゴンが音を立てずに笑った。

「あなたはぼくが想像していたよりもかわいい」

ジンソルの顔が少し赤くなり、暗さがそれを隠してくれたことに感謝した。ゴンは彼女に弱点をすべて暴かれてもしかたないというように、あきらめのトーンで告白した。

「そちらは今、どう思っているかわからないけど……ぼくは時間が経つほどにコン・ジンソルへの愛が深まってる気がする」

心の隅がひりひりしたが、ジンソルはわざと憎らし気に答えた。

「なに言ってるの。一番いい時期に情熱をすべて注ぎ込んで、もう抜け殻しか残ってないのになにが愛よ」

ゴンは少しつらそうに笑い、しばらくためらいながら悩んでいた。

「そう考えるのなら……ぼくの抜け殻こそが本物なんです」

ジンソルが笑うと肩と胸が柔らかく揺れた。ゴンが聞きとれない言葉をつぶやき、彼の顔の横に垂れた彼女の髪の毛に鼻を押しつけた。がたがた、どんどん。窓がさらに激しく揺れ、ふたりは同時にベッドの向こうの壁を見た。

「しっかり閉めてなかったんじゃないか」

「まさか。さっき、きちんと閉めたけど」

ゴンはジンソルを下ろして、ベッドから降りた。暗い部屋に外から染み入るかすかな光に彼の輪郭が現れたが、彼はべつに気にかけてないようだった。窓を少し開けて確認したゴンが突然、声を上げた。

「どうしたんですか」

「なんと、雪が降ってるよ」

「え、ほんと？」

ジンソルは布団で体をぐるぐる巻きにして、両足でぴょんぴょん跳ねて窓の横に立った。寒い風がひゅっと吹き込み、真っ黒な夜空から大雪が降っていた。彼女が信じられない様子で口を開けた。

「もう春になるんじゃなかったの？　ああ、どうしよう。昨日、庭の大掃除をしたのに！」

「この冬はなぜか雪があまり降らないなと思ってたけど、しっかり残ってたみたいだな。ああ、寒い」

彼がジンソルの巻いていた布団の中に急いで入り込んだ。彼女の背中にゴンの胸が触れた。そんなふうに彼の胸に抱かれたまま窓辺に立ち、雪の降る外の風景をしばらく見上げていた。月もない真っ暗な空だったが、激しく降る白い雪が周囲をひときわ明るくしていた。

明くる日の午前。村中が、ふくらはぎまですっぽり隠れるほどの雪に覆われ、変わらず雪が降り続いていた。どうやら激しさが尋常ではないようなので、彼らは板の間にあるテレビをつけた。ニュース速報が流れていた。

――朝鮮半島で百年ぶりに三月の豪雪が記録された昨夜から今朝にかけて、高速道路では夜の間まったく動けずに孤立した多くの市民たちが寒さと不自由に震えました。運転手たちは数キロ離れたサービスエリアまで雪原をかき分けて歩き、家族のための食料や飲み水、車に入れる燃料を買わなければなりませんでした。今日の午前中に高速道路上空のヘリコプターからパンやミネラルウォーターを投下しましたが、いまだに円滑な救助作業は行われておりません。

キャスターの報道に続く映像では、行けども行けども真っ白な雪原に覆われた中部地方の風景と、車の列がごちゃごちゃに乱れて身動きできない首都圏の道路の様子が空中からとらえられていた。

「深刻そうだけど」

「そうだね」

塀の向こうに広がる野原の先に見えるソウルへの国道も雪で白く覆われていた。すっかり運転をあきらめたのか雪原をのろのろと這うように進む車は一台も見えず、野原と道路の区別もできない水平線となっていた。

「出勤はいつからですか」

「明日」

「それなら、今日のうちに家に帰って準備しないとでしょう」

「そうだね。でも、ここまでひどいと帰れないから」

そっけないゴンの表情にジンソルはにやりと笑ってみせた。

「ほんとは帰りたくないのね？　わたしのことが好きすぎて」

ゴンがのけぞるようにして、ははは と笑った。しかし、ジンソルがわざと両手に顔をうずめて肩をわなわなと震わすとゴンはあわてて顔色を変えた。

「あれ、どうした？　ぼくが笑ったから怒った？　ばかにしたんじゃなくて、あなたが愛らしく見えたから」

頭を上げたジンソルは満面の笑顔だった。彼女は両手を上げ、いきなり彼の首に抱きついた。

「ついに、孤立した！　豪雪の中、好きな人と！」

しばらく面食らっていたゴンがすぐに吹き出して彼女をひょいと抱き上げた。

ふたりは半日ほど、雪の積もった家の裏の空き地と野原の入口で楽しく過ごした。幼い頃を除けば、こんなにたくさんの雪が積もった風景を見るのははじめてのような気がした。裏庭に雪だるまをひとつ作って置き、子どものように雪を丸めてお互いにぶつけ合った。家々からは休暇中のちびっこがひとりふたりと駆け出てきて、畑を囲む土手でわいわいと雪合戦を始めた。少し離れた葡萄畑の垣根のあたりでは、黄金色の毛をした村の犬二匹が雪原をほじくり返してうろうろしながら、厚い服を着込んでうるさく走り回る大人や子どもたちを不思議そうに眺めたりもしていた。

ジンソルから何発か続けて雪玉をぶつけられた彼がようやく思い出したように、自分の額をパシッと叩いた。

「そうだ。あなたは腕の力が強い人だったんだよな」

少し離れて射程距離の外に逃れたジンソルがうっすら赤く上気した顔で笑いながら尋ねた。

「どうしてわかったんですか」

「親睦旅行の干潟事件。もう忘れたの？」

ジンソルは、ああ、と言いながらくすくす笑った。

「あのときのあなたはほんとうにひどかった。素直に結果を受け入れずにわたしに復讐したでしょう。卑劣な敗北者め！」

「もともと気になる女の人にはみんなそうするんだよ」

ゴンが雪を固めながら意地悪そうに言った。彼女がよくわかるという顔で大きくうなずいた。

「小さい頃、女子生徒たちが遊んでるゴムひもを切って回ってたでしょう」

「当然です」

平気な顔で返事をしながらゴンはひゅっと雪玉を投げ、油断していたジンソルの肩に命中した。もう一度復讐しようかと思ったが、ひどくくたびれて汗だくになった彼女は息を切らしながらふらふらと歩き、土手の上にどすんと座り込んだ。彼もやってくると横にどかりと座った。ふたりの口から白い息がもくもくと上がった。いつのまにか雪はやみ、その日を無駄にしないようにと雲間から太陽がこっそりと顔を見せた。運動のあとの爽快な気分が彼らを包んだ。少し離れたところで子どもたちが飛び回るのを見守りながらジンソルは口を開いた。

「こんなふうにどこかの田舎の村で雪が降る風景を眺めながら野原に座っていられるのなら……あなたの言葉どおり人生が一度で終わったとしても、惜しくはなさそうです」

ゴンは黙って聞いていた。

「正直に言います。人が誰かのことをどんなに愛しても、ときにはその愛のために死ぬことさえできたとしても……それでもある瞬間には、降り積もる雪や風や、塀の下に咲く花や……そんなもののほうがより深く心を慰めてくれることがある。愛よりもずっと天国のように見えたりもする。わたしはそう感じるんです」

少しものさびしさを感じながらジンソルは淡々と言葉を続けた。

「たとえあなたとうまくいかなかったとしても、すごく悲しくてさびしいだろうけど、すべてがなくなってしまうわけではないでしょう。だからこそ、愛は通り過ぎていく春の日差しだと言われるのだろうし。この世の果てまであなたを愛しますと言ってしまうのはあまりにも堪えがたい苦痛のような気がして、わたしとしては辞退したいんです。でも、こうやって心を決めても、あなたに会うとすぐに心が乱れて、うまくいかなくなってしまう」

「それで不安なんですか。そうやって心を乱すぼくのそばにいるのが？」

ジンソルはしばらく考え、黙ってうなずいた。

「わたしが自分ひとりでしっかりと立っていられなくなりそうで、ちょっと心配なの。自分でも情けない気がして」

ゴンがさびしそうに笑い、雪玉をひとつ作って遠くの野原に向かって放り投げた。

「あなたの言うことがすべて正しいとしよう。それでも、それをすべてわかったうえで、恋愛をしてみようと言ったらどうする？」

彼女は振り返ってじっと彼を見た。笑顔は消え、ゴンの横顔は憂いを帯びたように静かに沈んでいた。

「ぼくは、あなたが『花馬車』をやめたあとで別の作家が原稿を少し遅めに送ってきても、べつに待ち遠しい気はしませんでした。ただ、放送前に届けば大丈夫だろうと思うだけだった。以前はあなたが原稿を送ったかどうかと、二時間も前から何度もメールボックスを確認してたのに。自分では原稿を待っていると思っていたけど……あなたの痕跡を待っていたんだ」

ジンソルはなにも言えなかった。心を守る囲いをどんなに修理しても、彼女が開けたいときに開け、閉めたいときはただちに閉められるようにしっかりとカギを握っていても、ゴンはいつも、そのカギを差し出せと言う。お互いが暖かいと感じるくらいの距離で寄り添うだけにして、愛や情に火傷しないよう、慎重に近づきたかったのに……彼は彼女が全部を賭ける覚悟もなしに近づいたと腹を立てた。自分でも気づかないうちに涙があふれそうになったとき、おだやかな彼の声が聞こえてきた。

「今度はそちらが考えてみる番です。幻想や期待がなくても、ぼくを信じ、あなたを信じ、もう一度愛し合えるかどうか。あなたの心をのぞき込んでみてください。今回はぼくが待つから」

ジンソルは胸が痛んで口ごもり、黙ってうなずいた。彼が横で苦笑いした。

「ぼくは長い間でも待てます。誰かみたいにたった二カ月気をもんだだけで、傷つきたくないと言って逃げたりはしない」

ジンソルは流れそうな涙を隠そうとわざとつっけんどんに聞き返した。

「それ、誰のことですか」

「知らないよ。どこかのばかみたいな女の人」

雪玉を手につかんでゴンの顔にふざけて撒き散らし、彼が文句を言いながら振り払っている間に家の中に走り込んだ。彼があとについて戻ってくる前に浴室に入ってドアを閉めた彼女は温かいお湯を出した。服を脱いでシャワーの下に立ち、髪の毛と顔を洗いながら、ジンソルは少し泣いた。悲しいからではなく……幸せで泣いた。いろいろあるけれど、ひょっとするとわたしは、幸せなんだなと思いながら。


翌日。町では作業員たちが動員され、道路の除雪作業が盛んに行われていた。ゴンはソウルに戻る途中、ジンソルを町まで乗せてくれた。市場の近くの道路脇に車を停めて彼が尋ねた。

「買い物が終わるまで待って、もう一度家まで乗せて行こうか」

「駐車できそうな場所もないから。ゆっくりひとりで行ってくるので大丈夫」

ジンソルが笑いながら首を振った。ゴンは別れたくなさそうなそぶりで躊躇していたが、すぐにわかったとうなずいた。

「雪道に気をつけて運転してね」

車から降りて彼に手を振り、背を向けるとクラクションが短く鳴った。ゴンが運転席から降りて歩道に上がってきた。

「ちょっと待ってて」

彼が道沿いの文房具店へ走り、店に入っていった。軒の下にひとつに束ねられたプラスティックのブタの貯金箱とフラフープがぶら下がり、風に吹かれていた。小銭を入れるとピーナッツのような形のチョコレートが転がり出るお菓子の入れ物も文房具店の前に置かれていた。

しばらくしてゴンが戻り、彼女に黒い持ち手のついたなにかをすっと差し出した。小学生が理科の実験の時間に使うような虫眼鏡だった。ジンソルは怪訝な顔でためらいながら受け取った。

「なんで、虫眼鏡？」

彼が深刻そうに言った。

「これでよくよくのぞいてみてください。あなたの心を」

歩道に立ったジンソルは思わず吹き出したが、ゴンは彼女を一度、ぎゅっと抱きしめると残念そうに腕を戻した。

「愛しているよ。コン・ジンソル」

彼の車が遠ざかるまでジンソルはそれを眺めて立っていた。雪に覆われた道路のあちら側に車が見えるか見えないかになったとき、その後ろ姿に向かって虫眼鏡を持った腕をぐっと伸ばした。ほんの少しの間彼の車が拡大されたように感じたがすぐにレンズの中から消えてしまった。

豪雪はまさに三日天下だった。冬将軍の最後の嫌がらせも、再び大気を満たした日差しと春の陽気にはかなわなかった。積もっていた雪は数日後に跡形もなく溶け、村はあるべき色を取り戻した。平穏な毎日だった。

ジンソルは掃除を終えたあと、ゴミくずを抱えて外に出て裏庭の穴へ投げ入れた。新聞紙を一枚、隅のほうに載せ、彼女は持っていた虫眼鏡を新聞紙の上の空間にかざした。しばらくそうしていると、だんだんレンズが日光を集め、紙の真ん中に黒い点ができた。点から煙がゆらゆらと上がりついに火がつくと、ジンソルは一歩下がってゴミが燃えるのを見守った。

ポケットの中で携帯電話が鳴った。

「なにしてるんですか」

「ゴミくずを燃やしています。虫眼鏡で新聞紙に火をつけました。これは楽しい」

ゴンがちっちと舌を打った。

「それは火遊びをするためにあげたものじゃないぞ。用途をもう一度、ちゃんと思い出してください」

ジンソルはただ笑った。

「そんなのわたしの勝手でしょう」

「イ・ゴンさん！」

電話の向こうから誰かが彼を呼ぶ声が事務室の騒がしい音に交じって聞こえてきた。

「あ、ごめん。あとでかけ直します。会議に行かないと」

「そうしてください」

携帯電話をポケットに戻して、ジンソルはゴミがまんべんなく燃えるように棒で一度、かき回した。霞のような小さなため息が漏れた。愛も、人の心も、こんなふうにひとつ残らずひっくり返して見られたらいいのに。日差しを集めて火種を作る虫眼鏡みたいに、好きな人の心に誰でも簡単に火をつけられたらいいのに。そうすれば愛のせいでつらくなったりもしないのに。

日が沈むまでゴンからの電話はかかってこなかった。忙しいのだろうと考えながらジンソルは八時ちょうどにラジオをつけた。「わたしの故郷へと馬車は行く」の軽快なメロディに続いて、ファン・ヘジョ先生の声が聴こえてきた。今日はリスナーからのリクエストの日だ。彼女は少しためらってから受話器を手にして主調整室の番号を押した。全羅道《チヨルラド》方言の男性作家が受けた。

「聴きたい曲があるんですが。『マドロス手記』です……わたしの紹介はしてくださらなくてけっこうです。番組の終わりにちょっとだけ歌を聴かせてください」

ノートパソコンを立ち上げ、ゆっくりとキーボードを打ちながら、ときどき、歌とコメントに耳を傾けて笑った。原稿からは男性作家が書いている雰囲気がたしかに伝わってきた。ファン・

ヘジョ先生の話ぶりはいっそうしたたかで俗っぽくコミカルになっていた。番組が終わる頃、リクエスト曲が流れた。港よ、港よ、港よ。ヘイヘイ、おれたちゃマドロスだ……。

番組が終わりラジオを切ると同時に電話が鳴った。

「あなたがリクエストしたんだね」

「どうしてわかったんですか」

「あの曲をリクエストする人はふたりしかいないだろう」

しばらく沈黙が流れる間、ジンソルは彼のことが好きでたまらず胸が苦しくなった。ゴンが口を開いた。

「会いたいな」

向こうから、あれ、なんだ、というホン・ホンピョの声が電話線に乗って聞こえてきた。

「誰と話してるんだ？　会いたいって人はジンソルさんか」

「切りますね。土曜日に会おう」

ゴンが笑いながら切ろうとしたが、横からホン・ホンピョが受話器をひったくった。

「ジンソルさん？」

「はい。お元気ですか」

「元気かなんて言葉がよく出てきますね。ひとりで勝手に生きてくと辞めたくせに」

彼女は笑うばかりだったが、ホンは爆弾宣言をした。

「ジンソルさん、ぼく、来月に結婚するんだ」

「ほんと？」

「ほんとだとも！　招待状を送るから住所を教えてください。ホン・ホンピョの人生逆転の現場を見に来ないと！」

あたふたしながら住所を告げ、おめでとうと言って電話を切った。驚いた。いったいいつ結婚相手に出会ったのだろう。ジンソルはそんなホン・ホンピョが不思議でたまらなかった。


久しぶりのソウルへの外出だった。三月も中旬に入った快晴の土曜日の午後、恵化洞《ヘファドン》の大学路《テハンノ》一帯は春の気分いっぱいの軽やかな服装の若者たちの活気であふれていた。招待された公演はガラムの恋人の演出家が手がけたもので、最近、かなり話題になっている演劇だった。結局、ガラムは以前付き合っていた男に戻り、彼の愛をもう一度勝ち取ることに成功したわけだ。

あまりにも早く着きすぎてしまったのか、小劇場のロビーには見慣れた顔ぶれが見あたらなかった。ジンソルは建物から再び外に出て梨花洞に向かう坂道を散歩がてらゆっくりと上がった。なじみがないようにもあるようにも感じられるその道をしばらくたどっていくと、去年の秋に彼女がはじめて出会った大きなイチョウの木が二本、変わることなくゴンの家の塀の前に立っていた。春がやってきた駱山《ナクサン》の森は青々と少しずつ水を吸い上げ、古い塀の角にあるイチョウの木の枝にも緑の新芽が芽生え始めていた。

少し開いた門の隙間から花木が植えられた彼の家の庭がのぞき見えた。塀の向こうのゴンの部屋の窓も、庭に置かれた物干しにかかった洗濯物も、ジンソルはずいぶん長く立ち止まって眺めていた。一緒に銀杏を拾った日の朝の風景が昨日のことのようで、湧き水の汲み場へ上がっていく道のほうから老人の力強い方言がすぐに聞こえてきそうだった。

坂を曲がって別の道を降りたジンソルは大通り沿いの書店に寄り、二日前に発売された彼の二冊目の詩集を買った。


『ある庭園を知っている』


黒い活字が刻まれた表紙に続いて、本のそでを開くとゴンのモノクロ写真の下に短めのプロフィールが書かれていた。出版社で撮った写真のようだった。

ひとりで歩き回って時間がこんなに過ぎていると気づかず、いつのまにか公演時間が差し迫っていた。彼女は急いで小劇場に入った。すぐに芝居が始まるところだったので客席の照明は落ち、暗闇の中、体を低くして後ろのほうにちょうど空いていた席を見つけて座った。幕が開くと、舞台の上に身をすくめて横向きに寝転んだひとりの俳優が照明の中に姿を現した。

ジンソルは客席をすばやく見回したが舞台に当てられた照明だけでは観客の顔を容易に見分けることができなかった。それほど広くはない小劇場の階段式の客席を、彼女は周囲の人の迷惑にならないようわずかに首を動かしながら見回した。ようやく客席の一番前のほうの隅に座るゴンを見つけた。彼のそばに行こうかと考えてやめた。公演中に動くのは申し訳ないと思えたし、彼女が来たのか来てないのかと、演劇が終わるまで彼をやきもきさせたままにしておきたかった。

演劇の導入部は興味深かった。十分くらい過ぎただろうか。徐々に引き込まれていたところ、突然、暗闇で誰かが彼女を後ろから抱きしめ、あっと悲鳴を上げそうになった。ゴンが黙ってというようにジンソルの唇にすばやく指を当てた。通路を通ってこっそり移動してきたのだった。前の座席の客が顔をしかめてちらりと振り返ったので彼女たちは軽く頭を下げて謝った。心臓をどきどきさせながら彼女はゴンの耳にとがめるようにささやいた。

「すごくびっくりしたじゃないですか」

「遅く来てひとりで別のところに座るからだろ。ずいぶん探したんだぞ」

彼もジンソルの耳に小さくささやいた。ふたりはぴったりと体を寄せ合って並んで座り、手を握ったまま最後まで公演を見た。

演劇が終わり、ロビーに向かいながらゴンが言った。

「十分くらい待っていてください。演出家と少し話をしてくるから」

「ガラムさんの恋人、知ってるんですか」

ジンソルの言葉にゴンがなんの話だというような表情を見せた。

「ハン・ガラムリポーターの恋人ですか」

「そう」

彼は、これはやられたという顔でははは と笑った。

「四月の改編から『文化の窓』を担当することになりそうで、演劇界のコメンテーターを探していると言ったらガラムさんが紹介してくれたんです。なるほど、恋人だったたってことか」

大げさにうなずきながら、ゴンは舞台裏のスタッフルームに向かった。腕を組んで立ったままロビーでガラムを待っていると聞き慣れた声が彼女を呼んだ。

「ジンソルさん!」

彼らと視線が合うと、ジンソルは自分でも気づかぬうちに口元がほころんだ。ソヌのせいだった。ずっとひとつに結んでいた長い髪は短くこざっぱりと切りそろえられ、髭もすっきり剃っていた。照れくさそうに目を細める独特の笑顔とひときわ輝くまなざしがなかったら、気づかなかっただろう。黄色いワンピースを着たエリが笑いながら彼と一緒に近づいてきた。ジンソルはうれしくて彼女に向かって手を伸ばして迎え入れた。

「どうしてここに?」

「ゴンが招待状を送ってくれたので見にきたんです。お元気でしたか」

ジンソルは大きくうなずきながら不思議そうな顔でソヌを振り返った。

「すごく……変わりましたね」

ソヌはにっこりと笑うばかりだった。近くで見るとこれまで髭で隠れていたあごのラインと鼻の下がとても美しいことを今さらながら知った。唇の形もきれいだった。

「こんなにハンサムだったとは知りませんでした。わたしはこちらのほうがずっと好きです」

「うーん。エリのお母さんもそうおっしゃるんだけど……」

思いがけない言葉にジンソルはわーっと感嘆の声を上げた。彼なりに努力したようで誇らしい気分だった。

「酒の量も減らしたし、タバコもやめました。エリがやめろと言うので。でも……ゴンのことはいまだにやめられません」

ソヌはゆったりとした口調でまたジンソルを笑わせた。

「仁寺洞《インサドン》のお店は？　そのままですか」

横からエリが明るく答えた。

「店は後輩に譲りました。それで、わたしたち、地球を一周回ることにしたの。準備を終えたら来月には出発」

「地球を一周？」

すでにすっかり心を決めたかのようにエリは落ち着いた口調で笑いながら言った。

「どんなに早くても三年以内には戻れそうもありません。現地でアルバイトをしながら必要なお金を稼いで、また稼いで……。そんなふうにしていたら十年でも続けていけそうで」

「気に入ったところがあったら、そこに留まって住むかもしれません」

ソヌがにっこり笑うと、エリはしかたないという顔で肩をすくめた。

「バミューダトライアングルみたいなところでさえなければ大丈夫」

かける言葉がなかなか見つからずジンソルは口ごもった。そんな恋人たちを祝福したくもあったが……実のところは心配で、さびしくもあった。

「かっこいいですね。わたしたちは……会いたくなると思うけど」

「わたしもさびしいです。でも、幸せになれそう。そんなふうに世界中をぶらぶらできたら。……ありがとう」

エリは目頭が少し熱くなったのか両手をジンソルの腰に回して抱きしめた。ジンソルも抱きしめ返してから体を離し、ソヌに聞こえないくらいの小さな声でささやいた。

「旅行にいくこと、お母様は許されたんですか」

エリも彼女にだけ聞こえるように声をひそめ耳元で言った。

「ええ。ようやく。あの人についていかないと心から幸せになれないと言ったの。そうしたら……」

「そうしたら？」

「おまえにそっくりの娘を産んでみればいいって」

ふたりの女は一緒に吹き出した。ふとエリが聞きたいことがあるという顔をした。

「そうだ。愛の物語は？　だいぶ書けましたか」

「ううん。まったく」

首を振るジンソルに彼女は励ますように温かく笑いかけた。

「戻ってきたときに読ませてください。わたしたちの旅先に送ってくれたら、すごくうれしいし……」

恋人たちが手をつなぎ小劇場の階段を並んで降りる姿をジンソルは出口に立って見送った。ソヌは足のギプスは取れたものの歩き方を見るとまだ片足が少し動きにくそうだった。来月までにすっかり治りますように。

「ソヌさん！」

ジンソルがいきなり呼び止めた。彼らは歩道で立ち止まったまま階段の上を見上げた。

「よかったら、名前を貸してもらえませんか。わたしの小説に……ソヌさんの名前を使ってもいいかどうか」

「名前？」

一瞬、怪訝な顔をしたソヌはすぐににっこり笑った。

「貸すなんて言わないで、そっくりあげるよ。ぼくは名なしさんとして生きるから」

ふたりは笑いながら手を振ると、バス停のほうに歩いていった。春の日差しが大学路の街を生き生きと照らし出していた。ジンソルの肩をガラムがぽんと叩いた。いつ来たのか少し離れたところを歩くソヌの後ろ姿に向かってガラムがさっとあごをしゃくった。

「あの男、誰？　まさにわたしのタイプなんだけど」

ジンソルは失笑した。

「あなたも前に一度会ってる人だよ。仁寺洞、あの髪の長い茶房の男。イ・ゴンさんの友だち」

そんな人いたかなと首を傾げていたガラムの目が、思い出したかのようにぱっと大きくなった。

「わあ。完全に別人だ。今までどうしてあんな格好してたのかな、あれだけのイケメンが」

「期待しても無駄。どうしても別れられない恋人がいるから、入り込む隙はないよ」

「横にいる女の人？」

「そう。前世でも付き合って、現世でも付き合って、来世でも付き合うんだって」

そんな恐ろしい話があるかという顔でガラムは舌を出した。

「三世も！　シリーズものでも撮ろうっていうのかな。愛は単発でしょう。離婚しないでいられたらラッキーってくらいで」

そうは言いつつ、ゴンと演出家がロビーに出てくるとガラムは明るく走り寄り、恋人の腕をしっかりとつかんで自分の腕を絡めた。

「おつかれさま。愛しいあなた！」

そうしてから、ジンソルに片目をぱちりと閉じてウインクして見せ、彼と一緒に次の公演のため再び中へ入っていった。ジンソルとゴンは小劇場の前から恵化洞共用駐車場までの道を気分よく歩いた。車に乗り彼がエンジンをかけると、ジンソルがにゅっと詩集を差し出した。

「サインしてください」

ゴンがあきれ果てた顔をした。

「買ったんですか」

「そう」

「まったく、なんでそんなことを。ぼくが持ってきたのに」

彼は後部座席に腕を伸ばしてカバンを開け、同じ詩集をジンソルに渡した。

「一番にサインしました」

ジンソルが表紙を開こうとして、もう一度、閉じた。

「なんで、見ないの」

「あとで。なんて書いたのか、少ししたらひとりで読みます」

ゴンが笑いながら車を出した。

南揚州に入り、ジンソルが暮らす村に向かう途中、車は洪陵《ホンヌン》の前を通った。巨大な王陵のある遺跡の散策路に、白い花をつけたひと抱えもあるような太さの木が並んでいた。

「ちょっと停めてください」

「どうして?」

「花を見たいから」

梅の木だった。今年に入ってはじめて見る梅の花が照れくさそうにしながらも枝いっぱいに花開いていた。ゴンが散策路に車を停めるとジンソルは窓を開け、顔を出して木を見上げた。

「梅ですね。わたし、白い花ってきれいだなって思う。夜でも明るく見えるからかもしれない」

「たしかに。桜も梨の花も」

ゴンは運転席の背もたれを後ろに倒した。しばらく休んでいくと決めたように彼はのんびりと寄りかかったまま頭の後ろに手を組んだ。向こう側の散策路には桜並木が続いていた。まだつぼみも実っていないなかったが半月もすればひとつふたつと花が開き始め、一面、白いトンネルとなるだろう。

「うちの近くの裏山にはアカシアの木が多いんです。花が咲いたらうちまで香りが届きそう」

実のところジンソルはその花が開く五月、六月をとても楽しみにしていた。その濃厚で酔いしれそうな香り。鼻先から入り頭と心まで占領するさわやかな匂いが好きだった。ゴンがやわらかく笑い、思い出したように言った。

「あれって、ほんとうはニセアカシアと呼ぶのが正しいそうです。アカシアは熱帯地方に生息する木で韓国では育たないらしいよ。間違って伝わって定着した名前みたいなんだな」

ジンソルははじめて聞く話だった。

「ほんと？　じゃあニセアカシアって呼ばないといけないんですか」

「なんか、変だよね。一度、アカシアって呼んだら永遠にアカシアなのに」

彼女はとても残念そうに額にシワをよせた。

「うーん。果樹園の道ががっかりしそうですね〔童謡『果樹園の道』には満開のアカシア（＝ニセアカシア）が登場する〕」

ゴンははははと笑い、少し疲れたのか、まぶたを軽くこすった。開けてあった車の窓に洪陵の森から漂う清々しい匂いが風に混じって流れてきた。

「風が気持ちいいね。ぼく、十分だけ休憩します。昨日、今日と仕事が多かったから」

「そうしてください」

彼は目をつぶって眠ろうとし、ジンソルは窓枠に腕を載せてそよ吹く春風をしばらく満喫していた。それから靴を脱いで足を椅子の上に載せ膝を立てて座り、ゴンの詩集を開いた。表紙をめくると見慣れた彼の筆跡が現れた。

　ぼくの愛する人はつま先でそろそろと歩く
　ぼくの庭園に入ってきたね　許可などなくても

じっと見入ってから彼にまなざしを向けると、彼は規則正しく呼吸をしながら目をつぶっていた。その姿勢でゴンは何気なく言った。

「ぼくにキスしたかったら、していいですよ」

ジンソルはあきれたように口をとがらせた。

「嫌です。このサイン、好きじゃありません」

ゴンがようやくそっと薄目を開けた。

「どこが気に入らないんですか」

「もう一度、書いてください。さっき、わたしが渡した詩集に」

「書いてもらったものをそのまま受け取るのがサインだろう」

「そうだとしても」

本音は彼の筆跡が記されたものを両方持っていたかったからだが、ゴンにからかわれそうなので言わなかった。ゴンがため息をついて、少し前にジンソルが渡した詩集を後部座席から取り出した。そしてペンをとり、本のページにすらすらと書いて差し出した。

「どうぞ」

「えー。もっと長く悩んでくれないと。こんなにあっさり書くんですか」

ジンソルは表紙を開いた。

梅の花の下で口づけするよ
あなたがはにかんでも　ぼくが気恥ずかしくても

彼女がなにを言えばよいのかと言葉を探すうちにゴンが体を傾けてきた。そして手を伸ばしてジンソルの顔を包み、黙って唇にキスをした。目を閉じて彼の唇を感じていた彼女がやがて腕を上げ、彼の首を抱きしめた。しばらくの間、深い口づけが続き、ふとゴンがにっこり笑った。

「あなたはいろんな手を使ってひとの唇を盗むんだな」

「そちらこそ」

彼らはくすくすと笑い、再びキスをした。車窓から春風が吹き込む白い花の木の下で長い間、口づけを交わした。あなたがはにかんでも。ぼくが気恥ずかしくても。


時間はあっというまに過ぎた。四月になり、番組ごとに春の改編を終え、その四月も終わりに近づいた頃、麻浦にある局の公開放送用のホールでホン・ホンピョが結婚式を挙げた。ソヌとエリがリュックをかついで出発してから三日後のことだった。

久々に局関係者の大部分が一堂に会して喜ばしい出来事を祝い、参列者にぺこぺことあいさつする新郎の顔には明るい笑顔が絶えなかった。しばらくぶりに会ったチェ作家はごった返す人々の間でかなり大きくなったお腹を手で支え、そんなホンの姿を微笑ましく見つめていた。

「新婦は中学の生物の先生だって。ホンピョさん、完全に九回裏のホームランだね」

「そうなんですか。このご時世、先生はお嫁さん候補として一番だって言いますし、どうやって出会ったんだろう」

「今年のはじめにお見合いをしてすぐに意気投合したみたい。一カ月後に結婚の約束をして、三カ月で今、ゴールイン」

横で別の作家たちが、わあと声を上げた。ゴンと一緒に出席したジンソルの口元にも笑みが浮かんだ。まぶしいほどの白いウエディングドレスを着てベールを被った新婦は、ぽっちゃりとして目鼻立ちの整った可愛い印象の人だった。ホン・ホンピョがにこにこした口を閉じられないのも無理なかった。

式が終わり、局の裏の大型レストラン、麻浦ナルで披露宴が行われた。局関係者があまりにも多いのでわざわざ別に席を設けたのだった。基本のコース以外にも酒や餅、さまざまな宴会料理がたっぷりと出され、店のオーナーやホール担当の女性たちとも普段から顔なじみなので、予約していない料理までがサービスとしていくつも追加された。

同僚が順番に注ぐ酒をホン・ホンピョは拒むことなく気持ちよく受けては飲んだ。新婦に回りそうなグラスも「この人はあまり飲めないから」と、新郎が自ら進んですべて飲もうという意気込みだった。

「おい、新郎にあまり飲ませるな。新婚旅行に行かないとだろう」

誰かが心配するとホンは問題ないというようににやりと笑った。

「ぼくはこうなると予想して、みなさんの熱烈な声援にお応えするため新婚旅行は明日の午後に出国します。今夜は市内の特級ホテルのスイートルームを予約してありますよ。あははは」

彼の言葉が火種となり宴席はさらににぎやかになった。新郎新婦は、披露宴にお約束の意地悪なゲームをしなければならなかったが、ホン・ホンピョは命がけの形相で新婦のぶんの罰ゲームまで自分ひとりで引き受けた。ほんとうに涙を誘うほど一途な姿に、一同は今さらながら驚いた顔をした。ジンソルの横にいたあるリポーターがうらやましそうにため息をついた。

「まったく、ホンエンジニアがあんなタイプだと知っていたら、わたしがつかまえればよかった！」

そのとき、ホンが席からいきなり立ち上がり、酔ってろれつの回らない口調でみんなに向かって言い放った。

「さあ、みなさん、ご注目ください！　わたしが愛する会社！　幸せな放送、分かち合う喜び！　FM85・7メガヘルツ！　技術部最高のエンジニア、ホン・ホンピョのあとに続く……」

すぐに技術部の社員たちが、ひゅーひゅーとヤジを飛ばした。ホンはうるさいというように彼らを手で制した。

「なんにせよホン・ホンピョのあとに続く！　次の新郎に酒を一杯注ぎたいと思います」

そうして酒瓶を持ってゴンとジンソルが座る席に歩み寄り、空いたグラスを偉そうに差し出した。

「さあ、ゴンディレクター、受け取れ」

またたくまに耳目が彼らに集中し、ゴンの横に並んでいたジンソルはすっかりうろたえた。

「なんだ、それ、ほんとか」

「もう、日取りも決まっているのか」

みんなが半信半疑で興味津々の顔で見守る中、ゴンはなんでもない顔でグラスを受けた。

「おめでとう。きみのほうも」

「ありがとうございます。先輩」

ゴンはにやりと笑うと一気に飲み干した。会場から、おおーっという激励の声が飛んだ。ホンは彼女にもグラスを差し出した。

「ジンソルさんも、おめでとう！」

こんな状況では、ホンが話を大げさにしていると言うこともできなかった。披露宴の雰囲気を壊すより、むしろ鷹揚にかまえようとジンソルは心を決めた。

「ありがとうございます。わたしからもおめでとうございます」

テーブルの向こう側でチェ作家とイ・ソニョンディレクターが楽しそうに笑っていた。誰かが冗談めかして言った。

「いやいや。ホンエンジニアの言葉は信じられないな。証拠を見せろ、証拠を」

制作部、技術部を問わず、その言葉を支持するようにあちこちから催促の声が上がった。

「そうだ。証拠を見せろ。じゃないとご祝儀はないぞ！」

彼らのせいで楽しい雰囲気がさらに盛り上がり、期待に満ちた人々はにこにこした顔でキス、キスと叫んだ。はっきりと断るか、一度くらいばかなまねをしてこの場のスターになったほうがよいのか、今度ばかりはゴンも決めかねたようにジンソルを振り返った。

「大丈夫そうですか」

「そちらは？」

「ぼくはかまわないけど、あなたが」

ジンソルはゆっくりと髪の毛を耳にかけてためらったが、すぐに小さくうなずいた。

「わたしもかまいません」

それからふたりは一同が見ている前でお互いの唇に軽くキスをした。短かすぎると不満が出ると、よけようとするジンソルの首をゴンが片手で抱き寄せ、さらに長く濃厚なキスをした。落ち着こうとしていたジンソルの頬は結局真っ赤になった。

いつのまにか披露宴もお開きになる頃には夜も更け、酔客もかなり増えていた。下駄箱や床の上に散らばった数多くの靴から右往左往しながら自分のものを探して履き、参列者たちは真っ暗になったレストランの外へひとり、ふたりと流れるように出ていった。もっとも大きな不祥事は新郎ホン・ホンピョが完全に酔い潰れてしまったことだった。きれいに着飾った新婦はほとんど泣きそうだった。

「たいへんなことになった。タクシーに乗せればホテルまで帰れるでしょうか」

ホンを支えていたエンジニアのうちのひとりが心配そうに聞いた。

「奥さんひとりではどうしようもないだろう。誰かホテルまでついていける奴いるか」

「ふたりは行かないと。ひとりではだめだ」

そのとき、レストランからゆったりと出てきた技術部のパク委員がそんな部下たちを重々しく一喝した。

「しかたない。局の宿直室に連れていって寝かせろ。ホンは生まれつき宿直室がお似合いだ。今夜はそこに新婚用の部屋を作ってやれ」

おかげでホンと新婦は特級ホテルのスイートルームを無駄にして十七階のロビーに面した宿直室で初夜を過ごすことになった。明日午前に酔いが覚めたら、顔を洗ってすぐに空港へ出発しなければならないはずだ。

ゴンとジンソルは混み合ったその場所から抜け出した。ゴンのオフィステルに帰る前に、酔い覚ましを兼ねて、散歩しながら麻浦大橋をゆっくりと歩いた。少し前にいた、まるで市場のようにうるさかったところとは別世界かと思うほど、彼らが歩く橋は河を吹く夜風がさわやかだった。橋を渡る車の列がいつかの夜のようにヘッドライトを照らしてびゅんびゅんと通り過ぎた。

「以前、こんなふうに橋を渡って散歩したことがあるのを覚えてますか」

彼と手をつないで歩きながらジンソルが尋ねた。ゴンは黙ってうなずいた。

「あのときはほんとうに薄情だったなあ。今はすっかり忘れたけど」

ゴンは笑って彼女の腕を引き寄せ、自分の腰に回した。そして彼はジンソルの肩を抱いた。ふたりの体はより近づいた。

「ソヌさんとエリさん、今どこでしょうか」

「地球の反対側、南アメリカから回ると言ってたから……ブラジルのはしっこくらいかな。もう少しでアマゾンにも行くだろう。昔から行きたがってたから」

「アマゾンかあ。実感が湧かない」

橋の中間くらいでジンソルは歩みを止め、河辺の街灯の光が映って揺らめく、漢江《ハンガン》を見下ろした。風が吹き、彼女の髪の毛をなびかせた。ゴンがその髪の毛を黙って指に巻いて見つめた。

「だいぶ伸びたね。一緒に仕事を始めたときは肩ぐらいだったのに」

彼の声がやさしくてジンソルは心が温かくなった。欄干に肘をつき遠くの夜空を見上げた彼女がふと口を開いた。

「知ってますか」

「なに」

「わたしにとってあなたは、結界なんです」

「え？」

「こっちの話。わからなくていいの」

笑いながら歩き出したジンソルをゴンがつかまえ、背中から冗談めかして抱き寄せた。

「なんだよ。それってどういう意味なのか、早く教えてください」

「嫌です」

「ちょっと、隠さずに言ってください。結界ってなんなんだよ！」

ジンソルは彼の胸に抱かれながら足を前に進めようともがき、ゴンはそんなジンソルをぎゅっと抱きしめたまま離すまいと譲らなかった。ふたりともくすくすと笑い続けながら。ヘリコプター一台がタタタタと唐人里《タンイルリ》発電所の煙突の上を飛んでいった。ソウルの空に、ようやくもう一度結界が張りめぐらされたようだった。唐人里発電所の上に。夜更けの麻浦終点の上に……。

# 日本語版に寄せて

日本の読者のみなさん、こんにちは。

『私書箱一一〇号の郵便物』を書いた小説家イ・ドウです。

数年前にアチーブメント出版から出た『天気が良ければ訪ねて行きます』に続き、この作品で再び読者のみなさんとお会いすることができて、心からうれしく、光栄に思っています。『天気が良ければ訪ねて行きます』は田舎町にある小さな独立系書店を舞台にした物語でしたが、『私書箱』は韓国の首都ソウルで繰り広げられるラジオ局の構成作家とディレクターの愛の物語です。ただ幸せなだけの愛ではなく、それぞれの人生の痛みが溶け込んだ、どこかさびしく、孤独な愛でもあったと思います。だからこそ、この作品は、発表から二十年もの間、変わらず読まれ続け、まるで友人のような物語として、多くの読者がそばに置いてくださったのでしょう。

『私書箱』にはホイッスルを吹くシーンがたくさんあります。銀色に輝くホイッスルの音は軽快に聞こえることもありますが、ほとんどの場合、信号を送ったり、警告したりするときに吹かれます。『私書箱』でもあちこちで、民防衛訓練の係員や、プールのコーチ、済扶島《チェブド》の海の道の管理室、あるいは古宮の管理人などが、主人公ジンソルのちょっとした行動を制限しようとしました。なんでもない、小さなことばかりでしたが、生きるということは、そんなふうにしてあきらめそうになる、ちょっとしたことの積み重ねなのかもしれません。

誰が決めたのかもわからないまま、そこにあるルールを守るのが当たり前だと思って生きてきた内向的な女性が、はじめて自分から「わたしに向かって扉を開けてください」とドアをノックする愛の物語でした。一度ノックしてみたものの、簡単に開かないので、彼女はすぐになかったことにして身を翻そうとします。ただでさえこの世を生きていくのは大変なのに、なかなかうまくいかない愛にまで挑むのに躊躇する彼女の心を追いかけながら、この物語を書きました。

三十代の前半から半ばにかけて、それなりにさびしく、心の片隅に静かなあきらめを抱えた人たちの愛を、ゆっくり、少しスローなペースで描きたいと思いました。それぞれの人物には弱点や欠点もたくさんありますが、一日一日、平凡な日常の中で、彼らの感情がどのように移ろうのか、あまり干渉せずについていってみたかったのです。当たり前のように始まってしまうのが恋愛であり、ときにその愛というものに、まったくたいした意味などなくて、幻滅してしまうこともありますが、にもかかわらず「もう一度愛してみること」が、『私書箱』で描きたかった愛し方でした。

小雨に降られて少しずつ服が濡れていくように口コミで広まり、この小説はさまざまな国の言語に翻訳されました。読者から送られてきたメールやレビューを読むと、世に出た本はもはや作家の所有物ではないとつくづく感じます。多くの方が個人のブログやＳＮＳにアップしてくださった文章があります。

おまえの愛が大丈夫でありますように
おれの愛も大丈夫だから
この世界のすべての愛が、大丈夫でありますように

ゴンの詩集に、ジンソルのノートパソコンの画面に書かれたそのフレーズは、過去二十年間、『私書箱』のヘッドコピーとして知られてきましたが、それは作家や編集チームではなく、読者が選んだものでした。どこかで今、胸の痛い愛を、幸せな愛を、口に出せない愛を経験している人たちが自分の手帳や日記に書いた文章のように感じます。だからこそ、より切なく、ありがたい気持ちでいっぱいです。

『私書箱』を読み、駱山《ナクサン》公園を散歩して梨花荘《イファジャン》に立ち寄ったという方、ソウルを訪れた際に仁寺洞《インサドン》に行って、小説に登場する茶房でお茶を飲んだという方、ソウルのどこかに小説の中の人物が実際にいるような気がすると書いてくださった方々……。そうした手紙や写真は、私を奮い立た

せ、再び文章を書かせてくれる励ましの力でした。平凡で特別なところもないこの愛の物語に多くの愛情を寄せてくださる方々がいなかったら、私もこのように大切な思い出を作ることはできなかったと思います。

小説の人物たちの姿にあなたの日常を投影し、若かりし日、誰もが一度は経験したであろう、切なく、なじみのある愛の風景に共感してくださった読者のみなさまに心から感謝しています。日本の読者のみなさまも、どうか幸せでありますように、その愛が大丈夫でありますように。またご縁を得て、温かい慰めと思い出になるような作品でお会いすることをお約束します。ありがとうございました。

二〇二三年八月　イ・ドウ

# 訳者あとがき

本書はイ・ドウ著『私書箱一一〇号の郵便物』の全訳である。二〇〇四年に出版されて以来、ロングセラーとして愛されてきた本作は節目ごとに新装版が出版され、本書が底本とした二〇二二年版には、著者が二〇〇七年十月、二〇一三年二月、二〇二二年六月に書いた三つのあとがきが収められている。その中でイ・ドウは、出版から十八年を経た二〇二二年に新版を出すにあたり、大筋は変わらないものの、時代の変化に合わせて百カ所近く細かく修正したと書いている。

中央大学校文芸創作科を卒業後、放送作家、コピーライターとして働き、デビュー作となる本作で恋愛小説の名手として一躍、注目されるようになったイ・ドウ。その後、二〇一二年に幼い日々の思い出をもとに同い年の従姉妹たちの成長を描いた第二作『寝間着を着なさい』（未訳）、二〇一八年に『天気が良ければ訪ねて行きます』を発表している。本書よりも先に邦訳された『天気が良ければ訪ねて行きます』では、地方の架空の村にある小さな書店を舞台に、数年ぶりに再会した高校の同級生たちの関係が、美しい冬の風景とともに綴られている。それぞれに孤独な人生を送ってきた内向的な男女が「本」を間に挟んで少しずつ心を開いていく姿は、『私書箱一一〇号の郵便物』の主人公ジンソルとゴンにも重なり、作家イ・ドウが生み出す世界のゆるやかなつながりを感じる。二〇二〇年にケーブルテレビ局ＪＴＢＣで放送されたドラマ版（『天気がよければ会いにゆきます』）では、人気俳優のパク・ミニョンとソ・ガンジュンが主演を務めた。また、二〇二〇年には初のエッセイ集『夜は話をするのにぴったりの時間ですから』（未訳）も出版されている。

小説が発表されたのとほぼ同じ時期の二〇〇三年の秋から二〇〇四年の春までが背景となる『私書箱一一〇号の郵便物』はラジオ局で同僚として出会った構成作家のコン・ジンソルとディレクターのイ・ゴンのラブストーリーだ。イ・ドウ自身もラジオ局に勤めたことがあるものの、登場人物やエピソードは完全なフィクションだという。とはいえ、局内の人間関係や番組作りの裏側などのディテールの豊かさを見るに、実体験がかなり反映されているであろうことは間違いない。

父を早くに亡くし、母とも疎遠のコン・ジンソルはひとりで生きることに慣れてしまった数え年で三十一歳の女性。他人から心を乱されることを恐れて自分の周りに境界線を張り巡らし、最小限の人間関係の中で静かに暮らしてきた彼女の前に現れ、その線をひょいとまたいで近づいてくるのが、三十三歳のイ・ゴンだ。ジンソルはゴンのことを警戒しながらも、彼と交わす言葉や過ごす時間を楽しむようになり、ゴンのほうも、内気だが音楽や文学を愛し、独特のユーモア感覚を持つジンソルに興味を持ち始める。しかし、彼は大学時代からの親友ソヌの恋人エリに対する思いを断ち切ることができておらず、やがてジンソルもその事実に気づく。本書では、まるで寄せては返す波のように、近づいては離れるジンソルとゴンの関係が、季節の移り変わりの中で描写されていく。自ら作った「境界」の中に閉じこもりゴンとの距離を保とうとするジンソルは、それでもいつしか彼という存在そのものを、自分を守る「結界」だと思うようになっていく。

ジンソルの目から見たソウルの風景も本書を読む楽しみだ。東大門《トンデムン》から光化門《クァンファムン》へと至る街並み、ソヌとエリの茶房がある仁寺洞《インサドン》、朝の空気の中でジンソルが思わず胸の内を打ち明けた駱山《ナクサン》公園、そして、ふたりの住居と職場のある麻浦《マポ》。ソウルを旅行したことのある人にとってはなじみのある地名が並ぶ。ジンソルとゴンの物語を読んだ後で訪ねれば、より親しみが感じられるのではないだろうか。私自身も、本書を訳している途中で三泊四日の〝聖地めぐり〟に出かけてみて、「ふたりが夜中に歩いた麻浦大橋はこんなに長いのか！」など、いろいろ発見があった。

また、ともにラジオ番組を作るふたりの周りにはたくさんの音楽が流れる。ゴンの祖父イ・ピルグァンが愛するペク・ニョンソルの『マドロス手記』やパールシスターズの『麻浦終点』は、ジンソルとゴンだけに通じる暗号となり、その曲名や歌手名が繰り返し登場する。ゴンがクリスマスイブのカフェで歌うヤン・ヒウンの『むかし、むかし』や、大晦日の大事件の後でジンソルが聴くABBAの『Happy New Year』をサウンドトラックのように流しながら読むのもよいかもしれない。

誰かを愛し始めたときに感じる期待や不安を繊細に描いた『私書箱一一〇号の郵便物』は時代を超えて読者を引きつける普遍的なラブストーリーであると同時に、「私書箱」「郵便物」という言葉の持つ、どこか懐かしい響きが、発表当時から読む人のノスタルジーを喚起してきた。さらに、今、この小説を読むと、折りたたみ式の携帯電話、オープンリールのカセットデッキ、ビデオといった品々が二十年という時の流れを感じさせる。現在ではジンソルとゴンが局の親睦旅行で行った席毛島《ソンモド》にも橋がかかり、車でそのまま渡ることができる。

最後にイ・ピルグァンの話す北部方言の翻訳について。朝鮮半島も各地に方言があり、これまでも多くの訳者が工夫を重ねてきた。本書ではひと言で方言を話しているとわかるようにと考慮して山形の村山地方の方言をベースに翻訳を試みた。また、人物名は基本的にカタカナ表記としたが、歴史上の人物は漢字表記でルビをつけた。

『私書箱一一〇号の郵便物』の映像化はこれまで何度か企画段階まで進んだということだが、いまだ実現していない。ネット上には想定キャストとして、ハン・ジミンとイ・ジュニョク、ソ・ヒョンジンとコン・ユらの名前が上がっている。ちなみに私はシン・ヘソンとイ・ドンウクを頭に置きながら翻訳を進めた。読者のみなさんはどんな俳優を思い浮かべながら読むのだろうか。

翻訳という冒険に足を踏み出す勇気を与えてくれた編集の星川菜穂子さん、細やかに原稿を見てくださった朴ナリさん、そして、突然の質問に温かい言葉で丁寧に答えてくださった著者のイ・ドウさん、ありがとうございました。

二〇二三年盛夏　佐藤　結《ゆう》

［著者］　イ・ドウ
小説家。中央大学校文芸創作科を卒業後、放送作家、コピーライターを経て、2004年に『私書箱110号の郵便物』でデビュー。ロマンティックでリアリティあふれるキャラクターと深みのある叙情的な文体が多くの読者の心をつかみ、長く愛されるロングセラーとなった。2012年には第2作『寝間着を着なさい』（未訳）で少女たちの成長を描いた。田舎の小さな書店の店主と初恋相手との再会を綴った2018年の『天気が良ければ訪ねて行きます』（小社刊）は2020年に「天気がよければ会いにゆきます」の題でソ・ガンジュン＆パク・ミニョン主演でドラマ化された。2020年に初のエッセイ集『夜は話をするのにぴったりの時間ですから』（未訳）を発表。独立系出版社スバクソルタン（西瓜糖）を設立し、2022年から自著の再刊行をスタートした。

［訳者］　佐藤結（さとう・ゆう）
国際基督教大学在学中に韓国の延世大学へ留学。ライターとして「キネマ旬報」「韓流ぴあ」「韓国TVドラマガイド」をはじめとする雑誌や劇場用プログラム、ウェブで映画やドラマについて執筆。共著に『韓国映画で学ぶ韓国の社会と歴史』（キネマ旬報社）、『作家主義 韓国映画』（A PEOPLE）などがある。本書で翻訳家デビュー。

アチーブメント出版
〔twitter〕@achibook
〔Instagram〕achievementpublishing
〔facebook〕https://www.facebook.com/achibook

より良い本づくりのために、ご意見・ご感想を募集しています。
お声を寄せてくださった方には、抽選で図書カードをプレゼント!

私書箱110号の郵便物

2023年（令和５年）9月30日　第1刷発行

著者　イ・ドウ
訳者　佐藤 結
発行者　塚本晴久
発行所　アチーブメント出版株式会社
〒141-0031　東京都品川区西五反田2-19-2　荒久ビル4F
TEL 03-5719-5503／FAX 03-5719-5513
https://www.achibook.co.jp

装画――ヤマダユウ
ブックデザイン――仁木順平
DTP――株式会社キャップス
校正――朴ナリ／宮崎守正
印刷・製本――株式会社光邦


ISBN 978-4-86643-141-3
落丁、乱丁本はお取り替え致します。

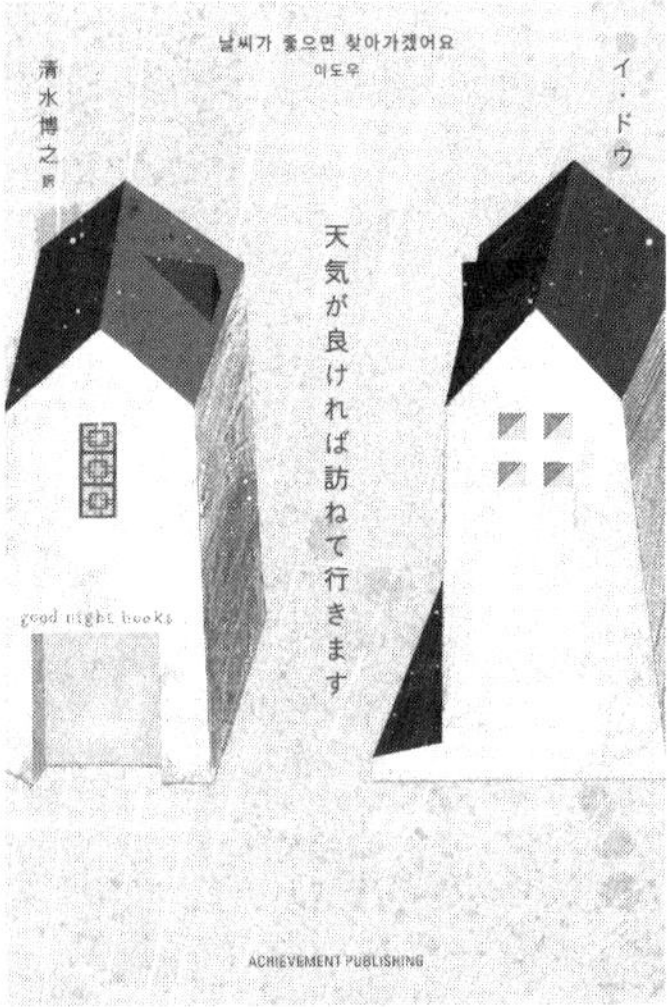


# 天気が良ければ訪ねて行きます

イ・ドウ

清水博之 訳

韓国で35万部突破!

田舎の小さな書店を舞台に繰り広げられる
心温まるヒーリングロマンス
パク・ミニョンとソ・ガンジュンが主演した
ドラマ「天気がよければ会いにゆきます」原作

本体1500円　四六判並製424頁　ISBN978-4-86643-087-4